SEULS
LES POISSONS

Françoise Kerymer

SEULS
LES POISSONS

ÉDITIONS FRANCE LOISIRS

Édition du Club France Loisirs,
avec l'autorisation des Éditions Jean-Claude Lattès.

Éditions France Loisirs,
123, boulevard de Grenelle, Paris
www.franceloisirs.com

Maquette de couverture : Atelier Didier Thimonier
Photo : © Archangel / Mark Owen

© 2012, Éditions Jean-Claude Lattès.

ISBN : 978-2-298-06522-0

À Stéphanie,
Lucie, Caroline et
Guillaume.

« Tu ne peux pas voyager
sur un chemin
sans être toi-même
le chemin. »

Bouddha

PROLOGUE

Gabriel

Ne pas avaler d'eau. Respirer.
Nager. Ne pas imaginer en dessous. Le vide immense, qui m'aspire. Me donne le vertige.
Nager. La côte, là-bas.

Calmer mon cœur, il m'étouffe.
Je vais mourir. Mon Dieu, toute cette eau.
Nager.
Ne penser à rien.

Et ce refrain, insupportable. Le chasser. Le chasser.
Je deviens fou.

« Dans ce troquet... à matelots... qui sera sa... dernière escale... Jan le marin... rêve tout haut... les yeux noyés... dans les étoiles...
Qui sera sa... dernière escale... Jan le marin... les yeux noyés... dans les étoiles...
Dernière escale... les yeux noyés... Dans les étoiles...
Les yeux noyés... Les yeux noyés... »

11

Hiver

Remords et regrets

New York

Janvier

Maintenant, quand je monte chez moi, mon cœur bat plus fort qu'il ne devrait.

Je sais qu'il est là, je sais qu'il m'attend.

Enfin... Qu'il *m'attend*... Disons qu'il *s'attend* à ce que je rentre.

Je grimpe les marches de bois verni avec une sorte d'appréhension indéfinissable. Ma voisine du dessous, qui ne ferme jamais sa porte, m'interpelle comme chaque soir pour m'inviter à prendre un *drink* avec elle. « Allez, Elsa, viens donc. Juste un instant… J'ai une voisine française et je ne la vois jamais ! Tu me prives du plaisir de te faire les honneurs de notre bonne ville de New York… »

Comme chaque soir, je lui réponds : « Demain ! », tout en la félicitant pour la bonne odeur de curry, qu'elle répand généreusement dans l'immeuble. Ce petit cérémonial de fin de journée me rassérène un peu. Mais ensuite, les quelques marches qui restent jusqu'à mon studio sont terriblement difficiles à monter.

L'hôpital dans lequel je travaille est une sorte d'usine à douleur. Toutes mes heures y sont occupées à essayer de secourir ces malheureuses créatures qui échouent aux urgences. Une épreuve pour elles. Et pour moi. Au départ, le patron que je connaissais devait m'intégrer dans son équipe. Et puis : « Oh vraiment, *sorry*, Elsa ! Votre place ne sera pas libre avant février. Un de nos étudiants a pris du retard. On aurait dû vous prévenir, mais il y a sûrement eu un gag… Et voilà, vous êtes là ! »

Vraiment *sorry*, oui. Parce que moi, pendant ce temps-là, j'avais traversé l'Atlantique. Alors on a passé un *deal* : je patiente jusqu'à février, mais il se débrouille pour que mon contrat avec le Bronx Hospital Center commence dès maintenant, là où ils ont besoin de monde. Hélas, dans le service des urgences.

Je n'ai pas le choix et pas les moyens de faire la fine bouche : même si mon sujet de recherche mérite tous les sacrifices, il faut bien vivre. Mais pour se faire pardonner, il me prête le studio de sa fille, partie étudier à San Francisco, dans le charmant quartier de Greenwich Village. « Tout va bien ! Vous verrez, c'est cosy chez elle. Et les petits immeubles en brique rouge plaisent beaucoup aux Français, ils les trouvent romantiques, ça leur rappelle l'Europe. Il y a même des arbres dans sa rue, comme chez vous ! Et puis, aux urgences, vous savez, vous apprendrez des choses. Vous ne perdrez pas votre temps. »

Ça non, je ne perds pas mon temps. Chaque seconde de ma journée est on ne peut mieux rentabilisée. Puisque je suis chargée de veiller sur les malades à leur arrivée, jusqu'à ce qu'ils soient pris en main par les spécialistes, c'est *constamment* le stress. Et moi, le stress, j'ai horreur de ça.

Plusieurs fois, j'ai eu envie de tout laisser tomber et de rentrer à Paris.

Mais. Paris...

Paris est brusquement devenu une ville hostile. En quelques mois, tout a éclaté. Comme s'il était tombé une bombe sur la famille Steinitz, pulvérisant son bien-être tranquille. Maman, seule désormais, qui passe son temps à s'abrutir dans ses bouquins pleins de poussière. Papa affreusement absent, isolé dans son île grecque, avec ses partitions et son piano.

Et puis...

Et puis surtout : Sarah... Sarah *et* son bébé. Ma sœur *et* un bébé ! Le fils de Gabriel.

Gabriel, qui a à peine jeté un œil sur moi, la seule fois où nous nous sommes rencontrés. Moi, la sœur de Sarah, « Bonsoir, mademoiselle ».

Gabriel. Qui a fait un enfant à ma sœur. Un enfant sans père. Un enfant aux yeux gris, très beaux, pareils aux siens, je le sais, Sarah m'envoie des photos. Et qui a disparu, sans laisser de trace.

Oui, je suis mieux à des milliers de kilomètres.

J'étais mieux.

Avant que tout se brouille.

Parce que le soir, maintenant, s'ouvre avec ma porte un espace hors du temps, caché, inimaginable, qui s'enlise et se love sur lui-même : Gabriel dort chez moi depuis huit jours et personne ne le sait.

Quand je dis : personne, c'est personne.

Pas la famille. Mais pas non plus les autorités américaines, ni même la voisine du dessous.

Quatrième droite. *Mrs Kathrin Sponsfull*. La résidente en titre. Je pousse la porte de mon studio aux couleurs d'aquarium. Les murs ont le bleu lumineux et laiteux des grandes cages de verre et il y fait très chaud.

Gabriel me tourne le dos, statue immobile. Il est assis par terre, devant la télé, la tête rentrée dans les épaules. Je ne lui dis pas bonjour. Ne pas lui dire bonjour, c'est nier sa présence. Je l'héberge mais je nie sa présence. Nous sommes deux poissons nageant dans la même eau, sans se parler, sans se frôler, mais constamment avec la pleine conscience de la présence de l'autre, comme si un radar nous donnait en continu une position qui nous calait automatiquement l'un à l'autre.

Tout a tellement commencé de travers.

Gabriel avait quasiment atterri dans mes bras aux urgences, c'est le destin qui nous a réunis. Évidemment, j'aurais dû immédiatement réagir, prévenir tout le monde, tout de suite. Gabriel, le disparu, le naufragé, Gabriel, en chair et en os, c'était miraculeux, invraisemblable !

Mais puisqu'il était là, devant moi – moi l'insignifiante, la transparente… – j'allais enfin pouvoir lui montrer qui j'étais.

Après la surprise, l'effarement même, des premiers instants, une colère sourde s'est dressée entre lui et moi. Tous les malheurs de la famille – Maman toujours à Paris, Sarah et son fils l'engloutissant dans son rôle de grand-mère, Papa isolé, et moi, seule, si seule… – tout cela, c'était à cause de lui, et j'avais bien l'intention de le lui dire.

Parce que moi, je n'avais jamais cru à l'hypothèse de la noyade. Trop facile, la disparition après la traversée de l'Atlantique en solitaire. Et je voulais le contraindre à me dire, dans les yeux, qu'il avait fui ses responsabilités, honteusement. Ensuite, seulement, je pourrais aviser, et faire ce qu'il convenait de faire.

C'est dans cet état d'esprit que je lui ai dit de m'attendre à la sortie de l'hôpital. Il a eu l'air surpris. J'ai réalisé qu'il ne me reconnaissait peut-être pas. Vexée, j'ai pris les devants, pour ne pas laisser planer plus longtemps ce sentiment déplaisant de n'être pas remarquable. « Gabriel, je suis Elsa. La sœur de Sarah. » Son regard inexpressif n'a rien laissé paraître. Feignait-il ? Allait-il se volatiliser à nouveau ? Ou bien était-ce le choc de sa blessure ? Rien de méchant, pourtant, une entaille sur l'arcade sourcilière, et quelques points de suture.

Deux heures plus tard, il était là, à la porte. Et je l'ai emmené chez moi.

Mais… Mais…

Quand je lui ai demandé, pressante et irritée : « Que fais-tu ici, Gabriel ? Que t'est-il arrivé ? », je m'attendais à un récit improbable, compliqué et tortueux, et j'avais préparé des parades à ses éventuelles tentatives d'évitement.

Mais… Gabriel avait immédiatement baissé les yeux. Et quelques secondes après, quelques longues secondes, lourdes et chargées d'attente, il s'était borné à dire, toujours sans me regarder, d'une voix oppressée : « Cache-moi. »

C'est à partir de là que tout a déraillé. Devant moi se tenait un homme fermé, apeuré, traqué peut-être. Par quoi, par qui, pourquoi… Tout était possible. Ma colère s'est effondrée brusquement et un éclair de panique a fendu l'air, suivi d'une multitude d'interrogations sourdes. Et j'ai ressenti avec certitude que si j'insistais pour savoir, il allait s'enfuir. Au bout de ma ligne, un poisson se tenait en équilibre et pouvait se décrocher à tout instant.

Pour couper court, fermer l'accès à d'éventuelles questions, j'ai annoncé, avec une pointe d'ironie : « Ce qui se passe à Paris, je n'en sais plus rien ; il y a l'Atlantique entre ma vie d'avant et maintenant. » Gabriel a soupiré : « Moi aussi, l'Atlantique… », toujours en regardant ses pieds.

Il était pâle. Le chirurgien avait mis une bonne dose d'anesthésiant pour recoudre. Je l'ai vu vaciller et l'ai aidé à s'allonger, sur la couette. Il s'est endormi immédiatement.

Je me suis précipitée sur sa veste, ai fouillé ses poches et trouvé des papiers d'identité, sous un faux nom. Domicilié en Guadeloupe. Sans bruit, je me suis approchée pour regarder son visage endormi, comme pour lire ce qu'il dissimulait sur ses traits. Dans son sommeil, il paraissait intensément souffrir et se débattre contre je ne sais quel danger. Il était beau. Très beau.

La nuit avançait. C'est tout petit ici, mais le lit est très grand, *king-size*. Après m'être glissée sous la couette, de l'autre côté, le sentir si proche m'a empêchée de fermer l'œil.

Je n'avais pas peur, ce n'étaient pas ses faux papiers qui me tenaient éveillée, mais son souffle. Gabriel était là, vivant, près de moi, et il dormait profondément, maintenant. Le père du fils de ma sœur réapparaissait. J'aurais dû être épouvantée de le revoir dans cet état, ou heureuse malgré tout de l'avoir retrouvé, au moins pour Sarah.

Mais non. J'étais juste sidérée. Tant et tant de fois j'avais rêvé de lui, honteuse au réveil des étreintes que nous vivions dans le secret de mes nuits. Et voilà qu'il était dans mon lit.

Le lendemain, à peine éveillé, il a sauté sur ses jambes : « Je reviens… » et filé comme une anguille. J'ai trouvé un prétexte pour ne pas aller à l'hôpital et passé la journée à l'attendre. Reviendrait-il ? Et si oui, que faire ? Des idées me traversaient l'esprit, mais toutes me semblaient impossibles à mettre en œuvre. Cet homme souffrait, à l'évidence. Le ramener à l'hôpital ? Il m'avait demandé de le cacher, il fuyait donc quelque chose. Je voulais d'abord savoir quoi. Prévenir Maman ou Sarah ? Impensable. Et s'il disparaissait à nouveau ? Cela serait encore plus douloureux pour elles. Pas question non plus de parler de son fils à Gabriel, pas maintenant. Trop dangereux pour Sarah. Que cachaient ces faux papiers ?

Oui, avant toute chose, je devais savoir ce qu'il en était de lui. Et au moins l'essentiel : ce qu'il faisait là, à New York.

Il est revenu dans la soirée, m'a regardée sans rien dire de ses grands yeux d'acier, et s'est étendu sur la couette, tourmenté comme la veille. Je me suis assise près de lui. Et lui ai dit : « Gabriel, qu'as-tu ? Je suis médecin. Tu peux me faire confiance… »

Il tremblait faiblement. Et m'a suppliée de ne pas le dénoncer. J'ai eu beau insister : « Te dénoncer… De quoi ? Mais de quoi, Gabriel ? Et à qui ? » Une grande détresse émanait de lui. Pendant des heures, j'ai essayé de le rassurer et de le faire parler. Je lui ai promis le silence, promis assistance.

En vain.

Le troisième soir, je l'ai trouvé devant la télé, au pied du lit et me suis assise par terre, à côté de lui. Épaule contre épaule. Sans quitter l'écran des yeux, il m'a dit : « Elsa, ne me demande rien. Je ne sais plus qui je suis. »

Malgré mes résolutions de la journée – tenter une fois encore de le faire s'expliquer et le conduire tout de même à l'hôpital, en consultation de psychiatrie – j'ai gardé mes questions, ce soir-là, bulles transparentes suspendues entre nous, prêtes à éclater. Un espoir apparaissait. Il commençait à parler de lui, c'était bon signe. Il me fallait un peu de patience. Je saurai.

Depuis, Gabriel reste au studio pendant la journée. Du moins je crois. Ce qui me laisse penser qu'il se sent plus en confiance, et confirme mes espoirs. Mais il est si difficile de savoir : Gabriel vit comme un chat, ne laisse pas de trace, ne salit rien. La seule marque de sa présence est une petite boîte de carton qui contient ses maigres affaires – baladeur, lunettes, gants, plan de la ville… – glissée sous mon lit, j'ai mis du temps à m'en apercevoir.

Et moi, après les heures à éponger les malheurs de mes compagnons d'infortune, je quitte l'hôpital en vitesse pour le retrouver. Je cours dans la rue. Le vent glacé siffle entre les blocs d'immeubles, emporte dans sa course tout ce qui peut voler, papiers, cartons, et autres emballages abandonnés. Sera-t-il encore là, ce soir ? Je pousse ma porte, enlève mon bonnet et mes gants, laisse mes chaussures dégoulinantes de neige fondue dans l'entrée.

Gabriel est par terre, de dos, toujours devant la télé, ses robustes épaules dépassant du lit. Mais si fragile, pourtant. Je pose sur la table mon sac de kraft avec deux Mac Do, un pour lui, un pour moi, j'en sors un et je vais direct le manger dans la baignoire.

Ensuite, seulement, je le rejoins. Devant l'écran lumineux, Gabriel donne l'impression de vouloir paraître calme, même s'il semble en permanence sur le qui-vive, à la manière des chevreuils qui s'immobilisent à l'approche d'un chasseur. Discrètement, je l'observe, je traque le moindre signe. Je pose une ou deux questions.

Mais il reste désespérément silencieux. Et opaque.

Et le soir, je m'endors, lui à côté de moi, j'entends sa respiration paisible, et mes rêves inavouables m'assaillent à nouveau.

Impossible de m'en sortir seule. Je ne sais toujours pas comment ni pourquoi il a échoué à l'hôpital, ce matin de janvier, un an après avoir disparu.

Huit jours qu'il est là et rien de nouveau. J'ai seulement pu lui demander s'il jouait toujours du violon.

Il m'a répondu non.

Ce soir, oui, je dirai à Gabriel : demain, nous irons à l'hôpital tous les deux. Son pansement à contrôler. Puis, je le conduirai dans le Service Psychiatrie, où il est attendu. J'espère qu'il se laissera faire sans résistance.

Mais un pressentiment m'alerte dès le seuil de la porte.

Dans la chambre : personne.

Je me précipite pour regarder sous le lit : rien.

D'un seul coup, tout bascule dans ma tête. Sans que je comprenne pourquoi, une peur terrible s'enroule dans mon ventre. Je ne cherche pas d'autres indices dans le studio. Si son carton sous le lit n'est plus là, c'est qu'il est vraiment parti, je le sais.

J'enfile mon jogging à toute vitesse, me précipite dans l'escalier. Et je vais courir à *Central Park*, à la queue leu leu derrière tous les cadres stressés du quartier qui évacuent leurs angoisses dans leur podomètre. Je cours jusqu'à l'épuisement. Le vent qui souffle de l'Atlantique me paralyse les joues et m'empêche de respirer. Les tours impassibles de New York autour du parc m'étouffent de leur raideur froide, juges impitoyables. Les ombres des arbres nus m'emprisonnent dans leurs toiles d'araignées, sous le regard glacé des réverbères.

À mon retour, les deux Mac Do sont toujours sur la table, intacts dans leur sac de kraft. Je ne peux pas y toucher. Je m'allonge sur le lit, en travers, et je pleure longtemps, pour la première fois depuis des années.

Mon train-train dans la douleur des autres a repris, mais la différence, maintenant, c'est que je guette sans arrêt son visage parmi les nouveaux arrivants. Chaque journée qui commence est devenue un nombre d'heures d'espoir. Je m'accroche à cette idée : puisqu'il est arrivé une fois dans ce flot de malheur, il pourrait reparaître une seconde fois.

Le visage de Sarah m'obsède, je la vois seule au square avec son fils et je me répète sans discontinuer que je suis la reine des imbéciles. Jamais je n'aurais dû laisser filer les jours.

Gabriel a disparu, poisson rejeté à la mer, et je n'ai aucune piste pour le retrouver. Aucun indice. Aucune chance. Perdu, irrémédiablement perdu. Je n'ai même pas noté son nom d'emprunt, à consonance étrangère impossible à mémoriser, avec plein de z, de k et de w.

Je n'achète plus de Mac Do, mais je passe encore plus de temps dans ma baignoire. Et quand j'en sors, mon image, reflétée dans la glace, m'arrête :

ce visage rond, poupin, ces yeux bleus candides, ma peau de lait transparente, mes taches de rousseur et mes boucles, ambrées comme le panache d'un écureuil sauvage et romantiques en diable... J'ai l'air tellement innocente. Petite fille bien sage. Irréprochable, franche et claire, moi qui me sens si noire à l'intérieur. Vraiment, on ne peut pas se fier aux apparences.

Et le soir, étendue sur le lit, le regard vers le plafond bleuté, je reste des heures à me repasser inlassablement le film de mes jours avec lui. Ma mémoire fait défiler avec une concentration obsessionnelle les différentes séquences qui m'ont conduite au silence. Elle détaille toutes les images qui reviennent, poussée par le besoin de comprendre, mais aussi par l'irrésistible envie de retrouver les traits de son visage. Ce magnifique visage qui m'avait électrisé dès la première seconde, dès la première fois où je l'avais rencontré.

Gabriel est un homme qui vous happe le cœur d'un seul regard.
Qui vous le kidnappe.

PARIS

« Paris, le 11 janvier.

Ma chère, très chère petite Elsa,

Tu es loin, je suis seule, et aujourd'hui c'est dimanche, la librairie est fermée. Une grande journée se dessine devant moi, et je n'ai rien de particulier à faire. Sarah est partie chez une amie avec le petit, ta sœur ne viendra donc pas déjeuner comme d'habitude.

Alors plutôt que de t'appeler à New York pour prendre des nouvelles, j'ai eu pour une fois envie de sortir un bloc de papier, mon stylo-plume qui n'a pas servi depuis fort longtemps, et de t'écrire une lettre.

Une vraie lettre, ainsi qu'on prenait le temps d'en faire, avant, lorsque les mails, les SMS et les portables n'existaient pas. Penser à toi très fort. Choisir les mots avec soin, ciseler les phrases. Une lettre. Une broderie, une aquarelle, une miniature. En un mot, te donner le meilleur de moi-même.

À la librairie, j'ai un grand rayon *Correspondances*, j'adore cette sorte d'ouvrages. Comment ne pas être touché par la comtesse de Ségur écrivant à sa fille ?

Les gens de plume s'adressaient avec leur talent d'écrivain à ceux qu'ils aimaient. Ils savaient à merveille exprimer leurs émotions, aussi bien – si ce n'est mieux – que pour leurs personnages, les inscrivant ainsi dans l'éternité des sentiments. "Chère petite, depuis ton départ, la maison est un désert ; l'entresol est un tombeau, le premier est un purgatoire où nous expions tous ton aimable gaieté, ton rire joyeux et ton esprit pétillant." Je ne saurais mieux dire le vide de ton absence.

Et c'est modestement – sans prétention aucune ! – que je renoue aujourd'hui avec ce charme épistolaire. Pour le plaisir de passer un moment avec toi, sans compter les pages, ni mesurer le temps passé.

En ouvrant les volets, j'ai aspiré une grande bouffée d'air glacé, l'hiver est froid cette année. Il est tôt, Paris ouvre tout juste les yeux. Le jour n'est pas levé, le dôme des Invalides est encore éclairé et seules quelques voitures discrètes vont et viennent dans la pénombre, comme pour se faire oublier, et ne pas troubler cette quiétude matinale, si rare dans une grande cité.

Dans ce silence, les arbres élèvent leurs grands bras décharnés tendus vers le ciel, implorant je ne sais quelle divinité de leur rendre leurs feuilles. Qu'ils sont attendrissants, soumis, résignés, patients… Et respectueux du grand ordonnancement de l'univers. Qui de nous, pauvres mortels, peut clamer une telle confiance en l'avenir ? Leur constance sereine m'est une leçon d'espérance. Ils savent, eux, passer les saisons difficiles.

Ton père me manque. Souvent et beaucoup. Et sa musique aussi, tellement. J'emplis constamment ma maison de ses "notes en boîte", comme il disait à propos de ses CD enregistrés dont il n'était jamais satisfait. Je les passe en boucle, du matin au soir. Mais, oui, ce ne sont que des notes en boîte, pâle reflet des instants magiques qu'il savait me faire partager et dont je me nourrissais, chaque jour, chaque seconde, auprès de lui. Revivrai-je ces clartés de bonheur parfait, équilibre intégral de nos deux vies entremêlées ? Je l'espère de tout mon cœur.

Et toi, comment vas-tu, chère petite ?

Comment se passe ton séjour aux urgences ? Tu m'as bien dit, la dernière fois au téléphone, en avoir pris ton parti et y trouver même un intérêt pour ta formation. Mais tout de même, quelle déception. Je t'entends encore : "Maman, c'est miraculeux ! Je suis acceptée en *postdoc* chez un grand professeur de la Faculté de médecine à Yeshiva. L'une des plus prestigieuses universités des États-Unis." Et tu avais sauté de joie dans toute la maison, ta lettre à la main comme si elle était ton passeport vers le paradis, t'en souviens-tu ? Je revois aussi ton père : lui qui n'avait pas remis les pieds aux États-Unis depuis notre rencontre... Voir sa fille retourner dans son pays natal, par la grande porte, lui avait procuré une grande fierté.

Évidemment, tu aurais mieux fait de revenir ici, en attendant la date de ton admission, mais... Te faire changer d'avis, quand tu as décidé quelque chose ? Autant rêver l'impossible, n'est-ce pas ?

Tu sais à quel point je suis heureuse d'avoir une fille médecin. Depuis toujours, c'était ton désir et tu as réussi. Et je sais combien ta sœur a envié ta détermination inébranlable, te voyant avancer, sûre de toi, pendant qu'elle tâtonnait, ne sachant que faire de sa vie !

Une fois de plus, je constate que tu as réussi à contourner les difficultés, avec le discernement qui te caractérise. Compléter ta thèse par ce stage, pour te destiner à la recherche, résout ton désir de secourir tes semblables, tout en ne t'exposant pas directement. Je reconnais bien là ton art de transformer les obstacles en opportunités.

Mais, au quotidien, comment te sens-tu ?

Je sais bien peu de choses de ta vie d'étudiante américaine, si ce n'est que tu habites dans un charmant quartier et que l'hôpital te prend toute ton énergie. J'espère seulement que New York n'est pas trop contraignant pour toi et que tu trouves tout de même le temps d'explorer ses musées, ses expositions... et ses librairies ! Tu le sais, ton père est attaché à son pays mais déteste cette ville et ne m'en a jamais dit que des horreurs. Lui, il n'aime que la nature. Pour Alex, maintenant, c'est la Grèce, sa musique, son piano et rien d'autre.

Rien d'autre. Lui à Corfou, moi à Paris.

C'est triste, j'en souffre.

C'est ainsi.

Et tu me manques. Mais si tu peux faire progresser ta recherche, c'est l'essentiel. Au moins, de ce côté-là, je te fais confiance. Tu es si sérieuse et travailleuse, je suis sûre que tu donneras entière satisfaction à ton patron. La seule chose que je crains vraiment, c'est ton émotivité, ta trop grande vulnérabilité et ton repli dans la solitude. Tu es toujours d'une telle discrétion quant il s'agit de tes émotions. Mon petit escargot blotti dans sa coquille…

Que te dire d'autre ? Des nouvelles de la famille.

Ta sœur travaille énormément. Mère célibataire et chef d'entreprise : elle assume ces deux nouvelles responsabilités, survenues en même temps, avec un courage admirable.

Élever son fils, sans père, est une bien triste épreuve. Et la peine de Sarah est évidemment alourdie par le fait que Gabriel n'ait jamais rien su de l'existence de cet enfant.

Un an déjà, depuis sa disparition. Aucun éclaircissement, pas la moindre piste à laquelle se raccrocher. L'ombre de ne pas savoir ce qui s'est passé plane toujours sur nous. Sur mes sœurs, aussi. Anne, pourtant heureuse avec son Carlos dans sa maison bretonne, me dit en être souvent perturbée. Et Lise n'arrive pas à trouver la sérénité sur son bateau. De nous trois, d'ailleurs, Lise en porte le plus lourd poids : c'est sur son voilier à elle que le drame a eu lieu. Si elle n'avait pas demandé à Gabriel de le convoyer en Guadeloupe pour elle, il serait toujours en vie.

Il est vrai que Gabriel avait voulu faire la traversée en solitaire. Et qu'elle avait accepté. Mais tout de même.

Je repense souvent à la façon dont les choses se sont passées.

Je me remémore son entrée dans notre famille, avec fracas, chez le notaire, à la mort de Père. La découverte de l'amie clandestine de Père. Amie clandestine, depuis toujours et… mère de Gabriel. Quel choc pour tes tantes et moi, cette double vie de notre père !

Et tout de suite après… Ta sœur et Gabriel… Leur rencontre, leurs recherches communes pour tenter de comprendre les mystères de cette liaison secrète. Gabriel, garçon charmant, discret, prévenant. Gabriel, qui avait vite conquis le cœur de Sarah. Et qui ne pouvait trouver meilleur trait d'union pour se faire apprécier de nous.

Te souviens-tu, de ce concert, ton père et lui, à la maison ? Ce magnifique moment entre eux, l'accord immédiat de leurs deux instruments, Alex au piano, Gabriel au violon ?

Et voilà que, quelques mois après, sans aucun bruit, Gabriel glisse hors de notre vie, comme un poisson échappe d'une main pour s'enfoncer dans la mer.

Plongeant notre famille dans le désarroi. Et dans le deuil, comme s'il avait été membre de notre famille depuis longtemps. Est-ce parce que nous l'avons cru, au départ, le fils caché de notre père ? L'ange providentiel, magnifiant l'image paternelle ? La part lumineuse d'un père, sombre et distant, qui avait fui notre enfance, à tes tantes et à moi ? La mère de Gabriel avait créé une grande confusion, avant de mourir à son tour, laissant entendre que notre père pourrait être *aussi* celui de Gabriel. Était-elle sincère ? Crédible ? Encore lucide ?

Autant de questions qui avaient bouleversé Gabriel, et que nous nous sommes toutes posées. Et auxquelles Sarah a voulu – avec raison – donner une réponse, en menant son enquête dès qu'elle s'est sue enceinte. Une enquête qui lève l'ambiguïté : Gabriel *n'est pas* le fils de mon père. Heureusement. Pour elle. Pour leur enfant.

Le seul point indiscutable, mais inexpliqué, est que mon père en a fait l'héritier de son entreprise. Mais cela ne prouve rien. Il pouvait l'aimer, et croire en lui, même sans lien de sang.

De toute façon, Gabriel, lui, n'a plus besoin de preuve, là où il se trouve. Même s'il est triste de penser qu'il est mort avec ce doute en tête.

Mais pour ta sœur, le fait d'avoir pris la place de Gabriel, de son vivant, afin qu'il puisse faire cette maudite croisière, l'attache encore plus à ses responsabilités. Sarah aurait sûrement jeté l'éponge depuis longtemps dans un autre contexte. Seulement, cette situation peu commune contribue à sa persévérance. Pour ne pas dire à son acharnement. Parce qu'à mon avis, elle n'arrivera pas à redresser cette affaire, elle s'épuise pour rien. D'autant qu'il est plus ardu encore de diriger une entreprise dont le propriétaire est porté disparu – et qui en reste toujours officiellement le détenteur – tant que son corps n'a pas été retrouvé.

Oui… Pauvre Sarah. Toute seule pour affronter tant de difficultés. Moi, à son âge, j'avais ton père.

Mais de cette époque, il ne me reste désormais que le souvenir : je ne ressens plus cette sève vitale et inépuisable qui rendait toute chose possible. Et je regarde avec admiration et une pointe d'étonnement cette énergie en Sarah, qui chez moi me paraissait si naturelle. Le temps passe. Je vieillis, tu vois.

Mais je t'assomme sûrement, chère Elsa, avec tous ces ressassements incessants.

De nous tous, tu es la plus éloignée de Gabriel, tu ne l'as croisé qu'une seule fois, et cela me réconforte de te savoir hors de portée de l'attraction – et de l'affliction – causée par cet homme sur notre famille.

Tu es ma fenêtre sur l'avenir. Celle qui sait où elle va. Que rien n'entrave, ne tire en arrière. Mon petit phare, de l'autre côté de l'Atlantique. Même discrète, je devine sa lueur, au loin, et elle me rassure.

J'en ai besoin. Par moments, je ne sais plus où j'en suis. Ton père m'oublie et moi je ne sais rien faire de moi-même, si ce n'est me lamenter auprès de toi d'une vie que je souhaiterais autre. Pour ta sœur, pour moi, pour ton père.

Je n'ai pas, hélas, la confiance des arbres en leur avenir. Je ne vois que branches décharnées et feuilles mortes.

Garde ta belle assurance, ma très chère Elsa, sois notre garante de la liberté d'être.

De tendres baisers.
Ta maman qui t'aime.
Marie. »

Marie se relit attentivement. Elle plie conscien-cieusement les pages, les glisse dans l'enveloppe et inscrit de sa belle écriture souple l'adresse de sa fille. Le jour est maintenant parfaitement levé et un ciel bleu dur encercle le dôme étincelant. Longue-ment, Marie le fixe à travers la vitre fermée.

Puis elle se dirige lentement vers la cuisine, ouvre le couvercle de la poubelle et déchire la lettre en menus morceaux.

Janvier

« Atelier Gabriel, Cours de sculpture ».

Mon panneau, à l'entrée de la maison, me cha-touille délicieusement le cœur chaque fois que mon regard se pose dessus. Fièrement, il borne mon ter-ritoire. Et pourtant, c'est juste une modeste planche de bois flotté ramassée par Carlos sur la plage et accrochée par une chaîne au mur de granit, face à la mer.

C'est peu de choses, d'accord, mais ces quelques mots ont un pouvoir magique sur moi. Ils me flattent et me rassurent, parce qu'ils disent ce que j'ai tou-jours voulu être.

Enfin sur ma route. Anne Vautrin, « éveilleuse » en sculpture – pour ne pas dire « maître », ou « profes-seur », c'est trop imposant pour moi.

Un demi-siècle pour en arriver là.

Vivement lundi prochain. Incroyable à quel point ils me manquent, mes élèves, quand j'ai une semaine sans personne à l'atelier. Tous ces jeunes qui squat-tent mon jardin, font la fête le soir tard dans leur chambre, flirtent à la fraîche, devant la mer, tout ce joli monde chez moi, je n'ai qu'un seul mot : c'est merveilleux.

Même si je me dis que je n'ai pas le droit de tirer profit de ce qui a tué Gabriel.

Et pas le droit de gagner de l'argent avec.

Carlos me répète que mon attitude est stupide, arrêter mes cours n'aurait aucun sens. « Ce n'est pas ce qui lui rendra la vie ! » Mais la nuit, je fais des cauchemars atroces et je me dis : voilà ce qui arrive quand on n'écoute pas sa conscience. C'est un signe qui me demande tout simplement d'arrêter les stages, par respect pour lui et en mémoire de sa bonté.

Et plus les semaines défilent, mieux les choses se passent à l'atelier, plus je culpabilise.

C'est vrai qu'au début, quand j'ai commencé à donner des cours, je n'avais pas le temps d'avoir des états d'âme.

Une merveille, il faut dire, mon site Internet. « Venez vous ressourcer à Port-Manech, havre de paix, de beauté et de richesse créative. » Rien que ça. Un simple clic, et hop, ma maison défile au pied de son phare sur toutes les coutures, c'est féerique. Photos splendides de l'atelier, avec ses baies vitrées plongeant sur l'océan à perte de vue, ses poutres sombres et son désordre habituel. Et bien sûr, la mer et encore la mer. La somptueuse embouchure de l'Aven et du Belon par temps clair. Sans oublier ma splendide haie d'hortensias en pleine floraison.

Et, pour couronner le tout : moi !

Avec mon grand tablier blanc, mes formes « généreuses » comme dit Carlos, et mon envahissante tignasse rouge frisée, en plein travail. Je ne suis pas nombriliste – enfin, pas trop… – mais je trouve ces portraits de moi extrêmement bien réussis. J'y passerais des heures, sur mon site.

Avec Internet, c'est comme à la pêche, il faut faire avec ce qui vient, quand on se lance… Moi, c'étaient des retraités, assez chic. Ce joli monde voulait meubler son ennui, ou sa solitude, avec les « Bases de la sculpture, niveau 1 ». En général, plutôt sympa, d'ailleurs, mes nantis, mais franchement, il fallait toujours être plus ou moins à leur service : « Vous avez un sèche-cheveux ? », « Je suis au régime, c'est possible de me servir des yaourts à 0 % pour le petit déjeuner ? », « Les serviettes de toilette sont un peu rêches, vous mettez de l'assouplissant ? » Etc, etc. C'est simple : leur imagination était sans limite.

Bref, ça ne s'arrêtait jamais, toujours des exigences, des réclamations. Et tout ça pour quel piètre résultat ! En fin de compte, un sur deux n'allait pas au bout de son travail et préférait bouquiner sur une chaise longue face à la mer. Et la semaine à l'atelier se soldait par des poubelles remplies de leurs vraies préoccupations : sacs d'emballage des magasins chic de Pont-Aven, et factures des meilleures tables du coin, à l'addition vertigineuse.

Oui… Au début, je me donnais à fond. Mes premiers élèves, je les bichonnais, même s'ils me demandaient la lune.

Mais je me suis lassée, à la longue. Je faisais de l'argent, c'est vrai, mais je ne créais plus rien.

Et je m'ennuyais grave. On devient plus exigeant avec le temps.

Heureusement, Elsa m'a sortie de cette ornière. Avec le filon « Maisons de la Culture » des quartiers difficiles, là, tout a vraiment été génial.

À croire que j'étais son principal sujet de recherche, à Elsa, dans ses contrées lointaines. J'en ai une pleine boîte à chaussures, de ses coupures de presse, chaque fois qu'elle trouvait une piste intéressante pour mon atelier. « Pour toi, ma tante. Bise. Elsa. » Oh, elle ne s'encombre pas de mots inutiles, Elsa, ni de charme superflu, mais efficacité assurée, rien à dire. Ça m'a toujours impressionnée, les bouts de bonne femme comme elle. Attentive à tout, rien ne lui échappe. Petite, réservée, sobre, discrète, mais tellement, tellement déterminée. Un concentré de volonté.

Je l'avoue, je lui dois une fière chandelle. Jamais je n'aurais imaginé qu'un morceau de papier journal aurait pu changer si radicalement ma vie.

Quant à Sarah… Chacun son style. Elles sont si différentes, les deux sœurs ! Sarah, elle, m'abreuve de petits mots de réconfort et de mille et une autres attentions délicates, dès qu'elle peut. Sarah, ma perle à moi, l'enfant que je n'ai jamais eu. Et qui me le rend si bien. Une chance inouïe pour une vieille célibataire comme moi.

C'est rarissime une semaine comme celle-là, la maison vide et l'atelier muet. Maintenant, les associations se bousculent au portillon et me proposent des subventions pour m'occuper des ados qu'ils trouvent un peu trop agités à leur goût. À croire qu'ils avaient tous besoin de moi… Carlos me dit que je suis utile à la société et que je ne dois pas culpabiliser d'être autant comblée. « C'est le bonheur qui te fait peur. »

Pour sûr, je suis bien mieux avec mes pépites en herbe qu'avec mes argentés désœuvrés !

Parce qu'ici, pas de problème.

On a la place, on fait des choses intéressantes. Le soir, on rigole bien et Carlos fait la nounou-maîtresse-de-maison-confident. Les jeunes l'adorent. Et quand ça s'excite un peu, il crie : « Silence ! » et se lance, à pleins poumons, dans un grand air d'opéra qui leur coupe le souffle à tous. Ils le regardent, médusés, comme s'il était un extraterrestre.

Pour les repas, facile : les pâtes, les pâtes et encore les pâtes, à croire que les ados ne mangent que ça. Mais attention ! Pâtes *al dente*, s'il vous plaît. Avec fruits de mer, de la criée, et les tomates de la voisine, mijotées pendant des heures avec les herbes du jardin par mon Carlos cordon-bleu.

Que du plaisir, donc. Et notre petit monde vit sa vie sans histoire.

Un jour, quand même, le coup de l'air d'opéra n'a pas marché comme d'habitude. Un grand loustic, arrivé la veille, encore tout plein de l'agressivité du macadam, s'est reculé sur sa chaise renversée. Il a regardé Carlos chanter avec un léger sourire de dédain. Et lâché, assez fort pour se faire entendre malgré les décibels de Carlos qui emplissaient la pièce : « Complètement NAC, ce truc ! »

J'étais à côté de lui, je me suis penchée et lui ai demandé : « NAC ? Ça veut dire ?... »

Il s'est redressé, avec un air de défi : « NAC, c'est Nul À Chier. »

Alors là, mon sang n'a fait qu'un tour.

Je l'ai attrapé par le bras, fermement, et l'ai entraîné dehors. Il faisait gris sombre, la brume d'hiver flottait sur la pelouse.

En pressant le pas, je l'ai tiré vers le petit muret de pierre au fond du jardin, là où la vue est la plus belle. Là où on est à la fois protégés du vent, des regards et où, perchés sur le bord du chemin qui surplombe la mer, on plonge dans l'infini de l'océan. Mon petit muret, c'est le refuge de ma maison. Celui par lequel on s'alimente le cœur, celui qui sait vous redonner la paix, celui qui vous ouvre vers le plus profond et le plus vaste de vous-même.

Autoritairement, je lui ai dit de s'asseoir, il a obéi, et nous nous sommes retrouvés tous les deux, face au large, les jambes ballantes dans le vide. D'énormes vagues se fracassaient violemment sur les roches à nos pieds, envoyant en l'air des gerbes immenses et transparentes. L'odeur du varech emplissait nos narines de son irremplaçable parfum iodé. Et, au loin, la mer grise laissait apparaître une flaque de soleil, tache dorée qui annonçait l'arrivée du beau temps.

« Et ça, c'est NAC ? » J'étais coupante, impossible de réprimer ma mauvaise humeur, je déteste qu'on ne soit pas, comme moi, en extase devant la voix de Carlos.

Après un silence, j'ai entendu : « Non. »

Le garçon regardait la mer avec respect, les deux mains jointes coincées entre les cuisses.

Ça m'a plu. J'ai glissé un bras sous le sien et je lui ai dit : « Tu sais, nous, ici, on a de la chance. On vit toute la journée avec des belles choses autour de nous. Ça nous rentre dans le cœur et ça ressort comme ça peut. Chacun à sa manière. Carlos, il chante, et moi, j'essaie de faire quelque chose de mes mains. Toi aussi, tu as des choses à faire sortir de toi. Alors, au lieu de les bloquer, tu devrais essayer de les laisser venir, tranquillement. Et pour ça, il n'y a qu'une seule recette : tu te tais, et tu regardes. OK ? »

Il n'a pas répondu et on est restés un long, très long moment sans parler, à regarder la tache de soleil qui grandissait sur l'eau et avançait vers nous.

C'était magnifique. Les rayons obliques sortaient des gros nuages gris et déversaient une poudre d'or sur l'océan de plomb.

Ahmed, c'était son nom, a compris le message. Il est devenu l'un des plus assidus de tous les jeunes qui sont venus à la maison. Il n'a plus dit un seul mot du séjour mais était tout le temps à l'atelier, même le soir et une grande partie de la nuit. J'étais fière de moi : « Celui-là, il ne l'oubliera pas, son passage chez moi… »

Mais c'était moi qui ne l'oublierais pas. Pendant la semaine, Ahmed a fait une sculpture en glaise absolument incroyable : un très long cou surmonté d'un visage impassible, tourné vers le ciel, yeux clos et bouche énorme, ouverte, tendue, goulue, et deux oreilles en feuille de chou, monumentales et fines, de vrais radars. La sculpture vous rentre littéralement dedans, tant elle est forte. Inconsciemment, Ahmed était allé chercher l'inspiration dans l'art de ses ancêtres. Un cri immense, un appel à vivre sidérant.

Avant qu'il s'en aille, j'ai dit à Ahmed : « Tu es extrêmement doué, tu ne dois jamais l'oublier. Ta sculpture est réellement exceptionnelle. Et... si tu le veux bien... Je voudrais te l'acheter. » Je lui ai proposé un bon paquet, un vrai bon paquet, en fait quasiment tout ce que j'avais gagné dans la semaine. « Avec cet argent, tu pourras en faire des choses, de retour dans ta cité. Par exemple, acheter de la glaise et continuer à travailler. »

Eh bien, là, c'est lui qui m'a scotchée.

Ahmed m'a dit : « Viens. » Nous avons traversé la pelouse, vers la mer. Les goélands faisaient un ramdam d'enfer au bord de la falaise. Il faut toujours qu'ils manifestent bruyamment leur plaisir quand un pêcheur leur mâche le travail : un chalutier rentrait au port et jetait par-dessus bord les déchets de sa pêche, pour le plus grand bonheur de ces messieurs dames à plumes, servis sur un plateau.

Ahmed m'a entraînée sur le muret de pierre et il a observé longtemps, en silence, le manège des oiseaux derrière le bateau qui dansait sur les vagues. On aurait dit qu'il emplissait tous ses sens de ce spectacle grandiose. J'ai pensé à toi, Gabriel, tu regardais la mer avec ces mêmes yeux avides.

Puis il a tourné son visage vers moi, m'a lancé un bref coup d'œil, ardent : « Ma sculpture, elle est à elle. La mer. Et la mer, c'est à tout le monde. Tu peux la garder ici. Elle n'est pas à moi. »

Et il a quitté la maison sans lui jeter un dernier regard.

La vie est injuste, Gabriel.

C'est grâce à toi que j'ai pu installer mon atelier, mon Pavillon Gabriel, dont je suis si fière. Qui me donne des joies si intenses, comme avec cet Ahmed.

C'est toi qui m'avais donné le feu vert. Toi qui avais refermé ce dossier si compliqué d'héritage, personne n'y comprenait rien. Si tu avais bloqué le testament de Papa chez le notaire – et Dieu sait si Papa avait fait tous les nœuds possibles pour emmêler son monde –, Lise n'aurait pas acheté son bateau, ni moi ma maison.

Mais toi, tu serais encore là, du coup. Et tu gérerais tranquillement l'entreprise de Papa, puisqu'elle te revenait.

Un bel homme comme toi… Chaque fois que je commence mon petit cours, c'est toi que j'ai devant les yeux. « Regardez bien un corps humain : avez-vous déjà remarqué que trois lignes partagent le corps en quatre parties environ de la même hauteur ? Au milieu de la poitrine, au pubis, et sous les rotules… Et que la tête fait environ le septième de la hauteur totale ? Les bras descendent à peu près jusqu'à mi-cuisse, et que les coudes et les genoux sont approximativement à la moitié du bras et de la

44

jambe ?... » Toi, Gabriel, tu n'avais rien d'*approxi-matif*, pas d'*environ*, pas d'*à peu près*, mais *exacte-ment* les rapports définis. Je travaille assez l'harmonie des formes pour savoir reconnaître une beauté rare. Combien de fois t'ai-je observé, mesurant tes proportions l'air de rien, sidérée par tant de perfection. Tu aurais pu prendre la place de l'*Homme de Vitruve* dans le cercle de Léonard de Vinci.

Je ne sais pas où tu es, ni si tu peux m'entendre. Tu connais mes très faibles certitudes sur la question de la vie éternelle. Mais sache que ta disparition nous perturbe toutes.

Parce qu'on ne sait pas ce qui s'est passé. Mais aussi à cause de Papa. Papa t'avait aimé. Et l'amour que tu as reçu de lui, nous aussi, ses filles, on voulait en avoir notre part. Par toi. Tu comprends ? Disparaître aussi brutalement, c'est nous laisser à nouveau sans ce que nous n'aurons jamais connu de Papa.

Résultat : Marie végète à Paris, Lise ne s'en remet pas de t'avoir laissé convoyer son voilier vers les Antilles, mortelle expédition. Moi, je prends un coup au cœur chaque fois que je vois mon petit panneau et que ton nom me saute à la figure... Et Sarah élève un enfant sans père. Pauvre gamine. À trente ans, on a encore le droit de croire que la vie vous appartient.

Elle est courageuse, la petite. Il faut voir avec quelle énergie elle mène sa vie bon train et prend tout très au sérieux. Mais elle, si joyeuse, si drôle, si charmante... Mère célibataire et femme d'affaires, tu parles d'une légèreté de l'être ! Je préférais ma

45

nièce pouffant de rire en jeans, que faisant ses comptes les sourcils froncés en tailleur sombre.

On ne choisit pas.

Il n'y a qu'Elsa qui a l'air de s'en sortir.

Elsa, elle a pris la poudre d'escampette. Plus elle est loin, mieux elle se porte, on dirait. Au moins, là-bas, en Amérique, elle a la paix.

Elsa, elle se protège, depuis toujours.

New York

Février

J'ai du travail.

Demain, je quitte les urgences pour retrouver le *Microbiology & Immunology Department,* mon unité de recherche. Et je dois absolument faire de l'ordre dans mes classeurs qui envahissent toute la table et une bonne partie de la moquette. « Veille et modèles entomologiques des maladies vectorisées ubiquitaires et tropicales émergentes. » Il y en a partout. Moins ils occupent mes pensées, plus je leur donne matériellement de la place.

Et je ne me suis toujours pas occupée de cette fichue porte d'armoire, dégondée, par terre, contre la cloison. Ma chambre, si charmante, si cosy à mon arrivée, ne ressemble plus à rien.

Coup de sonnette. Sur mon palier, un colis en carton. Je sursaute. Même taille que celui de Gabriel. Mon cœur se serre, violemment. Les boîtes de carton me troublent toutes, maintenant.

Mais non. Ce n'est qu'un paquet de la poste. L'écriture de Maman sur l'étiquette me déçoit. Gabriel est loin.

Mais elle m'apaise aussi : c'est mon petit supplément à l'ordinaire, encore une fois. Maman me fait savoir qu'elle me protège toujours. Même si je ne lui donne pas beaucoup l'occasion de me le dire. À l'intérieur, bien rangées comme des trésors, ses surprises enveloppées dans du papier de soie bleue, souvenirs de France. Sur le dessus : des livres, ma gourmandise, mon rempart contre la solitude. Maman m'a transmis sa passion, elle le sait et m'en comble. Ma confiance dans ses choix est totale, je sais d'avance que je vais m'y trouver bien.

En dessous, un bonnet et des gants en *cashmere* « pour que je ne prenne pas froid pendant mes tours de jogging ». Une jolie couleur sophistiquée, entre l'ambre et le miel foncé. Un gâteau aux noix, fait par Maman – sa spécialité – dont je raffole. Et un ravissant flacon de son parfumeur préféré : *L'Heure Bleue* de Guerlain. Parce que, pour elle, la vie, sans une touche de superflu luxueux, n'est pas digne d'être vécue. Et que *L'Heure Bleue*, c'est *le* parfum qui me va, d'après elle.

La tendresse maternelle sublimée. Tout l'univers de ma mère, raffiné, discret, sensible, attentif. Mon œil se mouille, elle me manque.

Sous les cadeaux, des photos. PG, PG et encore PG. Quel surnom stupide ! Pourquoi Sarah ne l'appelle-t-elle pas tout simplement Gabriel, puisqu'elle lui a donné le prénom de son père ? PG : Petit Gabriel. Ridicule. Je jette les photos dans ma poubelle sans les avoir regardées. Le visage de ce bébé me gifle le cœur.

Et tout au fond, comme pour se cacher, une lettre de Maman. La première que je reçois d'elle ici.

L'enveloppe est beige clair, dans un papier velouté et épais, mon nom est dessiné de sa belle écriture légère et déliée. Elle patientera un peu sur la table de nuit, je la lirai plus tard, ce soir.

En attendant, je veux profiter de cette bouffée de bien-être avec mes nouveaux livres. La seule chose dont j'ai envie, et même impérativement besoin, là, maintenant, c'est de me cacher dans l'un d'eux. M'échapper de moi-même. Fuir la présence obsédante de Gabriel dans ma tête. Fuir aussi cet œil, toujours ouvert dans le secret de ma conscience, qui me regarde, me juge, me condamne, me dit que je n'ai pas fait ce que j'aurais dû faire. Merci Maman, c'est exactement ce qu'il me faut.

Lequel prendre en premier ? Mon choix s'arrête sur le quatrième, avant-dernier de la pile, je n'ai encore rien lu de Nabokov. *Lolita*. Ce sera celui-là, aucun doute. Parce qu'il est épais et va durer longtemps. Pour pouvoir m'y installer, avoir hâte de le retrouver et m'y sentir comme chez moi. Mais aussi, pour son parfum de scandale et le trouble qu'il dépeint.

J'ouvre la première page, avec voracité. « Lolita, lumière de ma vie, feu de mes reins. Mon péché, mon âme. Lo-li-ta : le bout de la langue fait trois petits bonds le long du palais pour venir, à trois cogner contre les dents. Lo. Li. Ta. »

Je prononce tout haut : « Ga. Bri. El. »
Le El s'échappe comme un soupir, presque imperceptible.

Je redis son nom, encore et encore. Mélodie douce. Et pourtant, venimeuse et ensorcelante. Écrasante et hallucinante.

Ma pile de classeurs arrête mon regard. J'hésite. Je dois préparer mon dossier. Mais je n'ai pas le cœur de m'y mettre. Plus du tout envie de rejoindre mon unité de recherche. La seule chose qui m'intéresse, c'est le livre de Maman. Un livre sur le grand amour.

Et puis, de là-bas, je n'aurai plus l'œil sur les nouveaux arrivants aux urgences.

« Rappelez-vous, mes chéries : le triangle olfactif ! Très important, pour bien porter son parfum... » Comme Aladin, la voix de Maman sort du flacon et m'enveloppe en même temps que ses effluves vanillés. J'ouvre mon flacon, mets trois gouttes du parfum enivrant et sensuel derrière mes oreilles, sur mes poignets et entre les seins. J'enfile mes nouveaux gants, mon bonnet, ma doudoune et fourre *Lolita* dans ma poche. Direction : la mer.

La mer, là où elle est la plus ouverte vers le large. La mer, territoire de Gabriel.

Coney Island. Je sors du métro, grimpe les escaliers quatre à quatre et me précipite vers la sortie. À peine dehors, une bise polaire m'accueille. Sans perdre une seconde, je cours jusqu'à la plage. Battue par les vents, encombrée de baraquements, grondant sous le fracas d'énormes rouleaux, elle n'est pas particulièrement romantique mais, au raz de

Breezy point le bien nommé, la vue est entièrement dégagée sur l'Atlantique.

Mon regard se tourne vers les Antilles. Une ligne droite et je suis au bout de son voyage, dans les eaux qu'il a parcourues, là où il *aurait dû* arriver, là où il s'est perdu.

Là où il nous a échappé à tous, et dont il est revenu, fantôme de lui-même, irrespirable incertitude.

La mer se dissout dans l'horizon, je cherche à trouver la ligne de délimitation entre air et eau. Le vent violent plaque mes boucles dans mes yeux, ma bouche, mes yeux pleurent de froid mais je résiste.

Où es-tu, Gabriel ?
Pourquoi m'as-tu laissée seule avec ma culpabilité ?

Il est tard. Terriblement tard. J'ai quitté la plage, transie par la nuit déjà largement avancée. Dangereux, aurait dit Maman. Mais je n'arrivais pas à laisser les étoiles, le grondement de la mer et les senteurs marines. Allongée dans ma doudoune sombre sur le sable, loin des éclairages de la route, personne ne pouvait me voir.

J'ai même dormi, je crois.

Ma chambre bleue me semble minuscule après ce débordement d'infini. Minuscule et affreusement isolée. Mon cœur est en lambeaux, comme les fanions qui battent au vent tout l'hiver.

L'heure tourne. Je n'arrive pas à trouver le calme. En boule dans les draps, j'essaie de dormir. Le trac commence à monter, d'abord sournoisement, puis franchement. Demain, lever aux aurores, mon boss m'attend à sept heures. Je n'ai évidemment pas touché à mes dossiers. Un flot de pensées indistinctes s'emmêle et grouille dans ma tête. Moment de panique. Ai-je mis mon réveil à la bonne heure ? Ma main engourdie de sommeil tâtonne sur la table de nuit.

Et rencontre une masse de papier.

La lettre de Maman m'attend sagement sous la lampe.

Je suis fatiguée, mes yeux me font mal. Tant pis pour demain. Je me sens terriblement seule et j'ai un énorme besoin de tendresse.

« Ma chère, très chère petite Elsa,

Je t'imagine, tout à la joie de ta réussite. L'heure est venue, puisque tu vas enfin intégrer ton unité de recherche. Quelle victoire sur toi-même, quel couronnement de ta persévérance ! Je suis fière de toi, Elsa, et heureuse de partager ces moments avec toi, par la pensée.

Tu me fais tant penser à ton père. Tous les deux, vous avez la profondeur des eaux impénétrables mais aussi la puissance des glaciers qui dévalent la montagne. Protégés par votre discrétion, personne ne vous fera dévier d'un iota dans votre course inexorable.

Et, lorsque vous avez atteint votre but, vous offrez enfin, au regard de tous, la véritable essence de votre être, celle qui vous constitue.

Votre richesse m'émerveille.

Toi, tu files vers les cimes de la recherche, et ton père compose, maintenant. Oui, vous êtes loin de moi, mais te savoir comblée me procure une joie profonde.

Et il se trouve que, contrainte de mon côté par les nécessités de la vie, je permets à Alex cet espace d'isolement et la solitude, indispensable à sa création. Ton père me réclame, oui, mais je sais qu'il est heureux dans sa "retraite sublime, exquise, paradisiaque" de Corfou – Alex n'a jamais assez de superlatifs quand il s'agit de parler de sa maison… »

Maison. SA maison. Maison de Papa. Sans Maman. Toujours le même problème.

En secouant ma couette, je tombe sur la lettre de Maman, éparse, toute froissée au fond de mon lit. Je m'étais endormie dessus. Et le matin, le stress de la découverte du service, le boss, l'équipe, l'excitation de toucher enfin au but… Tout ce que j'avais attendu si longtemps m'avait totalement absorbée.

Et puis, je ne secoue pas ma couette tous les matins.

Tout de même. Oublier Maman me fait froid dans le dos. Je rassemble les pages, les lisse comme je peux pour tenter de réparer ce qui m'apparaît irrespectueux vis-à-vis d'elle. Quel triste spectacle, toutes ces feuilles en si mauvais état, écrites avec tant d'amour, écornées et déchirées par endroits. Je mets du temps à remettre les nombreuses pages dans l'ordre, elles ne sont pas numérotées et je cherche la continuité des phrases comme un puzzle de mots.

Voilà, j'y suis enfin. Il me manque juste un coin de feuille, arraché, introuvable. Mon désordre est tel, que je dois choisir entre fouiller mon territoire, inspecter ce qui jonche le sol, dossiers, revues, emballages et j'en passe… ou lire.

Je renonce à chercher plus longtemps et me plonge dans la lecture.

« … Ton père me réclame, oui, mais je sais qu'il est heureux dans sa "retraite sublime, exquise, para-disiaque" de Corfou – Alex n'a jamais assez de superlatifs quand il s'agit de parler de sa maison.

Bien sûr, j'aimerais le rejoindre. Mais… Je dois d'abord vendre ma librairie ! M'en occuper tant qu'elle n'est pas cédée. Et ce n'est pas si simple. Le métier devient difficile et jusqu'à présent, aucune offre n'a vraiment été intéressante. Ou alors, pas assez fiable. N'oublions pas que c'est elle qui nous fait vivre tous les deux.

Mais ne nous plaignons pas. Patience. Ainsi va la vie. La vie qui vous transforme et vous fait évoluer malgré vous.

Tu vois, par exemple, je constate que je fais moins attention à moi.

Je ne m'habille plus avec autant d'attention et suis moins sensible à mon paraître. Est-ce parce que je vis seule ? Que je n'ai plus ton père à séduire ? Peut-être.

Mais pas seulement.

Tiens, pour t'expliquer… Une toute petite chose, mais pour moi tellement significative. Veux-tu que je te raconte ?

Eh bien, ma nouveauté, la voici : je ne mets plus de vernis à ongles.

Cela peut te paraître anodin, mais depuis mes seize ans, *tous les jours de ma vie*, je les ai traversés avec du vernis à ongles. Rouge, crème, transparent, c'était selon, en fonction des modes et des époques, mais toute ma vie de femme, j'ai porté une couche protectrice au bout de mes doigts. Parce qu'il rend les ongles plus forts, donc plus longs, plus bombés et brillants. En un mot, plus beaux.

Et bien vois-tu, un de ces derniers matins, je me suis levée avec la certitude que le vernis, c'était fini pour moi. Définitivement. J'ai tout enlevé.

Et la page tournée, je me suis sentie nue.

Nue depuis… le bout des ongles.

Au début, plusieurs fois par jour, je les ai observés avec l'étonnement que l'on ressent lorsque l'on découvre quelque chose d'inhabituel en soi. Ils se sont aplatis, striés, cassés… À vrai dire, ils étaient gauches et assez laids, mais c'était moi, au naturel.

Et puis, peu à peu, je me suis mise à les trouver agréables à regarder. Leur nouvel aspect donnait à mes mains une sensibilité nouvelle, plus touchante parce que plus authentique. Leur longueur, qui ne dépasse pas l'extrémité du doigt, me permet d'effleurer et de ressentir différemment les objets que je prends. Et leur texture, un peu mate, se veloute avec le temps au contact de l'air.

Comme de petits personnages, je les ai apprivoisés au fil des jours et ils modifient maintenant, discrètement mais très profondément, l'image que je perçois de moi.

Peux-tu comprendre cela ? Tu vois, même à mon âge, on connaît encore des évolutions. Mais, tout de même, une confidence : ce n'est pas la révolution absolue, je n'ai pas renoncé à tout ! J'ai gardé pour moi, secret, le rouge flamboyant du vernis de mes orteils. Et même… j'y ai ajouté une couche de gloss transparent, pour leur donner plus d'éclat. »

Qu'arrive-t-il à Maman ? Deux pages sur ses ongles ! Elle qui ne parle jamais d'elle…

« Elsa, penses-tu que je me perds dans des futilités ? Que je m'égare autour de mon nombril ? Je me le dis parfois, oui.

Mais que veux-tu, je n'ai plus que moi comme centre de gravité ; il faut bien que je me contente de qui je suis. Je n'ai pas la chance de ton père, ni de ta tante Anne. Eux sont des créateurs, je ne suis qu'une créature.

Le soir, après avoir baissé le rideau de fer de la librairie, j'ai du temps, souvent. Personne ne m'attend à la maison. Alors je me promène dans les rues. Et parfois, plutôt que de rentrer, je vais dans les… »

Le coin de feuille manquant ! Je peste.

« … orientaux, ouverts tard le soir. J'adore leur univers parfumé. J'ai l'impression de glaner dans un jardin des sens, comme je les appelle, comme d'autres vont aux champignons, ou à la pêche à pied sur les plages aux grandes marées. Pour éduquer mes perceptions et découvrir de nouvelles émotions olfactives.

Es-tu contente avec *L'Heure Bleue* ? Je n'ai pas résisté à l'envie de te l'envoyer. Ce parfum, *c'est toi*, je te l'ai toujours dit : un fond doux et onctueux comme une crème, ce moelleux poudré merveilleusement subtil, mais aussi – et c'est ce contraste qui en fait toute la richesse – cette fraîcheur fusante, épicée, qui vous saute au nez, sans ménagement ! Un calme apparent mais une tempête latente.

Elsa, toi ma fille mystérieuse et secrète. Lac tranquille, trop tranquille. Regard bleu limpide, mais sourire énigmatique. Teint pâle mais bouche groseille. Surface lisse. Clair-obscur. Miroir sans tain.

Ma chère Elsa est indéchiffrable. Ma chère Elsa ne dit pas quand elle ne va pas bien. Et voilà bien des jours que je n'ai pas eu le moindre signe de toi… »

Qu'est-ce qu'elle fait, Maman, dans les « ???? orientaux ouverts tard le soir » ? Où traîne-t-elle, toute seule ?

À nouveau, je cherche avec énervement le bout de page manquant, impossible de mettre la main dessus. Pourquoi tombe-t-il justement sur ce passage ? Il *faut* que j'en parle à Papa.

Et je déteste le portrait qu'elle fait de moi. Un étau me serre les tempes. J'ai mal à la tête.

Mais je ne peux pas m'arrêter de lire.

« Que te dire d'autre ? Ici, mes journées passent vite : elles se partagent entre la librairie – tu connais le rythme qu'elle m'impose – et le soutien que je peux apporter à Sarah dès que j'ai quitté la boutique. Je dois dire d'ailleurs que je sacrifie de plus en plus la première pour le second, Sarah se trouvant souvent coincée dans sa vie effrénée de jeune maman-chef d'entreprise.

Ta sœur est admirable de persévérance. Elle a décidé qu'elle sortirait la société de votre grand-père de ses difficultés… Et elle y arrivera, j'en suis sûre ! Pourtant, ce n'est pas facile pour elle. S'imposer dans ce domaine d'activité masculin et trouver sa place dans le monde impitoyable des affaires, n'est pas simple. Mais elle a un tel courage…

Tu peux être fière de Sarah, Elsa.

Et je pense qu'elle serait très heureuse, si, de temps en temps, tu lui manifestais, toi aussi, quelque marque de soutien moral.

Je sais que ce n'est pas du tout ton genre, mais j'insiste un peu. Tu ne m'en voudras pas, j'espère… »

Sarah-la-Reine, la grande et merveilleuse Sarah. Toujours cette satanée préférence. Je bouillonne. Il faut que je bouge. Je laisse les feuilles restantes sur le lit, enfile mon manteau et descends dans la rue. Pourquoi faut-il que Maman encense Sarah, quoi qu'elle fasse ? Moi, je dois faire des prouesses pour qu'elle s'intéresse à moi.

Dehors, les voitures font un bruit d'enfer et il pleut des cordes. Je me fais tremper.

Cheveux à tordre. Tant pis, ils sécheront tout seuls. Je change seulement de pull, en vitesse.

Mon *donught* aux pommes ne m'a pas calée, j'attaque le deuxième, ruisselant de graisse et de sucre. Mes doigts huilés tachent le papier et collent à la lettre. Tout m'énerve.

« Voilà, ma chérie, ce que j'avais envie de te dire ce matin.

Le temps passe, oui, et je suis toujours à Paris. Mais notre rayon de soleil rend nos sacrifices légitimes. Le petit a tellement besoin de moi. Il suffit qu'un grain de sable se glisse dans les rouages de leur existence et c'est la panique, Sarah ne peut pas supporter l'imprévisible.

Alex le comprend. C'est le principal.

Te dire aussi que, dans ma solitude, j'apprécie d'autant plus les fiches de lectures que tu m'envoies avec une belle assiduité.

Moi, je te choisis des livres et toi, tu les commentes : quel joli duo nous formons toutes les deux ! Et ce, pour le plus grand bonheur de mes clients. Car maintenant, je reproduis tes superbes commentaires, et les expose en bandeaux sur les livres, avec la mention « Coup de cœur ». Beaucoup d'entre eux sont partis avec, attirés par tes quelques lignes…

Tu parles si bien de ce qui se dit difficilement : les méandres de l'âme humaine et ses innombrables facettes, les difficultés d'être, et parfois, le calvaire de l'inimaginable. On dit souvent que la réalité dépasse la fiction. Certes. La vraie vie déborde de situations inconcevables, bien plus que dans les livres et de tout ce qui peut sortir de la tête d'un écrivain. Mais la fiction littéraire permet de supporter les assauts de la réalité. C'est parfois par le détour d'une œuvre imaginaire qu'on peut comprendre et accepter les épreuves de la vie. Quelle belle mission pour un livre... Et quelle merveilleuse ambassadrice tu fais ! Personnellement, je ne saurais pas dire ces mots si justes que tu trouves pour exprimer tous les replis des cœurs.

J'attends avec impatience celle de *Lolita*. Un classique mais tu ne l'as pas lu et je pense qu'il te plaira. Tu le sais, j'aime agrémenter mes tables de quelques joyaux intemporels... Et c'est un grand bonheur qu'ils reflètent un peu de toi.

J'ai encore une longue liste à t'envoyer. Mais je me modère. En aucun cas, je ne veux être la cause d'un égarement préjudiciable à tes travaux de recherche. Je m'en voudrais trop.

En attendant, je t'embrasse. J'espère ne pas t'avoir ennuyée avec mes divagations de célibataire.

Prends bien garde à toi.

Marie »

Une très méchante humeur me prend d'assaut, violemment. Je froisse, cette fois-ci volontairement, la lettre de Maman en une grosse boule compacte et la jette avec colère dans ma corbeille à papier, au-dessus des photos.

Je ne supporte pas l'idée que Maman ne mette plus de vernis sur ses ongles.

Février

Son fils, sa boîte, sa mère. Sarah ne sait plus où donner de la tête, elle est sur le point de craquer.

Les sourcils froncés, elle trottine derrière son landau sur la chaussée luisante. Ses talons un peu trop hauts lui donnent une allure instable. Cheveux au vent, c'est la seule fantaisie qu'elle s'octroie. Tout le reste est parfaitement sous contrôle, maquillage, manteau ceinturé, sac à main, bardé de l'indispensable pour traverser une journée et qui pèse une tonne. Parfaitement sous contrôle, ou presque : son fils est encore malade. Et, comble de malchance, impossible de mettre la main sur le doudou. Pourquoi n'a-t-elle pas *trouvé* le temps d'acheter un ou deux doudous de secours ? Quand on court tout le temps, il faut assurer. Prévoir. Anticiper. Le petit pleure dans le landau.

Emmitouflée dans sa robe de chambre lavande, sa mère a le regard trouble des myopes sans leurs lunettes. Même les cheveux en bataille et la mine défaite, elle est incroyablement belle, pense Sarah. Belle, mais triste. Que fait donc son père, si loin d'elle ? Pourquoi aucun des deux ne prend-il les décisions nécessaires pour changer cette situation, qu'ils contestent mais acceptent quand même ? Elle, elle n'a pas choisi d'être privée de Gabriel et se sent jalouse de leur liberté de changer le cours des choses.

Sarah dépose la sacoche du petit sur la commode de l'entrée et ne prend pas le temps d'entrer cinq minutes. « Heureusement que je t'ai, Maman. Comment ferais-je sans toi ?

— Je ne sais pas. Et tant pis pour la librairie, je n'irai pas, une fois de plus. Je vais me débrouiller. »

Sarah hésite, un instant. Mais un instant seulement. Elle n'a pas le choix. « Ça va aller, Maman, tu es sûre ?

— Ça ira, Sarah. Ne t'en fais pas, je te dis. File. »

Métro. Sarah court dans les couloirs.

Elle imagine ce qui l'attend. Le client sera déjà là. À son arrivée, il jettera un coup d'œil déplaisant sur sa montre. Sarah lui fera un grand sourire. Et lancera, en déboutonnant élégamment son manteau, laissant apparaître un tailleur noir près du corps : « Désolée, vraiment. Encore ces satanés embouteillages. Circuler dans Paris devient du délire ! » Elle ne lui dira pas qu'elle préfère prendre le métro, parce que c'est plus sûr pour récupérer son fils le soir.

Dans la salle de réunion, pièce que Sarah vient de faire refaire entièrement, la table de verre ovale occupe la place centrale. Sur les murs – jaune paille, « couleur de la réflexion », avait précisé Sarah –

quelques élégantes photos de voiliers en pleine course, équipage à la manœuvre.

Décor. Tout le reste de l'entreprise est d'une vétusté déplorable. Mais le client ne l'a pas vu, introduit directement dans ce sas moderne. « Cette salle est notre vitrine. Et notre visiteur, une grosse pointure de l'industrie navale », avait-elle dit, pleine d'espoir, à sa petite équipe. Oui, une belle commande serait le juste retour de son énorme investissement depuis des mois. L'affaire léguée par son grand-père à Gabriel va mal, les ventes se traînent, les comptes passent au rouge, et les banques se font menaçantes. Sarah ne sait plus que faire. Mais elle se dit que le rendez-vous de ce matin peut la sauver d'une catastrophe imminente.

Sarah se concentre, éclaircit sa voix. « Notre entreprise a un savoir-faire incontesté en matière d'outillage et d'équipement : véhicules, bâtiment, électronique, etc. Nous travaillons avec toutes les industries et sommes les fournisseurs de grandes marques du marché. »

Tout en faisant dérouler son exposé, Sarah observe le client. Sa moustache envahissante forme deux énormes touffes poivre et sel de chaque côté de ses joues rondes et sa veste a du mal à cacher un embonpoint certain. La soixantaine conquérante. Des yeux malicieux, pétillants. Le sens des affaires, assurément. Pourvu qu'elle puisse le convaincre.

« ... Et nous nous engageons sur la parfaite réalisation de toutes nos commandes. Aucune mauvaise surprise avec nous. Nos pénalités de retard sont fixées par contrat et très conséquentes, vous allez pouvoir le constater... » Héritage de ses années en cabinet de conseil, Sarah est fière de son travail. Une bonne présentation, c'est le papier cadeau des petites boîtes comme la sienne. Il faut faire rêver le client d'abord et venir doucement sur son problème.

Sarah redresse sa lourde mèche en arrière, ramasse ses cheveux auburn entre ses deux mains croisées derrière la nuque, formant un éphémère catogan, pour libérer ensuite un flot de boucle qui se répand généreusement sur ses épaules. Son regard noisette se fixe intensément sur l'homme à moustache. Et puis, rayon de soleil bondissant entre deux nuages épais, elle le gratifie de son plus beau sourire. Deux fossettes enfantines illuminent son visage et adoucissent considérablement son allure énergique et résolue. « Oui… Aucune mauvaise surprise… », répète-t-elle, consciente de sa force de séduction.

À sa droite, le client ne lâche pas l'écran des yeux, tourne et retourne son crayon entre ses doigts. Bon signe, se rassure Sarah, – tendue mais apparemment impassible –, il fait marcher sa calculette intérieure.

« Le délai, ah… Le délai ! » s'exclame-t-il, rompant enfin le silence. Sa dernière affaire a mal tourné à cause d'un fournisseur et il a fort peu apprécié d'être poursuivi par son client. Très mauvais pour son ego et son image de marque, qu'il soigne particulièrement, autant l'un que l'autre, dit-il en riant.

L'excitation de Sarah grandit. Mais elle ne laisse rien paraître et compatit avec gravité. « Quelle malchance, aussi, d'avoir vendu un voilier à un avocat connu et procédurier…

— Et vous vous rendez compte : ses vacances retardées, il a fallu lui rembourser les billets d'avion de toute la famille ! » Première fois qu'il rencontre une entreprise qui s'engage aussi fortement sur ses délais. Cette jeune femme est décidément tout à fait remarquable. Et ravissante.

Le chef d'atelier sent aussi que c'est le moment, et approche l'assiette de viennoiseries vers lui. Un autre café ? Une prestation de qualité, cela se paie, bien entendu. Avec les dernières pages de la présentation, arrivent les tarifs.

« Oui, monsieur, je suis la patronne ! » Sarah se détend un peu. Elle a gagné la première manche et doit établir un devis. « Pourquoi ? Je n'ai pas la tête de l'emploi ? » Pas vraiment, a l'air de penser l'homme à moustache, derrière son assiette de charcuterie landaise.

La commande est encore plus importante qu'elle ne le prévoyait. Compliquée mais importante. À elle, maintenant, de faire ce qu'il faut. S'il est satisfait, il reviendra, ce monsieur Le Cossec. Le début du redressement. Cercle vertueux.

« Mais bien sûr, j'irai vous voir à Lorient. Avec plaisir ! » Les joues du client à moustache s'empourprent à mesure que le niveau du saint-estèphe décroît dans la bouteille.

« Oui, vous me ferez visiter... »

« Cours toujours… », se dit-elle. Si tu crois que je ne les vois pas, tes grosses manœuvres d'approche.

Le sourire de Sarah s'estompe. Certains moments, comme celui-là, une vague de tristesse l'envahit brusquement et Gabriel lui manque atrocement. Elle voudrait pouvoir se serrer contre lui et sentir la chaleur de son corps, ne serait-ce que quelques instants.

« Vivement ce soir, mon fils, ma salade de tomates et un bon DVD. »

« Tu es adorable, Sarah. Ce n'était pas la peine… » Sarah le sait parfaitement bien, c'est trop. Mais en lui offrant des cadeaux somptueux, elle a l'impression de compenser la tendresse qu'elle n'a pas le temps de donner à sa mère. Et celle que son père ne lui donne plus. L'énorme bouquet de grandes roses jaunes – ses préférées – fait naître un sourire radieux sur ses lèvres, apparition de plus en plus rare.

Derrière elle, le salon est dans un désordre indescriptible. Pire que tout : des livres sont empilés sur le piano à queue de son père. Sacrilège. Il ne fallait *jamais* rien poser sur *son* Bösendorfer. Source magique, espace sacré d'Alex. Autour de lui, Marie orchestrait tout, pour qu'il puisse se déployer dans son art, avec la plus grande amplitude possible. Il y a quelques mois encore, Alex travaillait au piano, le nez sur sa partition, apparemment indifférent aux allées et venues de Marie dans son dos, mais porté par elles.

Après la baie vitrée, la superbe terrasse. Théâtre condamné. Autour de la table, les chaises sont rabattues en position de repli. Des voiles de protection contre le gel, mal fagotés autour des lauriers-roses, leur donne l'aspect de grands fantômes hostiles. Quant au sol, un peu de mousse verte recouvre le plancher de teck.

Tout ce laisser-aller, ce n'est pas sa mère.

Et où était-il, le légendaire bouquet de fleurs posé à terre, recomposé chaque semaine ? Chacun d'eux avait sa saison préférée. Elsa aimait, plus que tout, les gerbes de mimosas au parfum joyeux du cœur de l'hiver. Marie, les grands feuillages d'automne, pour leur festival de teintes chaudes et généreuses. Alex, lui, adorait les lourdes pivoines légèrement rosées d'avril, gracieuses et raffinées. Et pour Sarah, aucun doute, c'étaient les hortensias bleus, qui fleuraient bon la Bretagne et la mer. Le bouquet des Steinitz n'est plus. La famille Steinitz – si heureuse, ici, dans cet appartement – non plus.

« Comme c'est désolant ! » pense Sarah, qui baisse les yeux.

Mais les redresse aussitôt. « Oh, ce n'est pas grand-chose, Maman. Tu sais, si PG n'était pas malade et si je n'avais pas un devis à finir pour demain, je serais bien restée avec toi. Nos soirées toutes les deux, plateau-télé devant une émission stupide, et nos critiques sur tout ce qui passe, j'adore ! Il n'y a rien qui me change plus les idées… » Sarah est sincère. Avec sa mère, elle régresse à l'état de petite fille, se laisse dorloter et distraire, seuls moments où elle lâche la pression.

Marie a surpris le regard de Sarah et s'excuse :
« Oui, je sais. Un peu de désordre… Mais je suis débordée en ce moment, que veux-tu. En prévision de la vente, je rapatrie des livres précieux ici. Ceux dont je ne me séparerai jamais. Plus le temps de m'occuper de ma maison ! D'une certaine façon, heureusement que ton père n'est pas là... Et qu'il s'en sort bien, tout seul. »

Sarah n'est pas du tout convaincue. Mais elle pré-fère changer de sujet et ne pas lui demander comment son père s'en sort, tout seul.

Comment Sarah s'en sortirait-elle, elle, sans sa mère, si elle partait à Corfou rejoindre son mari ?

Marie termine de boutonner le manteau du petit et le regarde sourire. Les fossettes de sa mère. Et le regard de son père.

Son père. Marie se sent responsable de ne pas avoir su maintenir Gabriel en vie. Elle aurait dû lui parler, avant qu'il ne parte, s'intéresser aux risques d'une telle traversée, jauger ses capacités à les affronter, le convaincre de renoncer. Et s'estime, du coup, tenue de compenser son absence, en redou-blant d'attentions pour cet enfant. « Tant que je suis là pour t'aider et que la librairie n'est pas vendue, c'est déjà ça.

Au fait… Tu as des nouvelles de ta sœur ? »

Perché dans les bras de sa grand-mère, l'enfant ne veut pas venir dans ceux que Sarah lui tend et détourne le regard. « Son nouveau manège, quand il me retrouve, depuis quelque temps. Me faire sentir qu'il n'apprécie pas que je l'abandonne chaque matin. Chantage affectif, déjà », note-t-elle, peinée par la froideur injuste de son fils. Mais comment en vouloir à un si jeune être ? À cet âge, la raison ne masque pas les blessures du cœur.

« Non, aucune nouvelle d'Elsa depuis Noël. Et toi ? J'espère qu'elle va bien. Quand elle se cache derrière le silence, ce n'est jamais bon signe, n'est-ce pas, Maman ? »

Marie acquiesce, mais ne rebondit pas sur l'observation de Sarah, trop occupée à faire ses adieux à ce petit bout d'homme. « Et surtout… Surveille bien la fièvre ! »

Touchée par son attention, mais tout de même irritée par le rôle qu'elle lui enlève, Sarah embrasse rapidement sa mère et s'éclipse dans l'ascenseur.

« Maman a raison, c'est bizarre, ce silence d'Elsa. Elle ne répond pas aux photos que je lui envoie. Quelque chose ne va pas. Elle doit se sentir bien seule à New York. D'elle aussi, il faut que je m'occupe. Je lui ferai un mail ce soir », se dit-elle en entourant avec amour l'écharpe aux larges mailles – tricotée par Marie, pas très réussie mais c'était son premier travail aux aiguilles – autour du cou fébrile de son enfant.

BRETAGNE

Mars

On était si bien, lui et moi, dans notre jolie maison au bord de l'eau. On vivait tranquillement, sans gêner personne. La mer, l'amour, l'air marin. La sculpture et la musique.

Les jeunes et nous.

Alors pourquoi ce revirement, d'un seul coup, je ne comprends rien. Que s'est-il passé, au juste, dans la tête de Carlos ? Pourquoi cette envie de prendre la tangente, brusquement ?

Et cette façon, en plus, de me le dire sans ménagement, c'est d'un vexant ! Incroyable.

C'est vrai, je ne faisais pas vraiment attention à nous, je me sentais bien avec lui et n'en demandais pas plus.

Les mois passaient, il avait l'air bien lui aussi, on s'installait paisiblement dans notre vie à deux, sans le stress de se dire qu'on se trouvait encore en période probatoire. Notre quotidien était en permanence agrémenté de petites choses qui font la différence entre une vie heureuse et une vie pas trop mal. Sur le plateau de mon petit déjeuner, j'avais, tous les matins, une fleur fraîche joliment posée à côté de ma tasse de café. Je ne pouvais pas passer à côté de lui sans qu'une main tendre vienne flatter la rondeur de mon popotin. Nous prenions d'interminables cafés sur le petit muret, on refaisait le monde, avec nous dedans. Et nos promenades sur le chemin des douaniers, à la tombée de la nuit, mon bras sous le sien, étaient un moment d'intimité tellement tendre que j'avais le sentiment d'être enfin protégée de toutes les vicissitudes de l'existence.

Je n'avais pas trouvé le besoin de faire de grandes tirades déclaratives et des dissections pseudo-introspectives. Moi, quand je me sens bien, je ne cherche pas plus loin. Je laisse ces divagations intellectuelles aux intellectuels. Je ne suis pas de ce camp-là. Tout simplement, pour moi, Carlos était entré dans ma vie et il allait s'y incruster lentement, mais définitivement, comme l'écorce des arbres absorbe un corps étranger jusqu'à le faire sien, comme le sable entoure un coquillage par le va-et-vient continu des vagues.

Alors, quand il m'a dit un matin de la semaine dernière, avec un grand sourire, tout en étalant attentivement une grande noix de beurre salé sur sa tartine : « Ma douce amie, il est grrrand temps pour moi de prendre la route. Voir dou pays… », j'ai levé les yeux de mon bol, incrédule, j'ai cru qu'il me faisait marcher.

Voir du pays ?

Mais quel pays ? Il y a tout ici.

J'ai horreur du tourisme, les valises à porter, à faire et à défaire, le regard superficiel sur tout, les sites incontournables qu'on « fait » comme on

71

pointerait à un guichet, les troupeaux de T-shirt-casquette-lunettes-de-soleil-sac-bandoulière, les douleurs dans les pieds au bout d'une heure ou deux… Et je passe sur les choses qu'on cherche interminablement partout dans ses affaires parce qu'on ne sait plus où on les a mises et les restaurants toujours trop chers pour ce que c'est… Non, vraiment, le tourisme, ce n'est pas pour moi.

« Du pays ? Quel pays ? »

J'ai répondu en plaisantant, rien ne m'avait alertée. Mais quand il m'a dit, très sérieusement cette fois : « Oui, je dois partir. Bientôt. Même si je souis très confortable ici, avec toi. Trop confortable, je peux dire. Tellement, que j'ai du mal à me décider. Mais… Un voyage à faire… », j'ai reçu une douche froide.

Trop confortable ? Est-ce que c'est trop confortable de se détendre, de se laisser aller, parce qu'on ne craint pas qu'une relation puisse faire souffrir ?

Pour moi, Carlos est mon avenir et notre route est droit devant nous. Et voilà qu'il me relègue au rang d'une escale.

Et il a dit « Je ». Je ne suis pas incluse dans le programme.

Affreusement, niaisement, je lui ai susurré d'une faible voix mielleuse pour cacher mon trouble que je ne voulais pas reconnaître : « Tu n'es pas bien, ici, avec moi ?

— Tu es très attirante, Anne, et je suis vraiment heureux ici, avec toi. Crois-moi. »

Et c'est là qu'il m'a fait sa tirade sur son besoin de régler *des choses*, prendre du champ, son impérative nécessité d'éloignement, de recul, les choix personnels qu'il avait à faire, sa quête individuelle et le haut niveau d'exigence de ce qu'il attendait de la vie… Bref, tout son fatras de bonnes excuses à la noix.

Ça m'a fait mal. Très mal. Tout de suite, je me suis dit : « Et voilà. Voilà, il fallait s'y attendre. Tout ce bonheur, ce n'était pas normal. J'étais sûre que j'allais payer, d'une façon ou d'une autre. J'ai fait l'autruche et ça me saute à la figure. Bien fait pour moi. »

Oui, il m'avait prévenue. Mais je n'y avais pas cru. Ou plutôt, je refusais d'y croire. J'ai passé des nuits à me raisonner, à reprendre à mon compte tous les arguments de Carlos, lui qui me répète que l'on doit sortir de la conception stupide de l'expiation, et profiter de la vie quand elle est douce avec vous, sans se dire qu'il faudra en payer le prix. Je me suis convaincue que Carlos jouait avec moi, me mettait à l'épreuve et peut-être, même, cherchait à me guérir de mes nuits d'insomnies, quand Gabriel me poursuivait dans mon sommeil, lui mort et moi si – trop – pleine de vie.

J'ai cherché à faire taire absolument cette petite voix qui me serinait dans la tête qu'un malheur allait s'abattre sur moi, à un moment ou à un autre. Bref, j'ai tout fait pour me mettre à la hauteur de Carlos, adopter sa philosophie, et de toutes mes forces, j'ai combattu ces démons qui ne me laissent pas tranquille. J'ai eu beaucoup de mal mais tout de même réussi à les faire reculer, les tenir à distance et retrouver un peu de calme dans ma tête.

Alors, quand il m'a dit : « Je pars demain », j'ai cru m'évanouir.

Mais ces heures à ruminer mes frayeurs m'avaient servie, je m'en suis tout de suite rendu compte. Un déclic s'était produit. Gabriel était enterré cette fois-ci, bel et bien enterré dans ma tête, même si les débris de son corps flottaient toujours quelque part entre deux eaux. Entre les remords du souvenir et la réalité de mon quotidien, ma conscience avait enfin choisi. Je tenais trop à Carlos pour laisser les choses se décider à ma place.

J'étais déterminée. Cette fois, je ne me laisserai pas faire. Cette fois, je me battrai pour le garder. Enfin, il serait fier de moi : je revendiquais mon droit au bonheur.

Je lui ai répondu : « Non. »

Ensuite, sans attendre sa réaction, je me suis engouffrée dans l'atelier. Les sculptures tout autour de moi m'ont rassurée, mes nerfs ont commencé à se calmer un peu, et j'ai attendu que le soleil soit couché pour rentrer à la maison et faire une percée timide dans l'entrée.

J'avais gambergé pendant deux ou trois heures mais maintenant, tout était clair dans ma tête : je savais ce que je devais lui dire pour le faire changer d'avis. Mes arguments étaient prêts, comme des ins- truments sur une table d'opération. En fonction de ce qui allait se présenter, j'avais une réponse. Mon seul objectif : l'empêcher de partir. Pour le reste, j'avais le temps de voir.

La porte franchie, la première chose qui m'a accueillie, c'était un délicieux fumet de poisson marsala. Carlos savait ce qu'il faisait, ce plat est mon préféré, il me fait tourner la tête et me donne envie de partager mon plaisir. J'ai trouvé ça un peu puéril, c'était trop facile, et cette candeur m'a donné de l'espoir : si les choses étaient vraiment graves, il n'utiliserait pas de ficelles aussi grosses. Je me suis ostensiblement bouché les narines et j'ai foncé droit vers le canapé, où il buvait tranquillement son verre de blanc en regardant danser les flammes dans la cheminée.

Je me suis plantée droit devant lui et de toute mon assurance, j'ai déclamé : « Tu ne peux pas partir. Si tu me quittes, c'est comme si tu laissais derrière toi une mouette attachée à un piquet. Sans eau, sans air, sans nourriture, elle crèverait dans les jours qui viennent. »

Il a ri et m'a attirée à lui. « Je suis tout ça pour toi, vrrraiment ? » Ses mains potelées jouaient avec mes cheveux, il avait l'air gai et badin alors que moi, je vivais un drame affreux. « Tu es une grande fille, ma chérie. Tu peux bien rester un peu toute seule, le temps que je fasse un bout de chemin. Ce n'est pas la mer à boire, tout de même. Quand tu travailles, tu ne remarques même pas si je suis là ou pas ! » Je n'ai rien répondu et me suis contentée de laisser crépiter le feu, en boule à côté de lui. Je ne disais rien, mais je pensais à ma prochaine étape. Il fallait que j'attende un peu qu'il arrondisse les angles de ses décisions avec quelques verres.

Mais contrairement à d'habitude, il ne s'est pas resservi. Il s'est levé, a taquiné les braises en disant d'un air détaché, presque anodin : « Demain, je prendrai le car de 11 h 37. »

Pas le choix, il m'a fallu sortir les grands moyens. « OK. Alors dans ce cas, je viens avec toi. »

Carlos n'a rien répondu mais il m'a fixée avec un tel air, que clairement, je voyais bien qu'il n'avait jamais envisagé cette hypothèse. Moi, quitter mon perchoir ? Vivre loin de mon phare ? De mes sculptures et de mes élèves ? Impensable. Pire qu'une mouette à un piquet, c'est une mouette sous l'eau !

Et là, il a regardé par terre et s'est resservi un verre. Je me suis dit que j'avais gagné.

Ensuite, la soirée a été affreusement silencieuse. Carlos a fait tout ce qu'il a pu pour masquer le fait qu'il avait perdu et moi je m'évertuais à dissimuler que je l'avais coincé. Ce n'est pas mon genre mais je n'ai plus dit un mot. Lui non plus. Même son poisson marsala n'a pas été apprécié à sa juste valeur, et pourtant.

Nous sommes allés nous coucher sans entrain. Je savais que j'avais remporté une manche mais ce n'était pas suffisant, il fallait consolider ma position. Ce n'était pas du tout le moment d'ouvrir des brèches avec la question qui me hantait : « Pourquoi partir ? Moi, avec toi, je suis la plus heureuse des femmes. Et toi, tu veux me quitter… Pourquoi ?

Pourquoi ? » Mais, sous notre gros édredon, cette phrase s'interposait entre nous.

Dans mon plan de défense, j'avais prévu que si j'atteignais la case « On va au lit », il fallait absolument banaliser le sujet de notre discussion et revenir aux basiques de notre relation, mon arme absolue.

Mais ce soir-là, échec complet. De grosses larmes ont coulé sur mes joues, j'ai baissé la garde et reniflé comme un bébé.

J'ai perdu la deuxième manche. Carlos m'a enveloppée dans ses bras dodus et il m'a dit : « Crois-moi, je dois faire oune voyage. Absolument. L'*Odyssée*, ça te dit quelque chose ? Rappelle-toi. Quand tu étais à l'école... Tu l'as étudiée, toi aussi, c'est sûr. Eh bien, tu sais : Ulysse, oui, il part. Il doit partir. Mais il *revient* ! Je reviendrai aussi. Je te le prrromets... »

Il reviendra.

À ces mots, je me suis endormie comme une masse. Comme on capitule, comme on baisse les armes, comme on se rend.

Et quand je me suis réveillée, vers midi, mon lit était vide.

J'ai farfouillé dans le tiroir de la cuisine – qu'elle était grande et vide d'un seul coup ! – pour me donner du courage et trouver le moyen d'assumer seule mes petits élèves, maintenant. Je n'ai pas trouvé mon tire-bouchon mais un mot de Carlos.

Il avait écrit, de sa fine écriture qui tranchait tellement avec son gabarit, quelques lignes sur une feuille de cahier quadrillé pliée en quatre. Il se doutait que c'était là que j'irais chercher mon réconfort.

J'ai lu, avec son accent qui résonnait dans ma tête.

« Ma chèrrre douce et tendre,

Nous avons oune passé, toi et moi. Et je veux que notre avenir soit lumineux. Des choses à régler, avant.

Mais je te l'ai dit, je reviendrai, vivre auprès de toi "le reste de mon âge".

Tu n'auras pas de mes nouvelles, c'est mieux comme ça. Mais fais-moi confiance. Je t'emmène avec moi et tu seras toujours dans mon cœur. Écoute le tien et tu m'entendras chaque seconde.

Avant Noël, je serai de retour.

Ton

Carlos. »

Noël ! Mais… C'est dans un siècle, Noël !

Effondrée sur la table, j'ai une nouvelle fois pleuré tout ce que j'ai pu.

« Elsa, tu n'as pas quelque chose à me recommander ? Des pilules magiques, un machin comme ça… Je ne dors plus et je pleure tout le temps. »

J'ai appelé Elsa, elle est médecin, elle, elle doit savoir. Ce n'est pas trop mon genre, de me plaindre, ni de demander secours aux médicaments. Mais là je me sens complètement dépassée.

C'est incroyable combien on peut changer vite. Il n'y a pas si longtemps, je vivais seule, je ne savais même pas que Carlos existait et je me débrouillais très bien avec moi-même. J'étais heureuse et la vie coulait tranquillement. Et voilà que maintenant, je me sens aussi vulnérable qu'une petite fille abandonnée au bord d'un chemin.

Elsa m'a dit : « Tu sais, quelqu'un qui part, ce n'est jamais facile à accepter. Partir soi-même est bien plus simple. On se sent blessé, trahi, même si on avait toutes les raisons du monde pour que ça se passe comme ça. Mais que veux-tu faire, maintenant ? Tu ne peux même pas lui fermer la porte au nez dans tes rêves et dans tes pensées ! Il faut laisser tout doucement, tout tranquillement la plaie se refermer. Et pour ne pas avoir trop mal, oui, un pansement au cœur, cela peut être nécessaire.

— C'est exactement ça, Elsa ! Bravo, tu es un super médecin. Tu comprends tout de suite ce qu'on te dit et comment on souffre ! Tu aurais dû faire psy, toi. C'est quoi, le nom de ton pansement au cœur ? Oui, oui, un truc léger, d'accord. Déjà, si je peux dormir, ce serait génial. J'adore mes élèves mais là, en ce moment, je n'arrive pas à les supporter. Et avec tout ce que j'ai sur le dos, toute seule maintenant, je ne sais pas comment je vais m'en sortir… J'en prends combien ? »

Elle a ajouté qu'il fallait aussi que je me dépense physiquement, ma grande promenade tous les jours sur le sentier au bord de la mer faisait partie du traitement. « Et fais-toi plaisir. Sors. Distrais-toi. Fais des choses nouvelles. Ouvre-toi la tête. Ne reste pas seule à ressasser. Et si, quand viendra l'hiver, tu t'es volatilisée comme neige au soleil, tant pis pour lui… Partir, c'est assumer le risque de ne plus trouver personne à son retour. Heureusement, sinon, ce serait trop facile, tu ne crois pas ?... » J'ai laissé Elsa parler, mais là, je ne la suivais plus. Je sais bien que je ne partirai pas d'ici et que je l'attendrai.

« Oublie-le ! »

Oublier Carlos ? Oublier celui qui m'a donné, pour la première fois de ma vie, le bonheur tout simple de me sentir la plus belle des femmes ? « Là, Elsa, je crois que tu vas trop loin. Oublier quelqu'un qu'on a dans la peau, c'est rigoureusement impossible. Crois-moi. » Elle ne m'a pas dit le contraire.

Je sais que Carlos est un homme bon. Je sais qu'il ne triche jamais avec lui-même, à la différence de moi, qui passe mon temps à me raconter des histoires et à louvoyer entre mes bons principes. Je sais aussi qu'il tient à moi. Tout cela, je le sais. J'ai même compris, avec son mot griffonné en vitesse avant son départ, qu'il a besoin de régler ses petites affaires personnelles sans moi. À notre âge, évidemment, on traîne toute une ribambelle d'histoires derrière soi.

Je peux me dire que cette séparation va, en quelque sorte, permettre une grande lessive dans son passé et qu'il veut qu'on démarre notre vie de couple sur une route nettoyée, droite. Après tout, c'est vrai, il s'est installé chez moi pour une semaine, n'en est jamais reparti, et il y a peut-être quelques points de suspension qui gigotent. Vouloir les balayer, c'est plutôt flatteur, et même rassurant sur notre avenir à tous les deux. Oui, il reviendra, il me l'a dit, et en plus, il a laissé plein d'affaires.

Mais je passe quand même par les montagnes russes. Malgré mes belles démonstrations logiques pour me rassurer, je suis, par vagues, brutalement envahie par un doute affreux, qui met tout par terre : il m'a quittée de cette façon pour éviter les déchirements insupportables des ruptures et n'a aucunement l'intention de revenir, tant pis pour ses affaires, il n'est pas à ça près. Et même sa lettre fait partie du dispositif, pour me calmer.

Et puis… Perdre sa trace ! « Ne pas savoir ce qu'il fait, où il est, comment il vit… C'est insupportable.
— Je sais, m'a répondu Elsa, de sa voix douce et compréhensive. Je sais. Mais il faut prendre sur toi. Investis-toi à fond dans tes cours. Donne-toi à tes élèves… »

Quelle intelligence, cette Elsa. Et quelle sensibilité aux situations des autres… Quel altruisme !
Toujours le mot juste.
« Merci, Elsa. Heureusement que je t'ai. »

PARIS

Mars

Depuis quelques semaines, Marie se fait beaucoup de soucis. Toujours le grand silence d'Elsa.
Malgré sa lettre et ses colis, pas de réponse. Des
coups de fil rapides, des remerciements, oui, mais
pas ce qu'elle attendait : qu'Elsa lui parle d'elle.
Vraiment. Qu'elle lui confie ses joies, ses peines,
qu'elle lui ouvre son intimité… En somme, qu'elle
lui parle comme Marie aurait aimé le faire, elle, si
elle ne s'était pas retenue *in extremis*. Son rôle de
mère l'avait censurée, une fois de plus. Et dans sa
deuxième lettre, le sentiment du devoir avait guidé
sa plume : faire du bien à Elsa, la réconforter par
tous les moyens possibles.

Ses mots sincères s'étaient terrés dans la poubelle.
Après tout, Elsa faisait de même sûrement, avec elle.

Mais Marie ne supporte pas l'idée de savoir Elsa,
sa petite dernière si jeune et si vulnérable, toute
seule dans la *Big Apple*, terre de toutes les dérives
et de toutes les folies. Sans Alex pour la rassurer,
Marie n'arrive pas à contenir ses divagations les plus
extrêmes.

Assise sur son canapé clair, elle regarde la terrasse abandonnée, les lauriers toujours emprisonnés dans leur protection hivernale. Il est grand temps de les enlever, la température est si douce, ce printemps. Elle s'en veut de sa négligence, mais n'arrive pas pour autant à mobiliser son énergie. Un poids la tire vers l'intérieur d'elle-même.

Pourtant, elle en était si fière, de sa haie de lauriers-roses, en plein Paris. Comme ils étaient superbes, ses dîners sur la terrasse, il n'y a pas si longtemps encore. Cette soirée d'été, par exemple... Cette si belle soirée, où Alex et Gabriel avaient joué tous les deux, instants magiques. Instants qui semblaient, sur le moment, pouvoir être reproduits à volonté. C'est après, bien après, que l'on se rend compte à quel point ils sont uniques, précieux, rares, faisceaux d'une conjonction qui ne se reproduira pas. Si rares dans une vie entière, se dit Marie.

Et maintenant, elle est seule, toute seule, trop seule, dans ce grand appartement qu'elle n'aime plus. Alex compose, loin, dans sa solitude d'artiste dont elle se sent exclue. Alex n'est plus avec elle que par sa « musique en boîte », qu'elle continue d'écouter constamment, présence artificielle. Et son Elsa se cache et s'isole.

Reste Sarah, heureusement, et PG, le petit de Gabriel.

Et sa librairie.

Une nouvelle annonce est parue hier sur un site internet dédié aux ventes de commerces. Une idée de l'agence « pour élargir la visibilité de votre offre ». Soit. Marie est allée voir sur l'ordinateur ce que cela donnait. Elle y a découvert sa belle enseigne « Passeur de lumière » écrite en lettres tapageuses, la photo de sa vitrine avec un montant demandé en rouge. Elle a eu froid dans le dos. Sa librairie est autre chose qu'un vulgaire bien à vendre ou à acheter. Sa librairie a une âme.

C'est combien, le prix d'une âme ?

« S'il te plaît, Lise, fais-le pour moi. » Marie s'est enfin décidée à téléphoner à sa sœur.

Marie sait que Lise ne lui refusera rien. Elle connaît le fardeau de sa conscience et ne compte plus le nombre de fois où Lise lui a dit, rongée par le remords : « Ta fille élève un enfant sans père à cause de moi. À cause de mon idée géniale de faire convoyer *Galathée*, le bateau que j'adorais, en solitaire, par un homme qui n'avait pas navigué depuis des années. Et qui n'avait pas su me dire non. Pure folie. »

Pas très à l'aise de profiter de ses faiblesses, mais confortée par l'idée que c'est pour le bien d'Elsa, Marie insiste : « Lise, il *faut* que tu m'aides. Elle travaille trop, cette pauvre Elsa. Et ce qu'elle fait est bien trop dur pour elle. Ils l'avaient mise aux urgences, tu te rends compte, sensible comme elle est ! Et maintenant, elle est sous pression, dans son unité de recherche. Pour qu'elle tienne le coup, il faut l'entourer, la distraire… Lui faire prendre l'air. »

Lise soupire. Depuis qu'elle vit seule, Marie s'inquiète de tout. Lise sait qu'il est inutile d'essayer de la raisonner, Marie ne l'écoutera pas. À ses yeux, elle n'est que sa petite sœur et jamais vraiment prise au sérieux.

Pourtant, Lise n'est pas d'accord avec Marie. Elle pense qu'Elsa, elle au moins, se donne les moyens de ses ambitions. Lise, elle, regarde la vie passer, depuis la tranquille existence de son bateau. Elsa cherche à en orienter le cours. Une vraie différence. Et même s'il est plus agréable de glisser sur les flots transparents, le travail d'Elsa lui coûte sûrement bien moins que ce que veut bien en penser Marie. Se fatiguer pour des vies humaines est tout de même nettement plus enrichissant que de leur faire attraper des coups de soleil !

Mais Lise ne dit rien de tout cela à Marie et se contente de l'écouter. « Et puis, tu comprends, je ne veux pas passer pour la mère envahissante. Je lui fais pas mal de signes mais elle ne me donne quasiment pas de nouvelles. Appelle-la souvent, tu me promets ? Et puis, toi, des Antilles, tu es plus près d'elle… Tu vois, ce qui serait vraiment bien, c'est qu'elle vienne passer quelques jours avec vous, sur ton bateau. Se refaire une santé. Essaie de la convaincre. » Et Marie revient, une fois de plus, sur la fragilité de sa fille.

Lise s'en agace. « Mais enfin, Marie… Fais-lui donc un peu confiance ! Elle a vingt-huit ans tout de même. Quelle mère poule tu es… Moi, je n'appelle pas Théo à tout bout de champ ! Je sais qu'il est bien avec sa Li et c'est ce qui compte… »

Mais Lise s'arrête dans son élan, son cœur de mère soudain serré. Son fils à elle est en Chine depuis plus de quatre ans. Que sait-elle de lui ? Plus grand-chose, en vérité. Et Lise n'est pas honnête lorsqu'elle affiche un détachement serein dans ses relations avec lui. Elle aussi, au fond, aimerait l'entourer de plus d'égards maternels. Mais c'est son fils qui n'en veut pas, lui qui se tient à distance. Est-ce sa faute à elle ? Qui, de elles deux, a raison ? Devrait-elle faire comme sa sœur ? Contourner les résistances ? Veiller sur lui, par personne interposée ?

« Bon… D'accord, Marie. Tu peux compter sur moi. Je l'appellerai, promis. »

Dans sa librairie où elle vient de raccompagner son dernier client à la porte, Marie descend le lourd rideau de fer. À travers les épaisses mailles métalliques, elle aperçoit la rue, les arbres, son immuable spectacle quotidien, et constate qu'il fait encore bien jour, à cette heure-ci.

L'heure d'été, enfin. Une bouffée printanière. Et avec elle, l'étonnement, le sentiment que la vie devient plus gaie, d'un seul coup. Si seulement cela pouvait être vrai ! C'est ce qu'elle ressentait toujours, pas plus tard que l'an dernier. Mais aujourd'hui, cette rallonge de lumière ne la touche pas. C'est dans sa tanière qu'elle a envie d'être, protégée par ses auteurs, ses histoires, ses livres d'art et les travaux d'artistes de ses reliures de cuir. C'est dans l'intemporel, dans l'éternité des œuvres qu'elle se sent à l'abri des tourments de sa vie.

Machinalement, Marie fait de l'ordre, redresse et ajuste les piles de livres sur ses tables. Au milieu d'elles, *Lolita*, son commentaire en bandeau écrit de la main d'Elsa. Une fois de plus, espérant atténuer l'absence de sa fille, Marie caresse le texte, suit lentement les lignes du bout de ses doigts, touchant à son tour ces quelques mots tracés par elle, lien illusoire.

« *Lolita*. Syncope musicale, temps suspendu, mise entre parenthèses. Sous le signe de l'interstice, de l'intermède. "Faux pas du cerveau, sommeil de la raison". Brève éclipse de "l'intervalle humain". Musique des mots. Volupté esthétique, comme le dit lui-même Nabokov. Inoubliable. »

Et une fois de plus, le texte de sa fille, au-delà de sa poésie, de sa force aussi – de nombreux clients l'ont lu, attentivement, longtemps et plusieurs sont déjà partis avec le livre –, lui provoque un pénible malaise. D'habitude Elsa n'écrit pas de cette façon. Cette succession de termes, pour parler de la suspension du temps, lui parvient tel un écho des pensées qui habiteraient l'esprit d'Elsa. Que se passe-t-il dans sa tête ?

Marie tourne autour de l'appareil, tente de se raisonner, mais l'angoisse monte, elle cède et prend son téléphone. « Lise ?... Alors ? » La voix de Marie est tendue. Elle attend le compte rendu, comme chaque semaine.

« Alors, oui, tout va bien, ne t'inquiète pas, Marie. » Lise ment.

Son dernier appel a encore été un fiasco, impossible de décider Elsa à venir, ni même de lui faire parler d'elle. Sa nièce avait répondu avec amabilité et politesse mais fermée comme une huître, lisse comme un galet. Et sans surprise, s'était déroulée la même litanie des bonnes excuses : trop loin, trop long, trop cher…

Lise rassure Marie mais, à vrai dire, elle aussi sent monter l'anxiété devant tant de dérobades. Il y a quelque chose qui ne va pas chez sa nièce, elle en est sûre maintenant. Que faire ? Ne pas faire ? Si Elsa dérape, Lise ne veut pas porter la croix des malheurs des deux filles de Marie. Elle en a déjà assez avec Sarah.

Mais Lise ne veut pas affoler sa sœur et se donne encore un sursis. Encore une chance. La semaine prochaine, si rien ne change, alors, oui, elle dira ce qu'elle pense à Marie.

Pour l'instant, le mieux est de changer de sujet.

Et changer de sujet, elle ne demande que cela, Lise. Aujourd'hui, elle se sent terriblement perturbée et a besoin, elle aussi, de parler.

« Écoute, Marie, c'est incroyable, mais… Tout à l'heure, sur le port… J'ai vu un homme. Très bronzé, les cheveux blondis par la mer, une barbe touffue. Il portait un T-shirt, un vieux short kaki délavé plein de poches et il balançait ses jambes sur le bord du quai, un chapeau de toile sur la tête. Méconnaissable, mais exactement la même allure. Gabriel. J'ai bien cru que c'était lui… Imagine le choc ! Mais le temps que je réalise, il avait disparu. Je ne m'en suis pas encore remise. Il lui ressemblait tellement.

— Bien sûr que non, Lise. Cela ne peut pas être lui. Tout ça, c'est dans ta tête... Évidemment.

— Tu as raison, Marie. Des gens comme ça, il y en a à tous les coins de rue, ici. J'ai sûrement rêvé. Je n'arrive pas à oublier ce terrible drame... »

Tout de même.

Tout de même, « j'ai bien cru que c'était lui », se répète Lise, après avoir raccroché. Entre cette barbe dense qui camouflait la moitié de son visage et le rebord du chapeau, il y avait eu cet éclat, cet éclat gris argent. Son regard, identifiable entre tous.

Mais dans la mémoire de Lise, vit un homme élégant, raffiné, toujours impeccable. Deux visions inconciliables.

Pourtant cette scène fugitive l'obnubile. Y avait-il quelqu'un près de lui ? Un bagage ? Impossible de se souvenir. Et ses chaussures. Comment étaient-elles ? Sa mère lui disait : « Si tu veux en savoir plus sur quelqu'un que tu ne connais pas, regarde ses chaussures : elles t'en diront beaucoup. »

S'il portait des chaussures de bateau, c'est qu'il vivait peut-être encore sur la mer.

Mais s'il était va-nu-pieds...

Lise appelle Elsa. Elle n'a pas attendu une semaine, tant elle est préoccupée. Cette fois-ci, elle est déterminée, ce sera sa dernière tentative : si Elsa esquive ses questions – précises cette fois – et répond toujours d'un ton absent et laconique, Lise préviendra Marie.

Mais aujourd'hui, à sa grande surprise, sa nièce a l'air ravie de l'entendre. S'intéresse à elle et l'interroge sur tout : la vie en mer, la croisière, la météo, les conditions marines… Elle revient même sur le passé. « Au fait, Lise… Quand tu avais fait ta croisière en Bretagne, avec Yann, Sarah et Gabriel… C'était peu avant qu'il ne parte pour sa traversée en solitaire, n'est-ce pas ? Tu l'avais trouvé comment, Gabriel ? »

Lise met un moment à comprendre ce qu'elle veut dire par « Tu l'avais trouvé comment ». Des mois après la catastrophe, Elsa se penche sur son caractère, elle qui n'a jamais manifesté d'intérêt pour lui après sa disparition. Qu'est-ce qui lui prend tout d'un coup ? Mais Lise ne cherche pas plus loin, trop contente d'entendre une conversation normale, et ne se fait pas prier pour parler de Gabriel. Une façon de lui redonner vie. « Il avait un charme extraordinaire. Et tellement réservé, simple, modeste… »
Lise s'entend dessiner le portrait de l'homme idéal. Elle ne fait plus la distinction entre ce qui relève de la sublimation due à l'absence, ou de sa vraie personnalité. Mais elle s'en fiche. Qu'il soit l'homme parfait dans ses souvenirs ne la dérange pas, au contraire. « Il connaissait très bien les bateaux et la mer… Mais son savoir était bien plus théorique que le fruit de son expérience », précise Lise. Comparé à Yann, pêcheur depuis des générations, qui marchait à l'instinct, rien à voir. « Tu comprends, Yann, il a de l'eau salée dans les veines, il est né comme ça. Une vraie différence… » Deux

figures contraires mais complémentaires, d'un même amour de la mer. Pour Yann, Gabriel était son « puits de science marine ».

« Et… Dis-moi… Il n'avait jamais de moments de spleen, Gabriel ? Sa mère venait juste de mourir.

— Oui, c'est vrai. C'était une période extrêmement difficile pour lui. Il y avait eu la mort de sa maman, en effet, mais aussi, et surtout, ses interrogations sur qui était son père. Peut-être le nôtre. Ton grand-père. Ou plus exactement la découverte de l'incertitude de sa mère, avant de mourir… Bref, il perdait ses repères. Enfin… C'est tellement compliqué, tout ça. Et, de toute façon, on ne va pas revenir sur cette histoire, hein ? Sarah a des preuves que notre père n'était pas celui de Gabriel. Laissons-la en paix avec ses certitudes. On ne va tout de même pas lui rendre la vie encore plus difficile qu'elle n'est, n'est-ce pas ? Ta pauvre sœur, elle a assez de soucis comme ça…

— Oui, bien sûr », répond sèchement Elsa, faisant comprendre à sa tante que Sarah n'est pas le sujet de sa question.

Lise a compris le message et recule prudemment sur la conversation initiale. Les jalousies entre sœurs, elle s'en méfie. « En un mot, Elsa, Gabriel était un homme merveilleux. Sa mort est une terrible perte. Pour nous tous. »

Pas de réaction. Silence. Plus rien au bout du fil. « Elsa ? Tu m'entends toujours ?

— Oui, oui ma tante ! J'étais juste en train de… De chercher quelque chose dans mon sac ! Excuse-moi. »

La voix d'Elsa est précipitée. Elle tousse. Puis s'éclaircit la voix et reprend, posément :

« Et… Au fait… Est-ce qu'il y avait eu une enquête de police à bord du bateau retrouvé ?

— Oui. Rien donné. Le bateau s'est finalement échoué sur une plage. Mais, tu sais, la police, ici… »

Lise revoit la goélette, ramenée dans le port de Pointe-à-Pitre. Yann avait inspecté *Galathée* minutieusement et était revenu bredouille et muet de tristesse. Trop choquée par le drame, Lise n'avait pas voulu l'accompagner. Jamais plus, elle n'avait remis les pieds sur son bateau, elle qui l'avait tant aimé, pourtant. Yann s'en était chargé pour elle et le nouveau propriétaire l'avait acheté en l'état, avec tout ce qu'il contenait, électronique, outils, et même vaisselle et linge.

« Personne ne sait ce qui s'est passé. C'est bien ça qui nous taraude tous depuis sa disparition. Et… Elsa, pour revenir à ta première question, savoir si Gabriel avait des moments de spleen. Je suppose que tu me demandes ça, parce que tu penses à… Tu penses qu'il aurait pu se… ?

— Non ! l'interrompt vivement Elsa. Oui, enfin, peut-être… Non, en fait, non. Je ne sais pas… »

Silence.

Si, il en avait. Lise le revoit encore, le visage fermé et le regard perdu vers l'horizon lorsqu'ils naviguaient. Elle revoit ses grands moments d'isolement, ses escapades pour marcher seul aux escales, dès qu'il le pouvait. Mais elle ne le dira pas à Elsa, elle ne veut pas altérer son icône. Elle s'en tient à la version officielle et affirme à Elsa que, selon toutes probabilités, y compris pour les autorités locales qui ont fait leur rapport, Gabriel s'est noyé. « C'est aussi l'avis de Yann », précise-t-elle, ce qui est totalement faux. Yann pense au contraire que les choses ne sont pas claires et que Gabriel ne s'est pas noyé. Yann cherche toujours Gabriel. Mais Lise ne veut pas dire à Elsa les conflits qui les opposent, au sujet de cette disparition. Lise essaie d'oublier et Yann refuse d'admettre la réalité.

D'autant que Lise veut aussi lui faire parler d'elle et lui demander si elle compte venir la voir bientôt.

Mais Elsa, prétextant qu'on sonne à sa porte, met fin à la conversation et raccroche précipitamment.

Printemps

Éclaircies

NEW YORK

Avril

Trois mois que Gabriel est parti. Deux mois que je travaille dans mon unité de recherche. Les jours s'égrènent, fades et sans couleur. Avec ce sentiment diffus que la vie n'est pas ce qu'elle devrait être. Et toujours cet affreux nœud dans le ventre, douleur qui couve, foyer de ma culpabilité. Je fuis la famille, Maman, Sarah et Lise qui pourtant ne me lâche pas. J'avance dans mes expérimentations, comme je peux, avec obstination, mais sans enthousiasme. Je me goinfre de saletés et mes jeans me serrent à la taille. Le printemps est là, de petites fleurs roses font des pompons sur les branches à *Central Park*, mais moi je suis toujours en hiver. Je ne cours plus. Je ne cours plus après rien ni personne.

Le soir, dans ma chambre bleue, je déprime et je regarde la télé. Seule. La porte du placard n'est toujours pas réparée, posée par terre, mais je m'en fiche, je n'ai aucune visite.

Je lis aussi, un peu, allongée sur le ventre, un coussin entre les bras. Mais pas autant que d'habitude, j'ai du mal à entrer dans l'histoire des autres.

Maman m'a encore envoyé une pile de romans, je n'y ai pas touché. Pas de lettre cette fois-ci, juste un mot : « Prends soin de toi. Tu me manques. Maman. » J'ai relu sa dernière lettre, repêchée dans ma corbeille après mon coup de sang, à nouveau longuement défroissée. Une belle lettre, qui ne méritait pas ma mauvaise humeur. Je l'ai rangée dans mon tiroir, honteuse de m'être emportée contre Maman, même si elle ne le sait pas. Elle attend une réponse, évidemment. Mais j'en suis incapable, elle me connaît trop et saurait lire entre les lignes.

À quoi bon l'inquiéter ? Elle me croit débordée par mon travail, tant mieux. La seule chose que j'ai pu faire, c'est lui envoyer quelques mots sur *Lolita*. Là, au moins, c'est impersonnel. J'espère qu'elle aura aimé.

Aucun signe de Gabriel. Mais rien ne s'estompe, rien ne s'érode dans ma mémoire. Nos jours ensemble sont comme gravés sur des verres de lunettes à travers lesquels je regarderais se dérouler la vie. Ils s'interposent en permanence.

Pour l'équipe, je suis une solitaire un peu braque et mes collègues me laissent tranquille avec mes silences.

Au staff, ce matin, l'invité du service était un professeur de la fac, patron du *Psychiatry Department*. Pour nous présenter son étude multicentrique, il s'était fait accompagner d'un jeune chercheur de l'hôpital Zucker Hillside de Long Island. Le *must*. Je ne suis jamais allée au Jewish Medical Center mais tout le monde ici connaît sa réputation en matière de recherche psychiatrique.

Dans cette salle froide, sans lumière naturelle, loin de l'agitation des couloirs, on aurait entendu voler une mouche si la voix du boss, claire et forte, s'était tue un moment. Une douzaine de paires d'yeux fixait l'écran et écoutait religieusement notre patron revenir sur nos principaux dossiers. Précis, concis, il allait directement à l'essentiel et enchaînait les sujets à une vitesse incroyable, distribuant avis et directives indiscutables.

Assis sur le bout de sa chaise, à côté du professeur invité, le chercheur, la trentaine cool, jeans et polo, dévisageait discrètement chacun de nous autour de la table et attendait tranquillement son tour de parole. Ces deux hommes avaient une façon de se comporter totalement différente de celle que nous connaissions dans notre service : ils formaient à eux deux un couple maître-élève informel, détendu, presque complice.

Cela nous faisait rêver. Notre boss à nous est une grosse, très grosse pointure. Un grand caractériel aussi. Qui nous garde à distance. La moindre impré- cision, aussi infime soit-elle, le met dans des rages incoercibles. « On n'avance pas sur des conjectures. C'est pire que de marcher sur des sables mouvants. Qu'on se le dise : tolérance zé-ro ! » Avec lui, tout le monde en prend pour son grade à un moment ou à un autre, j'avais été prévenue. Mais son exigence est hautement respectée, parce qu'il prend toujours la peine d'expliquer dans le détail les raisons de ses coups de gueule, et donne ensuite les pistes complémentaires qu'il eût été judicieux d'explorer.

Moi, j'ai une paresse légendaire, et, de temps en temps, je prends quelques raccourcis, sans bien m'en rendre compte moi-même. « Et comment arrivez-vous à une telle conclusion, ma chère ? Pour quelle obscure raison vous dispensez-vous du raisonnement ? Éclairez-nous immédiatement, s'il vous plaît… »

Ce matin, coup de chance, l'orage n'est pas tombé sur moi. Le tour des dossiers terminé, le boss a refermé son ordinateur d'un claquement décidé. « C'est à vous, cher ami… »

À l'aise, après quelques phrases de présentation par le patron du psy, le jeune chercheur a pris la parole pour exposer son sujet : la sécurité à l'hôpital, ou comment faire face à l'afflux de violence qui s'intensifie dans les établissements ? Le thème du jour était vraiment une préoccupation importante pour nous tous. Récemment, un malade avait causé un grand désordre en arrivant dans le service et l'équipe avait eu du mal à le calmer.

Dave a présenté un état des lieux général – et des exemples de réponses adaptées, en cas de problème – faisant défiler, l'une après l'autre, les pages qu'il connaissait par cœur. Son aisance désinvolte et la vivacité de son regard m'ont tout de suite beaucoup impressionnée : on sentait chez cet homme une intelligence exceptionnelle, mais considérée par lui comme un attribut naturel, voire banal, dont il ne cherchait nullement à s'enorgueillir. Et avec laquelle il jouait, de même que d'autres comptent sur leur agilité corporelle.

Bien que le sujet soit grave, une inflexion d'amusement perlait dans sa voix. Il y avait même une pointe d'humour derrière le discours manifestement rodé qu'il diffusait d'un service à l'autre depuis quelques jours. Dave faisait un *show* et, visiblement, il y prenait du plaisir. Mais pour autant, je trouvais ses remarques vraiment pertinentes. Mon passage aux urgences m'avait pas mal mise à l'épreuve sur cette question-là et je hochais assez souvent la tête pour approuver ses recommandations.

Dave m'a vue, m'a souri.

Il a laissé s'installer un instant de silence puis s'est tourné vers moi. Et, a déclaré avec emphase : « Je l'ai vue à l'œuvre aux urgences, *damned* ! Quelle maîtrise ! Sourire bienveillant, douceur, écoute, mais aussi distance, détermination, et autorité naturelle de sa fonction. L'affect sous contrôle. Aucune prise sur l'émotion. Impressionnant. Elle a l'air de rien, comme ça, mais elle en a maté des coriaces. Juste l'attitude idéale ! » Tous les regards se sont dirigés vers moi et j'ai senti le rouge monter le long de mon cou et envahir mes grandes joues.

Il m'avait vue à l'œuvre ? Moi, je n'avais jamais remarqué ce petit maigrichon aux cheveux sombres ébouriffés. Il flottait dans sa blouse blanche trop grande pour lui et ressemblait à un bouffon d'opéra italien. J'aurais dû être flattée, je lui ai envoyé un regard noir. Non seulement il m'avait mise dans une situation détestable – faire apparaître les stigmates de ma timidité que je cherchais en permanence à dissimuler – mais en plus, il se permettait de dire que j'avais « l'air de rien ». J'étais mortifiée.

La pièce, d'un coup, m'a paru exiguë, étouffante et une incoercible envie de prendre la fuite est montée en moi.

« *Thanks*, Dave, très bonne présentation. Et merci, cher collègue, pour cette excellente étude », conclut le patron depuis le couloir car il avait déjà quitté la pièce pour ne pas perdre une minute dans son emploi du temps surchargé.

Mais il est revenu sur ses pas et a ajouté d'une voix forte, depuis l'encadrement de la porte : « Elsa, mon éminent confrère souhaite un correspondant dans le service pour suivre un certain nombre d'indicateurs. Eh bien désormais, je vous demande d'être responsable de cette mission. Et d'être en charge de la tranquillité du service. Dave sera votre correspondant. »

Rien ne le montrait, tout était parfaitement naturel, mais j'ai senti un gros élan de connivence machiste et je n'aurais pas été étonnée si mon patron avait lancé, dans mon dos, un clin d'œil bien appuyé à l'attention du sir Dave.

Tout en parcourant, à grandes enjambées décidées, le linoléum gris clair parfaitement propre du long couloir, je réajuste machinalement le col de ma blouse et recoiffe mes boucles avec mes doigts. Évidemment, je suis en retard.

J'ouvre la porte de la salle B, prête à m'excuser. Dave sifflote gaiement tout en rassemblant ses notes sur la table et jette un œil faussement surpris vers moi lorsque je franchis le seuil. « Déjà ? » C'est la troisième fois que nous nous voyons, mais aujourd'hui, je l'ai rejoint à l'étage du service psy, sur sa demande. Dans cet environnement qu'il maîtrise, même si ce n'est pas son hôpital, Dave se sent encore plus sûr de lui.

Je ne réponds pas à sa remarque aigre-douce. Nous faisons, comme chaque semaine, un point sur les incidents de notre département, particulièrement exposé en raison de sa dimension multiethnique. Une fois de plus, je me sens victime de la décision du boss. Sûr qu'il ne manquerait pas de me coincer au prochain staff, si d'aventure Dave se plaignait de mon manque de coopération. Méfiance, donc.

« Tu comprends…, m'explique-t-il d'une voix enjôleuse, les patients qui viennent consulter dans votre service ne parlent pas toujours l'anglais. Alors ils expriment leur angoisse autrement que par les mots. Et surtout, quand on aborde les questions administratives et tout ce qui tourne autour de leurs sous. Les sous ! Ah, les sous !... Ça oui, *money*, un sujet qui fâche… *Money*... »

Sans transition, avec l'habileté d'un singe, Dave attrape mon dossier, et l'entoure de ses bras agiles. Je m'approche mais Dave se recule, me tourne le dos et entonne, avec la voix la plus charmeuse qu'il puisse faire, *Money* des Pink Floyd, tout en enlaçant langoureusement son partenaire de papier.

Il a bien réussi son coup, je fais un grand bond en arrière et me colle au mur, surprise et sur mes gardes à la fois. De dos, les petites épaules de Dave, presque féminines, et sa fine silhouette tranchent avec sa voix d'homme, basse et mélodieuse. « C'est *mon* dossier, merci. Et je suis pressée », lui dis-je sèchement en tentant d'arracher le carton de ses bras, par-dessus son épaule.

Dave se retourne et me fixe intensément, le plus sérieusement du monde, poupée mécanique à qui on a brusquement stoppé le remontoir. Il a sûrement envie d'éclater de rire. Ahurie par le spectacle de ce garçon en blouse blanche – imposant par l'estime que lui porte son patron et la réputation déjà établie de sa compétence mais totalement déjanté –, je cherche une contenance. Dans quelle situation impossible me suis-je encore fourrée ?

Mais il sourit et me jette littéralement le dossier dans les bras, que je reçois comme un ballon de foot. « *Okay, honey…* » Puis, il se dirige vers le distributeur de café dans le couloir juste en face du bureau, d'un pas nonchalant et flegmatique, les mains dans les poches. Je le regarde faire, incapable de réagir. Il en revient sans se presser, un café fumant en équilibre dans une main et dégage de l'autre la chaise de son bureau. Puis il s'assied confortablement et pose ses pieds sur la table en face de lui, faisant mine d'être déçu de ne pas m'avoir fait rire.

Dave est tout sauf un Apollon mais il n'a visiblement aucun complexe et se satisfait parfaitement de son apparence peu virile. Sa puissance, il sait où elle réside en lui et il n'a pas besoin d'artifice. Je l'envie. Et faire le clown est une façon comme une autre de se faire remarquer. Bon vieux jeu du chat et de la souris. Sauf que je suis une souris qui ne veut pas jouer. Et que je ne suis pas d'humeur, pas de chance pour lui.

Mais Dave se reprend immédiatement, comme un saltimbanque rebondit sur ses pieds. « Bon, voilà, on a fini pour cette fois. Tu vas me manquer jusqu'à la semaine prochaine. Dis… Tu viendrais, demain, courir avec moi à *Central Park* ? »

Central Park ?

Tout en sirotant son café allongé et infect dans son énorme *mug*, il me surveille du coin de l'œil. Je vrille en méfiance suspicieuse : Pourquoi me demande-t-il cela ? M'a-t-il vue courir ? Me suit-il ? Que sait-il de moi ?

Dave pique fortement ma curiosité mais je prends le parti de ne rien laisser paraître, pour clore rapidement cette séance avec lui et déguerpir : « Oh non, merci. J'aime mieux courir seule. Ça me défoule et me fait oublier que la terre est pleine de petits cavaleurs dans ton genre », et je tire avec détachement le stylo de ma poche pour signer le plus calmement possible notre fiche de suivi.

Dans le couloir, une nuée d'étudiants, sortis d'on ne sait où, entoure bruyamment le distributeur et leurs rires font voler en éclats le silence froid que je cherchais à instaurer. Dave semble ne pas les entendre, muré dans sa déception, et fait alors la seule chose judicieuse qui soit, pour m'émouvoir. Lentement, il continue de ranger ses papiers et se tait, l'air véritablement dépité. Puis il s'assied sur le bord de la table et regarde ses pieds un bon moment. Et enfin, quitte lentement, très lentement la pièce, sans me jeter un regard ni me dire au revoir.

Le silence opère toujours sur moi un effet étrange. Retranché dans sa déception, Dave n'est plus un encombrant soupirant, il devient un pathétique camarade qui encaisse la frustration et se replie dans son isolement.

Un courant d'empathie me traverse malgré moi.

Je le rattrape et lui propose un *drink*, pour me faire pardonner mes coups de griffe. Au fond, ce n'est pas un mauvais bougre. Son regard pétille et il me fait rire avec ses pitreries outrancières, même si je ne lui montre pas. Et rire, cela fait bien longtemps que je n'en ai pas eu l'occasion. Sa légèreté m'attire, maintenant que c'est moi qui choisis de ne pas y résister.

Et puis il travaille dans un des plus prestigieux services de psychiatrie de l'État de New York et j'ai quelques questions personnelles à lui poser.

« Pourquoi m'as-tu donné rendez-vous ici, *baby* ? Il y a plus romantique que Union Square dans cette ville, tu ne crois pas ? » questionne Dave, la casquette à l'envers, new-yorkais en diable dans son blouson marine à capuche, derrière son café mousseux. Je ne l'ai jamais vu qu'en blouse et la tenue civile lui donne une allure plus frêle et plus fragile. Plus romantique aussi. « Et pourquoi chez Barnes & Nobles ? reprend-il, avec un doux regard charmeur. On fait plus *fun* que cette librairie à New York !

— Ma mère est libraire. J'adore ce *Starbucks Coffee*, j'y viens tout le temps. »

Je lui explique pourquoi ce lieu est l'un de mes préférés. Que j'aime ses colonnades blanches, ce sol à damier noir et blanc et les gros globes de verre transparent. Mais que, surtout, les rayonnages de livres sont pour moi un refuge naturel, comme pour d'autres la forêt ou un grenier, même s'ils sont nettement plus impressionnants que dans la boutique vieillotte de Maman. Ici, les travées chargées d'ouvrages sur tranche ont un aspect rigide et austère comparées aux planches de chêne massif un peu branlantes de chez elle, mais ce sont toujours des livres.

Dave jette un regard circulaire et indifférent autour de lui. Visiblement, il n'y trouve pas ses repères, son attention se tourne vers la vitre, vers l'extérieur, et accroche un nuage, comme pour échapper à la pesanteur de la chose écrite.

« Oui, pas mal, ton troisième étage. Mais tu vois, mon père, il était pilote de chasse…, dit-il en riant. Alors, moi, si je t'invite quelque part, *my sweet girl*, ce sera au *septième ciel*, comme on dit en français ! » Par-dessus la table, Dave enroule une mèche de mes cheveux autour de son doigt, ainsi que le ferait un coiffeur pour juger de leur qualité, puis la relâche immédiatement, avec élégance. Le geste est suffisamment distant pour que je ne l'envoie pas promener.

J'admire sa faculté à faire ce qu'il désire, tout en restant irréprochable. Cet homme joue parfaitement son rôle, dans l'intervalle si mince entre charme et inconvenance.

Mais je me recule lentement vers le fond de ma chaise et, avec un petit sourire distant, m'extasie ironiquement sur la richesse de son vocabulaire. Il m'avoue adorer la France et le français. « Les Françaises aussi, au cas où tu ne l'aurais pas remarqué… », et commence à réciter, sans une faute, mais avec un fort accent :

« Mignonne, allons voir si la rose
Qui ce matin avait déclose… »

Je continue avec lui, superposant ma voix à la sienne :

« Sa robe de pourpre au soleil,
A point perdu cette vesprée… »

Il éclate de rire. Je lui réponds par un sourire.

Dave a l'air heureux. Il a gagné et m'a entraînée malgré moi sur le chemin de la connivence. Il est très fort, Dave.

La serveuse passe à côté de nous, un plateau dans les mains, et s'arrête un instant. « Salut, la France ! » dit-elle gaiement. Aux anges d'avoir été pris pour un Français, Dave se lève, retire sa casquette et se prosterne devant elle sans lui répondre, à cause de son accent. La jeune fille rougit, confuse et affriolée. Il se rassied, m'adressant un signe de satisfaction : démonstration de son charme auprès des femmes, si besoin en était.

Dave fait son clown, encore. Mais je vois bien qu'il est troublé d'être là, seul ici avec moi, ailleurs qu'à l'hôpital. Il tourne et retourne un bouton de sa chemise du bout des doigts, nerveusement. Et entre deux phrases, sa pomme d'Adam monte, descend et déglutit secrètement.

Il fait son clown mais ses yeux noirs entrent dans les miens, avec une émotion contenue et délicate. Chaleureuse et enveloppante. Oui, Dave a du charme, vraiment. Beaucoup de charme. Tout est fin chez lui, son intelligence, son humour, son sens de l'autre… Mais aussi les traits de son visage, le grain de sa peau, ses cheveux légers. Et même son nez un peu trop grand, les plages dégarnies prolongeant son large front et ses deux parenthèses profondément creusées autour de la bouche le rendent attachant. Beauté du cœur et de l'esprit.

Et indéniablement, je le ressens : sa présence, d'emblée, apaise et rassure. Atout considérable pour un psychiatre. Il le sait sûrement et c'est bien pour cela qu'il se permet d'être badin.

Mais je ne veux pas le suivre sur le terrain où il désire m'emmener. J'ai autre chose en tête, je veux savoir. « Tu fais quoi exactement, à l'hôpital Zucker Hillside ? »

Dave me répond distraitement par des généralités. Sur les valeurs de la discipline, sa raison d'être et ses vertus. Sur l'éthique médicale, socle de l'enseignement de Yeshiva. Dave a envie de parler d'autre chose, clairement. Mais je persiste et reviens sur les cas cliniques qu'il avait présentés au staff, ce qui me conduit discrètement à l'interroger sur les troubles et les causes d'une déconnexion du réel. J'essaie de faire un tableau du comportement de Gabriel, par petites touches, sans rien lui révéler de notre étrange huis clos. Mes cours de psy sont loin et j'y vais prudemment.

Dave m'écoute mais pense à autre chose. Ses mains ne restent pas tranquilles, elles plient et replient un morceau de papier, font un édifice avec les sucres, de plus en plus haut, de plus en plus instable. Et soudain, d'un geste de la main, il balaie la table devant lui, se penche en avant vers moi, comme pour me faire une confidence, et me répond avec un sourire amusé :

« C'est comme si tu me demandais pourquoi on a de la fièvre ! »

Sans changer de position mais s'inclinant encore plus vers moi, Dave fronce les sourcils et me regarde d'un air qui se veut soupçonneux. « Dis-moi une chose… En France, vous consacrez vraiment du temps à la psychiatrie, ou c'est une discipline totalement mineure de votre cursus ? »

Je suis affreusement vexée. Dave me renvoie l'image de la petite étrangère, mignonne, certes, mais un peu limitée, tout juste bonne à faire le tri dans les urgences et absorber la panique des patients agités. Cela me blesse encore plus que les piques de mon boss.

Évidemment ma demande est absurde. Je sais parfaitement qu'il ne peut pas me répondre. Mais je perds tous mes moyens dès que je pense à Gabriel. À mon tour je m'en sors par une pirouette plus ou moins humoristique : « En France, mon cher, on a le sens de l'hospitalité. Quand on prend un café avec un copain étranger, ce n'est pas pour le traiter de main-d'œuvre importée à bon marché. »

Dave se rend compte qu'il m'a un peu vertement tournée en ridicule. « Allez… Cool ! Je disais ça pour rire ! Ne fais pas ta susceptible. Tu sais bien comme je suis, un peu taquin… Et tu sais aussi que je te trouve géniale. Tu te rappelles ? Je l'ai dit à tout le monde. » Oh oui ! Je m'en souviens. Ce n'est pas ça qui va me rendre le sourire.

Autour de moi, le damier noir et blanc du sol, grand échiquier de mon humeur. Blanc, le joyeux Dave, mutin, clair, espiègle et séducteur. Noir, le souvenir de Gabriel, insondable, fuyant et perdu.

Dave a l'air sincèrement désolé et fait tout ce qu'il peut pour me ramener à lui, à sa manière. Il parle beaucoup. Me dit avoir séjourné plusieurs fois en France pour sa recherche, moments les plus exquis de sa vie. Que mon pays est le plus beau du monde, notre langue la plus riche, notre patrimoine culturel fabuleux. Et que nous, les Françaises, sommes les femmes les plus séduisantes de la planète, indépendantes, élégantes, féminines, ouvertes d'esprit, légères et ambivalentes…

Mais je ne suis plus avec lui, j'ai plongé dans les profondeurs de mes obsessions.

Je veux savoir si Gabriel reviendra ou pas. Et je demande à ce jeune psy de faire le devin. C'est stupide. Inepte. Insensé. Mais je n'y peux rien, je suis hantée par Gabriel.

Je veux le revoir.

Absolument.

J'enfile mon manteau, mon écharpe rose toute douce – encore un cadeau de Maman, elle adore les écharpes –, me pelotonne dedans et regarde Dave droit dans les yeux. « Alors, tu me les montres, tes quartiers *fun* ? »

J'ai envie de boire un gin tonic très fort.

Beaucoup plus tard dans la nuit, je me suis sauvée de sa chambre. Nous avons bu, beaucoup bu, moi pour oublier à quel point j'avais été ridicule avec mes questions, et lui pour m'accompagner, mais surtout pour me pousser à dépasser le point au-delà duquel on ne réfléchit plus. Il me voulait dans son lit depuis le début, nous le savions tous les deux.

Cela s'est d'ailleurs déroulé exactement comme il l'avait prévu : verres sur verres, addition, taxi, ascenseur, un dernier *drink* chez lui, le saxo de Coltrane – *Alabama*, et sous la couette. Rien d'original, si ce n'est qu'il avait un splendide aquarium au pied de son lit, formant un mur entier légèrement éclairé sur toute sa hauteur. Je me souviens avoir longtemps regardé les poissons, fascinée et répété en boucle : « Tu crois qu'ils se parlent ? »

Ensuite je n'ai plus pensé à rien et sombré dans l'abandon.

Quand j'ai ouvert un œil, les rideaux n'étaient pas tirés. Il faisait nuit noire, les enseignes lumineuses de la rue projetaient leur halo intermittent sur le plafond de la chambre, rouge, vert, bleu, rouge, vert, bleu... J'ai mis un temps à savoir où j'étais. Et j'ai vu danser les poissons.

Alors j'ai pris mes affaires sans bruit et je suis sortie en titubant, à la recherche d'un *Yellow Cab* pour rentrer chez moi.

BRETAGNE

Avril

Dans son lit, Sarah termine sa tasse de café. Voir le grand carré de ciel bleu entre les toits est un vrai plaisir qui s'est fait attendre, après les déluges de pluie de ces dernières semaines. Elle se dit : « Chez moi, c'est petit, c'est étriqué et cher, mais heureusement, on est au calme et je vois des arbres. » Le square devant chez elle est un repaire d'oiseaux et la fenêtre est le plus souvent possible entrouverte pour la faire profiter de leur joyeux concert. Mais ce matin, il fait encore trop frais, pas la peine de prendre des risques : son enfant malade, c'est sa hantise. La nounou ne veut pas le garder et ses journées sont trop pleines pour qu'elle se permette de s'arrêter de travailler.

Sous un rayon de soleil, son fils joue au pied du lit avec de ravissants cubes de bois, cadeau de Marie, qu'il essaie d'assembler en une composition incertaine. Chaque fois son édifice s'écroule, mais chaque fois il recommence, les sourcils froncés, de ses mains maladroites. « Tout son père, se dit Sarah, comme lui, calme, sérieux et charme. »

Elle a envie de se précipiter vers lui, de le hisser dans ses bras et de sentir cette boule de chair tendre et chaude contre elle. Quel petit mec ! Mais elle ne bouge pas, respecte son occupation et se contente de le regarder faire, béate d'admiration.

Bientôt un an de vie pour son fils. Dans un mois, elle va fêter son premier anniversaire. PG, son étoile, sa raison d'être, adulé par les trois femmes qui l'entourent : sa mère, sa grand-mère, sa grand-tante... Et pas d'homme. Serait-ce pour cela qu'il a déjà son caractère pointu ? Manque d'autorité paternelle ?

Dans un cadre de chêne clair, une grande photo d'un bateau à voile trône sur la cheminée de sa chambre. *Galathée*, bateau du drame. À côté, toujours, une orchidée blanche. Le cliché est de mauvaise qualité, mais l'élégance du voilier, la citadelle en arrière-fond et le bleu intense de la mer en font une composition étonnamment artistique. Le flou, même, ajoute quelque chose et donne un effet troublant, entre le rêve et l'incertain. Sur son bord se distingue très nettement la silhouette d'un homme à la barre, sweat gris et pantalon marine, un bras haut levé en guise de salut. Sarah avait pris cette photo du quai, avec son téléphone, le jour du départ de la grande traversée.

Galathée. Sa tante Lise s'en est séparée à toute vitesse comme d'un souvenir à oublier, mais elle, elle le vénère religieusement. Ce voilier est le cercueil du père de son fils, dernier repère avant le grand silence. Si elle avait su que Lise voulait le vendre, elle l'aurait racheté, ramené dans un port de Bretagne. Elle irait s'y réfugier, pèlerinage intime, culte de l'amour, apaiser son indélébile cicatrice.

Samedi matin, premier moment de la semaine où elle souffle. Mais c'est un faux calme, la longue liste des choses à faire se déroule dans sa tête, litanie sans fin. Chaque samedi, elle n'arrive pas à boucler son programme de tâches domestiques. Sortir, rire, s'amuser d'un rien… C'était avant. Sarah n'a plus d'amis. Pas le temps.

En si peu de mois, sa vie a tellement changé ! Elle qui adorait faire la fête, danser, joyeuse célibataire, cœur à prendre. Son amour avec Gabriel n'avait duré que le temps d'une saison. Une saison d'amour fou, de bonheur inimaginable.

Une saison, seulement.

Et puis le vide. Et puis son fils. Et le travail.

Et cette photo de Gabriel sur la cheminée.

Pour qu'il puisse la faire, cette traversée de malheur, elle n'avait pas hésité un instant à prendre sa place. Un challenge, une façon de briller à ses yeux. Lui montrer qu'elle était capable de tout pour lui. « Une mission temporaire. Juste quelques petites semaines… » Sarah avait négocié avec son patron d'alors et planté là son cabinet d'audit à Londres, pour remplacer, au pied levé, Gabriel à la tête de l'entreprise de son grand-père.

Et maintenant ? Où est-il, son bel enthousiaste ? Maintenant, Sarah ne veut pas se poser la question.

Faire vivre cette boîte, c'est faire vivre Gabriel.

Sarah laisse glisser son regard vers l'étui à violon, à côté d'elle. Il n'est pas *posé* sur la table de sa chambre, il y réside, c'est son domicile fixe. Rien d'autre sur cette table que ce violon, miraculeusement retrouvé à bord de *Galathée*, au sol, dans le cockpit. Ce rescapé du drame est une pièce inestimable pour Sarah.

Certains soirs, quand son fils est couché, une agitation nerveuse l'empêche de trouver le sommeil. Une tension s'empare de son corps, se propage en ondes envahissantes, ardeur vitale inassouvie. Mais même si les heures s'écoulent, interminables, au fond de son lit, Sarah refuse d'entrer dans le piège des somnifères. Lorsqu'elle se sent trop seule, elle installe le violon sur l'oreiller vide à côté d'elle. Dans la pénombre c'est un semblant de forme humaine et elle lui parle.

Elle lui parle d'elle, de lui, de ce que pourrait être leur vie, si seulement…

« Qu'est-ce que je fais dans ce train ? »

Sarah presse contre elle son ordinateur portable, il faut qu'elle fasse son bilan du mois, mais elle n'arrive pas à l'ouvrir. Pourtant les chiffres ont moins de rouge que le dernier. Et les banques lui ont donné un sursis. À la condition que d'ici quinze jours, elle présente un plan de redressement « robuste et sincère ». Comment faire ? Elle n'a pas les capacités, toute seule, de faire une telle projection dans l'avenir.

Xavier Le Cossec peut l'y aider. En fait, il est même le seul à pouvoir le faire. Sarah ne sait pas bien comment, mais son intuition lui dit que la solution à ses problèmes est entre ses mains. Elle a donc répondu à son invitation même si elle se doute qu'il n'attend pas seulement d'elle une bonne prestation pour sa commande.

Sarah joue son va-tout. Et espère ne pas se tromper. Pourvu que ce Le Cossec ne lui demande pas de contrepartie... Mais a-t-elle le choix ? Sauver l'entreprise est sa priorité. Pour Gabriel.

Même si elle s'essouffle et sent bien qu'elle perd de sa pugnacité. Sa vie est tellement difficile et la tâche bien lourde.

Et Lorient… Lorient ! La vie la ramène à Gabriel, Sarah se raccroche à cette coïncidence, la prend, veut la prendre, pour un signe favorable.

Le paysage défile devant ses yeux, l'hiver perd vraiment du terrain. Elle boit du regard cette grande étendue tendre. Le vert de la nature lui a toujours apporté une véritable détente physique, comme s'il nettoyait le trop-plein de grisaille de la ville accumulé en elle.

Personne dans son compartiment première classe. Encore trois grandes heures devant elle, le train sera à Lorient vers midi. C'est si rare, ces moments seule avec elle-même, loin de son cadre quotidien. Le ronronnement continu, la succession saccadée des images au-dehors, la bercent doucement. Un relâchement se répand lentement dans sa tête, une sorte de langueur extrêmement agréable l'envahit. Sarah retire ses chaussures, allonge ses jambes sur la banquette d'en face, renonce à ses bilans, met son casque et sélectionne la *Sonate* « à Kreutzer ». Qu'il était merveilleux, ce concert chez eux, par Gabriel et son père. Cette rencontre, elle l'avait vraiment

voulue et concoctée à sa manière, en jouant fine-
ment avec les uns et les autres, elle sait si bien y
faire. « Ton père n'appréciera pas... » Comme sa
mère avait été inquiète à l'idée de cette soirée ! Mais
finalement, oui, elle avait vraiment bien manœuvré,
Gabriel avait séduit non seulement son père mais
toute la famille, au-delà de ses espérances.

Ce soir-là, elle s'en souviendrait toute sa vie. Elle,
dans sa robe turquoise – cette petite robe de soie
sauvage à fine bretelle qu'elle adorait, la plus jolie
de toutes. Sarah avait cueilli un œillet rouge sur la
terrasse pour le piquer dans ses cheveux, et cherché
pendant des jours un rouge à lèvres exactement de
la même couleur. Et lui, si sobre en chemise
blanche, col ouvert, décontracté, d'une telle élégance. Pour la première fois, ils avaient formé un
couple. Et pourtant, il ne s'était encore rien passé
entre eux. Seule l'espérance d'une intimité à venir
les auréolait d'une indéfinissable complicité. Elle
avait passé le dîner à esquiver ses regards, mais vibré
de toute son âme sous l'ardeur des coups d'œil fur-
tifs de Gabriel.

Comme elle s'était sentie belle, ce soir-là !

Et Elsa... Elsa la réservée, elle non plus, n'en revenait pas. D'habitude si critique avec ses amis – toujours trop, ou trop peu quelque chose, à ses yeux –,
elle aussi avait été sous le charme de Gabriel et
époustouflée par le concert des deux instruments.
Et estimé que, pour une fois, sa sœur avait invité
« une personnalité tout à fait intéressante ». Même si
elle ne le reconnaît pas souvent, le jugement d'Elsa
compte beaucoup pour elle.

Sarah revoit la scène avec une précision parfaite. Le piano et le violon devant la baie vitrée. Son père, si heureux de jouer cette sonate qu'il aime tant, prenant un plaisir jubilatoire et communicatif. Gabriel tendu, concentré, les paupières baissées, son violon sous le menton, laissant monter en lui toute sa sensibilité, qui donnait à tous la chair de poule. Derrière eux, le dôme des Invalides éclairé. La haie de la terrasse sous le poids de centaines de fleurs. Tout cela était merveilleux, on se serait cru dans un film.

Oui, ce soir-là… Sarah s'était sentie d'une force considérable, elle était la reine du monde… La reine du monde… La reine… La…

La tête de Sarah dodeline à droite, à gauche, son front plonge en avant. Le sommeil la recueille dans ses bras protecteurs et anesthésiants. Gabriel l'y attend et Sarah y retrouve une joie oubliée.

« Lorient ! »
Sarah ouvre les yeux brusquement. En panique, elle ramasse ses affaires, passe une main dans son épaisse chevelure, geste incontrôlé de vigilance féminine, attrape sa valise et saute sur le quai. Il était juste temps, la porte du wagon se referme dans son dos. Les quelques passagers descendus du train ont déjà atteint le bout du quai et s'engouffrent dans la gare, gros scarabées traînant une carapace noire à roulettes.

« Bienvenue en Bretagne, chère madame !... » Derrière elle, deux moustaches grisonnantes comme un grand nœud papillon. « J'ai bien cru que vous aviez renoncé à venir… » Xavier Le Cossec prend la valise des mains de Sarah, un instant déconcertée, sur ses gardes mais flattée – elle doit bien l'admettre – d'être considérée avec courtoisie, elle en a si peu l'habitude.

« … Et la Bretagne a rendez-vous avec vous dans votre assiette ! » ajoute-t-il d'un ton espiègle en refermant le coffre de sa vieille Mercedes. Pas tout à fait réveillée, mais vigilante et totalement dépaysée, Sarah répond par un sourire légèrement crispé.

Le port. Le restaurant sur le port. Sous leurs yeux, les voiliers et leur ballet de voiles blanches, il fait si beau.

Empressé, le restaurateur la débarrasse de son manteau, l'installe face à la baie à une table d'angle et apporte immédiatement deux kirs bien frais. Des consignes ont été passées, manifestement. Xavier Le Cossec fait un signe et un somptueux plateau de fruits de mer arrive sur la table.

Mais Sarah reste silencieuse, le regard loin devant elle, vers le port. Elle ne prête aucune attention à son hôte, ni à ce plat déposé solennellement sur la table. L'homme s'inquiète : « Quelque chose ne va pas ? Vous n'aimez pas les fruits de mer ? »

Devant ses yeux, la mer.

Cette mer qu'elle n'a pas revue depuis le jour où elle avait accompagné Gabriel à Lorient, pour sa traversée. C'était le 28 octobre exactement, il y a dix-sept mois.

Sarah ne s'attendait pas à être propulsée si vite près de la mer. Elle pensait se retrouver quelque part en ville, espérait pouvoir laisser monter son émotion, la maîtriser. Espérait trouver ici, dernière terre de son amour perdu, la force dont elle a besoin pour se battre. Se battre pour eux deux. Mais elle est submergée.

« Excusez-moi, finit-elle par dire. Je suis désolée… » Elle cherche son mouchoir, une larme roule. « Je ne suis pas revenue ici depuis… Il fallait que je le fasse, j'ai essayé de m'y préparer mais… Je ne pensais pas arriver… si vite. Si… directement au port. »

Un instant encore, son regard se perd dans l'horizon.

« Mon… Mon… mari a pris la mer, là, depuis Lorient, seul à bord. Il allait… aux Antilles. »

Silence.

« Il n'est… jamais arrivé. »

Départie de l'image de la femme d'affaires invincible et maîtresse d'elle-même, terriblement confuse de dévoiler ses états d'âme à un inconnu, Sarah cherche une contenance, essuie furtivement sa joue avec la serviette empesée et lui adresse un pauvre sourire. En elle, tout chavire mais elle s'accroche désespérément à son orgueil. Elle a peur de la brèche qu'elle ouvre en se montrant vulnérable.

« Oh ! Je suis désolé. Vraiment. Si j'avais su… » Xavier Le Cossec, embarrassé, l'entoure d'un regard protecteur. Sarah fait tout ce qu'elle peut pour ne pas éclater en sanglots et tord la serviette entre ses mains.

« Venez », dit-il soudain, se levant brusquement. Et au patron derrière le comptoir : « Je passerai vous régler plus tard. »

Sans que Sarah réalise bien ce qui se passe, Xavier Le Cossec lui dépose son manteau de laine sombre sur les épaules et la guide vers la voiture toute proche. En silence, ils roulent un petit quart d'heure, quittent la ville et arrivent devant une somptueuse demeure au bord d'un bras de rivière. Une grande pelouse parfaitement tondue descend en pente douce jusqu'à l'eau tranquille.

« Ici, au moins, cela ne vous rappellera pas la mer », décrète Xavier Le Cossec.

Le château de Locguénolé se dresse devant eux, majestueux et imposant. « Je veux vous parler de choses importantes aujourd'hui. Il ne faut pas regarder derrière vous. »

« Vous savez, le plus dur c'est de ne pas savoir où, ni comment, s'est arrêtée sa vie. » Xavier Le Cossec ne répond pas mais acquiesce d'un léger mouvement de la tête et fait signe au maître d'hôtel. Sarah regarde autour d'elle. D'imposantes tapisseries ornent les murs et les tables rondes, impeccablement dressées, sont suffisamment espacées pour préserver l'intimité des conversations.

Concentré sur la carte, Xavier Le Cossec cherche à la ramener sur terre et à la sortir de ses pensées sombres. « Un lieu magique, un chef exceptionnel… Que n'y avais-je pensé de suite ! Deux menus *Océan*, je vous prie », dit-il sans hésiter, en reposant la carte avec résolution.

Sarah a repris un peu le dessus et est sur ses gardes, plus que jamais. De la distance, surtout. Ce château somptueux, elle s'en méfie. Le maître d'hôtel a l'air de très bien connaître son hôte et son regard complaisant l'agace au plus haut point. Est-elle une énième proie ?

« Voulez-vous que je vous raconte l'histoire du château ? »

Sarah ne répond pas mais Xavier Le Cossec n'attendait pas de réaction, visiblement. Elle l'écoute d'une oreille distraite, le regard un peu vide, et tripote son col de chemise blanche, incapable de s'intéresser à cette grande fresque historique, où les dates s'entremêlent et les noms se succèdent, suites d'événements sans réalité pour elle.

« Tout près d'ici, on a retrouvé une grotte, dans laquelle saint Guénolé se serait retiré au Ve siècle…

— Ah oui ? dit Sarah, avec un hochement de tête poli.

— C'était un saint dit *phallique*, réputé pour venir en aide aux femmes en peine de procréer… Elles venaient se frotter le ventre sur sa statue. »

Sarah n'apprécie pas du tout le pittoresque de la scène. Elle n'y voit que verdeur, équivoque et sujet scabreux. Instinctivement, elle écarte sa chaise un peu plus loin de son voisin.

« La vinaigrette de crabe royal mariné au citron vert, crème de céleri, coulis de mangue passion », annonce le jeune homme stylé en déposant son assiette devant Sarah. Et, dans un geste théâtral mais qui reste sobre, il soulève simultanément les deux cloches de laiton déposées sur les plats.

Sarah a l'estomac à l'envers, elle ne peut rien avaler et regarde la belle composition de son assiette en soupirant. « Désolée, mais... Je ne peux pas manger.

— Goûtez, au moins. Faites-moi ce plaisir », répond l'homme à moustache, entamant son plat avec une évidente délectation.

Un éclat de lumière danse sur la table. D'un geste du poignet, Sarah tente discrètement de le faire pénétrer dans le rubis de son verre. Ses joues rosies, son teint pâle et ses cheveux auburn ramassés sur sa nuque lui donnent un air délicat et gracieux de convalescente d'un autre siècle. Sarah se montre rarement autant atteinte par ses sentiments et elle n'en est que plus belle encore. Un soupir de lassitude s'échappe discrètement de ses lèvres entrouvertes. Sarah est ailleurs, dans ses rêves. Ce qu'elle voudrait ardemment, là, maintenant, c'est être à cette table avec Gabriel. Et n'avoir jamais rencontré cet homme, qui prend un plaisir jouissif devant son assiette.

En retrait de la pièce, un couple, la soixantaine largement dépassée. « Pourquoi sont-ils là ? se demande-t-elle. Fêtent-ils quelque chose ? Cherchent-ils à distraire leur ennui ? Ils ne se disent pas un seul mot. Solitude à deux. C'est pire encore que d'être seule. Peut-être. »

« … Et figurez-vous qu'un certain Rallier du Baty, né à Lorient, quitta le port en 1907 pour les îles Kerguelen. Il en fit le premier les cartes exactes… » Les yeux baissés, Sarah joue avec une mie de pain qu'elle malaxe avec concentration jusqu'à en faire un cube parfait. Elle s'en fiche complètement, de ce du Baty.

« … Quel explorateur ! Il n'avait que vingt-six ans, lorsqu'il monta sa première expédition sur un ketch de quarante-cinq tonneaux… Remarquable. Je n'aime rien de plus que l'esprit d'entreprise. »

L'esprit d'entreprise. Premier mot qui l'accroche. Auquel elle s'accroche, se cramponne. Elle en a assez d'entendre des histoires d'explorateurs ou de femmes stériles. Assez de ces instants troubles, ambigus. Elle est venue jusque-là pour finaliser un projet durable de sous-traitance avec lui. Une impatience la secoue, fortement. Mais Sarah réfléchit, se raisonne et se domine. Xavier Le Cossec et sa faconde étourdissante, elle s'en passerait vraiment. Seulement, convivialité et savoir-vivre sont les bases des meilleurs accords, elle le sait bien. Elle aussi, l'avait invité à déjeuner, pour qu'il signe sa commande, la première fois…

« L'aiguillette de saint-pierre rôtie aux agrumes, tian de légumes du moment au beurre de coques. » Sarah joue avec la pointe de sa fourchette. Le nez dans son assiette, elle dessine une voile dans le beurre de coques.

« … Et vous, Sarah, qu'en pensez-vous ? »

Ce qu'elle en pense ? Sarah se fige une seconde dans un moment d'affolement, honteuse comme une petite fille surprise par une maîtresse d'école. « Je suis d'accord avec vous, dit-elle sans réfléchir.

— Vous voyez ! J'en étais sûr… »

Sarah se redresse sur son siège. L'œil de son voisin lui semble bien trop pétillant.

Le serveur tourne autour de la table, navré de rapporter à la cuisine son assiette à laquelle elle a à peine touché. Son verre de vin est vide et il s'empresse de le remplir. Elle le porte à ses lèvres. Son objectif. Repartir avec un engagement ferme. Tant pis pour la convivialité, elle a besoin de lui faire savoir, tout de suite, qu'il n'a rien d'autre à attendre d'elle – mais à quoi a-t-elle dit oui ! – et met le sujet sur la table. « Êtes-vous totalement satisfait de nos prestations ?

— Tout à fait, chère madame. Vos prestations sont excellentes et répondent entièrement à nos attentes. Nous n'avons pas eu un seul jour de retard sur notre commande. Et aucune erreur, qui plus est, ce qui est rarissime avec ce genre de matériel, si divers. De plus, vos collaborateurs sont réactifs, ce que nous attendons toujours d'un prestataire… sans vraiment le trouver. En résumé : parfait ! C'est d'ailleurs bien pour cela que je vous ai demandé de venir jusqu'ici, aujourd'hui. Nous en reparlerons tout à l'heure. Comme je vous le disais à l'instant – et vous étiez d'accord avec moi – diriger une entreprise est la plus formatrice des expériences. Elle exige courage et ténacité. Surtout quand celle-ci est en difficulté. Le marché est impitoyable, nous sommes bien placés pour le savoir. »

« Reinette grise, crème prise verveine, cannelloni croustillant au caramel. »

Sarah se tait. Il sait donc le piteux état de son entreprise à elle. Et il n'a pas l'air surpris. Il le savait sûrement avant sa première visite à Paris. Pourquoi, alors, lui avoir fait confiance ? Sarah s'inquiète à nouveau de ses vraies motivations. Mais Xavier Le Cossec repart dans ses mondanités, comme si parler travail à une table de cette qualité relevait d'une intolérable faute de goût. Et ne paraît nullement en position de conquête : pas de regard sous-entendu ni de geste déplacé.

Prestation parfaite, a-t-il dit. Les choses prennent la tournure qu'elle attend. Chaque chose en son temps. Elle se rassure et se prête donc au jeu, cette fois avec bonne volonté.

« ... Quant au bagad de Lann-Bihoué, c'est l'ensemble musical qui représente la marine nationale, le saviez-vous ? Une tradition incontournable et la fierté de nos marins.

— Non », dit-elle, lui accordant enfin un sourire. « Jamais entendu parler. Ils jouent quoi ? Des vieux chants de marins ? » Xavier Le Cossec lui explique en détail l'activité des *sonneurs*, ces trente musiciens sur lesquels il est intarissable.

Sarah le questionne tout en entamant distraitement un quartier de pomme dont elle laisse fondre le petit morceau brillant sur sa langue. « J'aimerais bien écouter. Juste pour me faire une idée. Binious, bombardes et percussions, vous dites ? »

Un délice. Sarah reprend un morceau de pomme. Puis un troisième. Elle se sent alors gagnée par le respect pour cet homme volontaire et solide. Qui a su animer un repas entier, avec courtoisie, sans se laisser décourager le moins du monde par son absence de conversation et ses craintes non fondées. Objectivement, elle n'a rien, absolument rien, à lui reprocher. Au contraire, même, il a tout fait pour rester discret, ne pas entrer dans sa vie privée et l'aider à retrouver le sourire.

À la grande joie de son hôte, Sarah a entièrement terminé son assiette, comme lorsqu'on raconte des histoires aux enfants qui ne veulent pas manger. « À la bonne heure ! Je suis heureux que vous ayez pu au moins profiter du dessert. Une merveille, n'est-ce pas ? »

La salle se vide peu à peu. Par les fenêtres à carreaux donnant sur le parc, Sarah aperçoit deux petits garçons en train de jouer devant le château.

« J'ai un fils, Gabriel. Il a bientôt un an. » Son bonhomme lui manque, subitement. « Et moi, des fils, j'en ai quatre. Venez, allons marcher dans le parc, il est très beau. » L'homme termine son café, se lève et libère sa chaise d'un geste élégant et parfaitement galant.

Le gravier crisse sous leurs pieds. « Nous allons faire un petit tour au bord de l'eau et ensuite nous irons voir mon chantier, ma chère enfant. » Et ce disant, il glisse son bras sous le sien.

Sarah se dégage promptement : « Monsieur…

— Appelez-moi Xavier. Et excusez-moi, je ne voulais pas vous être inconvenant. Dans ma famille, c'est une vieille tradition : quand nous faisons trois pas avec une femme, nous lui prenons le bras. Les cailloux, les prairies… Dans nos contrées, on a tôt fait de se tordre un pied. Et nous nous faisons un devoir de protéger vos précieuses chevilles ! »

La rivière s'étend paresseusement à leurs pieds, surface lisse et bleu dense.

« Mais si vous n'avez pas envie de marcher, allons directement au chantier. Il est tout neuf, vous verrez, j'en suis très fier. »

« Alors ? »

Alors, Sarah est bluffée. Totalement. Quelle entreprise extraordinaire ! À côté de cette affaire florissante et conquérante, elle sent la sienne d'une affreuse médiocrité. Qui lui paraît encore plus vieillotte, étriquée, dépassée. Minable et ridicule.

Les employés saluent respectueusement Xavier Le Cossec sur son passage. Il distribue de chaleureuses poignées de main et beaucoup de sourires. « Nous fabriquons de grandes unités, cinquante pieds et plus. Nous sommes réputés pour nos agencements intérieurs et le raffinement de nos finitions. La haute qualité de nos prestations est notre meilleur atout. »

Xavier Le Cossec pousse la porte d'un vaste hangar. « Cette nouvelle zone de production nous permettra de suivre le marché, la plaisance haut de gamme est en expansion. Ici, nous sommes dans le bâtiment central, entièrement refait à neuf. On y trouve la menuiserie, les cabines de vernis et le magasin. Voyez, quelle belle surface ! Faisons le tour et ensuite nous irons visiter le bâtiment polyester, dans lequel nous réalisons la construction des coques et des ponts. Ici, aucune mondialisation : tout est monté chez nous. Et nous sommes, en ce moment, en pleine phase de recrutement. D'ailleurs... »

Il règne dans le bâtiment un ordre parfait et la délicieuse odeur de bois coupé qui y flotte renforce l'impression de propreté. Une coque de bateau renversée repose sur le sol. Des ouvriers s'affairent autour d'elle, ballet harmonieux et précis. Sarah regarde de tous côtés, subjuguée. Son pied heurte une poutrelle métallique et elle perd l'équilibre. Xavier Le Cossec la rattrape et elle se retrouve dans ses bras. « Eh bien ! Vous voyez ! Ce n'est pas si mal, le bras d'un homme... », plaisante-t-il, en prenant soin de la relâcher immédiatement.

À la fin de la visite, Sarah ne trouve pas de mots pour exprimer sa stupéfaction et son émerveillement. « Impressionnant. Tout à fait impressionnant... », se limite-t-elle à répéter, vexée de ne pas trouver de mots plus brillants.

« Et si nous allions faire un tour, maintenant ? Ce sera moins joli que tout à l'heure, mais intéressant tout de même, vous verrez. Quelque chose à vous proposer... »

Comme pour se moquer gentiment d'elle, il passe une nouvelle fois ostensiblement son bras sous le sien : « Vous permettez que je vous appelle Sarah ? Je vous l'ai dit : moi, c'est Xavier. »

BRETAGNE

Avril

On était samedi, mes stagiaires avaient plié bagage le matin et les autres arrivaient le lundi matin.

Le dimanche c'est relâche, ma journée à moi. À moi – et non plus à nous, depuis que Carlos est parti. Ma journée à moi pour me dire maintenant que, oui, ma vie est bien remplie avec mes stages, oui, je suis bien dans ma maison, très bien même, je l'ai tellement voulue, cette maison. Mais depuis que Carlos a pris l'air, je ne respire plus à fond, je ne profite plus vraiment de rien.

Je ne peux pas dire que les pilules d'Elsa m'aient fait beaucoup d'effet. Il est vrai que je les oublie un jour sur deux, j'ai une sainte horreur des médicaments.

« Je reviendrrrai. » Oui, mais en attendant…

En attendant, j'étais en train de faire le tour du jardin, inspecter mes framboisiers. Mes framboisiers, c'est la richesse de mon jardin. Les seuls fruits que les oiseaux me laissent. Parce que ces petites pépites rouges ont la bonne idée de se planquer sous les feuilles. Et l'été, mon bonheur, c'est d'aller chercher *ma* production dans un bol, le matin. Les débusquer et détacher délicatement ces trésors gorgés de suc, rouge vif, encore tout embués de rosée, avant que le massif, blotti contre les pierres, ne commence à se réchauffer au soleil. Je ne laisse *personne* me prendre ce plaisir. Je les couve du regard toute l'année.

J'étais donc occupée avec mes framboisiers et, quand j'ai vu cette grande silhouette maigre et efflanquée se profiler derrière le portail, j'avoue que je me demandais ce que ça pouvait bien être. J'ai pensé à un enquêteur ou quelque chose comme ça, et franchement, je n'avais aucunement l'intention de lui ouvrir.

Mais la silhouette restait là, immobile et indécise, et ce n'était pas le genre d'attitude de quelqu'un qui vient chez vous pour vous importuner avec ses boniments.

Et puis, je ne sais pas, il y avait quelque chose de familier dans cette image. J'ai traversé le jardin avec curiosité, en défroissant ma chemise pour avoir l'air plus présentable, je bataillais depuis le matin dans l'atelier sur un buste de jeune fille.

Ahmed.

Ses grands yeux noirs un peu baissés et ses longs cils denses vibrant comme des ailes de papillon, il évitait mon regard, comme s'il se sentait coupable d'être là. « Ahmed !... Toi !! »

C'était le ciel qui m'envoyait Ahmed. Pour la première fois depuis le départ de Carlos, un rayon de soleil pénétrait dans mon humeur toute grise. « Viens ! Entre ! Tu me fais tellement plaisir… » Mais, son sac à dos pendant au bout du bras, il restait planté là, malgré mon évidente joie de le revoir.

Ahmed était devant le portail, hésitant, chien perdu qui n'ose pas entrer dans un jardin habité. Alors je l'ai pris par le bras, comme la première fois où on s'était un peu frottés tous les deux, et je l'ai entraîné sur notre petit muret. Il faisait beau, l'air pur du printemps rendait la nature radieuse autour de nous, la mer était parfaitement calme, d'un beau bleu bien franc.

Je lui ai dit en plaisantant : « Regarde… Au fond, là-bas, c'est le Belon. Et ici, juste devant, c'est l'Aven. Deux superbes rivières. Si tu remontes l'Aven, tu arrives à Pont-Aven. Tu vois, tu as bien fait de revenir, je n'avais pas eu le temps de tout te présenter, la dernière fois. »

Les mains enfoncées dans sa parka noire, il m'écoutait sans bouger. J'ai continué : « En face, sur la côte, c'est Kerliguet. Et plus loin, si tu regardes bien l'horizon, devant toi, on peut même apercevoir l'île de Groix, par temps clair. Tu la vois, au fond, là-bas ? Moi oui, mais il faut avoir l'habitude. Retourne-toi, maintenant. Derrière toi, là, c'est le phare de Beg Ar Vechen. *Mon* phare. C'est à cause de lui que je suis là. Et tu sais ce que ça veut dire ? Le *Doigt de Dieu* en breton. Rien que ça, oui mon cher, je vis à côté du doigt de Dieu. Qui dit mieux, hein ? »

Ahmed était toujours silencieux mais un sourire apparaissait progressivement sur ses lèvres, embellie après l'ondée, et ses jolies dents blanches scintillaient de joie. Il jouait avec un galet plat et rose posé sur le mur, trophée de mes promenades le long de la mer : « Je voulais revoir tout ça. Ça m'a manqué. Beaucoup. »

Ahmed, le plus doué et de si loin de tous les artistes en herbe qui étaient passés par là, Ahmed le rebelle, le révolté, avait l'air doux et attendri d'un jeune homme cloué par l'émotion. Il y a quelques mois, ses vingt ans débordaient de brutalité effrontée, ses narines vibraient d'insolence. Ce fameux soir qui avait tout libéré, j'avais eu l'impression d'arrêter un cheval emballé.

Une bouffée de tendresse m'est montée au visage. « C'est toi qui m'as manqué, Ahmed. Beaucoup. »

Ahmed ne m'a pas dit comment il était arrivé jusqu'ici, ni ce qu'il avait l'intention de faire et je n'ai pas éprouvé le besoin de lui demander. Pour nous deux, c'était évident : il revenait à la sculpture, il avait enfin compris. Le reste n'avait aucune importance. D'où il venait, ce qu'il avait fui, ce qui l'avait abîmé, il était là, c'est tout ce qui comptait. J'étais si contente de le retrouver que toute question matérielle n'en était pas une. Ma chambre dans l'appentis était toujours libre, au cas où. Elle était pour lui, évidemment.

« Où sont tes affaires ? » Il n'en avait pas.

« Viens, on va à l'atelier. » La lumière tombait en oblique sur la baie vitrée.

« Tu la vois ? Je l'admire tous les jours. »

Elle était là, saisissante de beauté pure, sauvage et puissante. Elle lui ressemblait. Ahmed l'a regardée avec un sourire protecteur, comme on salue une petite sœur, et caressée de la main, affectueusement.

« Il faudra lui donner un nom, lui dis-je. Et le graver sur son socle. »

« D'où viens-tu, Ahmed ? »

C'est l'heure calme où, la journée finie, j'aime faire un tour au bord de l'eau pour prendre l'air, sentir les embruns de la mer dissiper toute ma concentration de la journée et faire le plein de beautés intactes et majestueuses. Les goélands nous accompagnent bruyamment et quelques sternes aussi, élégantes et légères hirondelles des mers.

La lande s'ébroue de l'hiver et commence à reprendre vie. Le long du chemin, les buissons d'ajoncs pimentent, de leur jaune insolent, les imposants blocs de pierre amassés jusqu'au rivage. Explosion de gaieté. La bruyère violette court au ras du sol, plus discrète, mais si harmonieusement assortie au paysage qu'elle en devient indispensable. Son fard de beauté. Mes poumons se gonflent de plaisir.

Ahmed a les épaules rentrées et les mains toujours profondément enfoncées dans les poches. Je le sens replié sur lui-même, comme les pattes des crabes que l'on sort de l'eau.

« Kabylie.

— Et tes parents, ils y sont toujours ?

— Mes parents sont morts.

— Oh !... Et tu as encore de la famille ?

— Des sœurs.

— Tu les vois toujours ?

— Certaines, oui. »

137

N'insistons pas. Et puisqu'il ne veut rien dire de lui, eh bien moi, je me raconte.

« Tu sais, Ahmed, en fait, je m'en fiche pas mal, d'où tu viens. Moi, ce qui a toujours compté pour moi, c'est la lumière qu'on trouve au fond d'un regard. La tienne est exceptionnelle, Ahmed, elle rayonne de sensibilité. Voilà. D'ailleurs… Tiens, tu veux savoir ma théorie ? Eh bien j'ai remarqué que les vrais artistes – enfin, ceux que j'aime – ont tous des points communs : ils ont l'amour de la liberté, ils s'engagent à fond dans ce qu'ils font et ils respectent profondément la nature. En plus, ils sont parfaitement désintéressés, l'argent ne compte pas pour eux. Ça te rappelle quelqu'un, dis ? Si tu vois qui je veux dire…

Moi, à ton âge, plus jeune, même, j'ai pris la tangente et je suis partie faire mes premières sculptures loin de ma famille. Je l'ai payé assez cher ; mais je ne le regrette pas. J'avais un besoin absolu d'indépendance… »

En prononçant ces mots, je revois Carlos me faire son topo sur la liberté d'être. Coincée. Je fais des beaux discours, mais je m'étais drôlement emportée quand il m'a dit vouloir mettre en application ce que je revendique. Je me tais brusquement, pas trop fière de ma faculté à dire un peu n'importe quoi, du moment que ça fait bien.

Mais j'ai réveillé quelque chose chez Ahmed. Il me regarde, avec un sourire. « Et Dali, tu ne l'aimes pas ?…

— Oh, que si ! Salvador Domingo Felipe Jacinto Dali ! Un maître pour moi. Fabuleux. Lui, la liberté, c'était d'essayer tous les chemins, même les plus périlleux, les plus douteux ou les plus insolites. Mais il vivait ! À fond ! "Seuls les poissons vivants sortent du courant." Proverbe chinois que j'ai un peu – un tout petit peu seulement… – transformé. J'adore. La vraie phrase, c'est : "Seuls les poissons morts nagent dans le courant." En clair : pour exister au plus près de soi-même, il faut prendre des risques, quitte à effrayer les bien-pensants. La vie, c'est aller à l'encontre du flux. Je ne hais rien de plus que les troupeaux. Mais je n'aime pas qu'on mette la mort en avant. Ça m'angoisse. Surtout quand il s'agit de la mer, elle fait assez de dégâts comme ça.

— Et Dali, hein, il n'aimait pas l'argent ? La dernière fois, au stage chez toi, tu nous en avais parlé. Tu disais le contraire… Et sa pub à la télé, "Je suis fou du chocolat Lanvin" ? Tu nous avais même montré la photo… avec ses deux grandes moustaches très fines, qui lui remontaient jusqu'aux yeux. On s'était tous tordus de rire.

— Tu as entièrement raison, Ahmed. Patatras, et vlan pour ma démonstration ! Heureusement que tu es là pour remettre les pendules à l'heure dans mes divagations culturelles… »

Pour la première fois, j'entends le rire d'Ahmed. Un rire grand, profond, plein. Bouffée de bonheur.

« Oh et puis on s'en fiche pas mal, hein, des grandes considérations ? On est bien tous les deux, on va faire un super travail ensemble et ça, c'est *topissime* ! » À force de fréquenter mes ados, je prends leur vocabulaire.

Ahmed regarde la mer, immobile, depuis des heures. De dos, sa silhouette ramassée sur le muret lui donne l'allure d'une buse guettant sa proie. Un homme, déjà ; mes jeunes, eux, ne tiennent pas en place. Lui, il ne lui reste plus grand-chose de son adolescence à part l'abondance de ses cheveux noirs et brillants et ses boucles denses, qui lui couronnent la tête, comme les bergers des gravures anciennes.

Je le regarde de la fenêtre et ne vais pas vers lui. Même si cela me coûte beaucoup, moi qui ai toujours quelque chose à dire. Il a besoin de ce calme, besoin de ces moments de silence et de solitude pour mettre de l'ordre dans sa tête. Je ne sais pas ce qui se bouscule sous son crâne, mais ça se bouscule, et drôlement même. Pour que tout son vacarme intérieur se calme, il va en falloir du temps. Du temps et de la patience. Ahmed a beaucoup de bleus à l'âme. Cette nuit, je l'ai entendu gémir dans son sommeil.

Par moments, il ressemble à ma petite chatte Miquette : il traverse des phases de total isolement, les yeux dans le vague, dont il sort brusquement, on ne sait pas pourquoi, comme s'il s'éveillait d'un mauvais rêve. Il me cherche partout, nerveusement, j'entends son pas précipité courir dans toutes les pièces. Et quand il me trouve, il ne me lâche pas, se colle à mes pas et finit toujours par m'entraîner dans l'atelier, pour une raison ou une autre.

Là, il a l'air heureux, apaisé. Il regarde tout, fouine partout, veut tout comprendre, avec une curiosité insatiable.

« C'est quoi ces blocs de terre ? Pourquoi il y a deux sortes différentes ? » Rien ne lui échappe. « Oh, très simple ! Là, c'est l'argile chamottée, pour le modelage. Il y a de fins morceaux d'argile cuits, broyés et mélangés à la préparation pour la rendre plus solide. L'autre, c'est l'argile pure, plus difficile à travailler. » Ahmed me regarde avec ses yeux éblouis.

Il prend un morceau d'argile pure et le roule entre le pouce et l'index, amoureusement. Ses mains sont longues, fines, et de petites gouttes de chair renflent l'extrémité de ses doigts, côté paume. Gouttes de sensibilité, récepteurs tactiles, capteurs de l'émotion, apanage des artistes.

« Tu verras toi-même la différence. Et bien sûr, c'est comme tout, les matières nobles, il faut les respecter.

— Les respecter, oui, répète Ahmed après moi. C'est important, le respect. »

J'évite de creuser la question avec Ahmed, et fais comme si je n'avais pas compris qu'il donne à ce mot une valeur suprême, dépassant largement le petit monde de notre atelier. Quelque chose me dit qu'il y a un lien entre le respect et ce qu'il tente de réparer, ici, avec moi. J'en reste à l'argile. Les choses simples, ça rassure. « L'argile pure est moins solide, il faut apprendre à être prudent. Sinon, quand tu l'évides, tu casses tout. »

Pensif, Ahmed m'écoute attentivement. « Mais tu sais, tout ça, c'est de la technique. Une fois que tu as pigé les règles, c'est facile. Ce qui est extrêmement difficile, c'est de laisser parler ses mains. Certains n'y arrivent jamais. Et toi, tu débutes, tu touches et tu nous dépasses tous. C'est miraculeux. »

Ahmed ne se laisse pas décontenancer par mes compliments, même si je perçois une légère vague de plaisir au fond de ses yeux.

« Et les outils, là…

— Les outils, il y en a plein. C'est toi qui apprendras à trouver ceux qui prolongent ta main, ceux avec lesquels tu es bien, tes petits secrets à toi… »

« Alors… Pour le socle, nous allons procéder de la façon suivante : on va utiliser la technique de la *plaque*. » Aujourd'hui, grand jour pour Ahmed. Il sait que je mets la fabrication d'un socle au programme pour qu'il puisse faire celui de sa sculpture. Celle qu'il m'avait laissée, la première fois, et qui nous domine, sûre d'elle, du haut de son étagère.

Par les fenêtres, au-dessus des têtes, la mer grise roule. Pas un bateau en vue, ciel opaque et grosse houle. Tempête aujourd'hui et grand vent d'ouest. « Tempête de mer, quarante jours de mauvais temps », disent les anciens. Mais, ici, dans ma classe, le poêle ronronne, les lampadaires diffusent une lumière douce et tout le monde s'en fiche, du mauvais temps.

Mes élèves m'écoutent, attentifs, leurs yeux collés sur les miens. Quand je pense à tous ces profs qui se lamentent de leur raffut. Mais je n'ai pas de mérite. Ce que je leur raconte, ça les intéresse. Ce qu'ils apprennent, avec moi, c'est le chemin qui les conduit vers eux-mêmes.

J'agite les grandes manches de ma blouse et je passe entre eux. J'en rajoute mais ils adorent.

« Pour cela, on va d'abord travailler une plaque de terre, la faire durcir et ensuite, seulement, on fera…

— L'assemblage ! » Les voix en chœur qui s'élèvent joyeusement dans l'air me donnent la chair de poule. Pendant mes cours, je vibre comme une cantatrice devant son auditoire.

Ahmed est déjà au travail, un peu en retrait mais tout près de la grande baie donnant sur l'océan. Pas question que quelqu'un s'avise de lui prendre la place. C'est la sienne.

Appliqué, très loin dans son monde, il n'est pas avec nous. Une tension énorme l'anime, les veines de son cou enflent, sa respiration devient plus faible. Avec des gestes précis, il pétrit la terre comme si elle lui résistait, comme s'il devait sortir ce qu'il attend d'elle, malgré elle. Plusieurs fois, rageur, il jette son travail et sort en claquant la porte.

Mais il revient. Et s'y remet immédiatement. Rien ne compte plus pour lui, inutile de lui parler, il ne m'entendrait pas. Et enfin, au bout d'efforts sans nom, enfin il se calme, regarde ce qu'il a fait, tourne autour et part. Il a terminé pour aujourd'hui.

Ahmed est si doué que j'en suis gênée. À tel point qu'il me faudrait des regards extérieurs pour évaluer la puissance de sa création. Quand il aura terminé, ma petite idée, c'est de demander à Sarah de me prendre de superbes photos avec son appareil sophistiqué, aller à Pont-Aven et savoir ce qu'en pensent les galeries.

« Alors, tu as réfléchi, Ahmed ? Il faut lui donner un nom.

— Elle s'appellera *Tsliliw*, répond-il sans la moindre hésitation.

— Comment tu dis ? Tsiii Liii ? On dirait un sifflement… C'est de l'arabe ? Ça veut dire quoi ? »

Ahmed m'explique. *Tsliliw*, ce sont les youyous, les cris aigus lancés pour un mariage ou pendant des fêtes mais aussi pour les deuils. « C'est parfait, Ahmed. Les cris de la vie, du plus beau au plus triste, mais toujours pour les moments les plus intenses. C'est exactement ça. »

Entre lui et moi, les choses se sont placées tranquillement.

Question cuisine, c'est important pour nous deux. Ahmed ne sait pas la faire, mais est terriblement gourmand et curieux. Et comme moi, il a une prédilection pour les choses très sucrées et bien grasses. C'est dire si on s'entend bien ! On n'a pas la virtuosité de Carlos, mais on se fait des orgies de crêpes au caramel au beurre salé ou au miel de bruyère. Et Ahmed les réussit aussi bien que moi, maintenant.

La seule différence sur ce chapitre, c'est que moi, je profite de tout et que lui reste mince comme un fil. Il n'y a pas de justice.

Nous avons aussi notre règle d'or : nos chambres sont nos territoires secrets. Il n'entre jamais dans la mienne et vice versa. Quand on vit à deux dans une maison, il faut savoir préserver son intimité. Chacun se débrouille avec ses affaires et y vit comme il l'entend. Ordre ou désordre, c'est selon. Moi, c'est plutôt désordre. Et la plupart du temps, nos portes sont verrouillées quand on n'y est pas. Nos jeunes stagiaires ont tendance à entrer partout où ils peuvent, histoire de voir.

Pour le reste, on partage tout. Les corvées et les bonnes choses. Pendant les stages, Ahmed écoute et observe beaucoup. Il travaille sans arrêt quand je n'ai pas besoin de lui. Entre-temps, il me donne un coup de main pour le ménage, l'intendance, toutes les choses que je déteste. Et pour la discipline ! Parce que, maintenant c'est lui l'homme de la maison, à lui qu'on obéit, d'autant plus qu'il sait parler aux jeunes, encore bien mieux que moi.

Il faut voir comme il sait faire preuve d'autorité quand c'est nécessaire ! Même un peu trop à mon goût. Le gamin qui avait tenté de rentrer dans la salle, une cigarette au bec, bravant une nouvelle fois son interdiction, en a fait les frais. Ahmed s'est rué sur lui en hurlant : « Tu me gaves, bouffon ! », l'a entraîné à terre et agrippé avec colère. Quand je l'ai entendu crier, je me suis précipitée, mais trop tard. L'indocile avait l'empreinte rouge des doigts d'Ahmed autour du poignet. Le paquet de cigarettes était éparpillé au sol, écrasé sous son pied. Tonique, mais terriblement efficace. Après cet épisode, on a eu une classe d'anges toute la semaine.

Ahmed a su donner à ce garçon un bon souvenir de lui, quand même. Je ne sais pas ce qu'ils se sont dit, tous les deux pendant des heures mais j'en étais presque jalouse : à croire qu'il n'y avait plus que lui, pour Ahmed.

Le soir, quand tout ce joli monde est dans sa chambre et qu'il ne pleut pas, on se retrouve tous les deux sur *notre* petit muret, et on regarde la nuit. Notre cérémonial du soir.

Ahmed est le plus souvent silencieux, assis en tailleur dans sa parka tout élimée, le menton sur ses poings refermés. Mais bien plus détendu, maintenant qu'il a ses marques ici. Il est peut-être parti très loin d'ici, quelque part dans son pays kabyle. Ça ne me dérange pas. Alors je lui dis ce qui me passe par la tête, mes réflexions, mes rêveries, mes états d'âme… Avec, aux premières loges, Carlos, bien sûr.

Le plus surprenant, c'est que c'est lui qui me donne des leçons de courage et de patience :

« Anne, il t'a promis qu'il reviendrait, il le fera. Chez moi, on dit : *la figue ne tombe jamais en plein dans la bouche*. Il faut savoir attendre… Fais-lui confiance. »

Et aussi :

« Tu sais, c'est bien de se séparer de temps en temps. Quand il reviendra vers toi, il sera riche de tous les trésors trouvés sur son chemin. »

Ou encore :

« Le mystère, les jardins secrets, c'est le parfum de l'amour. Il faut pouvoir rêver l'autre. Le pire de tout, c'est de *tout* partager… »

Rêver l'autre.

Comment peut-il être aussi mûr, à son âge ?

POINTE-À-PITRE

Avril

Sur mon ordinateur, le message s'affiche.

De : Lise
À : Elsa
Objet : « Nouvelles des Antilles… »
« Comment vas-tu, chère Elsa ? Ici, c'est le grand beau. Le port est très calme et j'en profite pour occuper le seul ordinateur de la capitainerie, que tout le monde se dispute. J'ai appelé Anne. Et je m'attendais à lui soutenir le moral, après ce que tu m'avais dit sur elle, depuis le départ de Carlos. Je comptais l'inviter, elle aussi, à passer quelques jours sur le bateau avec nous. Eh bien, je te garantis que c'est totalement inutile. Elle a l'air gaie comme un pinson. Rien à voir avec le tableau que tu m'avais fait d'elle. Et débordée ! Sais-tu ce qu'elle m'a dit ? Je te la cite texto : "Carlos, qu'il fasse ce qu'il a à faire, et si c'est pour notre bien, tant mieux. Moi, de toute façon, en attendant, j'ai du travail." Je la trouve bien philosophe, ma sœur… Et ce n'est pas vraiment son style ! Et tiens-toi bien, elle a même ajouté, en italique, sous sa signature : *"Celui qui désire le miel doit supporter la piqûre des abeilles."* Pas mal, hein ?

Anne poète, je ne la connaissais pas non plus sous cet angle. Ça fait beaucoup de changements d'un seul coup, tout ça… Et pour tout te dire, cela m'a au contraire plutôt inquiétée. Je voulais te prévenir. Est-ce le traitement que tu lui as donné ?

Et elle ne me parle que de ce jeune garçon qui habite chez elle. Tu le connais, toi, cet Ahmed ? »

Et Lise termine par : « Tu sais, j'ai repensé à notre conversation, la dernière fois. Gabriel, sa disparition, etc. Eh bien, je vais te faire une confidence. Mais surtout, garde-la pour toi, je ne l'ai même pas dit à Yann. Tu me croiras dingue, mais… J'ai cru voir Gabriel sur le quai ! Ça m'a fait un choc énorme. Il était là, devant moi, l'espace de quelques secondes et puis il a disparu tout de suite. C'était son allure, exactement la même. Tu sais, cette attitude altière, royale et distante, la tête un peu tournée et le bras légèrement replié, suspendu dans les airs, comme s'il tenait un faucon sur le poing. Mais il était méconnaissable. Une grosse barbe et une dégaine de baroudeur, comme on en voit par chez nous. Bien sûr, depuis, je me suis raisonnée, j'avais sûrement eu une hallucination.

Tu crois que c'est possible, toi, les apparitions, quand on pense très fort à quelqu'un ? Lorsqu'on se sent tellement coupable qu'on se met à prendre ses désirs pour des réalités ?

Il est toujours plus ou moins là, dans ma tête. Et il y a des jours où il prend toute la place.

Que doit dire ta sœur ? Pauvre Sarah. »

En un instant, mon cœur s'emballe, je me lève, me rassieds, je relis, je me relève. Gabriel... ! GABRIEL !

Je rédige à toute vitesse quelques lignes en réponse : Quand l'a-t-elle vu exactement ? Où ? Comment était-il habillé ? De quoi avait-il l'air ?

Dans un état d'excitation intense, je m'apprête à appuyer sur la touche *Envoyer*, mais *in extremis*, je me ravise.

Grosse erreur. Je ne dois pas avoir l'air de me soucier autant de Gabriel.

Alors je rédige autrement. Je contourne, complique mes phrases avec emphase, m'échappe en digressions, dissimule ma curiosité. Ne rien laisser paraître à Lise, surtout.

J'écris avec le maximum de détachement, et en même temps, un puissant vent d'optimisme gonfle en moi un gros ballon d'oxygène, qui s'élève au-dessus de mon horizon fermé. Gabriel *est* à Pointe-à-Pitre. Enfin, je l'ai retrouvé. Je me jette en arrière sur le lit et je hurle de tous mes poumons, tant pis pour les voisins qui vont croire que je deviens folle ou que je me fais agresser : « GABRIEEEEL ! »

Je relis encore. « Pauvre Sarah. » Sarah, au moins, elle a son fils. Moi je n'ai que ma solitude et ma culpabilité.

Gabriel à Pointe-à-Pitre. Retour aux Antilles, sur les lieux du drame, de la fuite, de la disparition, de la dissolution aux yeux de la famille. Et de ses faux-papiers, aussi.

Évidemment.

« Allô Lise ? Tu me fais une place sur ton bateau ? J'ai quelques jours de vacances, je suis crevée. Un petit séjour chez vous me ferait le plus grand bien… »

Coup de chance pour moi, leur voilier est disponible, pas de charter, la grande saison des vacances scolaires reprend la semaine suivante. « Depuis le temps que je te le propose ! Viens, bien sûr ! Il fait un temps superbe. Tu vas voir, on va te remettre sur pieds en moins de deux… »

Dans le service, j'ai dit que Lise est très malade, seule sur son bateau, et qu'elle a besoin de moi. Ils ont tous été sympas, et m'ont même donné des contacts à l'hôpital de Pointe-à-Pitre. J'ai envoyé un SMS laconique à Dave pour le prévenir que je serais absente à notre prochaine réunion. Sa réponse n'a pas tardé : « Reviens vite. »

L'avion atterrit en fin d'après-midi.

Je n'ai encore jamais été dans un pays chaud en plein hiver, et quitter les bourrasques glacées des rues new-yorkaises pour ce plongeon brutal dans la moiteur brûlante me coupe le souffle. Je traverse le tarmac aveuglant en clignant des yeux, aussi hébétée que si je sortais d'un lourd sommeil.

Toute dorée, en robe légère, Lise me saute au cou. « Je vais enfin t'avoir pour moi toute seule, sans ta sœur. » Petite phrase qui en dit beaucoup. Lise a très bien compris que j'ai toujours été jalouse de la croisière qu'ils avaient faite en Bretagne avec Gabriel et Sarah.

Sur ma couchette, un paréo tout neuf, un chapeau de paille tressé et un kit de soins pour le corps, dans un joli panier de plage : huile de coco, crème à l'aloe vera, shampoing au beurre de karité... Autant de mots colorés qui m'éloignent de l'alcool iodé, des compresses stériles et autres bandes de compression. « Tu les reçois tous comme ça, tes touristes ? Ils ont de la chance ! » Lise se contente de m'adresser un sourire : « Allez, pose ton sac, et viens dehors. » Un soupir d'aise s'échappe de moi. Je suis prise en charge, et j'en ai tellement besoin.

Yann, lui aussi, a l'air content de me voir. Je reconnais à peine ce jeune Popeye discret, grand type un peu dégingandé à la mèche blonde et l'air gentil. Nous nous sommes croisés une seule fois chez Anne. Mais il m'accueille avec chaleur. En un rien de temps, assiette fumante d'acras et ti-punch montent dans le cockpit et j'admire leur efficacité. « Oh, rien d'exceptionnel, pour ici. N'oublie pas que... C'est notre gagne-pain », répond Yann, d'un air dégagé, une pointe de lassitude dans la voix.

Autour de moi, les mâts s'agitent légèrement. Un vague vertige me gagne, le mal de mer, sûrement.

À moins que ce ne soit l'émotion d'être là. Là où se trouve Gabriel.

L'alcool sucré coule dans ma gorge et le mélange du cocktail et du changement de température me transporte rapidement dans un état second irréel. Le ciel s'embrase d'un seul coup, devient orange, violet, puis, très vite, la nuit est là. Le vent tombe complètement, les mâts cessent peu à peu de danser autour de nous, s'immobilisent complètement, tout devient calme et silencieux dans le port.

À la lueur de la lampe à pétrole, la conversation s'étire, banalités, nouvelles de l'île, de mes recherches, de leur vie à bord. Yann et Lise ont une existence apparemment sans histoire. Une sorte de langueur molle enrobe leur couple, ils sont reposés, bronzés, détendus, à l'aise dans leur corps agile, comme ceux qui nagent beaucoup. Tout le contraire de moi, d'une blancheur à faire peur, de grands cernes bleus sous les yeux, gauche et raide.

Tout a l'air parfait sur le bateau de rêve de ma tante Lise et pourtant, affalée sur les coussins bleus, je n'arrive pas à m'abandonner totalement. Par-delà l'indolence, un engourdissement indéfinissable plane, que j'identifie mal. Cela vient-il de moi ? D'eux ? Des deux ? Est-ce tout ce qu'on ne se dit pas ? Je vais me coucher, maladroite sur cet édifice flottant qui remue imperceptiblement sous mes pieds. Pas une seule fois le nom de Gabriel n'est prononcé, ce soir. Et il est dans nos têtes à tous, j'en suis sûre.

Je m'endors comme une pierre.

« Il était où, Gabriel, exactement ? » Le lendemain matin, Lise et moi marchons sur le port, côte à côte. « Je vais te montrer... »

Lorsqu'elle m'indique l'emplacement sur le quai, un frisson me traverse. Je le vois comme s'il était là. Son visage, qui m'échappait et que je cherchais depuis des jours, m'apparaît soudain avec une netteté époustouflante. Je vois son regard d'acier fixant l'horizon dans le soleil.

Lise sent-elle mon trouble ?

« Sa disparition est tellement incompréhensible... », soupire-t-elle.

Je l'interroge sur son premier bateau, *Galathée*. À qui l'avait-elle vendu ? Est-il possible qu'il soit encore dans l'île ? « Oh oui ! répond Lise, il est là. C'est un couple de Brest qui l'a acheté, ils viennent y passer toutes leurs vacances. Il est au bout de ce quai, tout au fond, là-bas. Je n'y vais jamais. »

Moi, je ne l'ai jamais vu. Ne sachant à quoi il ressemble, je ne peux pas l'identifier parmi la forêt de mâts devant moi. Et Lise a détourné le regard vers la direction opposée.

« Viens, je vais te faire voir la plage. Elle est belle... », me dit-elle précipitamment. Et, changeant de conversation : « Alors, Elsa, comment ça va ? Tu es heureuse à New York ? Comment ça se passe pour toi, toute seule, dans cette grande ville ? Tu ne dois pas t'amuser tous les jours, je suppose. Toute

cette agitation, ce speed, cette course permanente…
Je n'y suis jamais allée, mais j'imagine une métropole un peu folle, toujours plus ou moins au bord
de la crise de nerfs. Moi qui déteste la ville sous
toutes ses formes, je crois que je ne supporterais
pas. »

Je réponds à ma tante, lui dis ma chance d'avoir
pu intégrer l'une des meilleures unités de recherche,
c'est ce qui compte en priorité pour moi. Et maintenant, je suis habituée à la ville, j'ai de bons amis
et je sors beaucoup...

Je lui mens avec aplomb. Tu parles si je sors ! Me
traverse, une fraction de seconde, la vision fugitive
de Dave et moi au *Starbucks Coffee*, son sol à damier
noir et blanc, et celle des néons multicolores sur
le plafond de sa chambre. Je les chasse. Ce qui
m'importe, en ce moment précis, c'est de garder le
sillage de la présence de Gabriel, être à l'écoute du
moindre signe.

Il était là, c'était lui, j'en suis sûre. Absolument
sûre.

À m'en faire mal aux yeux, je le cherche autour
de moi, désespérément, pourtant entièrement
consciente de l'inanité de ma quête. Je cherche un
poisson dans la mer. En vain, je le sais d'avance,
mais je ne peux pourtant pas m'en empêcher.

Un silence gêné s'installe entre Lise et moi, et cela
me dérange, comme si elle pouvait voir clair en moi.
Je fais diversion, à mon tour : « Et toi, Lise, es-tu
heureuse dans ta vie ici ? Elle est tout le contraire
de la mienne. Contraintes au minimum, nature

admirable et joyeuse, nonchalance générale... Le paradis, en quelque sorte !

— Oui, c'est ce qu'on pense, quand on arrive ici. Au début. Ensuite, on se rend vite compte que c'est comme partout. Le plus important, ce n'est pas le théâtre de sa vie, mais ce qu'on porte en soi. Et qu'on emporte partout avec soi, où que l'on soit. Hélas, le paradis n'existe pas, Elsa, même aux Antilles ! Mais moi, ce que j'aime ici, c'est la mer et la vie en mer.

— Et Yann ? Il a l'air de se plaire.

— Oh, Yann, tu sais, il n'est pas très expansif et je sais qu'il regrette encore sa Bretagne ! Il a eu beaucoup de mal à s'y faire, au début. Il souffrait de la chaleur, détestait son nouveau métier. Et il me disait sans cesse préférer mille fois pêcher des poissons plutôt que de transporter des touristes, ses "pingouins", comme il les appelle, tellement la plupart sont maladroits à bord ! Mais que veux-tu, difficile de revenir en arrière, d'un seul coup. On était là, on avait tout largué en métropole, il fallait assumer. Maintenant, il va bien je crois. Il apprécie le pays. Enfin, c'est ce que je me dis : chaque fois que j'évoque l'idée de rentrer, il refuse. Il ne veut plus partir. Moi... »

Je ne demande pas à Lise de préciser et je laisse ses points de suspension flotter dans le vide. Lise a sûrement besoin que je lui réponde. Ou tout au moins que je m'intéresse à elle.

Je ne peux pas.

Je n'ai pas la disponibilité d'esprit. Je cherche Gabriel. Je suis tout entière avec Gabriel. Gabriel, quelque part dans cette île.

Pour la faire taire, je m'exclame : « Mais comme c'est beau, ici ! Je suis vraiment heureuse d'être avec vous, quelques jours… », et j'enroule mon bras autour de son cou, qu'elle penche vers moi, avec tendresse.

Dans l'après-midi, prétextant un coup de fil à donner, je m'éloigne sur les quais, le téléphone portable sur l'oreille, avec l'air distrait de celle qui marche mécaniquement, absorbée par la conversation.

En réalité, mes pas me conduisent droit vers le ponton où est amarré le bateau maudit.

« Là-bas » est un bien maigre indice pour moi, mais pourtant je reconnais tout de suite le voilier de Gabriel. Tous les autres, autour de lui, me paraissent trop luxueux pour avoir traversé l'Atlantique. Celui-là a quelque chose d'un bateau qui a bourlingué, avec ses panneaux solaires et son éolienne à l'arrière.

Je m'approche, impressionnée. Le voilier est splendide, sa ligne pure, racée, une merveille d'harmonie. C'était donc sur ce bord…

Le voir pour de vrai me fait frissonner.

Debout sur le ponton, j'examine attentivement tout ce qui est à portée de ma vue, le pont, le mât, la coque, comme s'ils avaient un secret à me dévoiler, pour m'aider à comprendre ce qui s'est passé, même si je n'y connais rien à la navigation.

Mais la matière reste désespérément muette.

Une grande tristesse et un fort sentiment d'impuissance me font baisser la tête et fermer les yeux.

« Oui, c'est bien elle. » Derrière mon dos, la voix de Lise me fait sursauter. « Cela me remue affreusement, chaque fois que je l'aperçois, en mer. Et je ne viens jamais sur ce quai. Mais je t'ai vue, de loin… »

Elle me prend le bras : « Tu vois, quand on avait fait notre croisière en Bretagne avec lui, Yann et Sarah, Gabriel aimait se tenir sur ce côté, debout, le dos appuyé contre un hauban. Il pouvait rester des heures dans cette position, sans parler, à regarder droit devant lui… C'était *sa place* à lui. »

Machinalement, tout en parlant, Lise redresse le voilier dans l'axe du ponton par son balcon avant et rectifie les amarres un peu lâches. Ses gestes sont rapides et précis.

Je réalise qu'elle le connaît par cœur, ce bateau. Et pour cause ! Ce n'était pas le bateau de Gabriel, même si c'est toujours lui que j'associe à ce voilier, mais bel et bien le sien, et elle l'adorait, sa goélette. L'avoir vendue a dû beaucoup lui coûter.

« Une belle, très belle bête, *Galathée*. Fiable, solide, rapide. Je me souviens… Gabriel nous avait appris que *goélette*… vient du mot *goéland* ! Mêmes formes fines, légèreté, rapidité, grande maniabilité…, me dit-elle d'une voix neutre. Et ce qui fait plaisir, c'est qu'il est parfaitement entretenu. Regarde ces voiles impeccablement ferlées… Et les vernis refaits à neuf… Son bout-dehors en avait bien besoin. »

Lise ne laisse paraître aucun trouble. Elle s'applique au contraire à me faire penser qu'elle a réussi à digérer l'épreuve et qu'elle est passée à autre chose.

« Oui, elle était belle et séduisante, ma *Galathée*. Mais… Il ne faut pas s'attacher aux choses matérielles, n'est-ce pas ? Même si les Anglais leur donnent un genre, féminin comme par hasard et qu'ils disent *she* et non pas *it*, pour parler de leur voilier… Pour autant, ils restent des voiliers, n'est-ce pas ? Tu vois, maintenant, ce ne sont plus les embarcations qui me fascinent, c'est la mer. Elle, elle n'est à personne… Et *elle*, elle ne disparaît jamais ! »

Lise tourne ostensiblement le dos à la goélette. « Allez, viens, Elsa, on va bientôt quitter le port, et tu verras que je ne t'ai pas menti et à quel point elle est belle, la mer, ici… »

Est-elle sincère ou joue-t-elle cette petite comédie pour moi, pour me rendre les choses plus légères ? Ou pour masquer ce qu'elle n'a pas envie de dévoiler ? Nous marchons silencieusement sur le ponton. Des idées en vrac me traversent l'esprit. Que Gabriel est-il venu faire ici ?

C'est Lise qui rompt le silence. « Tu vois… Quand on est à ce point confronté aux drames de la vie, comme celui-là, on ne peut pas rester indifférent à tous ceux qu'on pourrait éviter. C'est pour ça que je te disais que tu as un beau métier, Elsa. Toi, tu peux changer le cours des choses, redonner vie, réparer les avaries, faire en sorte que des destinées ne se brisent pas sur les écueils de la maladie… Une belle mission sur terre.

— Comme tu dis bien les choses, Lise ! C'est très joli, cette façon de parler de la médecine. Poétique et juste, oui. Mais… Tu sais, ce n'est pas vraiment mon cas. Je fais de la recherche. »

Je revois les urgences. Les flots de malades. Gabriel.

« Maman dit que je suis trop sensible à la détresse humaine. Elle a peut-être raison. J'ai toujours l'impression que je passe à côté de l'essentiel. Que je ne fais pas ce qu'il faut. Que je ne dis pas ce qu'il faut dire… Et en fait, pour le moment… Tu vas être déçue… Sais-tu ce qui m'intéresse ? Les moustiques !

— Eh bien, alors, ici en Guadeloupe, tu vas être servie au moins. Pour ta bonne conscience, tu pourras te dire que tu continues à travailler… même pendant tes vacances ! » me répond Lise en riant, qui fait vraiment ce qu'elle peut pour être gaie.

Nous avons navigué toute la journée sur l'eau bleu marine. Je serais bien restée plus longtemps au port, pour fouiner, sillonner les environs, espérer que le sort me mette sur le chemin de Gabriel. Mais quel prétexte donner pour rester à quai ? De plus, je sais bien que les chances de tomber sur lui sont infimes. Et je ne suis pas mécontente de découvrir aussi les impressions d'une traversée, une autre façon de me rapprocher de lui et de comprendre son univers.

Le vent tonique et la mer agitée nous ont menés à un train d'enfer et cette grande journée au large m'a complètement sonnée. Comme j'ai le mal de mer, impossible de me réfugier à l'intérieur et je me sens agressée par les éléments. Heureusement, la lumière se fait plus douce et le soleil moins cuisant, mais le voilier file toujours à grande allure et j'ai hâte qu'on s'arrête quelque part, pour retrouver du calme et de l'ombre.

« C'est quoi, les îles, là-bas ?

— Les Saintes ! » me répond Yann, en criant pour que sa voix ne soit pas dispersée dans les airs et arrive jusqu'à moi. « On va y dormir ce soir. » Un chapelet d'îles dresse ses mamelons verts à l'horizon et, au fur et à mesure que nous avançons, des falaises abruptes et minérales plongent dans l'eau sombre.

Yann jette l'ancre pour la nuit sur l'île de Terre-de-Haut. « Tu vas voir, c'est l'un des plus beaux mouillages que je connaisse, me dit-il. Et cette plage, c'est la plage du Pain de Sucre... »

Oui, c'est beau. Mais je n'ai aucune envie de faire du tourisme. Je suis tellement ivre de fatigue et saoulée par le vent que je ne rêve que d'une chose, c'est de m'écrouler sur la couchette. Du carré où je me suis réfugiée pour fuir les brûlures du soleil, j'entends Yann et Lise plonger dans l'eau, s'ébrouer avec délice et m'inciter à les rejoindre. Je refuse et m'allonge sur le dos. Envie d'être tranquille, au calme. C'est dur, la promiscuité. Surtout pour moi, habituée à vivre seule.

« Allez, viens, Elsa ! On va débarquer. Faire un tour, avant qu'il fasse nuit. » Je les rejoins dehors, sans entrain. Yann a gonflé le bateau pneumatique et le jette par-dessus bord.

« Allez-y tous les deux. Moi, je ne descends pas »,
répond Lise, brusquement sombre. Et elle disparaît
dans le bateau. Que se passe-t-il ? Vu l'ambiance, je
n'ose pas dire non, moi aussi, même si j'en ai très
envie, et j'embarque avec Yann.

Yann rame avec vigueur, en godillant sur l'arrière.
Ses muscles denses semblent remuer une petite cuillère dans un café, tant il a l'air de ne faire aucun
effort. L'embarcation avance à toute allure vers la
plage et nous sautons sur le sable.
« En route ! » Yann a l'air déterminé de celui qui
sait où il va.
Cet homme m'impressionne, bloc compact de
force et de silence. Il fait ce qu'il peut pour être
aimable avec moi mais je sens bien que sa vraie
nature est solitaire. Moi aussi, j'aime être seule, mais
au milieu de plein de gens. Lui, on sent qu'il sait se
trouver bien, loin de tout et de tout le monde. Probablement ses heures en mer, quand il pêchait des
jours entiers, retiré sur son bateau. Avoir constamment du monde sur son bateau doit sérieusement
lui coûter…
Yann cherche quelque chose des yeux, on dirait,
parmi la végétation dense accrochée au flanc des
deux petites collines à chaque extrémité de la plage.
Peut-être un sentier. Je n'ose pas lui demander. Et
s'il cherchait Gabriel ?

« Tu vois comme l'eau est calme ici ? dit-il soudain. Eh bien, viens, je vais te montrer quelque
chose… » Devant nous, un isthme relie une colline
à la terre. Nous traversons la plage très étroite

couverte de palmiers, abritée et paisible. Quelques mètres à peine nous conduisent vers une autre plage, quasi identique, juste en face, mais celle-là est exposée au vent. « Ici, c'est la plage du Pain de Sucre *au Vent*. En face, d'où l'on vient, la douceur. Et ici, la violence des alizés. Changement brutal d'ambiance en un instant. Exactement comme dans la vie. »

Yann met sa main sur mon épaule et resserre ses doigts fortement. Si fort qu'il me fait mal. Très mal. Mais je ne bouge pas d'un pouce.

Pour notre dernière soirée ensemble, Yann a mouillé dans une crique pas trop loin du port pour que je puisse être à l'heure à mon avion, le lendemain matin. Depuis la balade à la plage du Pain de Sucre, nous nous fuyons un peu tous les deux. Peut-être à cause de ce qu'on ne s'est pas dit.

Lise, égale à elle-même, est une hôtesse parfaite, attentive et infatigable. Le nuage noir, aux Saintes, n'est pas reparu et je ne lui ai pas demandé d'explication. Ce soir, elle nous prépare un dîner d'adieu, sorte de ragoût de poisson à base d'épices locales, noix de coco et curry, dont l'odeur monte jusqu'à moi.

J'ai pris un long dernier bain et profite des ultimes rayons du soleil, allongée à l'avant. Détendue par la nage, je suis satisfaite d'avoir tout de même pris une couleur légèrement dorée, ce qui n'est jamais gagné avec ma peau de rousse, en permanence protégée. Du coup, mon paréo a nettement plus belle allure qu'à mon arrivée, il n'a plus l'air d'un cache-misère enveloppant un cachet d'aspirine, d'autant que Lise m'a appris à le nouer avec élégance.

Yann est venu me rejoindre pour vérifier l'amarrage, tandis que Lise s'active à l'intérieur. Première fois que nous nous retrouvons seuls depuis la plage. Il s'assied près de moi, allume sa pipe et regarde autour de lui, silencieux.

Malgré la gêne que je ressens toujours vis-à-vis de lui, je cherche tout de même à lui dire un mot gentil et le remercier. Mais je ne sais pas comment m'y prendre pour ne pas sortir une banalité.

« Il paraît que tu t'es finalement fait aux Antilles, m'a dit Lise. Et que tu ne veux plus en partir. Je te comprends, ce pays est ensorcelant… »

D'une voix étouffée, Yann déclare : « On ne sera jamais heureux, dans ce pays. Je le maudis. On ne plante pas sa tente dans un cimetière. »

Cette terrible phrase est tellement éloignée du portrait que je m'étais fait de lui, résigné mais tout de même satisfait de son sort, que je la reçois comme un grand seau d'eau glacée à la figure.

Pour que Lise n'entende pas, je lui réponds à voix basse : « Ah… bon ! Mais… Mais, alors… Dis-moi… Pourquoi restes-tu ici ?

— Je cherche. Je *veux* savoir. Gabriel était un excellent marin. Je ne comprends pas ce qui a pu se passer. Et sur *Galathée*, j'ai vu des choses bizarres…

Je suis sûr qu'il n'est pas mort. *Sûr*, tu entends. Et je trouverai. »

Le ton de sa voix sonne comme un avertissement. Je me souviens alors de son étreinte sur la plage, qui m'avait broyé l'épaule.

Ma dernière nuit à bord, je n'ai pas fermé l'œil.

PARIS

Mai

Un grand dragon chinois brodé dans le dos, Sarah virevolte dans son peignoir rose en soie légère. Comme une petite fille, elle chante à tue-tête, elle rit, elle bat des mains. Elle a mis un CD de tango argentin à fond, soulève un coussin, le lance en l'air, se jette en arrière sur son lit et hurle de tous ses poumons : « YESSSSSSS ! »

Ça y est… Le contrat, elle l'a. Il est là, dans ses mains. Sous ses yeux. L'énorme signature ronde de Xavier Le Cossec s'étale en bas de la dernière page : « Lu et approuvé, bon pour accord. »

Bon pour accord !

« Ma vie va changer ! Enfin !… Fini le stress. Fini les responsabilités écrasantes et les obstacles insurmontables. Fini la grisaille. Une vie saine, normale, enfin. Et la mer, la mer… la mer ! »

Les pensées de Sarah se bousculent dans sa tête. Notifier son départ à la propriétaire. Trouver une maison. Une grande et belle maison avec vue sur mer, une vraie chambre pour son fils, où elle pourra mettre une montagne de jouets – adieu son placard minable et étroit. Déménager, trouver une crèche. Le mieux, ce serait pour septembre, elle aurait le temps de faire les choses bien.

Elle pense aussi à l'entreprise. L'aventure est terminée, elle a fait ce qu'elle a pu. Les banques ont dit stop.

Xavier avait vu les comptes. Et estimé la situation irrécupérable. Il l'avait convaincue. Même avec sa commande, aussi importante soit-elle, sa société ne s'en sortirait pas. Il avait eu raison : cessation de paiement et liquidation judiciaire par décision du tribunal. Fin de son espoir impossible. Mort de l'entreprise. Elle aussi.

Sarah avait accusé le coup, violemment. Mais Xavier ne l'avait pas laissée s'enfoncer. Et lui avait donné immédiatement une porte de sortie inespérée : un poste dans son entreprise à lui. Un poste important. À Lorient. Son idée, depuis le début. Il avait aussi retrouvé du travail pour la plupart des membres de son équipe, recrutée par un de ses partenaires en passe d'ouvrir une antenne parisienne. Seuls deux employés avaient préféré prendre leur retraite et une secrétaire s'était entendue avec lui pour intégrer, elle aussi, le groupe de Lorient. Une condition indispensable pour Sarah, qui ne les aurait pas abandonnés sans cet arrangement, Xavier l'avait très bien compris.

« Quel bonheur, quel bonheur... Quel bonheur ! » Son cœur explose, il est énorme, elle respire à peine.

167

« Yes ! »

Xavier l'attend, c'est merveilleux.

« Mais, Sarah… Tu n'es pas sérieuse, j'espère… Cet homme, tu le connais à peine ! Et PG ? Tu penses à lui ? Tu en fais quoi, de sa sécurité affective ? Comment peux-tu être aussi légère ? Faire confiance à un inconnu… »

Sarah soupire longuement. Sa mère ne pouvait pas réagir autrement, elle aurait dû s'en douter. Mais Sarah est tellement excitée par la nouvelle vie qui s'ouvre enfin devant elle… Évidemment, elle aurait pu y aller plus doucement. « Maman, j'ai une grande nouvelle à t'annoncer : je quitte Paris ! Définitivement ! Je vais habiter à Lorient… » Sarah avait entendu un grand silence au téléphone. Et puis cette réprobation sèche, cinglante.

Mais elle écoute à peine, une oreille sur l'appareil et une main sur le clavier de l'ordinateur : « Maison à louer – Lorient », faisant défiler les photos des sites immobiliers, petits carrés colorés d'avenir, de son avenir. Sarah se sent terriblement égoïste devant la désolation de sa mère, mais elle ne peut pas s'empêcher de se laisser emporter par ce bouillonnement effréné, plus fort que son désir de ne pas lui faire mal. Elle se sent au volant d'une puissante machine à déblayer, qui laboure à pleines dents le terrain de sa lassitude, brise sans effort la carapace de ses nuits de solitude, de ses jours d'acharnement. Dans sa tête, le décor de sa vie vole en éclats et Sarah éprouve une immense joie libératrice.

Xavier avait été formidable : « Il ne faut pas oublier, Sarah, il faut faire son deuil. C'est dur, je sais. Mais il le faut. La vie est là, vibrante, lumineuse, éclatante, il faut la laisser entrer, ouvrir grand les fenêtres de son cœur, tant de choses sont à découvrir, encore. On n'a pas le droit de se sacrifier pour un disparu. Surtout quand on a tant de qualités… »

Oui, Xavier l'avait libérée de cette promesse qu'elle s'était faite et qui l'écrasait, l'étouffait bien plus qu'elle ne le pensait : coûte que coûte, maintenir l'entreprise de Gabriel en vie. Mais il lui avait donné, en échange, un nouveau moyen de rester proche de Gabriel : Lorient et les bateaux. Lorient, dernier lieu où elle avait senti son corps contre le sien. Sa Mecque à elle, son sanctuaire, sa basilique, sa cathédrale. C'est là qu'elle devait vivre. Là et nulle part ailleurs, elle s'en rend compte maintenant. Comme si l'air était chargé de lui, elle pourrait le respirer en permanence, il habiterait en elle, il vivrait en elle, leur fils grandirait dans le parfum de son père.

« C'est tellement extraordinaire, ce qui m'arrive… Tu devrais être heureuse pour moi. » À cet instant, Sarah se souvient de son fils détournant ses yeux d'elle et de la peine qu'elle avait ressentie. Elle, ce ne sont pas les yeux qu'elle détourne de sa mère, mais sa vie entière. Sarah se fait câline, compréhensive : « Maman, je vais venir te voir, ce soir… Tout t'expliquer… »

La colère de Marie tombe, laissant clairement entendre son désarroi, sa tristesse.

Sarah se calme un peu, bien plus émue que par ses éclats de voix. Elle cherche les mots rassurants, pour dire à sa mère qu'il lui faut bien mener sa vie à elle, il est temps, grand temps, qu'elle sorte de cette ornière dont elle ne supporte plus les contraintes. Où qu'elle soit, Marie sera toujours sa maman chérie, et la grand-mère chérie de son fils. Elle cherche les mots responsables, une vie plus saine, plus équilibrée pour son enfant. Les mots d'espoir, retrouver, enfin, une vie normale. Et, avec elle, peut-être, qui sait…

Un petit silence. La fenêtre grande ouverte sur son square résonne de mille cris d'oiseaux. Le printemps déborde de vie. Les marronniers en fleur arborent leurs grosses grappes roses. Saison où la vue est la plus belle, où Sarah a toujours envie de se promener sous les arbres en fleurs, mais sans le bruit des voitures qui sature l'air, et des notes stridentes de Klaxon irrités. Bientôt, se dit-elle, bientôt… Patience.

Patience, oui. Elle s'est trop précipitée. Jamais elle n'aurait dû annoncer cette nouvelle à sa mère par téléphone.

Mais avant même qu'elle puisse lui dire toute sa tendresse pour se faire pardonner, la voix de Marie s'interpose, étranglée de peine, avant de raccrocher : « Fais attention à ton fils… Ne lui fais pas prendre de risque. Tu pourrais le regretter. Beaucoup. »

Sarah s'effondre sur le lit, tout son bel enthousiasme écroulé à ses pieds.

Rechercher : « Xavier Le Cossec ».

Sur Internet, Sarah voit surgir des pages et des pages avec son nom, sa photo. La joie revient. Ses moustaches fournies lui donnent un air jovial et débonnaire, ses yeux rieurs respirent l'intelligence et la bonne humeur. Elle clique sur un lien : un article du *Télégramme* le cite comme l'un des plus dynamiques entrepreneurs de la région. Un autre vante son engagement auprès des jeunes dans un centre de formation. Un troisième le montre, tout sourire, avec l'équipe de foot : « Le FC Lorient fête sa victoire. Xavier Le Cossec soutient les Merlus... »

Sarah interrompt sa lecture.

Cet homme inspire confiance. Il ne peut pas la tromper, non. De toute façon, la notoriété de son entreprise est un gage de stabilité. Évidemment, elle a trois mois d'essai. Mais qui ne prend pas de risque...

La fièvre monte. Vomissements et diarrhées. Le petit est secoué par de violentes contractures. Marie et Sarah veillent depuis hier soir, partagent anxiété et fatigue. Mère et fille sont à nouveau unies face à la maladie.

« Nous allons l'opérer en fin de matinée, tout se passera bien, ne vous inquiétez pas », dit la blouse blanche. Mais l'inquiétude plane quand même au-dessus de leur tête. Sitôt la porte de la chambre refermée et le diagnostic révélé, Sarah bondit sur son téléphone et appelle sa sœur.

À New York, il est trois heures du matin. Mais Sarah ne s'encombre pas de préliminaires. « Salut Elsa. PG est à l'hôpital. Appendicite. Il paraît que c'est rare chez les enfants avant un an. Dis-moi tout, surtout. » Et sans attendre la réponse, elle enchaîne et lui lit le compte rendu de l'échographie abdominale : « Épaississement des mésos au contact de l'appendice, épanchement de la gouttière pariéto-colique et du cul-de-sac de Douglas... Dis, c'est quoi un épanchement de la gouttière ? Cela veut dire une infection, c'est ça ? C'est grave ? »

Elsa a la voix pâteuse de ceux qui s'éveillent brutalement, pourtant elle en a l'habitude. Mais Sarah la réveille dans son premier sommeil, qu'elle a eu tant de mal à trouver. Hier soir, elle est sortie avec les collègues du service, l'un d'eux a été reçu à sa thèse de sciences. Le punch coulait à flots. Le punch, nectar des îles... Les îles, les Antilles... Gabriel. Elle a bu l'élixir du souvenir. Ravivé des images. Sa silhouette, de dos devant la télé. Ses épaules carrées. Au milieu de la fête, elle s'est sentie seule. Très seule. Elle a fui à toute vitesse retrouver sa chambre bleue.

« Le plus dangereux dans les appendicites des tout-petits, c'est de passer à côté du diagnostic. Maintenant qu'on sait ce qu'il a, fais confiance à l'hôpital. Il est où, ton fils ? » Cette dernière phrase résonne de façon bizarre dans sa bouche. « Il est où, ton fils ? » Elle lui donne une existence, une réalité tangible qui la met mal à l'aise. « Ne te fais pas de souci. Tout va bien se passer. Tiens-moi au courant. » Formules convenues.

Elsa parvient à rassurer Sarah, mais pas à s'apitoyer, ni à prendre le temps de partager ses angoisses, chose pourtant bien naturelle. Elle n'a qu'une envie, c'est de raccrocher au plus vite. S'il y a quelqu'un à qui elle n'a pas envie de parler, c'est bien à Sarah. Gabriel est trop présent dans sa tête. Tellement, qu'elle a le sentiment stupide qu'il pourrait être perceptible. Et Elsa ne veut rien dire à personne tant qu'elle n'aura pas la clé de son mystère. Elsa raccroche vite mais n'arrive plus à retrouver le sommeil.

Sarah regarde sa mère, soulagée mais tracassée. Elle a dérangé Elsa, c'est certain, elle l'a bien senti. Mais pourquoi lui a-t-elle répondu de manière aussi distante, comme si elle parlait à une patiente inconnue ? Sont-elles à ce point éloignées l'une de l'autre maintenant ? Que se passe-t-il ? Lui en veut-elle de quelque chose ?

C'est vrai qu'elle s'était promis de lui écrire un mail... Elle a oublié. Tant de choses se passent en ce moment. Mais Sarah garde son malaise pour elle, elle ne veut pas en parler avec Marie. Sa mère a assez de soucis comme ça.

Délivrée du poids de l'angoisse, la fatigue lui tombe dessus. Elle s'enfonce dans son fauteuil et regarde le visage contracté de son fils. Dans le couloir, les pas pressés des infirmières et les crissements des chariots rendent le silence de la chambre plus humain. Marie s'est endormie à côté de lui, épuisée elle aussi, une main sur celle de l'enfant, contact permanent en cas d'alerte.

« Maman est vraiment admirable. Elle nous donne tant à tous. Et moi, je la remercie en la quittant...

173

Comme Papa », se dit-elle. Sans elle, son fils ne serait pas là, c'est Marie qui a su détecter les signes inquiétants dans le comportement du petit. Sarah lui est extrêmement reconnaissante d'avoir eu la délicatesse d'éviter les commentaires culpabilisants et inutiles, tels que : « Tu vois à quoi ça sert, une grand-mère ? »

Sarah se lève, prise d'un élan de tendresse et recouvre les épaules de Marie avec sa large veste de coton marine, dérisoire substitut de l'amour qu'elle va lui enlever.

Et elle s'assoupit, elle aussi, évadée dans ses rêves d'étendues océanes.

« Tu vois à quoi ça sert, une grand-mère ? » Sarah regarde sa mère avec un sourire penaud. Marie a le regard chaviré, infiniment triste, et fait ce qu'elle peut pour le dissimuler. Il faut retourner à l'hôpital, visite de contrôle, et Sarah a, une fois de plus, un rendez-vous « incontournable ». Une légère, très légère lueur de joie apparaît tout de même au fond du regard de Marie. Elle va pouvoir, encore, avoir un moment d'intimité, seule avec l'enfant. Savoir que cela ne va pas durer lui rend ces instants encore plus précieux.

Marie prend le petit dans ses bras, le dépose délicatement sur le canapé du salon, et lui enlève son manteau avec d'infinies précautions.

« Et tu feras *comment,* sans moi, dans ta Bretagne ? » ne peut s'empêcher de dire Marie, amère, raccompagnant Sarah à la porte de chez elle. Sarah sent les larmes monter. Elle a envie de se jeter dans ses bras, de lui dire sa tendresse, sa peine de lui faire mal, mais elle ne répond rien et dévale les escaliers. Elle est en retard, comme toujours. « Surtout, prends ton temps pour ce soir. Et si ça t'arrange, il peut dormir à la maison, PG ! »

Une fois de plus, Sarah avale les couloirs du métro, mais cette fois, elle se sent différente. Pas concernée par ce qui l'entoure. Bientôt, elle les oubliera, ces viscères de la ville. Sarah se faufile dans la rame bondée, cale son dos contre la cloison, ferme les yeux. Et sort *in extremis* du wagon, avant qu'il ne ferme aveuglément ses portes sur son chargement silencieux. « Bientôt, la mer…, se dit Sarah, dont la joie revient avec cette image. L'espace. L'air. La vie normale. Enfin ! »

Sarah pousse la porte de son bureau, suspend sa veste de toile légère sur la vieille patère métallique et s'assied devant l'ordinateur, qu'elle allume machinalement. Contrairement à son habitude, elle ne se précipite pas sur sa boîte mail et jette un regard circulaire autour d'elle. Décor de quelques mois de sa vie. Austère et laid. Fonctionnel et masculin. Triste, vieux, pesant. Entreprise Vautrin. Quelques mois de lutte pour la faire revivre. Échec. Et puis, hasard des rencontres, Xavier.

Le premier jour, Sarah s'était assise dans ce vieux fauteuil de cuir craquelé comme on emprunte un siège dans une salle d'attente, sans y prêter attention. À l'époque, briller aux yeux de Gabriel était sa seule et unique motivation. Cette excitation de gamine avait si peu duré, quelques petites semaines à peine. Ensuite, ce qui n'était qu'un jeu pour elle

175

avait viré en opération de sauvetage. Les mois s'étaient enchaînés, lourds, angoissants, et elle avait passé des heures et des heures, ici, à son bureau. Elle les déteste, ce mobilier de bois sombre, cette lampe de bureau en chrome et la couleur gris-vert des murs, qui a viré au gris sale avec les années. Pas le temps, pas l'argent pour s'en occuper. Sa seule rénovation avait été la salle de réunion, lumineuse et claire. Aurait-elle eu la chance de rencontrer Xavier, sans cette salle ?

Devant elle, un mur entier est recouvert de dossiers et de classeurs qu'elle n'a jamais ouverts. Tout cela ira à la trappe, elle n'a pas le cœur d'y plonger le nez, maintenant. Des kilos de papier vont disparaître. Bientôt, un nouveau propriétaire des locaux s'installera ici et on fera table rase de tout ce passé, de ces milliers d'heures de travail incrustées dans les murs par des générations. Sarah est gênée par un sentiment de destruction inconvenante. « Cela fait-il le même effet si l'on clique "supprimer" sur un ordinateur ? se dit-elle. Sûrement non. Pourtant, le nombre d'heures de travail humain est le même. Est-ce le prix payé par la nature qui rend d'autant plus difficile le fait de jeter ? Ou la matérialisation de l'effort ? »

Sur le haut de l'étagère, un jouet d'enfant en bois tout simple, un voilier. Sarah se lève, grimpe sur un tabouret et le fait tourner entre ses mains. Une coque, un mât et deux voiles de coton rouge safran. Le coton se détache, au pied du mât. Sous le socle, la marque de fabrique de son grand-père Charles. Gabriel avait exactement le même, chez lui.

Gabriel, héritier en titre.

Sarah ouvre le tiroir toujours fermé à clé et en ressort le dossier contenant des copies de la succession de son grand-père. « Gabriel Lis-Reminovski hérite de l'entreprise de Charles Vautrin. »

L'entreprise Vautrin, créée il y a plus d'un siècle, va bientôt disparaître. À cause de *son* échec ? Gabriel aurait-il mieux réussi ? À quoi bon cette question, désormais. Sarah a fait ce qu'elle a pu, c'est ce qui compte. « Qu'en a-t-il à faire, Gabriel, là où il est, du succès de la société Vautrin ? » Xavier a raison, il lui faut tourner la page, sans regret. Pourquoi se chercher des excuses ? Et ne pas admettre, tout simplement, qu'elle ne voulait plus de ce rôle, de toute façon ?

Sarah roule ses longs cheveux en une tresse compacte, l'entortille dans sa nuque et plante deux crayons croisés en son centre. De profil, elle a quelque chose d'une icône chinoise, gracieuse et terriblement féminine. Son petit nez parfaitement dessiné se redresse fièrement, ses ailes en frémissent à l'unisson de son cœur.

En rangeant avec précaution le voilier de bois dans son sac, elle s'absout. Elle a trente ans, elle veut vivre.

Et elle referme le tiroir d'un geste sec.

NEW YORK

Mai

Dave a absolument tenu à me raccompagner chez moi.

Pourtant, il sait à quoi s'en tenir, je l'avais prévenu, dès le lendemain de notre nuit chez lui : pas question qu'il envisage une quelconque suite à notre soirée. Tout ce qu'il avait obtenu de moi ne l'avait été que sous l'effet des vapeurs de l'alcool et de l'affaiblissement de ma conscience, et ne revêtissait donc aucune valeur à mes yeux.

Notre explication avait eu lieu devant la machine à café, en quelques mots brefs et prononcés à voix basse, mais cinglants et sans appel. Je l'avais traité d'inqualifiable manipulateur qui m'avait entraînée chez lui malgré moi, nullement embarrassé d'abuser de ma faiblesse. Sans témoin, tout de même. Ici, on ne plaisante pas avec le harcèlement et je ne voulais tout de même pas lui attirer des ennuis.

Sous ces injures, lancées avec une excessive mauvaise humeur, Dave m'avait regardé par en dessous, d'un air contrit. Je savais très bien que j'allais trop loin – on est deux, dans ces cas-là, aurait-il pu me faire remarquer, et je n'étais tout de même pas ivre à ce point –, c'était trop facile de lui donner tous les torts. Mais je n'étais pas dupe : son attitude de remords était feinte, il ne regrettait rien.

En fait, pour être tout à fait honnête, c'est à moi que je faisais des reproches. Je rejetais fortement ce souvenir de ma mémoire, cette soirée n'avait eu aucun intérêt, je n'y avais pris aucun plaisir – ou alors je ne m'en souvenais plus. Et puis, ce garçon, je le connaissais à peine et je n'aimais pas l'idée d'être prise par lui pour une fille facile. Ce que je ne suis pas.

Mais je ne pouvais pas non plus nier les avantages certains que cette intimité avait créés dans notre relation. Dave était vraiment un garçon cool, subtil et attirant. Et, qualité précieuse pour moi, si sérieuse et réservée – coincée, diraient certains –, il savait me faire rire. De plus, difficile de le nier : je me sentais très flattée de l'attention que me portait l'un des plus brillants chercheurs de la fac. Et enfin, il était mon unique camarade à New York et j'avais vraiment besoin de chaleur humaine. Je me sentais mal depuis trop de semaines, dans ma solitude glacée.

C'est pourquoi j'avais conclu mon avalanche de reproches par : « Je veux bien de ton amitié mais rien d'autre. C'est à prendre ou à laisser. » Dave m'avait immédiatement répondu : « *Okay… No problem !* » avec son gros accent du Bronx, en chassant de la main d'hypothétiques chimères.

Depuis, Dave tient parole mais ne me lâche pas. Je ne passe pas une semaine sans le croiser, il s'arrange pour être sur mon chemin à un moment ou à un autre, à l'hôpital. Et en particulier devant *notre* distributeur de café, où je me réfugie de plus en plus souvent.

Aller dans le service est en effet devenu une punition, je me sens en milieu hostile et tout me semble peser un poids énorme. Ma recherche n'avance pas aussi bien que je le voudrais et mon boss n'est pas content. Il m'a peut-être trouvée trop bronzée au retour des Antilles. Il est vrai que je suis partie comme une voleuse et revenue sans donner la moindre explication sur l'état de santé de ma tante. Quoi qu'il en soit, son insatisfaction est évidente et je m'enfonce encore plus dans le doute, ce qui me paralyse. Le résultat, c'est que j'en ai plus qu'assez des moustiques, des maladies ubiquitaires et des dépouillements statistiques interminables.

Et que je mange trop, je le sais.

« J'ai envie de savoir comment c'est, chez toi. »

Chez moi, c'est un foutoir noir. Je devrais avoir honte de montrer tout ce laisser-aller à Dave, et pourtant je m'en fiche complètement. Je n'ai pas assez – ou trop – d'estime pour lui. De toute façon, je n'essaie pas de le séduire, autant qu'il sache qui je suis vraiment. C'est lui qui me cherche… Eh bien qu'il assume !

Nous ouvrons la porte du studio et une odeur de cuisine me saute au nez. J'ai fait cuire un steak hier soir et oublié d'ouvrir la fenêtre. Ce relent de graisse m'est désagréable et me gêne beaucoup plus que d'habitude. Par terre, mes vêtements en tas indistincts, des emballages vides de paquets de gâteaux, et des DVD. Et la porte du placard, contre le mur. Témoins indiscutables de ma dérive. Je me précipite, tire les rideaux et ouvre en grand la fenêtre du *bow-window* sur la rue. Les premières feuilles vert clair commencent à sortir, une branche s'agite tout près de l'ouverture, faisant entrer dans la pièce une fraîcheur romantique, rarissime dans un appartement à New York.

« Ton mec, il souffre d'un PTSD. *Post-Traumatic Stress Disorder,* ou Trouble de Stress Post-Traumatique, si tu préfères que je te le dise en français », dit Dave en s'asseyant sur le lit, sans jeter un regard sur ce qui nous entoure, mais en repoussant ostensiblement la pile de livres et de journaux qui s'y trouvent.

Mon mec ? Je le regarde fixement, éberluée.

D'où tient-il cela ? Je ne lui ai jamais parlé de Gabriel et je ne suis plus jamais revenue sur mes vagues allusions, qui m'avaient valu tant de sarcasmes de sa part.

Décidément, Dave sait beaucoup de choses sur moi. Intriguée et inquiète, j'arrête mon semblant de rangement, m'approche de lui, décidée à le faire parler. Dave tire sur les poignets de sa chemise impeccablement repassée, geste de concentration pour renforcer l'importance de ce qu'il est en train de me dire.

De toute façon, cette fois, je n'esquiverai pas comme pour le coup du jogging. Je veux savoir ce qu'il a derrière la tête. « De qui parles-tu ? » lui dis-je, prenant l'air le plus détaché possible.

Dave lève les yeux, accroche mon regard et ne le lâche plus. Deux billes noires, veloutées mais catégoriques, me transpercent. Dave ne joue pas aujourd'hui.

« Celui qui t'empêche de dormir. Celui qui me prive de toi. »

Désarçonnée, je cesse de dissimuler et m'assieds, sans le quitter des yeux.

Dave se laisse tomber en arrière sur le dos, croise ses bras derrière la nuque et regarde le plafond. « Ça fait des mois que je te suis, que je t'épie, que je t'observe. La première fois que je t'ai vue aux urgences, c'était le jour où IL est venu entre deux flics. C'était mon tour de ronde, tu sais, dans le cadre de ma mission de lutte contre la violence à l'hôpital.

Je te trouvais très mignonne, avec tes grands yeux bleus, ta bouille de madone et... – pardon de te dire ça, j'espère que tu ne vas pas me jeter dehors – et... tes superbes nénés, vraiment adorables. Surtout dans ce cadre de fracassés. Et, en plus, tu sais bien le faible que j'ai pour les petites Françaises... »

Dave s'éclaircit la gorge.

« Bref... J'étais devant toi, au fond de la salle, tu ne m'avais pas remarqué. Quand il est venu vers toi, tu as eu un regard épouvanté. Ça m'a intéressé. Je voulais savoir pourquoi, car il était évident que tu le connaissais. Alors j'ai pisté le mec, *illico*. Ce jour-là il a quitté l'hôpital, fait un tour dans la ville, visiblement sans but, et est revenu se poster à la sortie. Il t'attendait. »

Dave se tait un moment, me laisse digérer ses mots. Puis lentement il reprend : « Sa démarche m'a tout de suite alerté. Un peu comme s'il flottait. Ce type avait un problème, c'était évident. Tu le savais déjà ? » Je ne réponds pas.

Le silence qui plane entre nous est chargé d'attente, de sa part et de la mienne. Je sens un très léger tremblement dans mes mains et j'ai du mal à respirer.

Dehors, un orchestre joue au loin. Un jazz-band de rue, comme on en entend souvent. La musique s'engouffre dans la pièce, dérangeante, et pourtant elle est gaie, jolie. Je ferme la fenêtre un peu brutalement.

« Tu sais, mon père, il a fait le Vietnam. Je te l'ai dit, il était pilote de chasse. On l'a envoyé au front à la fin de la guerre, en 1971. Il en est revenu cassé, foutu. Out. Et est rentré chez lui complètement désocialisé. On a appelé ça le *Rambo Syndrom*, ils ont été très nombreux dans ce cas-là. Ma mère a retrouvé un mari complètement différent de ce qu'il était avant de partir et a dû se débrouiller avec ça. Oh, elle a été exemplaire, ma mère ! Tout ce qui était en son pouvoir, elle l'a fait pour essayer de l'en sortir. Et sacrifié sa vie pour tenter de redonner à mon père un peu de stabilité. Elle lui a même offert un enfant : moi. C'est dire ! Oui… D'accord… Elle a bien fait – c'est même la chose la plus extraordinaire qu'elle ait faite de sa vie, génial comme je suis, n'est-ce pas ? Mais hélas, même avec son incroyable dévouement, il n'a jamais pu retrouver la paix, jamais. J'ai grandi avec un père bancal. PTSD. C'est pour ça que je fais psychiatrie. » Dave est grave comme je ne l'ai jamais vu. Derrière le clown, le pathétique enfant blessé.

Dave avait vu Gabriel.

Gabriel, qui était peut-être encore aux Antilles. Ou ailleurs. Ou nulle part. Gabriel dont je guette le retour, tous les instants.

Je n'arrive pas bien à réaliser. Dave et Gabriel.

« Parle-moi du PTSD… » Évidemment, je veux tout savoir.

Dave se tait à nouveau, je me demande s'il veut me faire lanterner un peu ou s'il est ému par le souvenir de son père. J'attends, cette fois dans un état de grande fébrilité, que je fais tout pour masquer. Puis, d'une voix un peu monocorde : « Cela arrive quand on a subi un gros choc. Chaque fois qu'un être humain se sent menacé dans sa vie et se trouve confronté à la perte de son mythe personnel d'invulnérabilité, ce type de trouble peut se manifester. On ne s'en sort pas tout seul. C'est mon sujet de recherche. »

Menacé dans sa vie. Je ne savais pas ce qui s'était passé sur le bateau, je n'avais rien demandé à Gabriel. Je n'avais rien pu lui demander. Mais comment justifier mon « sommeil de la raison » ? Comment expliquer ces quelques jours avec lui, cette sorte d'enfermement, de réclusion à deux, comme un arrêt du temps, de ses codes, des principes de base d'un fonctionnement normal entre deux êtres. J'avais été déconnectée du réel, moi aussi, emportée et fascinée dans un monde de brume et de silence.

« ... Dans une situation extrême, l'organisme est confronté à un excédent de stimuli. Il est face à l'irreprésentable : la mort. Or ce concept n'existe pas dans le psychisme. Si tu veux, c'est un peu comme un ordinateur qui voudrait ouvrir un fichier trop lourd pour sa capacité de traitement, ou encore, qui essaierait d'ouvrir un fichier qui n'existe pas. Il y a alors une sorte d'effroi de la mort, d'horreur, de terreur indicible. L'information n'arrive pas à être traitée correctement par le système nerveux qui est submergé. Alors il disjoncte, exactement comme en cas de survoltage électrique : le courant se coupe. Du coup, les fonctions d'intégration et de contrôle sont mises hors circuit. La mémoire ne peut plus travailler comme pour un événement normal... »

Dave me parle avec calme, comme s'il faisait un exposé à de jeunes externes. Sérieux et imposant, je ne le connais pas sous cet angle, il m'impressionne.

Je revois Gabriel, ici, dans ce studio. La perception inconsciente que j'avais de lui s'ouvrait sur une grande fracture, vertigineuse, effrayante.

« ... La personne ne peut donc plus avoir une vue d'ensemble de ce qui lui est arrivé, ni avoir accès à l'événement en tant que souvenir, c'est-à-dire en tant qu'événement passé. Mais elle *revit* l'expérience traumatique chaque fois que les éléments reviennent à sa conscience ou sont stimulés par une situation extérieure. Les souvenirs traumatiques réémergent à la conscience mais ils ne restent toujours pas intégrables pour la personne… »

Des vagues de honte montent en moi comme une nausée. J'ai partagé pendant des jours la souffrance de Gabriel, incapable de lui porter secours. Je me sens minable, en dessous de tout. Mais je me rebelle : « Comment peux-tu faire un tel diagnostic avec si peu d'éléments ? Tu ne sais rien de Gabriel ! »

Dave retrouve sa légèreté, switchant avec une vitesse impressionnante entre les deux facettes de sa personnalité. Il se redresse, me sourit : « Question d'intuition, ma chère. Raccourci de l'intelligence ! Et puis, toi… Tu m'aides ! Regarde dans quel état tu es. Tu étouffes sous le poids de la culpabilité… », dit-il en me tapotant affectueusement la joue.

« Allez, raconte-moi. Raconte-moi ce qui se cache derrière ces beaux yeux bleus, *little girl*… » Dave se rallonge sur le dos, passe lentement les doigts dans ses cheveux noirs d'un geste sensuel et délicat, dégage son large front et recroise à nouveau ses mains derrière la nuque. Et pour m'inciter à parler : « Et que tu le saches : ce genre de pathologie est très difficile à supporter pour l'entourage. »

Je me tais. Je n'arrive pas à dire ce que je ressens. Je ne sais pas dire cette peine infinie et ce poids énorme qui se dégageaient de la présence de Gabriel. Je ne sais pas dire l'impression de traque dont il semblait vouloir se protéger chez moi. Ni cet obscur sentiment de ne vouloir le partager avec personne. Je ne sais pas exprimer à quel point je me sens lamentable.

Je revois seulement le dos de Gabriel devant la télé et le trouble qui m'envahissait lorsqu'il s'allongeait près de moi.

Je vois le petit de Sarah dans son lit d'hôpital, et Yann scrutant l'horizon à la recherche de son marin perdu.

Alors, tout doucement, je mets ma tête sur son épaule et je pleure.

Juin

Les jours passent et Alex se fait de plus en plus de souci.

Sa vie va de travers. Quelque chose ne colle pas. Il ne retrouve plus cette paix qu'il avait tant aimée. Et qui l'avait tant porté.

En chemise légère, short et chapeau de paille, Alex, courbé en deux, plante ses fraises avec la même concentration que celle qui occupe son esprit. Ce fruit le fascine par sa couleur intense, la densité de son goût et sa fragilité. Mais, principalement, à cause de la disposition parfaite de ses minuscules graines externes, petites notes de musique sur une partition imaginaire. Pour elles, il a aménagé un espace dans son jardin à quelques centaines de mètres de la mer, protégé du vent, ensoleillé mais pas trop, et construit un enclos pour maintenir le lopin de terre à un degré d'humidité convenable.

Il lui a fallu des jours et des jours pour accomplir ce travail. Le résultat n'est pas particulièrement esthétique, ni même efficace. Cultiver la terre est pour lui une activité tout à fait inconnue et il a certainement dû très mal s'y prendre.

Mais peu importe. Ce qu'il cherche, c'est établir le contact entre la nature et lui. Il a besoin d'elle comme d'une mère, besoin de sa protection, de sa bienveillance infinie et des marques d'attention qu'elle peut lui accorder en retour. Dans l'univers de doute qui l'assaille, il lui faut absolument retrouver le chemin de la certitude. Qu'elle le rassure, que ce qu'il a planté lui-même se mette à grandir, enfin. Ses fraises *doivent* pousser, comme sa musique *doit* sortir de lui. Il le veut.

Ces occupations simples dont Alex truffe son quotidien revêtent la plus grande importance pour lui. Elles lui permettent de maintenir un rythme, un flux d'énergie dans ses journées.

Mais surtout d'esquiver la grave confrontation qu'il redoute tant : son stylo, sa partition... Et...

Et rien.

Rien ne sort de sa tête, il n'entend rien, pas une note, pas une mélodie, pas le moindre petit mouvement, rien.

Sa sonate n'a pas progressé d'un pouce depuis des jours.

Il ne comprend pas ce qui se passe. Pourtant, tout est en place autour de lui, exactement comme il l'avait voulu.

Car Alex a entièrement réussi à atteindre l'objectif qu'il s'était fixé : une belle maison dans les vignes, à deux pas de la côte, un jardin sauvage sous les eucalyptus, des perspectives splendides, aucune bâtisse aux alentours. La sérénité, le silence – excepté les grillons, les oiseaux et le ressac de la mer. Et maintenant, son carré de terre et ses quelques fraises.

Ici, sa première composition avait jailli comme l'eau d'une source, bouillonnante, abondante, son seul travail consistant à endiguer ce flot généreux. Il avait ressenti un bonheur indicible à jouer avec cette matière immatérielle, qui émergeait de lui comme par miracle.

Et maintenant, plus rien. Même en allant forer au plus profond de lui, il ne trouve que sol aride et sec.

Pourquoi en est-il là, s'interroge-t-il du matin au soir de façon obsédante, puisque les composants de sa création sont les mêmes qu'avant : solitude et isolement, lumière de la Méditerranée, nature primitive et rude, Marie à Paris – qui viendra bientôt, il l'espère – et lui, ici, en Grèce ?

Elsa l'appelle très souvent. À elle, et à elle seule, il confie ses doutes et ses inquiétudes. Il n'a pas besoin d'en dire long, trois mots suffisent et elle comprend tout de suite. Parfois même, juste au ton de sa voix.

Elsa le rassure, trouve toujours les mots, avec beaucoup de douceur et d'amour : « Mais Papa, tu sais, la création artistique, ce n'est pas une rente de situation ! Ne crois pas que tu puisses compter dessus, comme ça, juste parce que tu l'as décidé. Il y a toute une alchimie qui se fabrique en toi. Des temps de maturation, et des temps d'expression. Des moments favorables et d'autres pas. Aie confiance, Papa, ce que tu portes en toi sortira à un moment ou à un autre. C'est si beau !

Peut-être es-tu en train de nourrir à nouveau ton imaginaire… Ou alors, c'est que quelque chose te bloque. Ne serais-tu pas trop seul, par hasard ? Tu dis que la solitude ne te pèse pas, que tu te plais… Oui. Mais peut-être pas tant que ça, finalement. Et fier comme tu es, je suis sûr que tu ne reconnaîtras jamais que Maman te manque… »

Il n'y a qu'elle pour le comprendre vraiment.

Marie lui manque, oui, c'est vrai. Mais il se dit qu'elle est là, avec lui, par la pensée. Qu'elle accompagne sa retraite de travail. Il sait que pour elle, son accomplissement d'artiste passe avant tout. Elle, si admirative à son égard, elle qui avait tant aimé sa première sonate… Il ne veut pas la décevoir. Il veut qu'elle continue à l'admirer, plus que tout.

Et Elsa a raison, il est terriblement fier. Jamais il ne dira à Marie qu'il a besoin d'elle. Il peut, il *doit* se débrouiller seul avec lui-même. Comme pour les fraises. La preuve d'amour qu'il veut lui donner, c'est le fruit de son travail.

Il s'est mis en tête de faire une sonate pour piano *et* violon dédiée à Gabriel, chaque instrument les représentant tous les deux. Pour redonner vie par la musique à son espoir perdu. Ce garçon avait un réel talent, il aurait tant aimé l'accompagner, l'aider à se consacrer entièrement à la musique. Mais… Gabriel lui échappe sans arrêt. Depuis sa disparition, il n'arrive plus à le saisir, à en retrouver l'essence. Sa mémoire bloque devant l'inacceptable. Devant ce qui le révolte. Au lieu de venir vers lui, de répondre à sa main tendue, il avait pris la mer, malgré ses mises en garde. Pour impressionner sa fille, sûrement. On en connaissait le résultat. Quel gâchis ! Alex en veut à Gabriel et ne parvient pas à trouver l'harmonie de ses deux instruments.

Et puis Marie, elle a encore sa librairie. Oui, elle avait dit qu'elle serait là à Noël. Oui, elle reconstruirait sa vie ici avec lui. Oui, pas d'inquiétude, elle trouverait un acquéreur pour la boutique. Mais la vie en avait décidé autrement, au moins jusqu'à maintenant. Rien ne s'était passé, seulement et toujours des promesses de vente qui n'aboutissaient pas. « Content de ton avancement ? C'est bien. Je viendrai bientôt. » Pas le moindre reproche dans la voix, ni même la plus petite inflexion de tristesse. Marie est un roc.

Bientôt ? Des mois que cela dure. Mais Alex ne se donne pas le droit de la bousculer. La contraindre ne l'intéresse pas. Ce qu'il veut, c'est qu'elle choisisse de venir de son plein gré. Pour lui. Rien que pour lui. Encore de la fierté ?

En plus, maintenant, il y a l'enfant de Sarah. Cet enfant qui engloutit complètement Marie : « Je ne peux pas laisser Sarah toute seule dans cette situation, tu comprends ? » Il comprend.

Mais ce qu'il comprend surtout, c'est que lui, Alex, n'est plus celui autour duquel tout d'elle gravite. Il est seul avec son art. Et la grande différence avec *avant*, c'est que ce n'est plus lui qui choisit de s'isoler. Il l'attend.

Oh c'est vrai, elle était venue le voir, deux fois. Deux grands week-ends. Mais à chaque fois, c'était bien trop rapide. Ils n'avaient pas eu le temps de se retrouver, de se caler l'un à l'autre, lui émergeant de sa solitude et elle toute vibrante de la vie en ville. Elle était là sans être là et lui ne parvenait pas à s'ouvrir à elle. Au lieu de leur faire du bien, les brefs séjours de Marie laissaient au contraire derrière eux un pénible sentiment de frustration. Il préférait encore l'imaginer, loin de lui, mais comme avant, plutôt que de se heurter au malaise que faisait naître leur séparation.

Bien sûr, il pourrait retourner à Paris, patienter auprès d'elle que tout soit en ordre et ensuite revenir ici. Avec elle. Mais cette éventualité est rigoureusement impensable. Il est tenu par les entrailles avec sa sonate. Quel que soit le doute qui s'insinue dans ses croyances affectives, il doit mener à terme ce qui l'habite, le jour, la nuit, dans ses pensées et ses rêves. Aussi mêlé à lui que l'air qu'il respire.

Mais l'air est rare, en ce moment. Et Alex souffre.

« Oui, chéri, qu'y a-t-il ?
— Rien.
— Rien, quoi ? Tu m'appelles à onze heures du soir pour me dire qu'il n'y a rien ?
— Oui. »

Marie se lève de son lit, nerveusement, et va à la cuisine pour se faire chauffer de l'eau. C'est rare qu'Alex l'appelle. Et jamais à cette heure-ci.

« C'est la mauvaise nouvelle de la vente annulée qui te met dans ces états ?

— Oui. » Ratatinée dans le fauteuil du salon, Marie agite le sachet de verveine-menthe dans sa tasse. Si cette vente a capoté, Marie n'est pas exempte de responsabilités, c'est elle qui a pris l'acheteur de haut. Il n'a pas aimé s'entendre dire ne pas avoir la connaissance suffisante pour gérer un fonds de livres anciens, rares ou précieux. « Il ne suffit pas d'avoir les disponibilités financières, cher monsieur. Ce métier nécessite beaucoup de mémoire. Et de connaissance des réseaux d'experts. Et même si vous adorez les livres anciens, le monde de la brocante ne prédispose pas particulièrement à la gestion pointue des catalogues. » Si encore elle avait senti chez cet homme l'envie de s'y mettre… Mais il avait cette arrogance propre à ceux qui pensent pouvoir tout acheter. Même l'expérience. Et Marie ne veut pas voir sa librairie brutalisée. L'agence avait levé les yeux au ciel, exaspérée : « On n'y arrivera jamais… »

« Ne t'inquiète pas, Alex, je vais m'en sortir… Et toi, comment vas-tu ? As-tu bien travaillé cette semaine ?

— Oui ! Très bien. Ma sonate prend vraiment forme, je suis content. J'ai bien délimité la tonalité principale. Mais maintenant, il y a plusieurs possibilités et j'hésite encore… Ensuite, une fois ma décision prise, tout ira bien. Je travaillerai plus tranquillement et là je sais ce que je ferai. Perdre un peu l'auditeur mais pas trop. Créer un climat d'incertitude. Le surprendre aussi. Ensuite, progressivement je résoudrai les oppositions, une à une…

— Oui, Alex. Oui. Je comprends. Enfin, presque… »
Marie ne comprend pas tout mais elle a les larmes
aux yeux, émue qu'Alex l'entraîne dans sa création,
sans se poser la question de savoir si elle le suit ou
pas. Elle est encore le miroir dans lequel il se reflète.

« Normal. Moi aussi je découvre, tu sais. J'ai créé
ma première sonate intuitivement. À force de jouer
les œuvres d'autres compositeurs. Elle a pris forme
toute seule, librement. Mais maintenant, je lis, je
comprends… J'intellectualise. Pour autant, ma
musique ne sera jamais intellectuelle, sois-en bien
sûre ! Seulement, je prends du recul, j'analyse ce
que je fais… Mais avant tout, je veux rester libre.
Libre par rapport à ma première création.

— Et… Tu es content ?

— Oui, très. C'est bien meilleur.

— Cela ne m'étonne pas, Alex. Je suis heureuse
pour toi. »

Alex se sent minable, mais ne peut pas s'empêcher de crâner devant Marie. Marie l'a toujours aimé
en vainqueur. Il doit continuer. Tout en parlant avec
elle, il regarde avec tristesse la feuille de musique
vide devant ses yeux.

« J'aimerais que tu sois là, Marie. Avec moi, là,
maintenant. On irait voir les étoiles au bord de
l'eau. La nuit est magnifique, claire. Comme tu les
aimes… » Marie respire un peu plus fort. « Tu dis ça,
Alex, mais…

— Mais quoi ? Le ton d'Alex se crispe.

— Quand tu as composé, la première fois, c'était
quand je n'étais pas là… »

Alex explose : « Marie, je t'ai déjà dit mille fois que ce n'était pas ton absence, mais la tranquillité de la nature autour de moi qui m'a permis de trouver le chemin de la création. Tu mélanges tout et tu ne comprends rien ! »

Marie a une boule dans la gorge. Elle ne croit pas ce qu'il dit. C'est dans sa solitude que sa sonate « prend vraiment forme ». À quoi sert-elle, maintenant ? Lorsqu'il n'était *que* pianiste, tout reposait sur elle. C'est elle qui réglait sa vie, elle qui l'entourait de cette sollicitude amoureuse et exclusive. Mais maintenant... Alex n'a pas besoin d'elle, non.

Sarah et le petit non plus. Ils vont partir.

Marie ne peut pourtant pas s'empêcher de faire la fière. Soigner son image. Alex l'a toujours connue protectrice et optimiste.

« Tu as raison, chéri, je ne comprends rien. Je suis juste un peu déçue, moi aussi, pour la vente. Mais j'ai un autre acheteur intéressé, on a rendez-vous dans trois jours. Ce n'est pas le moment de perdre courage, n'est-ce pas, Alex ? »

À Paris aussi, le ciel est magnifique, au-dessus de la coupole d'or éclairée.

« Il y a quelqu'un par ici ?... »

Alex lève les yeux de sa table de travail où il se contraint malgré tout, chaque jour, à s'installer. Par-dessus la haie, un canotier blanc ondule au gré des

196

pas de son porteur, petits pas, un peu lourds, caractéristique d'une corpulence avantageuse.

Quelques secondes lui sont nécessaires pour réaliser que quelqu'un vient de lui parler en français. Puis une voix joviale, reconnaissable entre toutes, lui parvient distinctement : « Mais... c'est absolument di-vin chez toi, Alex ! Ah... Comme j'ai bien fait de venir te voir ! »

Carlos pénètre dans la cour avec la superbe d'un conquistador en pays annexé et assène un baiser bruyant sur la joue mal rasée d'Alex. « Bonjour, beau-frère ! Alors... Ça va, la vie ? »

Il est midi, le soleil est éblouissant et Alex plisse les yeux pour s'habituer à la grande clarté, contraste trop rapide avec la pièce sombre et fraîche dans laquelle il est attablé depuis l'aube. Alex s'extrait de son nuage de solitude avec difficulté.

« Ça alors... Carlos ! Eh bien ça... Pour une surprise ! Mais que fais-tu ici ? Tu es venu à pied ? Depuis Corfou ?!

— Non, non, quelqu'un m'a déposé, pas loin de chez toi. Je t'avoue que je ne suis pas oune grand marcheur...

— Viens... Entrons à l'ombre. »

Alex dépose une carafe d'eau bien fraîche sur la table basse devant la haute cheminée, où Carlos s'affaisse sur une banquette improvisée : deux matelas de récupération l'un sur l'autre et un tissu imprimé aux motifs helléniques acheté au marché, feuilles vertes d'acanthe entrelacées pour cacher le tout.

« Oh, mais, quelle chaleur, ici ! J'avais oublié ce que c'est. Rien à voir avec la Bretagne... » Carlos

boit d'un trait deux verres d'eau avant de déclarer :
« Par hasard, tu n'aurais pas quelque chose de plous costaud ? Un verre de vin, par exemple ? J'ai un petit coup de barre, cela me ferait dou bien. »

Amusé, Alex sort un pot de vin du frigo, puise une poignée d'olives de la jarre et sert généreusement Carlos, lequel se jette littéralement dessus, affamé. « Hmmm… Mais il est parfait, ce vin blanc… Quel plaisir !

— Le retsina, rien de transcendant, mais incontournable boisson locale. Au début, j'ai eu du mal à m'habituer à ce fort goût de résine… Mais maintenant, je ne bois plus que celui-là. C'est un signe, tu vois : je prends racine ici !

— Oui, oui, je connais. Mais il y a si longtemps que je n'en avais pas bu…

— Quel bon vent t'amène jusque chez moi, Carlos ? »

Carlos pousse un soupir d'aise, pose son chapeau à côté de lui et dégrafe le haut de sa chemise : « La mousique me manquait beaucoup, figure-toi. Alors… Alors voilà. Je sois là ! »

Alex ne sait que répondre, mais il est tout sourire, manifestement enchanté de cette visite impromptue. Son week-end passé l'an dernier, chez Anne, lui avait tout de suite fait aimer la façon dont Carlos parlait de son rôle de chanteur et de la dimension personnelle qu'il revendiquait dans l'interprétation des œuvres. Une joyeuse compagnie, la cordiale bonne humeur de Carlos, musicien de surcroît, c'est exactement ce dont il a besoin. Il se sert à son tour et trinque avec lui : « Bienvenue à la musique ! »

Carlos est le premier « étranger » à franchir le seuil de sa maison.

« Et… Et tu as laissé Anne toute seule ?

— Heu… Eh bien, oui, tu vois. Moua aussi, je fais cavalier seul… »

Carlos a le sourire énigmatique de celui qui ne veut pas répondre à une question, ni donner des explications. Il est là, un point c'est tout, cela doit suffire à Alex. Mais il condescend tout de même à ajouter : « Ne t'inquiète pas. Tout va bien entre elle et moi. Juste besoin de régler quelques petites choses tout seul… Anne le sait. Et si tu me fais l'hospitalité de ta somptueuse demeure, je serai le plous heureux des hommes… »

Carlos s'est installé dans la chambre du haut, celle aux rideaux verts donnant sur la cour, d'où on peut voir toutes les allées et venues de la maison, et a aussitôt déballé sa valise sur les rustiques planches de bois qui servent de placard. Carlos aime bien prendre rapidement possession de son territoire.

Puis il a ouvert le frigo, inspecté les placards de la cuisine avec une moue dubitative, demandé un panier à Alex et est parti immédiatement au marché.

Et tout s'est mis en place dès les premiers jours, le plus naturellement du monde, sans la moindre hésitation. Les deux hommes ont imbriqué leurs vies l'une dans l'autre comme deux frères habitués à la cohabitation.

Carlos a pris le pouvoir domestique, maintenant c'est lui qui gère la maison, les courses et la cuisine.

Quel changement pour Alex ! Jusque-là, il ne se nourrissait de rien, fruits, légumes, œufs, poissons, huile d'olive et un morceau de pain, toujours plus ou moins rassis : quelques gestes simples et il ne se préoccupait plus de son estomac. Mais pour Carlos, la cuisine est un monde de délices dans lequel on se promène par plaisir.

Alex, lui, s'occupe du jardin, du programme de la journée et des affaires locales.

Quant au ménage, aucun des deux n'ayant de prédilection pour ce type d'activité et chacun considérant que la propreté est une question relative, c'est le cadet de leurs soucis.

Leur journée est rythmée au gré des humeurs d'Alex, ce que Carlos accepte sans aucune difficulté, ayant suffisamment l'habitude de partager la vie d'un artiste. En général, Alex se réveille très tôt, il aime travailler le matin quand la vie n'est pas encore tout à fait éclose. Car, miracle, depuis quelques jours, Alex s'est remis à composer et les notes perlent sur les portées, telle la rosée.

Elsa, à qui il a tout de suite annoncé la nouvelle, est heureuse pour lui : « Tu vois, je te l'avais dit ! Jouer les ermites de la Thébaïde ne te va pas si bien que cela, Papa. La solitude, ce n'est pas pour toi, je le sais bien. Et… Permets-moi de te le dire : ce n'est pas ton ami Carlos qui devrait être là mais Maman. Enfin, bon, c'est déjà un début. Espérons que tu reprendras goût à la compagnie. Que tu le diras, haut et fort. Et que Maman va enfin se réveiller, maintenant qu'elle est obligée de prendre de la distance avec ses servitudes de grand-mère. »

Alex ne répond rien. Et surtout pas que, depuis l'arrivée de Carlos, Marie lui manque beaucoup moins. Et même, pour être parfaitement honnête : pas du tout.

Carlos, lui, ouvre un œil bien plus tard, et paresse ensuite longuement dans son lit, regarde des journaux, écoute la radio.

Quand le soleil atteint le zénith, il s'extrait des draps avec lenteur, et passe un long moment sous la douche. Maintenant qu'il donne une « pension » à Alex, il n'a plus de scrupules à tirer sur la consommation d'eau, même si cela fait plisser le nez d'Alex, qui n'apprécie pas que l'on gâche autant d'eau pour son simple plaisir. « Tou as tort, mon cher... Le plaisir, c'est sacré. N'y renoncer sous au-cun prétexte ! »

Puis, à une heure variable selon l'inspiration d'Alex, les deux hommes se retrouvent sous l'olivier, souvent vers deux ou trois heures de l'après-midi pour un régal quotidien.

Carlos confectionne des recettes extrêmement élaborées, la table est son grand territoire créatif et Alex succombe chaque fois devant tant de talent. D'ailleurs, sa taille s'est déjà nettement arrondie et une petite brioche commence à poindre, lui qui avait encore une allure de jeune homme ascétique il y a peu. Pourtant, c'était lui le chef de cuisine quand il partageait la vie de Marie, incapable de faire cuire convenablement une omelette. Mais là, il est battu à plates coutures, aucune comparaison possible, il fait figure de novice devant ce virtuose des fourneaux.

D'autant que, entraîné par les compliments d'Alex, Carlos cherche à se surpasser à chaque nouvelle recette, crescendo porté par le désir de plaire.

Ensuite, tous les jours, la sieste de Carlos. Ses ronflements sonores résonnent dans toute la maison et Alex ronronne à sa manière dans sa chaise longue, laissant courir en toute liberté ses idées de fugue, de trilles et d'allegretto.

Puis ils partent tous les deux pour une longue promenade. Progressivement, Alex l'entraîne dans des parcours de plus en plus toniques et le pousse à augmenter sa vitesse. Carlos souffle et souffre, mais ne manquerait pour rien au monde cette marche auprès de son ami. Ils parlent musique, surtout. Carlos travaille Berlioz.

« As-tu remarqué ? Hier soir, tu le chantais différemment de la veille, ton *Spectre de la Rose*.

— Oui, c'est vrai. Je cherche un changement de couleur. Tu sais, à la deuxième phrase, au moment de... » Carlos entonne : « Ce léger parfum est mon âme... Et j'arrive du Paradis... J'adorrre cette suspension harmonique sur le mot *J'arrive*. Avec cet accord de *la* majeur, qui ouvre une brusque lumière et... et... qui déchire le ciel. Fa-bu-leux ! C'est à ce ciel déchiré que je voudrais donner toute sa place... »

Souvent, Carlos a besoin de faire une pause pour reprendre des forces ou seulement pour profiter du paysage. Alors il s'assied confortablement où il peut, une souche d'arbre ou un petit monticule de terre, et respire à fond aussi longtemps que nécessaire. Puis il se met à chanter, fort, à pleins poumons cette fois-ci. « Oh ! Viens donc, sur ce banc de mousse... Pour parler de nos beaux amours... »

Berlioz et ses *Nuits d'Été* enchantent les jours de Carlos et d'Alex et font vibrer leur cœur. Et c'est Alex qui ne veut plus repartir. « Continue, Carlos... Oh je t'en prie, continue ! C'est sublime ! »

Il enchante aussi les voisins alentour, qui se sont habitués à entendre des airs d'opéra dans l'après-midi, au milieu des champs, sur le bord de la route, près de l'eau, sur une barrière, dans un bois d'eucalyptus... Eux aussi sont sous le charme de cette voix puissante et virile, qui domine le monde, la nature et les éléments. Eux aussi, comme Alex, se laissent gagner par la mélodie, ils interrompent ce qu'ils font, tendent l'oreille avec ravissement et ressentent l'envie que cela ne s'arrête pas.

Le soir venu, chacun des deux hommes rentre dans sa tanière. Alex reste longtemps dehors, silencieux, comme un chat qui sommeille. Carlos, c'est selon. Il fait un tour en ville, se replonge dans ses journaux ou écoute sa radio dans son lit. Sous aucun prétexte il ne raterait une retransmission de foot.

C'est ainsi que les journées s'écoulent, douces et insouciantes pour ces deux hommes heureux d'être ensemble, pendant que, loin, très loin, ils en oublieraient presque deux sœurs abandonnées dans leur solitude contrainte.

« Tu crois qu'on devrait leur dire que tu es là ?

— Mais pourquoi, grrrands dieux ! On ne fait rien de mal, et cela ne ferait qu'attiser leurs inquiétudes. Moi, je règle des choses importantes ici et toi, tu composes. C'est la vérité et ça suffit, non ? »

Tout de même.

Alex sent une petite gêne au fond de sa conscience. Marie seule à Paris, et lui, goûtant la joie d'un gamin faisant l'école buissonnière. Il est là pour travailler, pas pour s'amuser. Mais il doit bien reconnaître que, justement, tout s'est remis en route avec l'arrivée de Carlos. Et que ce sentiment de vivre avec lui dans une sorte de clandestinité complice éveille sa légèreté juvénile de façon particulièrement agréable et féconde.

Seule Elsa a été mise dans le secret. « D'accord, Papa. Je ne le dirai à personne, promis. Puisque tu travailles, c'est déjà ça. Mais tu sais ce que j'en pense… »

« Rrregarde ce que j'ai trouvé ! »

Carlos appuie fièrement le plat de sa main sur la barque à clin en bois blanc et bleu, qui repose sur le flanc dans la crique de sable blond, près de la maison. Il a acheté cette embarcation pour une poignée d'euros à un pêcheur pressé de s'en débarrasser. « Tou as vu comme elle est belle ? » Deux grosses rames de bois massif reposent sur un banc central.

Enfant de la Méditerranée – contrairement à Alex, qui se qualifie d'*adopté* –, Carlos a, toute son enfance, caboté sur les côtes d'Ibiza avec des barques de ce genre et ressent une vraie gaieté à retrouver ce plaisir familier.

Alex et Carlos poussent la barque à l'eau, montent dessus – avec une certaine difficulté pour Carlos, qui échoue comme une baleine en son centre – et nos deux hommes rament allègrement sur l'eau transparente. Alex regarde émerveillé le rivage se dessiner sous ses yeux, la découpe escarpée des petites criques, les masses sombres des forêts d'eucalyptus ou d'oliviers recouvrant d'ondoyantes collines, et les tuiles de terre cuite orangées, dispersées çà et là sur leurs cubes blancs. Ce point de vue jusque-là inconnu lui provoque un nouvel élan d'amour pour cette terre, à laquelle il s'est déjà tant attaché. Il regarde aussi Carlos avec affection et reconnaissance. Cet homme lui apporte une vraie joie. Avec lui, Alex se sent profondément heureux.

« La prrrochaine fois, on embarque le matériel de pêche », décide Carlos qui cette fois infléchit sérieusement le programme habituel des après-midi. Ce qui lui va parfaitement bien, étant entendu qu'il est pour lui nettement moins fatigant de ramer plutôt que de battre la campagne derrière un vrai marcheur… Et que le poisson, pêché soi-même, est de toute façon nettement meilleur.

Un soir, Carlos décrète : « Alex, la lune est pleine. Viens avec moi sur la plage… »

Les deux hommes poussent la barque sur la mer immobile, rament sans bruit jusqu'à quelques centaines de mètres de la côte. L'eau est brillante comme un miroir.

Chacun sur un bord de cette embarcation dérivant à sa guise sur les faibles courants, ils sont allongés sur le dos, face aux milliers d'étoiles.

« Tou vois, Alex, quand j'étais petit, une barque comme celle-là, c'était ma tanière à moi. C'est comme ça que j'ai commencé à chanter, tout seul. Pour elles… Les étoiles… »

Et de sa voix chaude et magnifique, il entonne une douce, très douce mélopée, qui entre dans le cœur d'Alex, baume délicieux et tendre, qui l'ouvre à toute la beauté du monde.

Pourquoi Marie est-elle si loin de lui ?

Juin

Dave avait été formidable.

Le soir où il était venu chez moi, il avait su m'aider à retrouver le centre de moi-même, tout en respectant le pacte que nous avions passé. À aucun moment il n'avait franchi la ligne, à aucun moment profité de la situation. Pourtant, je suis sûre qu'il en mourait d'envie. Mais grâce à sa retenue délicate, à sa ferme assurance aussi, que l'on sentait émaner en permanence de lui, j'avais enfin pu trouver sur son épaule l'écoute dont j'avais besoin.

Je lui avais parlé longtemps, longtemps, je ne sais plus vraiment ce que j'ai dit. Mais c'est comme si des années entières emprisonnées en moi s'étaient déversées à l'extérieur. Comme un flot incertain mais continu, se répandant sans bruit autour de nous, perdant de l'intensité à mesure qu'elles s'exposaient à la lumière. Je me souviens d'avoir beaucoup parlé de l'étau qui enserrait ma conscience, un étau impitoyable, ne me laissant aucun répit. Et je me souviens de sa voix douce, posée et réconfortante.

L'impressionnant, c'est que je lui avais ouvert toutes les portes de moi-même, sans aucune retenue, comme je ne l'avais jamais fait avec personne, lui que je connaissais à peine, et que je n'avais eu aucune crainte. Je m'étais sentie en totale sécurité.

Nous étions restés allongés à demi sur le lit, les jambes pendantes sur le sol, sans bouger, jusqu'à ce qu'il fasse nuit.

Je pleurais sur lui et mes larmes, son pull de laine et l'odeur de son eau de toilette se mêlaient en un parfum réparateur qui me pénétrait l'âme. Sous ma joue, je sentais son corps frêle et sa respiration calme et rassurante. Je flottais, une fois de plus, mais cette fois, j'étais solidement arrimée à une bouée et je me laissais porter.

J'ai dû m'endormir dans cette position.

Le matin, il n'était plus là.
Un partout, balle au centre.

Mais depuis ce jour-là, Dave est invisible.

Je ne tombe plus sur lui au distributeur de café ou à la cantine. Ou par hasard dans un couloir. Cela me manque, un peu – un peu plus qu'un peu, pour dire vrai – mais pas assez pour que je le cherche. Ou pas assez pour que je lui montre que je le cherche.

Je me rends parfaitement compte qu'il avait fait office d'oreiller, épongé mes angoisses et calmé mes inquiétudes. Et à tel point réussi à m'apaiser que je n'ai plus envie de m'épancher. J'ai même un peu honte et pas envie de me trouver confrontée à cette image de moi dans ses yeux. Toujours cette bonne vieille dose d'orgueil ! « Vanité, peau de l'âme », disait si bien Nietzsche. D'ailleurs, Dave en est sûrement conscient, perspicace comme il est. Et c'est pour cela qu'il se fait discret.

Quoi qu'il en soit, il est doué, Dave, car le résultat est là : j'ai rangé ma chambre, enfin fait réparer la porte du placard, et doublé d'intensité dans mes efforts pour boucler le travail de ma recherche ici. « Il faut que tu saches : ce genre de pathologie est très difficile à supporter pour l'entourage. » Cette petite phrase, qu'il avait prononcée d'un ton tranquille, avait fait des miracles. Sous son regard, je ne m'étais plus sentie une créature monstrueuse, mais seulement une pauvre fille désemparée de n'avoir pas su faire face au trouble majeur de Gabriel. Ce n'était pas glorieux, mais pas intolérable.

Libérée, je retrouve l'envie de sortir de ma coquille, comme dit Maman. J'éprouve même une certaine excitation fébrile à vouloir profiter de l'été qui arrive, de la chaleur et de l'ambiance joyeuse des rues de New York. De rattraper le temps que j'ai perdu à essayer de me faire oublier.

Je marche des heures en regardant autour de moi, vais au cinéma, et retourne même au *Starbucks Coffee*, que j'avais fini par fuir, lui aussi.

Je cours à nouveau, et maintenant tous les jours, à *Central Park*. Mais cette fois, fini, les écouteurs en solitaire ! Je me suis même fait une copine de jogging et nous nous retrouvons après l'hôpital, à la lumière des longues soirées d'été, pour faire nos tours de piste en bavardant. Bref, je revis. Vraiment, les mots ont un pouvoir surnaturel, quelquefois. Merci, Dave.

Du coup, mes kilos superflus ont fondu comme beurre en brochette. Plus un gramme de gras superflu et, en échange, de jolis petits muscles. Jamais je n'ai connu cette joie de se sentir bien dans son corps et d'en être fière. Résultat, je passe mon temps à faire les magasins et je remplis mes placards avec l'excuse que les vêtements sont nettement moins chers ici qu'à Paris.

De toute façon, il est temps de faire des réserves, je vais bientôt rentrer, mon stage touche à sa fin.

J'ai aussi renoncé à revoir Gabriel. Ma soirée avec Dave m'a, en plus, détachée de l'attente. Même si je pense encore souvent à lui, je refoule rapidement son souvenir de ma conscience, quelque chose me tient à l'écart. Comme pour éviter un danger. Au fond, j'avais peut-être peur de le retrouver. Et ma discussion avec Yann, le dernier jour, sur le bateau de Lise, a cessé de me tourmenter. J'ai abandonné l'idée de le joindre dans le dos de Lise, pour discuter avec lui de ces « choses bizarres » qu'il avait vues à bord de *Galathée*. À quoi bon, maintenant que Gabriel a disparu à nouveau ? Et qu'il ne reviendra peut-être jamais. Ou trop tard, puisque je serai bientôt partie. Maintenant j'en arrive à me dire que si c'est un homme perdu, anéanti comme le père de Dave, autant que Sarah ne le sache jamais et ne le revoie jamais.

Et moi... Moi, je finirai bien par l'oublier. Lui et mon cortège d'angoisses et de culpabilité. Tout au moins, je l'espère sincèrement.

Rentrer à Paris m'aidera, incontestablement.

Pour les mois qui viennent, je fais des projets. Enfin. Dans un premier temps, j'ai trouvé un remplacement d'été dans une clinique privée à Paris – encore les urgences. Mais curieusement, cette perspective me pèse nettement moins que je ne le pensais. Serais-je en train de faire la paix avec la douleur ?

Ensuite, mon plan est de rester en France le moins possible. Loin de la famille, je constate que je me sens mieux. Ici, à New York, je me débrouille pas si mal que ça, avec ma solitude, finalement. Et la contrepartie de mon isolement, c'est un sentiment intense de liberté, quand personne ne sait ce que je fais, où je suis, ni comment j'organise ma vie. J'aime. Et j'y tiens de plus en plus. Je sais aussi que l'éloignement me permet de ne pas me trouver enfermée dans les filets affectifs de ceux qui me sont chers. Ce besoin de choisir, de donner de moi quand je l'ai décidé. De me protéger, de cette façon. Est-ce parce que je suis trop sensible à leurs états d'âme ? Maman me le dit depuis toujours... Dave aussi m'a parlé de mon hyperémotivité. Discrètement, mais assez pour que je l'entende.

Et puis mon boss m'a recommandé Shanghai pour poursuivre là-bas mon sujet de recherche. C'est, dit-il, un terrain d'investigation très intéressant pour mon travail. Cela tombe parfaitement bien, j'ai envie de connaître l'Asie. Question pratique, facile pour moi, j'irai chez mon cousin Théo. Lise me dit que son fils a une vie de rêve, là-bas.

Mais avant de repartir – et là, c'est moi qui choisis, justement –, je veux m'occuper de Maman. Prendre le temps de parler avec elle. Discuter en face à face, me faire ma propre idée. Comprendre ce qui ne va pas. L'aider. Sa lettre m'a vraiment inquiétée.

Impossible de compter sur Papa, dans son monde à lui, trop heureux d'avoir retrouvé son inspiration. Monde égoïste de la création. J'ai eu beau essayer de lui en parler, il n'écoute pas et n'admet pas la situation. Et le plus désarmant, c'est que je le crois sincère. Je sais aussi son attachement immense pour elle et je ne le sens pas dans un club de vacances. Mais il n'a pas le choix, lui, de mener sa vie autrement.

À quoi bon le déstabiliser inutilement ? Au moins, l'un des deux va bien.

Quant à Sarah, je n'ai pas du tout envie de la retrouver. Je ne peux tout bonnement pas m'imaginer devant elle. Et je n'ai pas répondu à son dernier mail : « Alors ma petite sœur chérie, que nous caches-tu donc pour être aussi silencieuse ? Serais-tu amoureuse ?... »

Sarah a le chic pour m'exaspérer, à croire qu'elle le fait exprès.

Réveillée par l'inquiétude. Dans mes rêves, cette nuit, Maman errait dans Paris, dans « les ??? orientaux ouverts tard le soir », perdue, fragile.

Tant pis, j'oublie mes bonnes résolutions de la veille, j'appelle Papa, j'ai besoin de partager mes appréhensions avec quelqu'un et cela ne peut être que lui.

Papa s'énerve. « Écoute, Elsa, chaque fois que j'ai Marie au téléphone, la *première* chose qu'elle me demande, ce sont des nouvelles de ma sonate. Comme si j'allais enfanter et qu'elle attendait avec impatience sa venue au monde ! Nos rôles sont inversés, en quelque sorte, c'est moi qui suis en état de gestation. Tu connais ta mère... Tu sais comme elle est, prévenante et positive. Même de loin. Elle me rassure et me donne mille et un conseils pour que je me sente le mieux possible et que j'avance bien. Et me garantit que c'est la chose la plus importante de la terre, pour moi autant que pour elle. Oui, nous sommes séparés et seuls chacun de notre côté. Mais si c'est le prix à payer...

— Et Carlos ? Tu lui as dit qu'il était avec toi ?

— Non, Elsa, je n'ai rien dit. J'ai peur qu'elle se méprenne sur notre relation et soit jalouse. Alors que Carlos vit sa vie de son côté... C'est un locataire, si tu préfères, mais un locataire intéressant. Et même, je t'avoue, indispensable pour moi, actuellement. Comment t'expliquer... Pour moi, il fait office d'amplificateur. La musique que nous jouons ensemble me révèle celle autour de laquelle je tourne, profondément enfouie en moi, et que je ne parviens pas à découvrir, seul. Et pourtant, la mienne n'a rien à voir avec ce que nous interprétons ! Mais c'est comme si nos concerts galvanisaient ma créativité. Je ne sais pas si tu peux comprendre... Seuls les musiciens peuvent ressentir l'émulation extraordinaire qui se dégage lorsqu'ils partagent des moments musicaux. C'est le levain dans la farine : la complicité fait naître en nous les ferments d'exaltations insoupçonnées.

— Mais tu t'amuses ! Et Maman souffre, elle.

— Je m'amuse ! Sache une chose, Elsa. Composer n'est pas un jeu mais une nécessité absolue. Je le dis à Marie et elle, elle me comprend : ce que je fais est un *travail*. Même si le mot n'est pas vraiment approprié... – puisque je me plie à des contraintes que je me crée moi-même – je n'en trouve pas d'autre pour dire que ce n'est pas drôle tous les jours, je t'assure. Il y a des moments où il est même très ingrat, crois-le. Tiens... Quand la mélodie ne va pas... J'entends son imperfection et le décalage entre ce que je veux et ce qui est devant moi me saute aux oreilles. Mais pour autant, je ne trouve pas comment l'améliorer. Le lendemain, parfois oui, les choses se dégrippent. Ou bien une semaine, voire un mois après. Il faut être patient. Et humble.

Mais quelquefois, au contraire, c'est miraculeux, un don du ciel. Ma main court à toute vitesse sur la partition, sans hésiter un instant, si vite que j'ai du mal à la suivre. Les notes s'écoulent sur les portées, avec une aisance déconcertante, et je sais en les écrivant qu'il n'y aura pas le moindre soupir à changer.

Tu vois, Elsa, pour des instants fantastiques comme ceux-là, on peut supporter les autres... Tous ceux qui vous font souffrir, tu ne crois pas ?

Et puis, tu sais… Elle sera bien, cette sonate, quand je l'aurai achevée. Je le sens. »

Sur le palier, une deuxième lettre de Maman. Cette fois-ci, sans colis. Je fronce les sourcils. Mon anxiété au réveil, ce matin, revient en force. Prémonition ? Maman sait que je rentre à la fin du mois, pourquoi m'écrit-elle ?

Autant je me réjouissais de la première, avec la perspective ravie de sa tendresse par les mots, autant j'ai peur de celle-ci.

« Mon Elsa,

Tu vois, ce qu'il y a de terrible dans la solitude, c'est quand elle vous enferme dans une sorte de cage de verre très fine, si fine qu'elle ne se remarque pas.

On vit apparemment comme d'habitude, mais une sorte de distance rend toute chose – même très anodine – en réalité fondamentalement différente, parce qu'elle est perçue depuis l'extérieur de cette cage de verre.

Comment dire… Tiens, hier, je vais faire une course. En rentrant chez moi, j'ai envie de m'arrêter prendre un café à une terrasse ensoleillée. Il y a beaucoup de monde, mais une table à l'écart, tout à fait bien située, me fait envie. De là, on peut voir l'église Saint-Germain-des-Prés et l'animation de la place. Je m'y installe, avec le sentiment de faire quelque chose pour moi, et pour moi seule. Quelque chose qui a à voir avec l'autorisation que je me donne d'exister par moi-même, et non pas seulement à travers les autres.

Je pensais y être à l'aise, eh bien, non.

Je me vois prendre ce café. Je suis une autre me regardant. Et me sentant observée, je n'arrive pas à goûter le plaisir de ce moment qui aurait dû être délicieux, si je n'avais pas eu la perturbation de cet écho déplaisant de moi-même.

As-tu déjà vécu cela ? »

Ce que je vois, c'est la place Saint-Germain-des-Prés et Maman, oisive, toute seule devant son café. Maman que j'ai toujours connue active, des tas de projets en route, plein de choses à faire, entourée de clients, de nous, de Papa... Papa, qui la réclamait à tout bout de champ, pour n'importe quel sujet, comme si elle savait tout résoudre. Et Maman, notre Vishnu à nous, divinité de la stabilité de notre monde, généreuse et efficace, déesse aux mille bras. Sa solitude me fait mal.

« Je m'inquiète un peu, car, depuis que Sarah m'a annoncé son départ et celui du petit, ce genre de moments se produit de plus en plus fréquemment. Même dans ma librairie, où je suis pourtant toujours bien occupée, je décroche par instants et je ne supporte plus, ni les murs, ni les clients, ni moi-même.

Je ne supporte plus non plus mon intérieur, saturé de mille choses inutiles. Et depuis quelques semaines, je suis prise d'une frénésie du vide : je parcours l'appartement avec un grand sac poubelle et y jette tout ce qui m'encombre, dans mes placards, dans mes tiroirs, sur mes étagères. Je jette ce qui n'a pas d'intérêt artistique ou ne répond pas à un besoin précis. Ce qui s'est déposé sur ma vie, par négligence de ma part ou sensiblerie mal placée, résidus de souvenirs qui étouffent mon quotidien. Autant dire que la plupart des objets ne résistent pas à ce tri impitoyable. Et quand, mon sac plein de ma récolte du jour, je vais le déposer dans le container à ordures, j'ai un sentiment d'allègement euphorique, comme si c'était sur mon âme que tout cela pesait.

Est-ce encore un effet de ma solitude ? »

Pauvre Maman. Depuis toujours, elle ne vit que tournée vers les autres. Vers Papa. Pourquoi ne va-t-elle pas le rejoindre ?

« Je t'entends : "Mais pourquoi, Maman, pourquoi ne vas-tu pas rejoindre Papa à Corfou ? Depuis le temps qu'il t'attend ?"

Entre nous, je vais te le dire. Je n'y vais pas parce que Alex ne m'attend pas et qu'il n'a pas besoin de moi. Sinon, il y a belle lurette qu'il m'aurait convaincue. Même si m'enterrer dans une île grecque, aussi sublime soit-elle, ne me tente que très modérément, moi qui aime Paris, mes livres et les pulsations stimulantes de la vie citadine... Oui, je serais allée vivre dans le désert, pour lui, si cela avait été utile à son évolution. Mais rappelle-toi : sa première sonate, ton père l'a composée parce qu'il s'était retrouvé *seul* là-bas. Alex le nie, mais c'est une réalité.

Jusque-là, j'avais toujours cru lui être indispensable. Sacrifier beaucoup de choses pour lui ne me coûtait pas, Alex magnifiait tout. Mais voilà que, pour la première fois de notre vie, nous sommes séparés... C'est là qu'il fait un pas de géant et crée son premier morceau ! Un grand choc pour moi, infiniment difficile à accepter. Le sentiment d'avoir tenu en cage un pianiste, qui serait déjà devenu un grand compositeur, s'il n'était pas tombé sur moi.

Au début, j'en ai été extrêmement malheureuse, je me suis sentie coupable de ne pas avoir eu le discernement suffisant pour le comprendre. Et puis, avec le temps, je me suis laissé entendre raison. Parvenue à me convaincre – tout au moins, j'essaie – que c'est la solitude et non pas l'absence de moi, qui est nécessaire à sa création. Que ce moment est arrivé quand il le devait, comme un fruit mûr tombe d'un arbre, sans qu'il soit besoin d'un souffle d'air, ou d'un ébranlement particulier.

Que veux-tu, c'est plus fort que moi, mais savoir qu'il compose des choses magnifiques, dans l'isolement le plus total, m'inspire le plus haut respect. J'attends qu'il ait fini sa sonate. Quoi que cela me coûte.

Je ne me donne pas le droit de l'encombrer de ma présence. »

L'encombrer de sa présence ! Je sens la colère monter en moi. Même s'il ne comprend rien aux tourments de Maman, j'en veux tout de même à Papa. Qui dit qu'il ne composerait pas aussi bien avec elle à Corfou ? Quant à son isolement, je passe...

« Ensuite… Eh bien ensuite, il y a eu Sarah, son fils, et tout s'est enchaîné.

Oh, et puis pourquoi ne pas l'avouer. C'est un vrai bonheur de m'occuper de l'enfant de Gabriel. Ce petit garçon est le fils de ma fille, c'est déjà beaucoup, bien sûr. Mais aussi, il est celui de cet homme qui nous a été enlevé bien trop vite. Cet homme, pour lequel j'ai éprouvé un attachement particulier, dès les premiers instants, je ne sais pas si tu peux le comprendre.

Cet homme, aimé secrètement par mon père, un peu le frère que je n'ai pas eu, si doué pour la musique lui aussi. Je n'ai pas eu la chance de bien le connaître. Mais je l'estime malgré tout, comme mon frère, puisque mon père l'aimait. Sinon de sang, du moins de cœur. En prenant soin de son fils, je prolonge son souffle de vie.

Et j'en éprouve un ravissement. Plus. De l'amour, oui.

Mais voilà. Ta sœur me prend cet enfant. Brutalement, sans ménagement.

Je peux comprendre qu'elle veuille faire sa vie ailleurs. Je sais à quel point sa vie était éprouvante ici. Mais je ne parviens pas à me raisonner. Je vis son départ comme une trahison. Elle me vole le petit.

Maintenant qu'il n'y a plus rien à faire, je sais qu'il est l'heure de m'éclipser de leur vie, quoi qu'il m'en coûte.

Sarah va bientôt partir et je vais me retrouver totalement seule. Alex dans ses partitions, mes sœurs dans leurs histoires, Anne et sa sculpture, Lise et son bateau. Et toi…

Toi, tu es si loin, mon Elsa. Tu te terres dans ton mutisme habituel. Tu as sûrement bien d'autres choses à faire, beaucoup plus intéressantes que de t'occuper de ta mère !

Eh bien, quand plus personne n'aura besoin de moi, il me restera les parfums. Mon aventure à moi. Mon jardin des sens.

Parfums de fleurs, de musc, d'ambre, d'écorces et de cuir.

Parfums de jasmin, aubépine, angélique et amandes.

Celui-là, tiens :

Amer et doux. Un accord vert, végétal, *acide*.

Glacé et caniculaire.

Luminescent et ténébreux.

Tu ne devines pas ?

Et si je te dis : bois d'Arménie, Iris Ganache et Rose barbare ?

Tout moi.

Je t'embrasse, chérie.
Marie. »

Été

Déséquilibre

New York

Juillet

Ce soir, mon habituel circuit de jogging autour du *Reservoir* a été un moment enchanteur. Il était tard, le soleil avait déjà commencé à décliner derrière les tours lointaines, il n'inondait plus les pelouses bondées et leurs lézards bronzés. Pourtant le parc vibrait encore comme une ruche et palpitait au cœur de la ville. L'air était doux, la température parfaite. La lumière poudrée et légèrement voilée me donnaient envie de flâner, mes baskets aux pieds.

Et d'emmagasiner dans ma mémoire toutes ces images de l'été ici, qui me sont devenues si familières. Jeunes mariés posant devant le lac. Familles en vélo à la queue leu leu, comme les canards du plan d'eau. Amoureux seuls au monde, main dans la main, marchant sur les vastes pelouses. Joueurs d'échecs, seuls au monde eux aussi, concentrés sur leur petit carré de matière grise. Ornithologues du dimanche, à quatre pattes dans les buissons, jumelles à la main, cherchant à observer les plus beaux spécimens du parc, fier de ses centaines d'espèces d'oiseaux...

Ce qui m'émerveille toujours dans ce parc, c'est la cohabitation tranquille de cette population disparate, de toutes conditions et de toutes les couleurs, qui ne cherche pas à imposer son mode d'existence, mais seulement à profiter du soleil, chacun à sa façon, sans se soucier du regard de l'autre. La vraie liberté. Paris en est bien loin. *Central Park* va terriblement me manquer.

Oui, j'aurais eu envie de flâner, mais il était plus raisonnable de rentrer et de commencer à ranger mes affaires. Avec mon départ imminent, mon studio a repris ses allures de souk à la dérive.

Comme avant ma fameuse soirée avec Dave... mais version bagages, c'est-à-dire presque tous les placards vidés de leur contenu, et regroupés avec plus ou moins de bonheur sur mes sacs et valises ouverts. Je dois avouer que j'aime cette ambiance chavirée, déstructurée. Le désordre me plaît, en réalité. Mais je ne m'autorise pas à l'admettre. Je range sous la contrainte des bonnes habitudes à respecter. Pour une fois que j'ai une excuse...

Pas de nouvelles de Dave.

Je lui ai fait un SMS pour lui annoncer mon départ des USA lundi prochain, mais aucune réponse. Et il n'est pas à l'hôpital de Long Island. L'idée de ne pas lui dire au revoir me fait de la peine. Dave m'a aidée, vraiment. Par quelques mots, il m'a délivrée de mon cauchemar. Je lui dois d'avoir repris une vie normale et réussi à intégrer mes quelques jours avec Gabriel, même si des zones sombres et oppressantes subsistent parfois, surtout quand je pense à Sarah.

Mais pour autant, je ne suis pas prête à remuer ciel et terre pour retrouver la trace de Dave. Je n'ai pas son adresse et pas envie de demander dans son service. Quant aux quelques heures passées chez lui, j'étais dans un tel état que j'aurais été bien incapable de retrouver les lieux.

Côté hôpital, le mien cette fois, le boss m'a fait de grands compliments sur mon travail et annoncé que mon dernier article allait être publié dans le *Journal of Immunology*. Très, très fière. C'est plus qu'une excellente nouvelle, tous les chercheurs rêvent de voir figurer ce genre de trophée sur leur CV. Faire paraître un article dans une revue de cette notoriété, à mon niveau, relève du défi. Pour fêter l'événement, le boss a ouvert une bouteille de champagne et même fait un petit discours sur la volonté, la France et… le sens de l'humour ! Évidemment, j'ai rougi, une fois de plus, mais cette fois, cela ne m'a pas été vraiment désagréable.

Et même si je ne laisse pas un souvenir impérissable dans son service, je m'en tire avec les honneurs et les félicitations du patron. Ce n'était pas gagné d'avance, loin de là. Encore une fois : merci, Dave.

Sur le retour, un brin pompette, je me suis arrêtée chez *Macy's* pour acheter deux énormes valises. J'ai pris les plus abordables, elles sont affreusement laides et ridicules avec leurs pseudo-stickers du monde entier sur fond rose, mais j'ai décidé de ne plus me mettre de contraintes esthétiques là où ce n'est pas absolument nécessaire.

Mon porte-monnaie d'abord !

Et il est grandement temps de m'y mettre, quoi qu'il m'en coûte, ce soir je dois commencer à les remplir efficacement, mes bagages. Car cette fois, dans ma tête, c'est fait, je suis prête à larguer les amarres de mon séjour aux *States*.

Non, ce n'était pas gagné. Mais je pars le cœur recollé.

Tout va bien.
Happy end.

Encombrée par mes valises vides, je grimpe l'escalier et jette un œil machinal à la porte de ma voisine du dessous. Comme d'habitude, elle est ouverte et cette fois, c'est moi qui frappe et entre chez elle. Tant pis pour mes bonnes intentions. Mes bagages, je verrai plus tard.

« Alors, chère voisine, vous me le faites goûter, ce ragoût, depuis le temps qu'il titille mes papilles ?

— Je n'y croyais plus ! » Tout heureuse, elle tire immédiatement deux assiettes de son placard et installe le couvert sur sa table de cuisine.

Nous mangeons avec plaisir, c'est absolument délicieux. Elle a ouvert une bouteille de cabernet de la *Napa Valley* pour fêter mon départ et nous rions de bon cœur, cancanons comme des voisines, tout y passe : les autres locataires, le boulanger, New York, la France, la médecine, la météo, son chat…

Il est très tard quand je la quitte et je titube un peu pour monter chez moi.

Devant ma porte, un corps endormi, en boule.
Gabriel.

De surprise, je lâche mes valises, qui dévalent l'escalier en faisant un tintamarre d'enfer.

Gabriel était maigre, hirsute, très bronzé, presque noir.

Il sentait l'angoisse, cette odeur âcre et chaude, si souvent rencontrée aux urgences, et qui me soulève le cœur. Son T-shirt avait une teinte indéfinissable, un brun décoloré, couleur de peau, de pain, de terre, couleur de gadoue limoneuse après la pluie.

Il s'est levé, difficilement.

Nos regards se sont croisés, brièvement, choc électrique insoutenable. L'éclat gris du sien était encore plus intense que d'habitude, coupant comme une lame. J'ai baissé les yeux avant lui.

Nous sommes entrés dans le studio comme deux misérables, l'un et l'autre pas très assurés sur nos jambes. Gabriel, debout près de la porte, appuyé aux montants, l'air lointain des vagabonds croisés dans la rue. Il n'avait rien, pas un bagage, pas une veste, rien. Des sandales aux pieds. Et moi, devant lui, gauche, nerveuse, désemparée, en petite robe légère de coton imprimé, pieds nus, il avait fait si chaud. Et tout ce charivari dans la chambre, valises ouvertes, placards éventrés.

Pour rompre ce silence insupportable, je lui ai demandé s'il avait faim. Il n'a pas répondu. Mais il était si maigre. Alors j'ai fait cuire deux œufs au plat et rempli un verre de lait. Il s'est assis sur la chaise que je lui tendais, lentement, comme s'il avait eu peur de la casser.

Son assiette, entre lui et moi, absorbait notre attention, artificiellement. Ni l'un ni l'autre ne quittions des yeux ces deux taches jaune vif, ce liquide doré dans sa pellicule transparente, si fragile.

Il a pris la fourchette, tourné autour des lobes, mangé le blanc le plus soigneusement possible, puis englouti les ronds en deux bouchées, sans les briser.

La tension en moi était si forte que je n'ai pas pu rester assise plus longtemps. Je me suis levée, ai tourné sans but dans la chambre et eu l'idée de lui faire couler un bain. Un peu trop énergiquement, je lui ai fait signe d'y aller, en lui tendant mon plus grand T-shirt et un vieux pantalon de jogging. Son obéissance passive m'a culpabilisée.

Il a poussé la porte, j'ai entendu ses vêtements tomber à terre, son corps glisser dans l'eau, puis plus un bruit.

Incapable de réfléchir, je me suis réfugiée sur le lit. Un sentiment d'urgence me tenaillait le ventre. J'ai fait un SMS à Dave : « Il est là. » À deux heures du matin, sa réponse ne s'est pas fait attendre. Il m'a aussitôt demandé d'accompagner Gabriel dès le lendemain matin jusqu'au hall de l'hôpital, et de le prévenir dès notre arrivée. C'est tout. Pas un mot sur moi, pas un mot sur son absence.

Les minutes ont passé, lentes, très lentes. Je ne sais pas combien de temps. Silence complet dans la salle de bains. Je me suis approchée sans bruit et ai jeté un œil par la porte entrouverte. Gabriel dormait dans la baignoire. Son corps nu, intégralement bronzé, semblait flotter entre deux eaux. Cette vision m'a sauté à la figure, mon cœur s'est mis à battre à tout rompre. J'ai reculé dans la chambre, lentement, et me suis à nouveau assise sur le lit.

Je ne pouvais pas le laisser comme ça toute la nuit.

Pour le réveiller, l'idée m'est alors venue de mettre un CD de Papa. La *Sonate* « à Kreutzer », évidemment. J'ai allumé la lampe de chevet de « son » côté, et me suis couchée sous le drap. Les notes éclataient dans la profondeur de nuit, encore plus vibrantes qu'en plein jour.

Peu de temps après, j'ai vu Gabriel sortir, séché en trop grande hâte, la serviette nouée autour des reins et l'eau dégoulinant encore sur le parquet. Beauté primitive. Il s'est allongé sur le lit près de moi, a fait le noir dans la pièce et écouté la fin du premier mouvement de la sonate, totalement immobile. Mes yeux se sont habitués à la pénombre et ont pu distinguer sa silhouette. Au deuxième mouvement, sa main a dessiné dans l'air des ondulations lentes et amples vers son menton. J'ai pensé qu'il suivait le rythme avec un archet imaginaire. Puis son souffle s'est fait plus bref, en osmose totale avec les instruments. Les muscles de ses jambes se sont contractés sous la pression du violon, dans la course effrénée du final. Il faisait entièrement corps avec la musique.

Pendant le long silence qui a suivi la fin de la sonate, je l'ai entendu reprendre haleine entre des moments d'inspiration étranglée. Je crois qu'il a pleuré. Incapable de faire un geste, je respirais à peine, bouleversée par son émotion, terrifiée par son trouble. Je n'ai pas bougé pour éteindre le lecteur CD, qui faisait une toute petite lumière bleue dans la chambre.

Gabriel respirait maintenant calmement et régulièrement sur le dos, à nouveau dans cette position devenue familière, l'un à côté de l'autre sur un même lit. Comme les autres nuits, avant qu'il ne parte.

Je le croyais profondément endormi et mes nerfs se sont un peu détendus.

Mais, lentement, il s'est tourné vers moi et j'ai senti sa main sur mon cou.

Comme s'il avait reçu une décharge insupportable, mon corps s'est redressé d'un bond. Dans mon affolement, je me suis jetée hors du lit, et retrouvée le dos plaqué à la porte d'entrée, tremblante de la tête aux pieds, comme si on avait tenté de m'étrangler. Mon cœur battait à en exploser.

J'ai ouvert la porte, pris mes clés dans la serrure et suis descendue en courant chez la voisine. Quand elle m'a vue dans cet état, sur son palier, elle m'a vite fait entrer. J'ai juste pu lui dire : « Cauchemar ». Elle m'a prise par le bras, allongée sur son canapé et entourée avec un plaid. « Dors là. Ça ira mieux demain, tu verras. Ça doit être le vin, on a beaucoup bu… »

J'avais fui, comme si ma vie avait été en danger.
Panique face à mes désirs refoulés ?
Et s'il avait vraiment voulu m'étrangler ?

Je me suis réveillée avec la grisaille des premières heures du jour. Les oiseaux gazouillaient gaiement dehors et leur chant était d'une insouciance insupportable.

Sans faire de bruit, je suis remontée chez moi.

Gabriel dormait encore.

J'ai mis ma robe, serré mes cheveux en bataille dans un élastique et ouvert les rideaux sans douceur. Puis je me suis approchée du lit et lui ai dit, sans le regarder : « Nous allons à l'hôpital. » Immédiatement sur ses gardes, je l'ai senti se contracter. Mais il a tout de suite enfilé son vieux jean et nous sommes partis, sans même prendre un café.

Comme convenu, j'ai fait un SMS en chemin à Dave : « On arrive. » Et lorsque j'ai aperçu sa fine silhouette qui nous attendait tranquillement devant le hall, les mains dans les poches, un énorme élan de tendresse est monté en moi, avec une folle envie de courir vers lui. Je n'en ai rien fait. Mais, arrivée à sa hauteur, j'ai mis mes bras autour de son cou, serré ma joue contre la sienne, et senti sa joie à travers ce fugace contact.

Dave m'a souri avec une douceur infinie. Son regard châtaigne, chaud et protecteur, m'a tiré des larmes et fait détourner les yeux.

Puis il a pris délicatement Gabriel par le bras, ils sont partis tous les deux, et les regardant s'éloigner, j'ai eu l'impression détestable de m'être honteusement débarrassée d'une responsabilité.

« Il va avoir besoin de toi. »

Dave me regarde fixement derrière son *mug* de café.

Le *Starbucks Coffee* est désert à cette heure matinale. C'est la première fois que Dave et moi nous retrouvons, depuis la soirée chez moi, en mai. Deux mois sans un seul signe de vie.

Je ne le reconnais pas. Il est soucieux, pas comme d'habitude. Je me dis que c'est à cause de Gabriel. Ou de moi. Ou des deux.

J'essaie de paraître naturelle, légère.

« Tu es formidable, tu sais, Dave. Vraiment. Un ami comme toi, c'est si rare… Tu vas me manquer. Énormément. Le jour J approche. Mon avion décolle dans trois jours. »

J'en fais trop et son regard me le dit.

En réalité, je me sens horriblement cafardeuse et triste.

Dave tourne son café entre ses mains et fait comme s'il ne m'avait pas entendue. « J'avais raison. PTSD. Ce n'était pas un simple accident de navigation… Mais quelque chose de beaucoup plus grave. Gabriel a déjà fait du chemin tout seul. Pas mal de chemin, même. Il te le dira lui-même quand il le voudra. Mais il est très fragile. Il se sent en danger en permanence et doit être constamment rassuré. C'est *très* important pour lui.

Moi, je peux m'en occuper à l'hôpital et le garder quelque temps, dans le cadre de mes travaux de recherche. Ensuite, il faudra lui trouver un point de chute réconfortant en France, continuer à le faire prendre en charge, et l'aider à reconstruire sa vie.

Et beaucoup l'entourer. Je peux compter sur toi, n'est-ce pas ? »

Je ne sais pas comment interpréter cette phrase. Je ne sais pas ce que Gabriel lui a dit. De moi. De nous. De notre huis clos. De sa dernière nuit chez moi. Je sens le rouge monter le long de mon cou. Le sentiment que je suis transparente et qu'il peut tout voir en moi. J'ai honte du bouleversement que je ressens encore. Honte d'avoir paniqué hier soir. Honte de ces élans que je cache. Pour trouver des excuses à mon affolement, j'ai envie de demander à Dave si Gabriel peut être dangereux. Mais j'ai peur qu'il se moque de moi, une fois de plus. Je me contente de regarder dehors.

Nous nous taisons tous les deux. Le café fume entre nous. Le ciel est bleu limpide et un avion passe, laissant derrière lui une longue et double traînée blanche, qui se dissout en s'écartant l'une de l'autre. Lui et moi, dans quelques jours. « Tu crois qu'il va au septième ciel ? » me demande Dave d'une petite voix sourde. Il me sourit tristement.

Puis il dit, tournant à nouveau son regard vers la fenêtre : « Mon père est mort. Là-haut, c'était son terrain de jeu à lui, avant... »

C'était donc ça. Je pose ma main sur la sienne, par-dessus la table. « Oh ! Dave. Comme tu dois être malheureux. »

Dave regarde nos mains immobiles, promesse d'une intimité qui n'éclot pas. « La guerre. Un père, un fils. Un père fracassé. Un fils qui lutte. Notre combat à tous les deux... », poursuit-il, entraîné au fond de sa peine.

Un père, un fils.
Gabriel.
Il faut que Dave le sache. Il faut que je cesse de monopoliser la vérité des faits, verrou qui immobilise l'avenir, droit injustifié au nom de ma conduite protectrice.

Un murmure sort de moi, à peine audible. Je n'arrive pas à le dire distinctement, je marmonne, ma main toujours sur la sienne : « Il a un fils et il ne le sait pas. »

Dave ne m'a pas entendue, les yeux toujours perdus dans le petit carré bleu de son enfance. Ou alors, il a seulement saisi le mot *fils*. « J'aurais tellement voulu qu'il m'emmène dans son avion quand j'étais gamin. Tu te rends compte, pour un garçon, avoir un père pilote de chasse sur un Phantom II F-4. Un héros ! Quel fantasme... Au lieu de cela, il se saoulait à longueur de journée avec les anciens du Vietnam, comme lui. Au retour de la guerre, il n'a jamais plus touché à un avion. Ni même mis les pieds sur un terrain d'aviation. Je ne l'ai vu qu'en photo. Avant que je naisse. Moi, j'ai eu droit aux sauvetages au pied des comptoirs. Cancer du foie. Cancer de l'Espérance... »

Je n'ai pas le courage de répéter. Le père de Gabriel Junior n'est pas un héros. Il se traîne en loques et me fait peur. Mais il me colle à l'âme.

Dave a tout organisé avant mon départ.

Gabriel passera d'abord quinze jours à l'hôpital, avec lui. Ensuite Dave le fera transférer dans un établissement spécialisé en EMDR – « Eye Movement Desensitization and Reprocessing », soit « Mouvement des yeux, désensibilisation et retraitement », m'a-t-il précisé – où il sera pris en charge quelques semaines pour une thérapie posttraumatique. Une technique fondée sur le mouvement des yeux.

« Qu'est-ce que tu dis ? Le mouvement des yeux ? »

À nouveau, j'ai dû lui paraître inculte. Et mon air devait être particulièrement dubitatif, car il m'a déclaré, avec son piquant habituel : « Et au cas où tu ne le saurais pas, cette thérapie est reconnue efficace dans ton pays par l'INSERM depuis 2004 et par la Haute Autorité de Santé depuis 2007. »

Dave m'a précisé que son cas entrait parfaitement dans le profil de l'étude qu'il conduit en collaboration avec l'EMDR Institute en Californie. Une chance incroyable pour Gabriel. Il faut que Dave ait vraiment la confiance de ses pairs pour faire entrer un étranger dans ses expérimentations.

Et Dave n'a pas pu s'empêcher d'ajouter, sans reprendre son souffle, pour m'impressionner : « La croyance dans l'efficacité des mouvements oculaires ou des stimulations sensorielles bilatérales repose sur un modèle neurologique où l'activation alternée des hémisphères cérébraux faciliterait un travail de reconnexion de modules de traitement de l'information, émotionnels, mnésiques et comportementaux, dissociés par le trauma… »

Puis, avec un sourire complice et magnifique, cette fois : « D'autres modèles sont en discussion, amenant d'autres explications possibles à l'efficacité de l'EMDR, et c'est précisément ce sur quoi je travaille. »

Dave m'a regardée longuement, de son plus affectueux regard de velours. Un regard qui voulait me dire beaucoup de choses. Des choses bien plus personnelles et sensibles que l'EMDR et les stimulations oculaires. Mais sa pudeur était entre lui et moi.

« Pour aider Gabriel, c'est moi qui commence. Ensuite, ce sera à toi, *my tender beauty*… »

Nous nous sommes quittés sur cette phrase.

My tender beauty, c'était un merveilleux cadeau d'adieu.

Pour quelqu'un au moins sur cette terre, je ne suis pas un monstre. Et Dave, plus que tout autre, sait de quoi – de qui – il parle. Ces trois mots sont un baume merveilleusement adoucissant pour mon cœur à vif.

J'ai décollé de *Kennedy Airport* avec mes deux énormes valises roses archipleines, un supplément de bagage gigantesque, et ces derniers mots qui dansaient dans ma tête.

Et je savais déjà que, chaque fois que je reverrai dans mes souvenirs ses mains dans les poches, sa tête ébouriffée, ses yeux pénétrants, ses deux virgules de chaque côté de la bouche, comme des *smileys* de SMS, son allure si frêle et si légère, et si solide en même temps, j'entendrai cette petite phrase, comme le refrain de notre histoire.

BRETAGNE

Juillet

Le bureau de Sarah est splendide, lumineux et vaste.

« Sarah Steinitz, directrice magasin. » La petite carte à droite de sa porte lui donne un grand sentiment de fierté. Au centre de la carte, le logo de la société, trois voiles entrecroisées, une blanche, une bleue et une jaune.

Sur la console près de la fenêtre, un imposant bouquet de lis blancs. Sarah est émue et n'ose pas s'asseoir sur l'imposant siège de cuir brun clair au dossier droit et haut.

« Ça vous plaît ? Tout est prêt, vous voyez…

— C'est trop, murmure-t-elle.

— Pas du tout. Vous êtes tout à fait à la hauteur du poste. Et l'entreprise a besoin de vous. »

Xavier se dirige vers la machine à café au design épuré à l'extrémité du meuble, introduit une capsule et fait couler le précieux liquide dans une tasse transparente : « Vous voici donc bientôt directrice de notre magasin central. C'est un poste hautement stratégique, sans le bon fonctionnement duquel notre activité ne peut valablement tourner. Sachez une chose : je ne me trompe jamais, quand il s'agit de choisir des collaborateurs. Et je suis capable d'aller les chercher loin, vous avez pu le constater… Et par des moyens peu courants n'est-ce pas ! Mais je considère que ce sont les hommes – et les femmes... – qui sont la vraie richesse d'une entreprise. Et pour moi, rien n'est plus important que de tester leur valeur en situation réelle. Ma commande était un vrai casse-tête ! Vous connaissez mon opinion : c'est dans la tempête que l'on révèle le meilleur de soi. Vous, des tempêtes, vous avez eu votre part, pas vrai ?

Sarah, je vous félicite pour cette belle nomination et vous souhaite les plus beaux succès. »

Lissant sa moustache, l'homme lève sa tasse, l'avale d'un trait et disparaît promptement.

Sur son bureau, parfaitement alignés, trois dossiers : la cartographie de la société, un organigramme et un trombinoscope. Il est convenu qu'elle aurait trois mois pour monter en charge progressivement, accompagner la fermeture et reconvertir le personnel de la société Vautrin.

De sa fenêtre, entre deux bâtiments neufs, Sarah aperçoit la mer, pas très loin.

Autour d'elle, les hangars neufs abritent des bateaux en construction.

La mer. Des bateaux. Gabriel.

Quitter sa vie de stress et son impossible challenge. Travailler pour la construction d'unités prestigieuses. Vivre au bord de l'océan. Cette fois, ça y est, son vœu est exaucé, elle n'arrive pas bien à y croire, et pourtant.

Tout doucement, Sarah quitte son bureau, referme délicatement la porte et descend les marches sur la pointe des pieds. Elle n'a pas encore été présentée aux collègues et préfère éviter la situation embarrassante d'avoir à le faire elle-même. Son pot de bienvenue, ce sera la semaine prochaine.

En se faisant toute petite, elle longe des hangars, sort dans la rue, se faufile dans sa voiture, quitte la zone industrielle et se dirige vers la mer. Direction Kernevel, port de plaisance, ponton Visiteurs, sur la panne de béton qui va au bout du port et s'avance dans la rade.

Il fait frais, ce matin, et le vent souffle de l'est. « Vent d'est, vent de beau temps », disait Gabriel.

En face, la citadelle de Port-Louis veille, majestueuse. Ses petites échauguettes surplombent les grandes murailles au-dessus du chenal, saillie gracieuse et féminine sur cet édifice militaire. À ses pieds, les embarcations marines de toutes sortes se croisent, vedettes à moteur, voiliers de compétition, vieux gréements aux voiles safran, austères bâtiments de travail, coques de noix et leur pêcheur du dimanche. Un peu plus loin, les bunkers de la base sous-marine, revisités par la Cité de la voile, donnent une touche ultramoderne à cette ville qui ne cesse d'évoluer autour de l'activité nautique. Sarah se sent bien dans ce cadre, qui respecte le passé mais laisse à l'avenir prendre toute la place dont il a besoin.

Sur les pontons, un équipage s'active, il va partir en mer pour un entraînement avant une course, sûrement. La douzaine d'équipiers athlétiques et virils, tous vêtus de rouge, de taille quasi identique, s'installe, chacun à son poste. De grands cris joyeux et désordonnés s'élèvent mais, en même temps, une concentration très importante règne à bord.

Sarah s'arrête pour admirer la superbe unité. Combien fait-elle ? Soixante-dix pieds ? Plus ? C'est son métier, maintenant, elle doit apprendre à le jauger. Pour se faire l'œil, elle en détaille le gréement, le dessin de la carène, le profilé de son étrave, qui plonge à quatre-vingt-dix degrés dans la mer.

« Tu viens avec nous, beauté ? » Dans sa nouvelle tenue de femme au travail, jean noir, veste courte, une écharpe rose nouée autour du cou, et ballerines roses au pied, Sarah se sent belle, à nouveau, comme elle ne l'a pas été depuis longtemps.

« Et si je disais oui ? » répond-elle du tac au tac au jeune skipper derrière son imposante barre à roue. « Monte ! dit-il en riant. Nous faisons un tour en mer pour régler quelque chose et on revient dans deux heures. Guillaume, donne-lui une veste ! » Sans réfléchir, Sarah enjambe la filière et se retrouve à bord. « Tu resteras là, dans le cockpit, tu ne bouges pas d'ici, OK ? »

À la sortie du port, toute la toile est envoyée et le voilier s'ébroue comme un pur-sang. La carène vibre sous les pieds de Sarah qui entrevoit l'extrémité du ponton Visiteurs. Debout sur le quai, c'est de là qu'elle avait agité la main jusqu'à ce qu'elle ne puisse plus distinguer la silhouette de Gabriel à la barre de *Galathée*. Sarah n'a pas été jusqu'au bout du ponton, jusqu'au bout de son pèlerinage. À quelques mètres du but, la vie l'a emportée joyeusement. Elle lui a dit oui. Elle est heureuse. « Xavier serait fier de moi. »

Le vent cingle son visage, les embruns collent ses cheveux contre ses joues, et le bateau file à une allure vertigineuse vers l'île de Groix. « Ça va ? » lui crie le skipper pour se faire entendre malgré les sifflements puissants qui couvrent les voix. Sarah lui sourit. Oh oui, ça va ! Si bien, même. Jamais elle ne se serait crue capable de retourner sur le pont d'un bateau aussi facilement. C'est sa première sortie en mer depuis sa croisière sur *Galathée* avec Gabriel.

Sarah, future directrice de magasin d'un des plus prestigieux chantiers navals de la région, se sent entrer dans ses fonctions, vraiment, aujourd'hui. Elle est dans le vif du sujet.

Elle est *sur* un voilier.

Un voilier de quel chantier, au fait ?

Sarah sirote son kir dans la chaise longue d'Anne, les pieds sur le muret de pierre, face à la mer. « Tu vois, Anne, ce que j'aime le plus, ici, c'est l'air. Cet air chargé d'iode, un peu moite, mais tellement tonique en même temps. Un air comment dire… Un air dense, qu'on pourrait presque boire ! Quand je sors du train, ces senteurs marines me sautent à la figure, et c'est un vrai, grand, énorme moment de plaisir… »

Anne l'écoute, attendrie : chaque fois que quelqu'un tombe sous le charme de la Bretagne, elle a l'impression que c'est un peu à elle qu'on fait des compliments.

« Et... Tu t'installes quand, ici ? Bientôt, j'espère ? Toi, toi ma si chère Sarah, habiter aussi près de moi... Jamais je n'aurais cru que la vie me donnerait ce cadeau.

— Oh, ma tante, répond Sarah. Moi aussi, je suis très heureuse de te savoir si proche. Je dois être ici définitivement début septembre. Avant, je ferai des allers-retours. Je vais avoir besoin de toi, tu sais ! J'ai déjà trouvé une nounou, c'est super. Mais hélas, on a beau mettre des organisations parfaites en place, il y a toujours quelque chose qui déraille. Sans Maman, je ne sais pas ce que je vais devenir, elle m'aidait tellement pour le petit. Et je ne connais encore personne ici, à part toi... Tu vas tout me faire découvrir, pas vrai, ma Tat'Anne ?

— Mais bien sûr, ma belle. Et pour commencer, tiens... Justement, le voilà ! Permets-moi de te présenter un sculpteur incroyablement doué... Vingt ans seulement et déjà tant de maîtrise, c'est prodigieux. »

Ahmed s'approche d'elles en de longues enjambées aériennes et paisibles. Ses boucles noires lui descendent un peu plus sur les épaules.

« Ahmed, je te présente ma délicieuse nièce Sarah.

— *Salâm 'aleïkoum*, Sarah, que la paix soit avec

toi », dit-il en souriant et se prosternant légèrement, une main sur la poitrine. Il s'assit posément en face d'elle, sur le muret. La voix d'Ahmed est mélodieuse, chantante. « Je suis content de te connaître. Ta tante parle tellement de toi… »

Sarah lui rend son sourire.

« … Et bienvenue à toi dans notre beau pays !

— Eh bien, Ahmed… *Notre* beau pays ! Ça y est, toi aussi, tu l'as dans le sang, notre terre celtique ? » s'exclame Anne, visiblement enchantée de la remarque de son protégé.

« Notre terre, c'est celle de ton hospitalité », répond Ahmed le plus solennellement du monde. Puis il se lève et se dirige vers l'atelier. Avec sa grande blouse de coton noir dans laquelle le vent s'engouffre, il a l'allure d'un prince du désert. Auprès d'Anne, en sécurité, Ahmed retrouve peu à peu la grâce et l'élégance de ses années d'enfance, quand il courait pieds nus sur la rocaille, indifférent à ses morsures brûlantes.

Anne le suit des yeux, ou plutôt, elle le couve du regard. « Dis donc… Tu es gâtée, ma chère ! Révérence et salamalec, rien que ça ! Ici, avec les jeunes, il joue plutôt les caïds et il faut voir comment ils filent doux, tous. Et qu'il est doué ce garçon, si tu savais… Si je le laissais faire, il serait jour et nuit à l'atelier. Un hypersensible, un émotif, mais quel talent… Quel talent ! »

Sarah ne l'écoute qu'à demi, les yeux mi-clos. Elle se laisse aller à la rêverie, bras croisés derrière la nuque. Elle se sent heureuse, détendue, elle est bien. Bien comme jamais. Vivre, enfin ! Il y a à peine une heure, elle était à son bureau et maintenant, la voilà, devant la mer, en train de prendre l'apéro avec sa tante. C'est magique.

« J'ai hâte de trouver une maison, maintenant. Et de faire venir PG. Il me manque… »

Elle se rend compte que, pour la première fois, elle n'a pas pensé à Gabriel depuis plusieurs jours.

Paris

Août

J'ai quitté New York avec un blues épouvantable. Le retour à Paris est affreusement douloureux. Tout, ici, me paraît étriqué et mesquin. Propre, élégant, indiscutablement harmonieux, mais conformiste à en étouffer. Il me manque les cartons vides faisant des pirouettes insensées à plusieurs mètres de haut entre les tours. Il me manque les jazz-bands défilant en grand tapage, un parapluie-chapeau multicolore sur la tête. Ici, ni fantaisie, ni zone de folie. Paris a l'air minuscule et coincé. Je me sens emprisonnée.

Et puis l'air est tout simplement irrespirable. À Paris, il n'y a pas les bourrasques de la mer pour nettoyer les rues. Même si c'est une illusion.

L'appartement est d'une tristesse infinie, il n'est plus qu'un espace réduit à la chambre de Maman, la salle de bains et la cuisine, le reste de la maison est désert et sans vie. Je ne m'y reconnais plus du tout. Dans ma chambre de jeune fille, qui n'a pas bougé depuis mon départ, je suis une étrangère et ne supporte plus la décoration puérile et ridicule, toutes ces babioles partout m'agacent prodigieuse-ment. L'impression d'être logée chez ma petite sœur.

Quant à la terrasse, qui était splendide… Les lauriers-roses manquent d'eau, piquent tristement du nez et Maman n'a planté aucune fleur, contrai-rement à son habitude. Et on n'entend plus les gammes de Papa, c'est atrocement silencieux par-tout. S'il était mort, l'ambiance ne serait pas plus pesante.

Maman me désole. Elle ne supporte pas l'absence de Papa, gâche sa vie, perd sa gaieté, autant que les lauriers leur éclat, mais ne se l'avoue pas et s'égare dans mille et une excuses non crédibles. J'ai déjà passé des heures avec elle pour essayer de la convaincre, mais elle n'en démord pas. Elle ne *veut pas* aller le rejoindre, même quelques jours, tant que la vente de la librairie n'est pas conclue. Mais je ne suis pas dupe, son prétexte ne tient pas.

Quant à Sarah, je ne l'ai pas encore vue, elle est en Bretagne pour son travail et ne doit pas rentrer de sitôt. Heureusement, car l'idée de la revoir me terrifie. Je n'ai d'ailleurs pas non plus vu son fils : il est parti avec elle, en garde chez sa nouvelle nounou à Lorient, « pour l'habituer à se passer de moi », précise Maman, acerbe.

En résumé, je suis mal, très mal depuis mon arrivée.

Pour me changer les idées, j'ai mon job aux urgences à la clinique, les malades et le malheur des autres pour ne pas trop penser au mien. C'est encore là-bas que je me sens le mieux.

Gabriel vit toujours dans ma tête.

J'avais espéré que la distance avec New York et le fait de l'avoir mis entre les mains de Dave m'auraient libérée de lui. Mais Gabriel est toujours autant présent sous cette chape du non-dit qui m'enferme en moi-même. Poisson dans l'eau sombre, il sillonne les profondeurs de mon inconscient, occupe tous les espaces que ma raison relâche et habite ma culpabilité. Par lui, mes jours sont empoisonnés et mes nuits assiégées.

Et ici, la présence de Sarah amplifie mon malaise. Sarah la lumineuse, Sarah la victime, Sarah la mère sans père pour son fils.

J'ai pourtant tenté de sauver le peu d'estime de moi qui me reste. De me convaincre d'avoir agi comme il le fallait : Gabriel n'est pas encore présentable à ses yeux et la seule chose intelligente à faire, c'est bien de l'aider à se reconstruire, avant tout. Si Gabriel s'en sort, retrouve qui il était, alors, oui, Sarah sera gagnante et ma conscience en paix.

Mais vrille et crie en moi l'insupportable vérité. Faire prendre secrètement Gabriel en charge aurait été bon et généreux, *seulement si* cette décision n'était pas entachée par l'irrésistible attraction qui résonne en moi.

Et les jours se déroulent, poisseux et troubles.

Je me suis réveillée en pensant à mes projets élaborés à New York, avant que Gabriel ne revienne dans ma chambre bleue. La Chine. Shanghai. Un nouveau sujet de recherche. Tout cela me semble vain maintenant. Inaccessible.

Mais je me suis aussi souvenue de l'allégorie de la grenouille, si chère à Maman, et tant entendue pendant mon enfance : quand on met une grenouille dans une casserole d'eau froide et que l'on chauffe très progressivement l'eau, elle *ne saute pas* hors de l'eau et finit par se laisser bouillir. Maman ne ratait jamais une occasion de nous illustrer cette conduite, chaque fois qu'elle rencontrait une situation inacceptable à ses yeux : « Attention, les filles. Prenez-en de la graine. Ne vous laissez *jamais* piéger par la vie comme la grenouille : réagissez ! »

J'ai senti l'eau tiède devenir brûlante. Et l'urgence de réagir m'a tenaillée. Toute la journée, j'ai cherché une voie. Même si ma solution pour échapper à Gabriel est vaine et lâche, même si elle ressemble à une fuite – dont on sait qu'elle ne résout jamais rien –, je n'en vois qu'une, toujours la même : partir.

Mes heures nocturnes, je les passe maintenant sur Internet, à pister les offres de postes à Shanghai et essayer d'organiser mon voyage en Chine le plus rapidement possible. J'ai envoyé un mail à mon cousin Théo et il a été étonnamment réactif. C'est qu'il a le bras long, mon cousin. Un nabab de la voiture, un caïd de la concession automobile, un incontournable de la réussite sociale. Tout ce qui m'est étranger et qui ne m'attire pas du tout. Mais je suis vraiment contente de pouvoir compter sur lui en ce moment. Je ne sais pas si Lise est fière de son fils, mais en tout cas, il est d'une efficacité redoutable.

Partir. Je n'ai plus que cela en tête. Même si mon attitude est inconséquente, que je quitte tout sans discernement. Je sais que Maman a besoin d'aide et que Dave compte sur moi. Mais, malgré cela, la seule chose que j'arrive à faire, c'est préparer mon départ.

Me réfugier dans cet espoir est mon issue de secours.

Je ne supporte plus d'être ici.

La panique monte. Sarah rentre de Bretagne plus tôt que prévu. « Ta sœur vient dîner avec nous demain soir. Elle va être si contente de te voir… », me dit Maman, en passant une tête dans l'entrebâillement de la porte. « Je vais vous faire un bon repas. Qu'est-ce qui te ferait plaisir, Elsa ?

— Choisis pour moi, Maman… » Je n'ai pas la force d'en dire plus, le sol se dérobe sous mes pieds. Je prends l'air concentré sur mon ordinateur pour qu'elle me laisse seule le plus vite possible.

Demain soir ! Impossible d'ici là de trouver une excuse pour m'échapper. Et pourtant, impossible d'imaginer passer une soirée avec Sarah. Comment m'en sortir ? Simuler d'être heureuse de la retrouver ? Feindre de n'avoir rien de particulier à dire ? Cette soirée va être épouvantable. Sarah, demain !

Comme un lion en cage, je tourne en rond dans *ma* chambre, cette chambre où je ne suis plus chez moi – New York a ouvert une brèche énorme dans mes repères en quelques mois.

Maman est à côté, dans la sienne, égarée dans ses livres ou ses pensées. Elle est encore plus loin de moi que lorsque j'étais de l'autre côté de l'Atlantique. Ici, je ne peux que constater la réalité et pas me retrancher dans d'illusoires désirs. Elle aussi, elle est sur la mauvaise pente et c'est indubitable : elle baigne dangereusement dans sa casserole d'eau trop tiède.

Personne pour m'aider à prendre du recul. Garder la tête froide. Le seul qui pourrait vraiment m'aider, c'est Dave. Mais il est si loin... Je sens monter en moi un débordement dangereux, aussi dangereux que celui qui m'a conduite à me taire jusque-là. Je crains le pire, au bord de tout dire, tout déballer, en vrac, sans ménagement, tant pis pour les recommandations de Dave, tant pis pour le secret que Gabriel m'a demandé de garder. Tant pis pour mes bons sentiments. Laisser exploser à la face du monde l'insoutenable tension qui s'accumule en moi me délivrerait de toutes mes hontes. Et tant pis pour les dégâts que cela ne peut que provoquer chez Sarah, Sarah qui aime un homme que je ne connais pas, son Gabriel et le mien ne sont pas les mêmes.

À elle l'homme respectable, à moi le vagabond. À elle l'ange, à moi le dévasté. Entre elle et moi, la chute. « Quelque chose de beaucoup plus grave », a précisé Dave, sans me dire quoi, qui creuse entre ses deux faces opposées le vertige de toutes les hypothèses possibles.

Que faire ? Disparaître, comme Gabriel ? Me volatiliser ?

Et puis… L'éclair de génie. « Allô, Anne ? Tu vas bien ? C'est Elsa… »

Anne m'a écoutée pendant très, très longtemps.

Elle ne s'est pas énervée quand je me suis emmêlé les pédales pour justifier mon comportement des premiers jours. Elle ne m'a posé aucune question embarrassante sur mes sentiments pour Gabriel et n'a pas cherché à comprendre de quoi il souffrait. Elle n'a fait aucun commentaire sur la nature de ma relation avec Dave.

Simplement, elle m'a laissée dire ce que je voulais dire. Anne est irremplaçable.

À la fin, elle a ajouté : « Si tu as besoin de l'envoyer quelque part à son arrivée en France, dis-lui de venir chez moi, il sera le bienvenu. Tu le sais bien : l'air de la Bretagne répare tout ! » Anne, terre d'asile.

Je l'ai beaucoup remerciée pour sa proposition, mais elle ne m'a pas laissée finir : « Arrête, Elsa, avec tes mercis ! C'est tout à fait normal. Gabriel… Vivant ! Tout ce qui arrive est tellement extraordinaire. C'est à peine croyable. Un roman… Tu te rends compte ? Tout cela est mi-ra-cu-leux ! Je pense à Sarah… »

Sarah. Oh moi aussi, je pense à Sarah ! J'ai sauté sur l'occasion pour lui demander comment, à son avis, je devais présenter la chose. Anne a répondu sans hésiter : « Comment la présenter ? Mais… En ne la présentant pas du tout ! Ne lui dis pas la vérité, tout simplement. Jamais. Un jour, tu lui expliqueras que tu l'as adressé à ton Dave, dès le premier jour. Le reste, tu le gardes pour toi, OK ? On s'arrangera, plus tard, avec Gabriel, quand il ira mieux. Il comprendra, lui aussi, évidemment. Et pour l'instant, motus. »

Anne a raison, bien sûr. Son bon sens me fait un bien énorme. Et de toute façon, je n'ai pas d'autre choix : d'ici demain soir, il me faut enterrer mes souvenirs avec Gabriel tout au fond de moi. Après tout, ce n'est pas impossible, je l'ai déjà fait pendant plusieurs mois et j'avais pratiquement réussi à m'en sortir.

Bien plus trouble est l'évocation de sa dernière nuit chez moi, dont je n'ai pas parlé à Anne. Mais avoir désormais ma tante comme complice, même partiellement, me donne la force qui me manquait. D'autant que je peux, maintenant, partir en Chine : Gabriel ne sera pas seul, il ira chez Anne, et Dave sera satisfait.

Anne est vraiment admirable. Elle m'a même convaincue que soulager ma conscience aurait fait beaucoup trop de tort à tout le monde, ce qui, en quelque sorte, eût été une attitude très égoïste de ma part.

« Ma petite sœur chérie ! Quel bonheur de te retrouver… » Sarah franchit la porte et une tornade d'énergie entre en même temps qu'elle. Elle m'enlace avec chaleur.

Je me laisse encercler dans ses effusions, l'embrasse à mon tour, mais plus sobrement, comme à mon habitude.

Sarah resplendit. Pourtant je la trouve marquée, en quelques mois. De fines rides bordent ses yeux et elle s'est arrondie au niveau des hanches. La maternité. J'ai devant moi une femme et non plus la jeune fille qui me faisait de l'ombre par son insolente beauté. Une femme responsable et solide, comme l'était notre mère. À côté d'elle, Maman, si rayonnante elle aussi, avant, affiche un petit visage tiré et terne. Les mois passent pour tout le monde. Ceux de Maman pèsent lourd, aussi. Un pincement me serre le cœur.

« Tu es belle, Sarah… » La phrase sort toute seule. Pourquoi lui dis-je cela ? Est-ce ma façon de traduire : pourquoi as-tu changé ? Je me sens minable. J'ai déjà assez de soucis comme cela avec la transparence et je continue à tricher. Quelque chose se renfrogne en moi, se ratatine, se cache. J'ai envie d'être déjà en Chine. La soirée commence mal.

« Et toi aussi, Elsa ! Quelle ligne, dis donc. Tu es splendide, vraiment. Tu ne m'avais pas dit ça, Maman… Les États-Unis te réussissent, à toi, c'est indiscutable. D'habitude, ceux qui en reviennent ont plutôt stocké quelques kilos, avec tout ce qu'ils ingurgitent comme crèmes glacées, pop-corn et autres saletés en tout genre. Mais toi, alors… Une vraie beauté, ma chère ! Et j'aime beaucoup ta nouvelle coupe de cheveux. Si, si, vraiment. Elle te donne un air espiègle, un peu coquin. Un brin canaille, même. Très sympa, ma mignonne rouquine. »

Même si les adjectifs ne me plaisent pas, ou au contraire trop, le compliment me touche. Depuis toujours, son regard compte pour moi plus que celui de tous les autres, je le sais bien. Je ne suis jamais sûre de moi dans ce domaine, et Sarah représente à mes yeux la référence suprême en matière de look. Avoir coupé mes boucles sages en arrivant à Paris avait un sens qu'elle ignore, mais je suis contente qu'elle apprécie.

« Oh, si vous saviez comme je suis heureuse de pouvoir fêter l'événement, avec vous, ce soir... Et c'est vraiment super que tu sois là, Elsa ! Tu as du champagne au frais, Maman ? »

Sans attendre la réponse, Sarah se précipite vers la cuisine, et en revient une bouteille à la main : la tradition familiale, qui date du temps de Papa, veut qu'il y en ait toujours une en attente, « au cas où la vie nous apporterait de bonnes nouvelles ». Heureusement, Maman n'a pas cessé de perpétuer cet heureux trait du passé.

« Regardez bien !... » Je regarde Sarah extirper de son sac, triomphante, un trousseau de clés et l'agiter sous notre nez, tel un trophée.

Elle est dans son monde, reine du théâtre de sa vie et nous ne sommes que ses spectateurs. Comme j'ai été stupide de m'en faire autant ! Stupide de craindre qu'elle puisse déceler quelque chose dans mon humeur, s'interroger et amplifier mon malaise vis-à-vis d'elle. J'avais oublié à quel point Sarah ne cherche pas à voir en vous, à la différence de moi qui aime par-dessus tout observer les autres. Sarah vous embrasse, vous dit qu'elle vous adore, et donne tout d'elle, spontanément. Et ne cherche pas plus loin. Moi, c'est une tout autre histoire.

Sa fraîcheur me désarme. Avant de la retrouver, je lui en voulais d'aimer Gabriel, je ne l'imaginais qu'à travers lui, par lui. Mais ce soir, je ne vois plus qu'elle. Elle me fascine par son franc naturel. Et je me dis qu'entre elle et moi, pas d'hésitation possible : Gabriel ne peut que choisir la transparence de Sarah. Non, ce n'est pas moi qu'il voulait, cette nuit-là, la main sur mon cou...

« Les clés du bonheur. Elles ouvrent ma nouvelle maison. Vue mer, les pieds dans l'eau ! Géniale, absolument géniale, vous verrez. Pas du tout le genre de celle d'Anne… Que j'aime beaucoup aussi, cela dit. Non, la mienne est très moderne au contraire, lumineuse, à la fois facile à vivre et très sympa. Et dans un endroit incroyable. Vous connaissez la presqu'île de Gâvres ? Non ? Alors imaginez… Un lieu complètement magique, un bout du monde. Une langue de terre, qui enferme la petite mer de Gâvres… et avance jusqu'à l'embouchure du Blavet, à l'extrémité de la rade de Lorient. Il faut traverser une lande aride et déserte, un territoire militaire, prendre une route toute droite entre ces deux mers, un lac tranquille d'un côté et l'océan de l'autre. Et après quelques kilomètres sur cette avancée, on arrive au village de Gâvres, blotti tout au bout. Un village tout simple et tout tranquille, mais où il y a absolument tout… »

Je regarde Sarah, étourdie par la vitesse à laquelle elle parle. Elle est tellement excitée qu'elle reprend à peine sa respiration entre deux phrases.

« … Je suis juste à côté du port. En voiture on met une demi-heure pour faire le trajet, mais le bac vous amène en cinq minutes à Port-Louis, sur la rive sud de la rade de Lorient. Un bout du monde, je vous dis… Avec, en plus, spectacle extraordinaire : juste en face de la citadelle et du vieux mur d'enceinte. Et sur mer, le va-et-vient des bateaux qui entrent et sortent de la baie, on ne s'ennuie pas une seconde à regarder ce ballet nautique. »

Sarah ne raconte pas, elle *est* déjà là-bas.

« Quant à ma maison… » Ses yeux pétillent de joie. « Ma maison est *sur* la plage, vous vous rendez compte ? PG aura le plus grand bac à sable qu'il puisse rêver à ses pieds… Un petit jardin… Une vraie chambre… Et moi, un dressing et une grande salle de bains… Que peut-on rêver de mieux ? Et il y a même une chambre pour vous, si voulez venir vous reposer chez moi ! Fantastique. Vous voulez voir des photos ? »

Elle qui supporte tant de choses lourdes, comment fait-elle pour avoir un tel enthousiasme de la vie ? Moi, je traîne la mienne comme un boulet. Qu'a-t-elle donc que je n'ai pas ?

À nouveau sans prêter attention à notre réponse, elle fourre la bouteille dans mes bras : « Tu l'ouvres, dis ? » et cherche impatiemment dans son fouillis une enveloppe qu'elle sort victorieusement. Elle dépose des photos sur la table, pêle-mêle. « Là, là… Regardez… Ici, la petite mer de Gâvres. Et là… La voilà, ma maison ! J'ai tout de suite eu le coup de foudre… »

Sarah redresse ses lourds cheveux en arrière, d'un geste vif et gracieux. Oui, Sarah est belle. Très belle. Trop belle. Gabriel et elle, couple royal. Je me reprends : Gabriel d'*avant* et elle…

« Bon, c'est vrai, il me faut une voiture pour aller au chantier, c'est un peu loin. Mais quelle importance, là-bas, il n'y a pas d'embouteillages. Et la lumière ! Magnifique, la lumière… Tu viendras bientôt, dis, Elsa, tu me promets ? J'ai tellement envie que tu la connaisses, ma maison. » Je ne réponds pas mais peu importe, Sarah n'écoute pas, elle est dans son tourbillon.

Maman ne dit rien. Elle garde ses distances et ne regarde pas les photos, ostensiblement. « C'est encore ton Xavier qui te l'a trouvée ? » dit-elle seulement d'un ton grinçant.

Xavier ?

« Qui est-ce ? » Je me tourne candidement vers Sarah, tout en sachant – étant donné la tension accumulée chez Maman – que ma question n'est pas anodine et risque de faire des remous. C'est Maman qui répond, sèchement : « Xavier, c'est un voleur de petit-fils… » Elle quitte la pièce en pleurs et va se réfugier dans la cuisine.

Sarah soupire, affligée, et me regarde avec tristesse. Sa bonne humeur s'évanouit, aussi vite qu'elle s'est déployée tout à l'heure. « Oh ! Maman est jalouse de tout et de tout le monde en ce moment. Elle ne supporte pas que je quitte Paris pour m'installer à Lorient. Elle me le fait payer à tout instant et est infernale avec moi… »

Sarah ne m'a pas répondu, elle ne m'a pas dit qui est Xavier, et je suis sûre qu'elle l'a fait exprès.

Sarah n'est pas aussi transparente qu'elle veut bien le faire croire.

Je le savais d'avance, ce dîner ne pouvait que mal tourner.

Et ce psychodrame de fin de soirée... Sarah furieuse et Maman à nouveau en pleurs, tout cela parce que j'avais bondi sur l'occasion qui se présentait de mettre le sujet de la séparation des parents sur la table. Il fallait que Maman m'entende, qu'elle réalise combien la situation était stupide, elle ici et lui là-bas – à cause, disait-elle, du fils de Sarah. Maintenant que le petit allait partir, je voulais lui faire comprendre qu'elle aussi devait faire ses bagages.

Pour la faire réagir, j'ai dit que je ne pourrai jamais vivre leur vie, à l'une comme à l'autre, prisonnières de leur rôle de mère et de grand-mère qu'elles portaient au pinacle. De quel droit un enfant pouvait-il justifier tous ces sacrifices ? Et Papa, hein ? Qui pensait à lui, lui tout seul en Grèce pendant que sa femme faisait la nounou à Paris ?

Je ne disais pas la vérité, Papa n'était plus tout seul, j'étais seule à le savoir, mais Carlos n'allait tout de même pas prendre la place de Maman.

Maman répétait : « Tu es injuste. Tu ne comprends pas, Elsa. Tu ne peux pas savoir, toi. Tu n'as pas d'enfant... »

Pourquoi me suis-je emportée si fortement ? Le champagne avait-il désinhibé mes défenses ? Attisé mon agressivité ? Je savais bien que j'étais excessive, mais il fallait que ça sorte, et ce soir-là j'avais été bien incapable de me refréner. C'était si peu mon genre, moi d'habitude toujours modératrice entre elles deux, que Maman et Sarah me regardaient avec effroi, comme si les États-Unis avaient introduit dans mon caractère je ne sais quel gène étranger et dangereux.

Nous nous sommes quittées de bonne heure, chacune avec notre croix à porter, nos culpabilités et nos rancœurs sans avoir évoqué une seule fois Gabriel.

Dans le courrier déposé ce matin, j'ai la réponse de l'ambassade et l'autorisation de partir un an à l'Institut Pasteur de Shanghai. Recherche et Innovation médicale sont une priorité pour la ville, qui facilite tout projet de coopération, incluant des séjours de chercheurs français en Chine. L'Institut sera ravi de m'accueillir. La lettre de recommandation de mon boss a visiblement eu beaucoup d'effet. Enfin une bonne nouvelle.

Le destin va dans mon sens. Et je suis prête à partir sur-le-champ. Shanghai est devenu mon Nouveau Monde, mon *Far East*. Là-bas, tout est prêt, Théo m'attend « quand je veux », il viendra me chercher à l'aéroport et m'installe chez lui « aussi longtemps que je le voudrais ».

Reste Gabriel.

Rien n'est encore résolu, même si Anne m'a tendu une main secourable inespérée. Et – je n'en suis pas fière – je n'ai pas appelé une seule fois Dave pour prendre des nouvelles.

À vrai dire, j'ai une envie folle de tout quitter, sans prévenir qui que ce soit, ni jeter un regard derrière moi. Envie de laisser les choses en l'état trouver leurs solutions par elles-mêmes. Toute cette histoire me pèse épouvantablement, j'en ai plus qu'assez de la porter.

Mais c'est Dave, et uniquement lui, qui me retient de disparaître sans sommation. Dave a tout pris en charge, sur ma demande.

Et il compte sur moi.

Je ne peux pas faire ça à Dave.

« Oui, Dave. C'est d'accord. »

Comme elle m'a coûté, cette petite phrase !

Dave m'a dit que Gabriel allait nettement mieux et qu'il pouvait raisonnablement être envisagé de le ramener en France et de lui donner progressivement un nouvel ancrage dans une vie normale.

« C'est une extraordinaire nouvelle ! » ai-je répondu avec entrain, et je l'ai beaucoup remercié. « Tu es un grand médecin, Dave. Vraiment. *Great*. Bravo. Je suis fière de toi. » Mais je ne lui ai pas demandé davantage de détail sur l'état de santé mentale de Gabriel, ni de précisions sur le déroulement du traitement. Je ne voulais pas entrer dans le processus de responsabilisation qu'il attendait de moi. Je ne voulais plus assumer Gabriel. Dans ma tête, j'étais déjà en Chine.

Je n'ai plus rien à faire ici, mon remplacement se termine, Sarah ne m'a pas donné signe de vie depuis notre soirée catastrophique, Maman me fait la tête... Et il n'y avait aucune raison pour que je me sacrifie pour toute la famille. Gabriel n'est ni mon frère, ni mon mari, ni mon fils !

Oui, c'est vraiment formidable pour Gabriel qu'il puisse revenir bientôt.

Oui, ici, ça va être une véritable révolution.

Oui, d'accord, il faudra y aller doucement.

Sauf que moi... Je pars !

J'ai un billet pour la semaine prochaine. Désolée.

Dave m'a ramenée doucement, mais fermement dans la discussion, avec sa finesse habituelle.

« Elsa, écoute-moi. Il *faut* que tu sois là à son arrivée, Elsa, c'est *indispensable*. Gabriel n'a plus de famille. »

Gabriel n'avait donc rien dit à Dave ? Pas parlé de Sarah ? De notre famille à nous ? De Lise et de Yann, de leur bateau ?... D'Anne ?

« Si, il m'en a parlé. Mais il ne peut pas débarquer sans transition comme un revenant. Il a besoin de paliers, tu comprends ? De la même manière que lorsqu'on remonte d'une plongée sous-marine. Toi, tu es le premier palier de décompression... Incontournable. Obligatoire. »

Moi. Pourquoi toujours moi ? Oui, j'ai hébergé Gabriel clandestinement quelque temps, mais pourquoi dois-je le payer si cher ? Et si je prévenais Maman de son retour ?

« Non, surtout pas. Laisse-le choisir lui-même le moment où il se sentira prêt pour renouer avec son passé. Il rentrera dans dix jours. D'ici là, il faut que tu t'organises pour lui trouver un point de chute, l'accueillir et le remettre en route. Il a quitté la France depuis plus d'un an et demi, je te rappelle… »

Que je m'organise ! Facile à dire.

« Quand tu sauras où il va, préviens-moi. Je trouverai un correspondant médical, où qu'il soit. Et sur le plan des papiers et autres tracasseries bureaucratiques, je te laisse t'en occuper, bon courage, *my tender beauty*… »

My tender beauty. Cela fait si longtemps que je n'ai pas entendu de mots gentils à mon égard.

Pour Dave, j'ai dit oui.

Brusquement, j'ai eu envie d'être à New York.

BRETAGNE

Août

« Allez, Ahmed, c'est à nous ! À nous de montrer ce qu'on sait faire en matière d'hospitalité. »

Branle-bas de combat dans la maison. Le timing est on ne peut plus serré. « Prépare-toi, Anne, dans quelques jours, il est là… », m'a dit Elsa.

J'adore ça, moi, les challenges de ce genre, on a l'impression de faire des miracles. De la méthode, je n'en ai pas vraiment beaucoup, mais dans des situations extrêmes comme celle-là, j'arrive toujours à m'en sortir.

Sarah fait son paquetage aujourd'hui et emporte ses affaires dans sa nouvelle maison. Maintenant, elle peut camper chez elle, en attendant son grand déménagement parisien… Très chouette d'ailleurs, sa maison, commode, gaie, tout ce qu'il faut avec un enfant. Environnement sympa et rassurant. Parfait pour une jeune mère comme elle. Moins de charme qu'ici, c'est vrai, mais quelle maison au monde peut égaler la mienne ?

Cela m'a tout de même fait mal au cœur de la mettre dehors. Mais bon, pas le choix. Et je me suis raisonnée en me disant que c'est pour la bonne cause. Tout ça, c'est pour Gabriel ! Alors… Et puis, c'est juste un tout petit peu précipiter les choses.

Avec un bébé, c'est incroyable la quantité de matériel dont les mamans ont besoin, maintenant. Puisqu'elle venait toujours en train, Sarah a tout acheté en double et… il y en a partout.

Ahmed lui donne un coup de main avec la camionnette, et Sarah en profite pour rafler tout ce qu'elle peut dans mes vieilleries accumulées au fond de la grange. Ce qui date du siècle dernier l'intéresse *a priori* : « Tu vois, Tat'Anne, comme ma maison est contemporaine, il faut que je lui donne de légères touches du passé, par-ci, par-là. C'est ça qui rend les intérieurs chaleureux, cet heureux mélange d'ancien et de moderne… » Côté moderne, elle a fait une razzia à l'Ikea de Nantes « où on trouve tout, c'est beau et pas cher, il est génial, ce magasin », et Ahmed a encore été son chevalier servant : il porte, il livre et lui monte tout son matériel. Que ne ferait-il pas pour elle ?

La camionnette engloutit une gravure marine, une vieille lampe à pétrole, un porte-serviettes défraîchi, une patère en bois, une bassine en cuivre « qui, vraiment, aura bien besoin d'un coup d'astiquage », un rocking-chair délabré et un moulin à café qui date de Mathusalem. La porte du coffre arrière a du mal à fermer, heureusement qu'il n'y a rien de très fragile : nous nous arc-boutons tous les trois sur nos talons, le dos à la porte, pour la forcer à se verrouiller.

« Et voilà ! On n'a rien oublié, je crois. Et merci pour tous tes cadeaux, je suis ravie ! Notre prochain dîner, c'est pique-nique chez moi, d'accord ? »

Dans nos nouveaux plans d'affectation, Ahmed a choisi. Il reste au rez-de-chaussée, derrière la cuisine. « C'est là où je suis le mieux. Moi j'aime le contact avec le sol. Et j'adore être près de la cuisine. Comme ça, je profite des délicieuses odeurs de tes petits plats, Anne… » Oh, il sait parler aux femmes, celui-là.

Enfin… Quand il en a envie.

Parce que, maintenant, comme les vieux couples, on se dispute. Et ça grimpe ! Et haut ! Encore cette semaine, quand le volet battait dans sa chambre à cause du vent… Lui, il était parti en balade et je ne pouvais tout de même pas le laisser cogner indéfiniment, ce fichu volet. Alors, oui, j'ai enfreint notre règle et je suis entrée dans sa chambre.

Et sa chambre… Bien rangée, rien à dire. Mais, derrière la porte, à l'abri des regards, un amas de galets recouvre le sol. J'ai compris ce qu'il en faisait, de ses récoltes, pendant nos balades, quand il se baissait pour ramasser une pierre et la contempler amoureusement sous toutes ses faces : « Regarde, Anne, comme elle est belle, celle-là… », avant de la fourrer dans sa poche. Les pierres étaient organisées en compositions savantes, jouant avec leurs couleurs, leurs formes, leur grain… Une vraie tanière d'écureuil. C'était très joli, et j'avoue que ça m'a fait bizarre, cette impression d'avoir un bout de plage dans la chambre. Mais bon, je ne m'y suis pas arrêtée plus que ça. Chacun ses petites bizarreries. Moi aussi, j'ai les miennes… Et pas trop envie qu'on fouille dedans.

Non, ce qui m'a attirée, irrésistiblement, c'était le Coran, sur sa table de nuit. Je me suis assise sur le bord de son lit, je l'ai ouvert, et feuilleté. Évidemment je ne comprenais rien, mais la beauté des caractères me fascinait.

C'est là qu'il est arrivé. En me voyant, une rage sourde l'a saisi, il m'a arraché le livre des mains : « Tu n'as pas le droit… » Il m'a poussée dehors et violemment claqué la porte au nez. Je n'ai même pas eu le temps de lui expliquer, furieuse et vexée de la façon dont il me traitait.

On ne s'est pas dit un mot de la journée et on est allés se coucher sans se dire bonsoir. Le lendemain matin, il était très tôt, le soleil se levait à peine, mais je n'arrivais pas à me rendormir. Alors j'ai ouvert mes volets, et je l'ai vu, déjà assis sur le muret, immobile, regarder la mer. Il faisait beau et l'eau était toute calme. J'ai enfilé mes savates et ma robe de chambre, et suis allée vers lui, d'un pas décidé.

J'ai commencé fort : « Je t'en veux, Ahmed », et il a embrayé : « Moi aussi, Anne. » On s'est expliqués, on a crié, un peu ; parlé, beaucoup ; on s'est lancé le respect à la figure. Menacés de se quitter. Et je me suis arrêtée net quand j'ai vu une larme sur sa joue.

Je me suis excusée. Lui aussi. Et on a fait la paix. « C'est le Coran de mon père, la seule chose que j'aie de lui. » « J'aime tellement l'écriture arabe. » « Si tu veux, je t'apprendrai. » « Oh oui ! »

Pas un mot sur les galets derrière la porte.

La chambre du premier, la très belle qui donne sur la mer, est donc à nouveau libre. Libre, mais pas pour longtemps. Elsa et Gabriel arrivent dans trois jours.

Quel honneur ! J'en suis tout excitée d'avance. Mais stressée aussi. Il faudra qu'Elsa nous réexplique bien, je n'ai pas tout pigé, la dernière fois au téléphone. Ce que j'ai compris, c'est que c'est grave et sérieux. « Et surtout, surtout, ma tante : il ne faut *absolument pas* que Sarah soit là. C'est *très* important. »

On a bien compris. Et on a fait le nécessaire. « Bon, alors, Ahmed, toi et moi, on doit la boucler. Et, d'après ce que m'a dit Elsa, Gabriel va avoir énormément besoin de nous, je crois… »

Ahmed a eu cette phrase merveilleuse : « Celui qui a des amis dans la montagne n'aura pas à avoir peur dans les plaines. Ne t'inquiète pas, Anne. Tout ira bien. »

Oh non, je ne m'inquiète pas ! Ahmed connaît le prix des choses, il a payé pour ça. Même s'il n'en parle pas, je sais que sa jeunesse a compté triple, et il sait ce que c'est, la solidarité en cas de pépin.

Donc Gabriel sera en haut. Je lui ai fait un lit, avec une couette au cas où le vent virerait au nord, comme l'annonce la météo. Même en août, il peut faire frisquet ici, pour les citadins. Et puis, je me dis que quand on a eu froid à l'âme, il faut réchauffer le corps. J'ai aussi fait disparaître tout ce qui encombre les étagères inutilement. Et dégagé la table. On ne sait jamais, s'il a besoin de travailler… C'est que je le connais à peine, Gabriel ! Je me souviens qu'il est beau, calme, posé, gentil et bien élevé, qu'il s'habille avec classe et ne parle pas beaucoup. Et que mon père l'adorait. Mais à part ça, je ne sais pas du tout qui il est !

De toute façon, c'est évidemment quelqu'un de bien : Sarah l'a aimé et c'est tout ce qui compte.

Pour faire chic – aussi pour lui faire comprendre qu'il pourra rester dans sa chambre s'il n'a pas envie de nous voir, Ahmed et moi –, j'ai déposé sur un plateau une bouilloire avec du thé, du café et tout ce qu'il faut pour prendre quelque chose de chaud. Cela donne une touche très *british*, très cosy, et je suis extrêmement fière de ma chambre.

C'est bon, tout est prêt. Ahmed et moi l'attendons, dans le plus grand secret, comme demandé. Elsa, je la laisse faire avec ses mystères, même si je trouve qu'elle complique toujours beaucoup les choses pour rien. Si c'était moi, il y aurait eu un joli comité d'accueil pour Gabriel, genre déjeuner surprise, et Sarah et leur fils seraient là, évidemment…

Toujours un peu alambiquée, Elsa. Le contraire de sa sœur. Elle, on ne sait jamais vraiment ce qu'elle pense, elle se fait toute petite dans un coin, elle observe tout et on a beau essayer de la secouer un peu : une huître.

Au moins, avec Sarah, on sait à quoi s'en tenir : elle pense, elle dit. Elle est contente, elle dit. Ça ne lui plaît pas ? Elle dit ! Beaucoup plus mon genre.

Elsa, elle traficote dans son coin et vous regarde avec candeur. Mon emmêleuse de queues de singe, comme je l'appelais quand elle était gamine. Mais bon, pas la peine de la contrarier. Après tout, elle est médecin, elle sait ce qu'elle fait, elle doit bien avoir ses raisons.

Et puis, c'est *moi* qu'elle a choisie.

Mais tu parles d'une mission, avec Sarah qui s'installe à quelques kilomètres et a toujours besoin de quelque chose... Il a fallu que je manigance, moi aussi. Je lui ai raconté une histoire à dormir debout – ou plutôt une histoire que j'aimerais tant voir arriver en vrai : Ahmed a tapé dans l'œil d'un critique d'art à Pont-Aven, influent dans le monde de la télé. Et il a parlé de lui à un de ses amis, qui prépare une émission sur l'Art contre la violence. Un journaliste va venir faire un reportage sur Ahmed et mon atelier, ça l'intéresse, ce jeune des banlieues qui fait des merveilles au bord de l'eau, chez une modeste prof de sculpture. Modeste, oui... mais admirable ! Il faut bien que je fasse ma pub, tout de même.

Et bien sûr, pas question qu'un bébé et tout le tralala soit en arrière-fond de ce beau jeune homme superdoué, ça ne va pas du tout avec le personnage. Donc, surtout, que Sarah ne vienne pas ici, il va rester quelques jours, je ne sais pas combien exactement, il a pris une chambre à l'hôtel.

Ensuite, ça devrait aller, la période dangereuse va s'arrêter, Sarah doit repartir à Paris avec son fils pour quelques semaines. Et d'ici son retour, Elsa me dira comment elle a l'intention de raccrocher les wagons.

Quand j'y pense... Quel choc ça va être pour Sarah ! Et pour le petit... C'est inespéré, cette histoire.

Enfin un père. Un père pour le faire grandir, le protéger, l'aimer. Je ne comprends pas tout dans la vie, mais là, vraiment, s'il fallait remercier quelqu'un, mettre un cierge quelque part, je le ferais. Sans hésiter.

Et en attendant, je n'ai pas complètement menti à Sarah. J'ai juste enjolivé la réalité, il y a tout de même quelque chose de vrai dans mon conte de fées pour Ahmed : une galerie de Pont-Aven veut bien exposer son travail. Elle a une possibilité dans son planning, pour la Toussaint : « Il y a du monde vous savez, à cette période-là, ce sont les vacances scolaires », et on n'a pas de temps à perdre.

Il faut qu'Ahmed se prépare et travaille à ses projets. Sur ce qu'il peut présenter, il a encore pas mal de retouches à faire, et notre premier rendez-vous avec le responsable de la galerie est à la fin du mois. Je fais ce que je peux pour le pousser, l'obliger à se concentrer sur sa sculpture. Mais Ahmed, il est jeune, très jeune encore, il a envie de s'amuser et Sarah et lui s'entendent comme larrons en foire. Il faut les voir, prendre leurs fous rires de gamins, pour des raisons qu'eux seuls connaissent, et bavarder des heures entières, à l'ombre de mon parasol ! Je ne sais pas ce qu'ils se racontent, mais je n'ai jamais vu Ahmed aussi volubile. Il est vrai que le voir détendu et gai avec Sarah est pour moi un grand bonheur : mes deux merveilles, retrouvant enfin la joie de vivre chez moi, que demander de plus ?

Oui, il fait ce qu'il veut quand il veut, Ahmed. Et impossible de le diriger. S'il a décidé de passer la journée avec Sarah, rien à faire, aucun argument ne le fera changer d'avis. Même si je lui promets la gloire. Ahmed est têtu... comme un Breton !

Cela tombe bien, donc, aussi sur ce plan-là, que Sarah s'éloigne de lui : je vais pouvoir le canaliser un peu plus et le ramener à son travail.

La seule chose dont je suis sûre, c'est qu'il n'a pas vendu la mèche pour Gabriel. Ahmed est un homme de parole.

Et avec tout ça, je n'ai plus vraiment le temps de penser à Carlos.

Aucune nouvelle, il me l'avait dit.

Mais j'ai encore reçu, ce matin, un superbe bouquet, livré par le fleuriste de Concarneau. Vraiment original, celui-là : de grandes gerbes de branches d'olivier, couvertes de petites olives vertes pas encore mûres, des épis de blé bien dorés et des feuilles de vigne virant au rouge. Le tout agrémenté de roses blanches, et joliment composé dans une jarre de terre cuite. Pas trop difficile de me dire qu'il jouait encore son héros préféré, sur fond de symboles grecs. En ouvrant l'enveloppe, j'étais assez fière de moi, j'avais deviné.

« Patience, mon cœur.

Poséidon a voulu faire sombrer Ulysse, déchaîné une tempête, mais Athéna, reine des artistes, l'a sauvé de son courroux.

Tu es le sang qui coule dans mes veines et l'air que je respire.

Je dépose de doux baisers sur tes pieds magnifiques.

Ton Carlos »

Sentimentale comme je suis, j'ai serré l'enveloppe sur mon cœur. Je ne vais tout de même pas me prendre la tête et relire tout l'*Odyssée* pour comprendre ce qu'il veut dire. Mais ce que je sais, c'est que la Grèce est la dernière étape de son voyage.

C'est le cinquième bouquet, ceux des mois derniers ont séché et sont dans des vases, alignés sur la commode de ma chambre. Tous secs, mais témoins de son amour, même s'il se fait plutôt discret, en ce moment. Les petits mots sont écrits de sa main, il a tout préparé. Combien d'autres sont-ils ainsi prêts ? Carlos sait donc déjà exactement quand il reviendra.

Tant mieux. C'est peut-être très romantique à l'eau de rose, mais cela me fait un bien fou. Des câlins à retardement, il fallait y penser. Merci, cher Carlos, d'avoir pris en considération le fait qu'il était tout de même nécessaire d'apaiser les remous de ton absence dans ma petite personne. Même si je me suis persuadée, maintenant – et grâce à Ahmed, tu pourras lui en être reconnaissant –, que c'est pour notre bien et qu'il faut te faire confiance, il y a tout de même des moments où je t'en veux quand même. Partir des mois, cela ne se fait pas sans dégât.

Mais bon. Ça pourrait être pire, je vais bien. Très bien même. Savoir Gabriel en vie a balayé mes remords. Ahmed m'apporte toute la joie dont j'ai besoin pour accepter sereinement le temps qu'il te faut pour nous faire une route droite, comme tu dis. Un peu mon fils, maintenant.

Cela, tu ne le sais pas, mais tant mieux.

Se séparer, ce n'est facile pour personne. Toi aussi, tu dois – j'espère... – te poser quelques questions et te faire du souci pour moi.

Il n'y a pas de raison que je sois la seule à gamberger. Chacun sa part, d'accord ?

PARIS

Août

L'Orient m'attend.

Mes bagages sont prêts, comme si j'allais partir en Chine demain. Je n'y ai pas touché. La valise est ouverte, béante, stupide. Il me restait juste quelques bricoles à ajouter.

Mais je suis coincée ici, je vais chercher Gabriel dans trois heures à l'aéroport. Une flaque sombre clapote au fond de ma très mauvaise humeur. Mauvaise humeur, rempart contre ma confusion de le revoir. Tout repose sur moi, maintenant. Avec, en plus, la pression de Dave : « Elsa, ton rôle est *essentiel* dans la remise en route de Gabriel. Tu es son infirmière personnelle, ne le lâche pas d'une seconde, tant que tu ne seras pas sûre qu'il réagisse bien. » Son infirmière personnelle ! Dave se moque de moi, en plus.

Et je ne peux même pas l'envoyer promener, la gratitude me cloue le bec.

J'ai emprunté la voiture de Maman – une amie à voir en Touraine avant de partir, je resterai dormir chez elle. Maman me boude ou ne cherche plus à me comprendre. Ou a trop à faire avec elle-même. Elle a lâché un laconique : « Tu fais comme tu veux », et est partie la jambe traînante vers sa boutique.

Ma nervosité est telle que je n'ai pas réussi à démarrer correctement. Le pare-chocs a éraflé la porte du garage, pas beaucoup, mais assez pour que cela ajoute une couche supplémentaire à ma morosité.

À l'aéroport, les vagues de visages fripés traînant leurs valises déferlent sur moi comme autant d'agressivité anonyme. Dans cette foule qui tangue, je cherche le visage de Gabriel, d'abord patiemment, puis l'énervement monte peu à peu, jusqu'à atteindre l'exaspération. Personne.

Quelque chose se raidit en moi, je me dresse sur la pointe des pieds pour me faire plus grande, même si la vue est dégagée d'où je suis, et j'imagine déjà un scénario catastrophe : Gabriel n'a pas ses papiers en règle, il a eu un problème à la douane, je vais devoir aller voir le bureau, expliquer son cas pendant des heures, et me heurter à l'inertie des règlements…

Les silhouettes s'éclaircissent, quelques retardataires hagards arrivent encore par petits groupes.

Puis, plus rien. Le hall est désert, pas de Gabriel.

Sans bien savoir ce que je fais, sans m'assurer que je ne vais pas au-devant d'une sommation sévère qui me refoulera, je franchis le sas et remonte vers le hall à bagages et les tapis roulants. Il n'y a plus personne du vol de New York. Seule une valise tourne encore.

Je m'approche tout de même. Et de là, dans un coin du vaste hall, je vois Gabriel, assis sur un chariot à bagages, la tête dans les mains.

Il porte le blouson bleu de Dave, ils n'ont pourtant pas la même stature mais Dave a toujours des vêtements si larges qu'il lui va parfaitement. La vue de ce blouson me serre le cœur.

J'hésite, un instant immobile, à la fois soulagée et inquiète. Puis lentement, sans bruit, j'avance vers lui.

Tout remonte d'un seul coup. Les souvenirs que je m'autorise. Ma chambre bleue, nos silences hypnotiques et nos repérages physiques, deux poissons dans le même bocal... Nos radars fonctionnent-ils encore ? Et puis, et puis je lutte contre, je me blinde comme je peux, je refoule au-delà du possible, mais l'ombre pénétrante de notre nuit inonde ma mémoire, malgré moi. Une vague d'émotion balaie toutes mes défenses et des larmes brouillent ma vue.

« Gabriel... »

Gabriel redresse la tête, son beau visage apparaît et j'y perçois un timide sourire. Un sourire que je n'avais pas vu depuis la fête chez Anne, avant la traversée, avant New York, avant... Il y a si, si longtemps...

« J'ai manqué de courage. Excuse-moi. »

Nous roulons sans parler.

Je n'ose pas l'affronter directement avec mes questions, j'ai peur de ma maladresse, peur de moi, et lui regarde partout autour de lui avec avidité, comme s'il s'éveillait d'un long cauchemar. Je dis l'essentiel. Lui explique seulement que nous allons directement à Port-Manech, chez ma tante Anne, qu'il connaît pour l'avoir déjà rencontrée là-bas. Personne d'autre ne le saura. Elle l'attend avec joie et il pourra rester chez elle le temps qu'il voudra, le temps de savoir comment il veut s'arranger. Dave est au courant et l'appellera à son arrivée. Je ne dis rien d'autre, rien sur Sarah ni son déménagement à Lorient.

Gabriel ne répond pas, clos sur lui-même, je ne perçois pas ce qu'il ressent.

La route défile, déserte et tranquille, mais je me sens mal à l'aise. Ma tension intérieure me gêne pour conduire. Par moments je freine sans raison, ou bien je regarde trois fois dans le rétroviseur pour m'assurer que je peux doubler. Le sentir à côté de moi, dans l'intimité de la voiture, si proche, me trouble. « Il fait chaud… » Gabriel enlève son blouson. Ses gestes lents, son sweat, l'odeur de son corps, le timbre de sa voix… Revient en force ce sentiment ouateux et narcotique. Je me sens aussi peu de résistance qu'un objet flottant emporté par les bouillonnements d'une hélice plongée dans l'eau. Pourtant c'est moi qui dois prendre les rênes de la relation, Dave m'a assez prévenue et j'entends, refrain obsédant : « Tout dépend de toi. Il a besoin de repères affectifs. Sois rassurante. »

Briser cette atmosphère oppressante. Arrivés à hauteur de Rennes, je dis, d'une voix ténue qui me surprend, comme pour m'excuser : « Je suis un peu fatiguée par la route. Que dirais-tu d'une crêpe ? »

Nous quittons la route. La première crêperie que nous rencontrons en ville n'est pas jolie, pleine de monde, elle sent la friture chaude, mais par chance, il y a une table libre à l'écart.

L'un en face de l'autre, encore le silence. Le brouhaha ambiant prend toute la place. J'évite son regard. C'est Gabriel qui rompt notre gêne : « Merci de faire tout ça pour moi. »

Je ne sais pas quoi lui répondre. Comment avouer que je peste depuis ce matin contre l'existence, contre lui et contre tout, et que maintenant, depuis les kilomètres traversés côte à côte, je me retrouve comme à New York, vulnérable, désemparée.

Ses yeux sont doux et calmes, un peu égarés. Rien ne laisse transparaître un sentiment à mon égard. Rien de notre troublant passé ne pèse sur la limpidité de son regard. Comme s'il avait tout oublié de nous. Comme si je n'étais que la sœur de sa bien-aimée. Je réponds, me surprenant moi-même : « C'est pour Sarah que je fais tout ça. »

« Sarah…, reprend tristement Gabriel. Sarah. Oui… », répète-t-il après un moment, comme pour accuser un coup douloureux. « Autant qu'elle me pense disparu... » Ses mains se joignent – prière pathétique face à l'impossible, ou geste qui appuie sa déduction – devant son assiette à laquelle il ne touche plus. Puis il se tait, complètement, les sourcils froncés. Et se replie sur lui-même.

Voilà. Pile la chose qu'il ne fallait pas dire. Toujours ce fichu mauvais instinct. Mettre les pieds là où il ne faut pas. Tout ce que je fais, tout ce que je dis est à côté de la plaque. Ma mauvaise humeur redouble d'intensité. Dave peut être mécontent : mon rôle d'infirmière protectrice et rassurante démarre vraiment mal.

Le reste du voyage se termine à nouveau dans le silence, mais cette fois un silence écrasant, opaque, terriblement pénible.

Pousser la porte du portail d'Anne est une libération. La vue sur la mer est époustouflante, l'air vous claque le visage et les humeurs de la vie prennent, sous leur puissance, une dimension autre. J'ai soudain le sentiment d'appartenir à quelque chose d'immense, qui atténue nos drames humains. Et chasse nos désarrois, aussi négligeables qu'un tas de feuilles mortes dissipé par le vent.

Gabriel marche à côté de moi, déjà, il pèse moins lourd. Le cri des mouettes nous accueille joyeusement et je vois Anne se précipiter vers nous en riant : « Mes chéris ! Vous voilà… Quel bonheur ! »

Anne serre longuement Gabriel dans ses bras. Puis se recule et le dévisage attentivement, ne laissant pas voir si elle le trouve changé. « Toi. Toi, ressuscité ! Je ne sais pas qui remercier, mais je le remercie quand même. Gabriel… Quel miracle… » Elle essuie une larme, le serre à nouveau contre elle, effusion intime qu'elle dispense facilement, autant que sa générosité. Puis elle prend de ses mains un de ses sacs de voyage et glisse son bras sous le sien, bonne maîtresse de maison. Ce que je ne sais pas faire.

Dans le jardin, des jeunes prennent le soleil, allongés sur la pelouse. Ils se redressent et nous adressent un bonjour de loin. « Mes petits stagiaires… C'est la pause de la matinée, justement. Récréation ! Regardez comme ils ont l'air heureux. Ici, la vie déborde par tous les côtés, vous voyez. Rien de mieux pour ta convalescence, n'est-ce pas Gabriel ? » J'admire la spontanéité simple d'Anne, et me sens encore plus lamentable.

Je laisse Anne et Gabriel avancer vers les jeunes, serrer les mains et faire les présentations. Quelques pas en retrait, je traîne derrière, pour profiter de ce grand bol d'air dont j'ai tant besoin, autant que d'être seule. Ce voyage m'a épuisée, vidée. Je ne suis pas libérée de Gabriel, loin de là. Je n'ai même pas fait le moindre progrès. Si j'avais fui, comme je le voulais, je serais en Chine à cette heure-là, et mon cœur ne serait pas dans cet état. Dave, ce que tu m'as demandé est une épreuve considérable. Le sais-tu, au moins ? Quand tu…

Mais, une vision impensable m'arrête immédiatement dans mes pensées.

Là… Là-bas ! Je n'en crois pas mes yeux.

Que vois-je dans la maison, par l'encadré de la porte ?

Un bébé joue sur le sol du salon.

Sans m'en rendre compte, je hurle immédiatement : « ANNE ! » Croyant que je me suis fait mal, piquée par une bête ou blessée par quelque chose, Anne laisse Gabriel en plan avec le groupe, rebrousse chemin et remonte la pelouse en courant dans ma direction. D'une voix étouffée, je fixe du regard la porte : « Là-bas… C'est QUI, là-bas ? » Anne prend l'air faussement innocent d'un enfant surpris en train de faire une bêtise : « Qui ? Eh bien… le petit de Sarah, naturellement ! »

Une rage monte dangereusement. Je m'emporte sourdement, pour que Gabriel ne remarque rien à quelques mètres, mais je suis hors de moi : « Mais... Tu es dingue, Anne, ou quoi ? Tu ne comprends donc rien à rien ? Ça ne va pas… Non, ça ne va *pas du tout* ! Ce n'est *absolument pas* ce que nous avions prévu. Il est *impossible* que Gabriel rencontre son fils dans de telles conditions ! Im-pos-sible, c'est clair ? »

Mon cerveau tourne à cent à l'heure, comment se sortir de ce guêpier ? Gabriel est de dos, il continue la tournée tout seul, mais il ne va pas tarder à revenir vers nous.

Anne me tapote l'épaule : « OK, OK… Ne t'en fais pas, je vais arranger ça. »
Elle s'avance vers Gabriel : « Mon cher Gabriel, je t'ai réservé une petite surprise. Tu laisses tes sacs ici, les garçons vont s'en occuper, et toi, tu viens avec moi. J'ai quelque chose à te faire voir. Tu te souviens du Pavillon Gabriel ? Il a changé… Viens… » Et d'un pas nonchalant, elle se dirige vers l'atelier et le fait entrer.

Un grand jeune homme en sort, fonce vers moi en courant lui aussi, se présente rapidement : « Ahmed, un ami d'Anne… », puis se précipite vers la maison et part en vitesse vers la ruelle avec le bébé dans les bras. Quelques secondes plus tard, un bruit de moteur m'indique qu'il est parti.

J'assiste à cette scène qui se déroule sous mes yeux à toute allure, totalement pétrifiée. Lorsque le ronflement de la voiture disparaît dans le lointain, je ne peux rien faire d'autre que m'asseoir par terre et me renverser sur le sol. Allongée sur le dos, les bras en croix, je sens la fraîcheur de la terre. Les nuages effilochés au-dessus de ma tête me rappellent que je ne rêve pas.

À cet instant, je me fiche de tout, de ce qu'on peut penser de moi, de tout ce monde qui m'entoure, et j'éclate en sanglots. Le vent souffle sur la mer, il emporte mes larmes au loin, vers la terre.

Je n'en peux plus.

BRETAGNE

Août

Oh là là ! Quelle histoire avec Elsa ! « Mais…
Anne… »

Mais Anne, quoi ?

Et que je te fais un cours de morale pendant des
heures. Et que je te traite de la dernière des abruties.
Et que je veux, non, j'exige, que tu me promettes
ceci, cela !

Elle m'a tellement gonflée que j'ai fini par lui dire :
« Écoute, ma petite cocotte, soit tu me fais confiance,
soit tu le rembarques, ton Gabriel, compris ? »

Ça l'a arrêtée net et elle s'est radoucie.

Elle m'a dit que Gabriel avait subi un traitement
fantastique, grâce à un de ses amis psychiatre à New
York, un truc avec les yeux qui réparait les cicatrices
au cerveau – pas tout compris –, qu'il était en phase
de réconciliation avec lui-même, et qu'il fallait y
aller doucement, tout doucement.

On a reparlé du petit et je lui ai expliqué ce qui
s'était passé : Sarah était venue le matin même, sans
s'annoncer, elle devait partir à toute vitesse pour
Paris et rentrer le soir. Elle m'avait demandé comme
un grand service si je pouvais garder son fils et si

Ahmed – son grand copain – pouvait le ramener en fin de journée à Gâvres. « J'étais coincée, que voulais-tu que je fasse ? Encore heureux qu'ils ne se soient pas croisés, Sarah et lui, devant mon portail ! » Elsa m'a regardée, interloquée. J'ai continué : « Que veux-tu, maintenant, Sarah est de plus en plus dans la région. C'est compliqué, bien sûr ! Mais, tu sais, si Gabriel avait vu le gamin, ça n'aurait pas été une catastrophe non plus, j'aurais dit que c'était le fils de ma voisine... »

La mauvaise foi ça me connaît, quand on me cherche. Et après, hein ? Il ne l'aurait pas bouffé, le bambin !

La vérité, c'est que je trouve qu'Elsa prend bien trop de gants avec Gabriel et elle m'énerve. D'accord, oui, pour faire confiance aux grands manitous du cerveau, mais tout de même... ça n'empêche pas de garder un peu de bon sens.

Et ma Sarah, qui se démène comme une folle pour tout mener de front, je ne vais tout de même pas la laisser tomber sous prétexte qu'il faut ménager Gabriel ?

Lequel n'a pas l'air d'aller si mal que ça, entre nous soit dit. Il donne même l'impression d'être plutôt content de son sort, ici, avec moi. Et peut-être bien qu'il en a assez, lui aussi, de tous ces chichis autour de lui... et qu'une bonne partie de foot dans le jardin avec les jeunes lui fait autant de bien que les thérapies-machin-chose.

Mais bon. J'ai promis à Elsa. Pas de vague. OK, je me tiendrai à carreau.

N'empêche que quand Sarah est venue avec son fils – leur fils –, je me suis dit : « Tiens, voilà le destin qui s'en mêle... » et j'avoue que j'étais toute contente. Sûr que, si Elsa n'avait pas arrêté la chose, je laissais faire. Je n'aurai pas dit tout de suite que c'était son fils, mais il n'aurait pas fallu trop me pousser.

Je suis convaincue que c'est ce qui aurait pu lui arriver de mieux. Dans son état, quand on ne sait plus pourquoi on est sur terre, rien de tel qu'un bon petit choc affectif qui vous chatouille la corde paternelle.

C'est vrai, j'avais promis.

Je ne chercherai pas à faire venir le petit à la maison tant que Gabriel serait là...

Mais pas que je n'aiderais plus Sarah ! Alors, la fois d'après, quand Sarah nous a demandé de garder son fils, à Ahmed et à moi, j'ai dit à Ahmed : « Va le chercher, amène-le à la maison. Et moi je vais en profiter pour faire une grande excursion toute la journée avec Gabriel, puisque je n'ai pas de stage aujourd'hui. Tu t'occuperas du petit pendant ce temps-là... Et le soir, rebelote, tu le ramènes chez lui, et nous, on rentrera chez nous. » Ahmed est un amour et il adore les enfants. Il a tout de suite dit oui, trop heureux de rendre service à sa chère Sarah. Et de quitter un peu l'atelier, dont il ne sort quasiment plus depuis qu'elle n'est plus là pour le distraire. Le responsable de la galerie est attendu la semaine prochaine et il y dort presque.

Quant à Gabriel, je ne prête pas une grande attention à ses états d'âme (pas le temps, avec tout mon petit monde). Il surnage comme il peut au milieu de la jeunesse et visiblement cela a l'air de lui convenir, car je le trouve plutôt souriant et aimable. Même s'il passe presque toute la journée enfermé dans sa chambre. Pas sain comme genre de vie, mais Elsa m'a dit qu'il allait bientôt voir un médecin spécialisé dans son cas. Il s'en occupera...

Bref, quand j'ai dit à Gabriel qu'on allait prendre la navette, déjeuner tous les deux sur l'île de Groix et rentrer le soir, il m'a dit oui. Il dit toujours oui à tout, de toute façon.

À moi aussi, d'ailleurs, une journée au grand air me fera du bien. Entre Ahmed à l'atelier et Gabriel dans sa chambre, je m'occupe de tout dans la maison et j'ai besoin de prendre un peu le large.

Et ce qui fut dit fut fait.

On est partis assez tôt le matin tous les trois vers Lorient, mais à deux voitures, nous deux vers le port et Ahmed contournant la ville pour aller jusqu'à Gâvres. De l'autre côté du Blavet, ça fait une sacrée trotte en plus. Je sais que c'est très joli par là, mais tout de même, ce grand détour chaque fois qu'elle veut aller en ville ! Enfin, je ne vais pas critiquer Sarah, chacun fait ce qu'il veut.

Juste à temps pour attraper la navette, il faisait beau, plein de gens avaient eu la même idée que moi, heureusement que je connais du monde à la compagnie maritime. On s'est faufilés juste sur l'avant : « Là, on sera très bien. » Et toute fière, quand le bateau s'est mis à avancer, je me suis tournée vers

Gabriel pour lui dire : « Pas mal, hein ? », quand je me suis aperçue qu'il était pâle comme la mort et tremblait comme une feuille.

Je l'ai pris par le bras pour lui demander ce qui n'allait pas, mais Gabriel était figé, immobile et toujours tremblant, terrorisé. Il ne répondait pas à mes questions et semblait souffrir terriblement.

Toute la traversée, il est resté prostré, sans dire un mot. À l'arrivée, on a laissé tout le monde partir et je lui ai dit : « Viens, on descend… », mais impossible de le sortir de son hébétude. J'ai commencé à m'inquiéter sérieusement et à regretter mes idées géniales. On ne pouvait pas rester là, le bateau allait repartir, alors je lui ai parlé, je lui ai dit qu'on allait marcher tout doucement jusqu'à la plage, qu'on s'assiérait dans le sable et que tout irait bien. Mais, au lieu de m'écouter et de me suivre, Gabriel s'est mis en boule sur lui-même. Il avait l'air halluciné, pris d'une peur panique, le regard fixe, il transpirait et grelottait en même temps, et moi, j'étais là comme une idiote, ne sachant que faire.

Un équipier est venu vers nous pour nous dire de dégager. « Je ne demande pas mieux ! Aidez-moi… » On a pris chacun un bras de Gabriel et, comme on a pu, on l'a traîné hors du bateau, ce qui n'a pas été simple.

Arrivés sur le quai, j'ai dit au garçon, qui nous regardait d'un air suspicieux : « Laissez-nous là », et on s'est assis tous les deux par terre, à même l'embarcadère, sans faire un mètre de plus. Gabriel était toujours en boule, la tête dans les épaules, silencieux, tremblant, et moi, je me demandais bien comment j'allais m'en sortir.

Une petite guérite vendait des boissons fraîches et des glaces au bord du quai. J'ai dit à Gabriel : « Ne bouge pas, je vais te chercher de l'eau. » En vitesse, et sans le perdre des yeux, j'ai fait un rapide aller-retour en doublant tout le monde, et je suis revenue sous le cagnard, triomphante avec ma bouteille d'eau, comme si elle allait résoudre tous les problèmes. Je la lui ai tendue pour qu'il puisse boire, mais il n'a pas fait un geste, toujours absent. Alors, à court d'idée, j'ai fini par déboucher la bouteille et par lui tamponner lentement de l'eau glacée sur la nuque et le front, espérant que cela allait le faire réagir.

L'eau dégoulinait et trempait sa chemise, et autour de nous un cercle de curieux s'était formé. J'ai entendu : « Il est complètement drogué, ce mec, c'est une honte. » Ça m'a mise tellement en colère que je me suis levée d'un bond, j'ai attrapé la petite rombière qui s'était permis de dire ça par le col de sa veste, et je lui ai hurlé à la figure : « Encore une phrase de ce genre, et je te casse la gueule, vu ? » Aussitôt le cercle s'est dissous comme par miracle et Gabriel et moi nous sommes à nouveau retrouvés seuls sur l'embarcadère. Le soleil continuait à taper fort et Gabriel ne bougeait toujours pas.

Il avait cessé de trembler, mais il paraissait loin, très loin, avec, toujours, le regard fixe et cette immobilité de statue.

Je me suis assise à côté de lui et j'ai pris sa main, inerte. J'ai essayé de lui parler : « Ne t'en fais pas

Gabriel, c'est moi, Anne. Il n'y a aucun danger, ici, tu peux me croire... » Mais rien n'y faisait, l'eau froide, la douceur, Gabriel restait prostré, inaccessible.

J'allais le laisser là et chercher de l'aide auprès de la capitainerie du port – que faire d'autre ? – quand, enfin, Gabriel a levé la tête, et m'a regardée douloureusement, comme s'il émergeait d'un épouvantable cauchemar, en murmurant, comme une plainte : « La mer... »

Et lentement, très lentement, il est revenu à lui, a frotté ses yeux, regardé autour de lui, et respiré profondément, comme s'il revenait d'une planète lointaine.

« Ça va mieux, Gabriel ? »

Debout, à nouveau maître de lui, Gabriel avait fait quelques pas et nous nous étions assis sur un banc. Après avoir fermé longuement les yeux et gardé le silence, il avait repris des couleurs. Ses mains étaient tranquilles et l'eau sur sa chemise séchait. « Tu te sens de marcher un peu ? Le petit port de Port-Lay est un endroit délicieux, j'aimerais bien te le faire connaître...

— Mais oui, Anne. Bien sûr. On y va. »

Nous avons quitté Port-Tudy, longé la côte vers l'ouest, et quelques centaines de mètres plus loin, j'ai déballé le pique-nique. Sur la lande rase qui surplombe la mer, j'ai étendu un torchon et étalé avec fierté mon menu du jour : petits pâtés à la viande, feuille de menthe et salade, fromage de brebis et figues fraîches – les sandwichs, je déteste. Et un coup de muscadet, tout de même.

Gabriel s'est détendu, a retrouvé un pâle sourire craintif, et d'un vaste geste, a désigné le spectacle splendide qui nous entourait : « Que c'est beau ! » Assis en tailleur, Gabriel regardait la mer comme s'il la buvait. À croire qu'il ne l'avait pas vue depuis des siècles. Pourtant, de ma chambre, là-haut, il est aux premières loges. Et je ne suis pas forte en géographie, mais New York est au bord de la mer, il me semble. « À New York, elle n'est pas aussi belle que ça ? »

Et j'ai enchaîné en lui disant que je le comprenais, moi, je ne pouvais pas m'en passer vingt-quatre heures, c'était ma drogue à moi. Gabriel m'a répondu, ému : « Tu te rappelles la première fois que je suis venu chez toi ? C'était avec Sarah, tout au début. Tu m'avais sauté au cou. Ce jour-là, je t'avais trouvée vraiment extraordinaire. Tu l'es toujours : simple, un cœur grand comme ça, et tellement heureuse de vivre que c'en est contagieux !... »

J'ai rougi intérieurement – en fait, pas beaucoup, j'adore qu'on me fasse des compliments. « Oh, tu es gentil ! Mais tu sais, j'ai tellement de chance. J'en fais profiter autour de moi, c'est tout. »

Il est devenu grave, a attrapé une brindille, qu'il a soigneusement pliée et repliée, dans un geste de concentration extrême : « Anne, tu sais, j'ai erré pendant des mois, jusqu'à ce que je tombe par hasard sur Elsa. Elle était aux urgences, à l'hôpital, quand deux flics m'ont amené après une bagarre. Ensuite... il y a eu Dave. Un médecin exceptionnel.

J'ai eu une chance incroyable, inimaginable. Sans eux, j'étais foutu, je crois... » .

J'ai essayé de me faire la plus petite possible, j'étais tout ouïe, je ne voulais pas qu'il s'interrompe, il se confiait pour la première fois. Enfin, j'allais savoir... « Ce qui m'est arrivé tout à l'heure, je le vivais quasiment tous les jours, là-bas. Cela s'appelle la reviviscence, j'ai appris ça avec mon traitement. Depuis que je suis rentré en France, c'est la première fois que cela se reproduit. Je suis déçu, je croyais que c'était terminé. Dave avait raison, il faut consolider le traitement. »

Je me lance : « C'est quoi, la... reviviscence ?

— Revivre. Revivre ce qui s'est passé. Ce qui s'est passé quand je suis arrivé aux Antilles, après la traversée.

Je peux te dire... »

Je ne demande pas mieux.

« Je peux te dire qu'après le... la... Je ne sais jamais comment l'appeler... Qu'après la catastrophe, j'étais une épave ! Un zombie, un fantôme, l'ombre de moi-même... »

Ça ne me dit pas grand-chose.

« J'ai vécu des moments d'atroce solitude. Et le sentiment d'être au fond d'un immense trou. Un trou aux parois tellement raides que je n'arriverai jamais à en sortir. Tout, absolument tout me faisait peur... »

Je ne vois toujours pas.

« Je me sentais le jouet de forces intérieures d'une puissance hallucinante. Capables de me mettre dans un état de panique inimaginable. »

Atroce, immense, hallucinant, inimaginable… Gabriel emploie tous les superlatifs possibles pour essayer de me faire comprendre, mais le moins qu'on puisse dire, c'est qu'il n'est pas clair du tout. Je résume : « En un mot, tu étais paumé, c'est ça ? Mais je ne sais toujours pas pourquoi… ».

Gabriel me regarde d'un air confus : « Excuse-moi, Anne. En parler me trouble tellement que je n'arrive pas à être compréhensible. »

S'il voulait aiguiser ma curiosité, il ne ferait pas mieux. Je brûle de savoir. J'insiste lourdement : « Alors… Il s'est passé *quoi*, exactement, sur le bateau ?

— Si je savais ! Je donnerai tout pour pouvoir le dire comme tu me le demandes, Anne. Avant ma rencontre avec Dave, je n'avais que des bribes de souvenir. De très petites bribes. Des flashs incompréhensibles. Un bateau à moteur ultrarapide, deux hommes à bord de *Galathée*, la peur, une indicible peur… Du sang… Et pour finir, nager, nager, nager… Ensuite, j'ai erré… et je me suis perdu dans tout ce qui pouvait me donner l'illusion d'un réconfort : alcool, cannabis… Et j'ai vécu comme ça, des mois, sans lien social, plus de famille, pas d'amis… Comme un bouchon flottant sur une grande flaque de boue opaque, sans résistance, au gré des événements qui me trimballaient…

— Et il flottait où, ton bouchon ? » Ce n'est pas que je veux absolument savoir, mais ces allégories à n'en plus finir m'agacent. « Aux Antilles. Les Saintes, plusieurs mois. Et puis à bord d'un grand paquebot… » Gabriel n'a pas envie d'en dire plus, on dirait. Pas envie d'évoquer ce passé peu glorieux.

Si loin de l'image qu'on a de lui… Je peux l'admettre. Cette fois, je n'insiste pas.

« Tu vois, c'est grâce à Dave, que j'ai compris ce qui se passait en moi, dans des moments comme celui de tout à l'heure, où je n'arrive pas à lutter contre ce qui m'envahit et me terrasse. Avant de le rencontrer, j'en étais terrorisé, je ne savais pas ce que cela signifiait ni comment m'en sortir. Je croyais devenir fou. Mais il m'a expliqué le mécanisme : dans le cas d'*événements traumatiques* comme on dit – ce qui a été le cas pour moi, Dave l'a déduit rapidement –, on n'a pas une vue d'ensemble sur ce qui s'est produit. Le choc a été si fort que mon cerveau n'a pas été capable d'intégrer l'événement comme un souvenir. Quand un contexte extérieur le fait revenir à ma conscience, le traumatisme réapparaît, oui, mais seulement sous la forme d'émotions. Et on ne comprend rien à ce qui vous arrive…

Dave a travaillé avec moi, patiemment. En quelques semaines, il m'a fait faire énormément de progrès. Il m'a appris à ne plus en avoir peur de ces reviviscences. Et à construire mon "lieu sûr", pour m'en protéger. Un jour, je t'expliquerai ce que c'est. C'est grâce à ce lieu sûr que j'ai émergé tout à l'heure. Et que je peux te parler, maintenant.

Avec le traitement qu'il m'a fait suivre, j'ai pu me pencher sur ce jour terrible et commencer à reconstituer… »

Cette fois, ce que dit Gabriel m'intéresse. Je ne sais pas grand-chose de plus… Mais pas plus que lui, c'est ce que je commence à comprendre. Ce qu'il me fait entrevoir, par contre, c'est le cauchemar qu'il a vécu pendant tous ces mois. De la peur et du sang… ça a dû être du costaud, pour le mettre dans cet état.

« … Et retrouver, petit à petit, mon identité, qui s'était totalement diluée dans mes angoisses. Je vivais avec des faux-papiers et j'avais peur d'être supprimé, c'est dire ! Mais je constate que je ne suis pas encore totalement guéri, regarde tout à l'heure. Seulement je peux comprendre le mécanisme, maintenant. La mer bleue, le soleil, la chaleur, les mouvements du bateau… Les hommes sur la vedette… Et d'autres choses encore, que je n'identifie pas. Ces fameuses sensations extérieures qui me ramènent à un souvenir. Et cette peur qui me paralyse. Tu l'as vu toi-même, je suis désolé pour toi, Anne… »

D'un geste vague de la main, je lui signifie que je ne suis pas à ça près. Je frime, naturellement.

« Tout à l'heure, c'était tellement fort… Parce qu'aujourd'hui, en plus du reste, il y a toi. Toi et le souvenir de Sarah. Quand j'ai pris la mer pour convoyer le bateau de Lise… Tu ne te le rappelles peut-être pas, mais je suis parti de Lorient. En face d'ici… »

Et moi, maintenant, ce que je sais, c'est que je ne dois pas plaisanter avec la santé psychique de Gabriel. C'est du lourd, comme disent mes jeunes, pas question de m'improviser bonne sorcière des neurones. Je laisse ça aux spécialistes. Dès mon retour à la maison, j'appelle Elsa. D'instinct, je me recule en arrière de la falaise où nous sommes perchés. « Et si on rentrait tranquillement vers le port, dis, Gabriel ? Le bateau va bientôt repartir… »

« Dis donc ma petite Elsa, tu ne pourrais pas le reprendre, ton Gabriel ? Sarah traîne de plus en plus dans le coin, ça devient vraiment acrobatique… »

Évidemment, je n'ai pas dit à Elsa que, dans ma précipitation de rentrer vite à la maison, troublée comme j'étais, je n'avais pas fait attention à l'heure et que je suis arrivée… avant qu'Ahmed soit reparti avec le gamin. Résultat : on est tombés nez à nez avec eux, au moment où Ahmed rangeait ses affaires. Il avait déposé le bébé sur la pelouse devant la maison, il rampait dans l'herbe et cherchait à attraper une fleur de pissenlit devant lui. Il se trémoussait dans son short à rayures jaune et blanc et était vraiment trop rigolo avec son chapeau de travers qui lui donnait un air coquin complètement craquant. Il m'a aperçue, s'est redressé, a tendu les bras dans ma direction avec un grand sourire, en baragouinant des « Mmmm, Mmmm... ». Chaque fois, je fonds. Sa bonne bouille toute ronde s'est lovée dans mon cou.
« Eh bien, Ahmed, tu le ramènes à sa mère, cet enfant ? C'est bien joli de jouer les nounous, mais il faut aussi être à l'heure… » Je cachais ma gêne comme je pouvais. Ahmed déteste que je prenne ce ton pontifiant, même pour rire, et m'avait jeté un regard noir de colère. Même mon gros clin d'œil pour expliquer la situation n'avait rien arrangé. Il faut que je me méfie avec Ahmed, je suis parfois trop impulsive, et son amour-propre, c'est sacré. Surtout devant témoin. Pas trop le sens de l'humour, mon prodige… Il faut bien qu'il ait quelques petits défauts.

Gabriel à côté de moi, regardait le petit avec attendrissement. « Il est mignon… »

Je n'ai pas réfléchi et je le lui ai mis dans les bras. J'avais besoin, impérativement besoin, de les réunir, ne serait-ce que quelques secondes. Leurs corps l'un contre l'autre. Leur chaleur partagée. Père et fils. C'était trop beau.

CORFOU

Août

Carlos est ici chez lui.

Il connaît tout le monde à la terrasse des cafés, ne peut pas faire un pas dehors sans que quelqu'un vienne à sa rencontre, serrer sa main, échanger trois mots. Carlos parle le grec, à la grande surprise d'Alex, qui n'a pas voulu, pas osé, pas eu envie de percer le mystère de son ami.

Les soirées musicales, qu'il a eu la bonne idée d'organiser dans la maison d'Alex, font le bonheur de tout le voisinage. Pour Carlos, c'est l'occasion de mettre à l'épreuve ses dons de cuisinier à grande échelle, il adore ce rôle de chef de bande. Comme il a peu d'argent, les invités lui apportent la matière première à l'avance : poisson rutilant, agneau de lait, aubergines d'un beau noir brillant, tomates au parfum poivré, oignons transparents, fromage de chèvre couvert d'herbes odorantes, et tant d'autres trésors… Carlos pèle, lave, épluche, découpe et mitonne avec amour de savoureuses compositions.

Quand tout est prêt à la cuisine, les deux hommes avancent le piano au milieu de la porte-fenêtre qui donne sur le jardin et installent une grande table dehors. Puis ils plantent deux grandes lampes torches de chaque côté de la baie, dans le sol encore tiède de la chaleur du jour.

La fête commence aussitôt le soleil couché. Alex joue, Carlos chante, chacun selon son humeur ou son envie, parfois seuls, parfois ensemble. Des airs du répertoire. Berlioz, le grand favori de Carlos, et ses *Nuits d'Été*, bien sûr. Mais aussi les lieder de Schubert, Brahms ou Schumann. Beethoven et ses sonates pour Alex. Et la sienne, toujours, sa *Kerkira*, sa composition… Elle a tant changé sa vie qu'il se sent éternellement redevable, à Corfou et à ses habitants, de lui avoir ouvert si grande la porte de lui-même.

Et la musique fait venir à eux de plus en plus de monde, rassemblé en arc de cercle devant les artistes, papillons éblouis autour de leur lumineuse virtuosité.

Avec l'intimité de la nuit, les airs du folklore local fleurissent aussi, entonnés par un invité et repris en chœur par les autres. Le retsina aidant, peu à peu, les instruments sortent de leur timide cachette, une mandoline, une flûte ou un tambour, et se joignent à la mélodie. Les veillées sont longues et délicieuses, enveloppées de la douceur parfumée de l'air – figue, eucalyptus et thym mêlés.

Au milieu de toute cette effervescence, Carlos s'affaire, sans faiblir à mesure que les heures avancent. Ces soirs-là, Carlos est infatigable. Il rayonne littéralement de gaieté, les joues écarlates et l'œil brillant. Alex, plus réservé, sous l'emprise du devoir et de ses habitudes raisonnables, ne se laisse pas autant aller que son ami, mais tout de même… Le jour où il s'était réveillé sur la plage, allongé sur le dos, à une heure avancée de la matinée, sans bien savoir ce qui lui était arrivé, il s'était senti en faute. Mais ce sentiment de légère culpabilité lui avait procuré un indicible plaisir.

Au fond, se dit-il, sa vie était bien sérieuse jusque-là, et il découvre émerveillé, grâce à Carlos, le plaisir du jeu, de l'insouciance et du farniente.

Ni l'un ni l'autre, entièrement immergés dans l'univers de la musique, confiants en l'amour qu'on leur porte à distance, ne se soucient du reste du monde… Pas même de Marie et sa vie bancale et vide, ou d'Anne et sa vie remuante et trop pleine.

Lorsque Elsa téléphone à son père, Carlos est parti faire un tour en ville et Alex regarde tranquillement la nuit tomber dans le jardin. Il déguste le crépuscule. Il est bien.

Bien sûr, il sait que cela ne peut pas durer. Carlos n'est chez lui que pour une période temporaire – quoique indéterminée – mais c'est justement ce sentiment de récréation passagère qui donne tout le prix de ce qu'ils vivent ensemble.

« Papa, j'ai un *grand* service à te demander… » Cette phrase est quasiment incompréhensible dans la vie de totale liberté qu'Alex mène ici. Comme lorsqu'on marche pieds nus tout l'été, au point qu'on en oublie la notion de chaussures.

« Oui ? » Alex dit oui comme on dit non.

Mais quand il comprend qu'il s'agit de Gabriel, quand Elsa lui fait le détail de toute l'histoire, pour finalement lui demander de l'accueillir quelque temps, sa réaction est immédiate. Après la surprise, l'ébahissement et la joie de le savoir vivant : « Mais bien sûr ! Qu'il vienne quand il veut ! Trois musiciens… Tu te rends compte ? Ça va être génial. »

Et c'est ainsi que Gabriel débarque, tout seul cette fois-ci, à l'aéroport de Corfou, où le duo joyeux de Carlos et Alex l'attend avec impatience. Alex ne montre pas son émotion, cachée derrière sa bonne humeur, paravent pudique qu'il utilise souvent.

« Content de te voir, fiston ! Eh bien dis-moi… Il va te falloir prendre des couleurs. Un peu pâlot, notre petit violoniste. Il n'y a donc pas de soleil en Bretagne ? Ou alors tu n'as pas quitté ta chambre… » Alex embrasse Gabriel, tout en cherchant des yeux un étui de violon au milieu de ses bagages. « Où est ton instrument ? »

Lorsque Gabriel lui confie qu'il n'a plus de violon et pas joué depuis des mois, c'est comme s'il lui disait qu'il ne s'était pas nourri depuis autant de temps. Alex le regarde avec un air d'une tristesse désespérée. « Pas possible ! Non… Ce n'est pas possible… Mon pauvre garçon ! »

Gabriel le regarde, gêné. Cette face perdue de lui-même, reconquise dans le regard d'Alex, lui revient soudainement, familière et étrangère en même temps. Il en est profondément troublé. Personne, depuis bien longtemps, ne lui a parlé de musique.

En arrivant chez Alex, Gabriel est séduit par le charme de la maison aux volets bleus. Blottie entre deux rangées d'ifs touffus et sombres, elle semble se mettre à l'écart des vents et de la lumière. Deux palmiers et un escalier en pierre prolongent l'allée de gravier et l'accueillent avec générosité. Lui aussi a besoin d'être à l'écart des vents et de la lumière. Et besoin de générosité.

Gabriel choisit une grande chambre sobre, qui ne donne pas sur la mer mais sur la campagne tranquille et ses vieux oliviers. Les murs blancs et lisses, les rideaux bleus de toile épaisse autour de l'étroite fenêtre et le modeste lit de fer noir lui procurent une agréable sensation de fraîcheur.

Quelle différence avec ce qu'il vient de quitter ! Gabriel est dérouté par la torpeur chaude et immobile qui l'entoure. L'Atlantique gronde encore dans sa mémoire, mais ici, la mer est tout près et il n'entend pas son souffle.

Il lui faut attendre de percevoir le crissement des cigales pour se dire que la vie, sous ce soleil de plomb, se manifeste à petits bruits et non à grand fracas, mais tout aussi intensément.

Le soir, les trois hommes s'attablent devant un succulent repas de Carlos – « Tu verras, ici, c'est tous les jours fête », commente Alex avec fierté. Pendant le dîner, la discussion tourne exclusivement sur la question de l'acquisition d'un violon. Pour Alex, c'est une priorité vitale : il est impératif qu'une solution à ce problème majeur soit trouvée le plus rapidement possible. Le plan de bataille se construit sans hésiter, Carlos est chargé d'écumer ses relations et Alex, à Corfou, de faire le tour des lieux susceptibles de disposer d'un violon.

Ensuite, comme chaque soir avant de se quitter pour la nuit, Alex et Carlos se retrouvent dans la musique. Le piano et la voix chaude de Carlos montent vers les cieux, en hommage à leur amitié et à ces moments de grâce.

Assis tout près d'eux, Gabriel les écoute, ému. Par leur musique, mais aussi par la silhouette ronde de Carlos et la chevelure grisonnante d'Alex au piano, et leur allure toujours si jeune, pourtant. Et ô combien heureux à l'idée de retrouver bientôt un instrument et de se joindre à eux. Déjà, il perçoit le contact physique du bois lisse et doux contre son cou... Si seulement il pouvait l'avoir, dès maintenant… Dès ce soir…

Mais, en même temps, une inquiétude arrête son impatience et le tenaille. Un nouveau violon ? Le seul sur lequel il avait joué est irremplaçable. Comment pourrait-il retrouver ce chef-d'œuvre, fabriqué par son grand-père luthier, fierté de ses parents et trésor familial ? Sa merveilleuse palette de couleurs, brillante, chaleureuse et toutes ses finesses, que les mots ne savent pas dire ?

Gabriel le sait d'avance, jamais il ne retrouvera cette intimité. Même irrémédiablement perdu, le remplacer lui paraît une trahison, autant que s'il s'était agi d'un être humain.

Dès le lendemain matin, c'est le premier et seul sujet du jour. Cette question est devenue si centrale entre eux, elle occupe tant leur conversation, que Gabriel se laisse entièrement porter par la volonté opiniâtre d'Alex et de Carlos. Leur capacité à occulter toute autre considération est incroyablement contagieuse.

À tel point qu'il en oublie de téléphoner à Dave, à qui il a pourtant promis de donner des nouvelles chaque semaine et surtout, chaque fois qu'un événement nouveau se présentera dans sa vie.

Mais pour Gabriel, ses retrouvailles avec la musique sont plus qu'un événement. C'est une révolution.

Le premier soir, les deux hommes reviennent bredouilles et très déçus.

Le deuxième soir, une piste se dessine : un cousin de l'hôtelier, chanteur dans une chorale à Athènes, peut apporter un violon dans ses bagages. Un professeur du Conservatoire cherche à en vendre un, au prix de quatre mille euros en espèces, sans plus de précision.

À ce prix, il ne faut pas s'attendre à la perfection, mais cette nouvelle est accueillie par de bruyantes effusions. Les trois hommes exultent de joie. Aucun d'entre eux n'a le montant demandé mais Alex accepte immédiatement.

La question du règlement est ensuite habilement résolue par Carlos. Chacun donne ce qu'il a, mais ce n'est pas assez. Alors, il emprunte la somme manquante à son ami hôtelier et lui promet un remboursement à la fin du mois. Et pour ce faire : « Eh bien, puisque Corfou est bondée de monde en cette saison de vacances, nous allons… jouer dans les rues !

— Que dis-tu, Carlos ? » Alex croit avoir mal entendu.

« Eh bien, oui, j'ai dit : dans la rue. Je sais que tu n'as l'habitude que des salles de concert, mon cherrr Alex, mais ici, il n'y en a pas. La rue, c'est à tout le monde. Pas besoin d'envoyer des cartons. On s'installe sous les arches, et hop, en avant la mousique ! Et toi, Gabriel, si tu as besoin de te roder à ton nouvel instrument, ce ne sera pas un drame.

Nous verrons aussi si on est capables de séduire *illico* un public, qui ne nous attend pas, ne nous connaît pas et n'a pas payé pour nous entendre… Pour nous, ce sera l'heure de vérité ! C'est trrrès excitant, vous ne trouvez pas ? »

Alex et Gabriel se regardent, se demandant s'il est vraiment sérieux. Avec Carlos, tout a toujours l'air si simple, joyeux, spontané, et surtout, tellement dénué de principes et de conventions. Pourquoi pas, après tout ? Tous les trois frappent leurs mains en guise d'approbation et Carlos, satisfait, se prosterne devant une foule invisible. « Bien ! Et maintenant, au travail, chers amis. Nous devons nous préparer au grand événement… »

La soirée est aussitôt consacrée au choix du répertoire. Chacun exprime ses désirs. Alex a très envie de jouer *L'Invitation au Voyage*, pour entendre Carlos chanter Baudelaire. Gabriel, lui, aimerait retrouver la grâce poétique de Schubert et sa *Belle Meunière*. Alex ne dit rien, mais constate que Gabriel est déjà avec eux, même sans avoir retouché à un instrument. Bon signe. Excellent, même.

Quant à Carlos, il est d'accord sur tout, mais tient à son *Horizon Chimérique* : « C'est si beau ! Et quel titrrre magnifique ! », et ajoute quelques airs du folklore local, chantés par ses amis grecs lors de ses soirées musicales. « Ce sera notre meilleure façon de nous faire remarquer des estivants… » D'autant qu'il s'en souvient parfaitement, ayant une mémoire prodigieuse quand il s'agit de textes musicaux.

Alex ne peut naturellement pas se déplacer en ville avec son piano. Mais une fois de plus, Carlos a trouvé la solution : la Mairie accepte d'installer un petit piano droit du Conservatoire sous les arcades, près des terrasses.

Pour Gabriel, retrouver un instrument et un public, alors qu'il n'a pas tenu un archet depuis si longtemps, est une véritable épreuve. Mais selon Dave, qu'il a enfin appelé, il ne peut rien lui arriver de mieux. « Tu retrouves ton âme, Gabriel… Tes amis sont formidables ! »

Quant à Alexander Steinitz, le pianiste connu et compositeur remarqué, il éprouve une joie d'enfant à l'idée de changer de peau quelque temps et de se muer en musicien des rues.

« Et voilà la merveille ! » Triomphant, Carlos revient de la ville avec son précieux chargement sous le bras. Il est parti au petit matin et Alex et Gabriel l'attendent avec impatience.

Gabriel ouvre l'étui avec les mêmes précautions que s'il s'agissait d'un être fragile et en extrait l'instrument, un nœud dans la gorge. Alex et Carlos se taisent. Devant leurs yeux captivés, le violon fait des tours sur lui-même, entre les mains habiles et attentives de Gabriel. Une élégante volute décore l'extrémité du manche et le bois de son dos est d'un vernis brillant, très doux, d'une intense couleur brune. « Physiquement, trrrès séduisant ! » s'exclame Carlos, en partie rassuré. « Reste à voir ce qu'il a dans le ventre… », précise Alex, prudent, jetant à Gabriel un regard un peu inquiet.

Gabriel égrène quelques notes en pizzicato, pince les cordes, écoute attentivement, le sourcil froncé. Pince encore, serre les chevilles, délicatement. Écoute encore. Et sourit enfin.

Et enfin il sourit, au grand soulagement de ses amis.

Mais pour aller plus loin, il est gêné. Il ne peut pas faire la connaissance de sa voix, de son timbre et de ses qualités intimes devant témoins. Pour cela, il a besoin de recueillement.

Alex et Carlos le savent parfaitement. « Eh bien, nous, nous allons à la pêche. Passez une bonne journée, tous les deux… », dit Alex, refermant doucement la porte d'entrée derrière eux.

Ils n'ont pas encore descendu les marches que Gabriel grimpe quatre à quatre l'escalier et s'isole dans sa chambre. Le violon sur les genoux, il reste immobile un bon moment. Puis il hume et caresse longuement le bois de ses doigts hésitants. L'observe sous tous les angles. Les crins blancs de l'archet sont un peu fatigués mais d'excellente qualité.

Décidé enfin, Gabriel porte l'instrument à son cou, timidement, s'aide d'un mouchoir, cale l'instrument entre son cou et son menton, lève l'archet.

Mais il n'ose pas. Il a peur, autant de lui que du violon, et le repose sur sa cuisse. Deux fois, trois fois, il le monte ainsi à son cou, mais il est trop bouleversé et ne peut s'autoriser à jouer.

Ce n'est qu'après un gros effort sur lui-même qu'il entend les premières mesures jaillir. L'archet court enfin. Concerto pour violon de Beethoven. Première phrase du premier mouvement. Son morceau de travail.

Quelle déception ! Le son n'est pas celui qu'il attendait. Terne. Froid. Impersonnel.

Gabriel s'arrête de jouer, dépité. Sa main est moite, il essuie les petites gouttelettes qui perlent à son front. Est-ce sa faute à lui ou à celle de l'instrument ? Le violon est-il médiocre ou est-ce lui qui s'est rouillé, au point de ne plus savoir en tirer quelque chose de correct ?

Gabriel est inquiet, frustré, mais essaie de se rassurer. Objectivement, comment espérer un miracle ? Il n'a pas joué depuis si longtemps... et... Peut-être cet instrument est-il dans le même état que lui. Un violon qui n'a pas servi depuis longtemps s'endort. Il a besoin d'être réveillé, lui aussi.

Quoi qu'il en soit, Gabriel n'a pas l'intention d'abandonner. Son irrésistible envie de jouer l'emporte sur son dépit. Maintenant qu'il a osé, il ne s'arrêtera pas. Gabriel reprend et reprend encore le premier mouvement. Toute la journée, il reste dans sa chambre, joue et joue encore, essaie, revient, insiste. Peu à peu, il prend de l'assurance, se souvient de mélodies, retrouve des réflexes oubliés, stupéfié de ranimer en lui ce qu'il ne savait même plus exister encore.

Vers la fin de l'après-midi, Gabriel sait maintenant qu'il pourra tout de même l'aimer, ce violon, même s'il est loin de retrouver la puissance et le tempérament de celui de son grand-père. Et les notes du premier mouvement qui s'élèvent avec la fin du jour, vibrantes, frémissantes, n'ont rien à voir avec les premiers essais de la matinée.

Par la fenêtre ouverte, au-dessus des cyprès, des palmiers et des oliviers imperturbables, la voix claire des cordes s'échappe jusqu'à l'eau et parvient jusqu'aux oreilles attentives des deux pêcheurs. « Ça y est, mon ami ! Là, je crois qu'on peut rentrer, maintenant… », dit Carlos, d'un sourire entendu.

Le soleil se couche et la chaleur décline quand – ruisselant et empli de gratitude – Gabriel s'effondre sur son lit de fer noir, le violon dans les bras.

Après une semaine de répétitions intenses, les musiciens sont prêts pour leur premier concert, jour de marché.

Gabriel a recouvré une aisance suffisante pour jouer correctement et son violon se réveille, pour le grand bonheur de tous. Quant au répertoire, il est maintenant tout à fait au point et offre un heureux cocktail entre moments d'entrain, de joie et d'émotion.

Le succès est aussitôt au rendez-vous. Les trois hommes attirent la foule par leurs différences, Carlos le débonnaire aux rondeurs généreuses, Alex et sa réserve romantique, et le très séduisant Gabriel aux yeux gris. Ils sont manifestement si heureux de jouer ensemble que leur plaisir est communicatif : un groupe se forme rapidement autour d'eux et les pièces pleuvent dans le chapeau de paille à leur pieds.

Décidément, rien ici n'est raisonnable, ni l'ambiance dans cette maison régie par des hommes, ni leurs occupations quotidiennes, ni leurs ambitions du moment. La vie part dans tous les sens, improvisée, inattendue. Mais libre et réparatrice. Rien d'autre que la musique n'existe pour eux, et ces trois hommes vivent des instants d'exaltation unique.

Pour Gabriel, le palier de décompression est une bulle d'insouciance. Il se laisse porter, jour après jour, trop pris par l'apprivoisement de son instrument pour s'inquiéter d'autre chose.

New York

Septembre

Sur la terrasse de Marie, le vent chasse les feuilles séchées par le soleil. Puis vient la pluie, la première vraie pluie de fin d'été, dense et continue, qui lave pour elle les traces de terre échappée des pots. La coupole d'or des Invalides veille, tranquille.

Marie, sur son canapé, ouvre le courrier avec soin, met de côté la lettre de l'agence et le prochain rendez-vous qu'elle lui fixe avec un « acheteur très intéressé », et se plonge dans un catalogue de livres anciens. En sourdine, le piano d'Alex s'échappe des haut-parleurs et les notes s'éparpillent, reconnaissables mais si peu présentes, telles les gouttes de pluie à travers la vitre.

Devant elle, Elsa fait les cent pas, en grande conversation au téléphone. Elle parle anglais, Marie tend une oreille, essaie de comprendre. À la dérobée elle observe sa fille, cheveux en désordre, toujours dans son vieux peignoir en fin de matinée – Elsa a terminé son remplacement à la clinique la veille – et lui trouve bien mauvaise mine.

Qu'elles sont loin l'une de l'autre, depuis son retour ! Elsa part tôt, rentre tard, s'enferme, lit des heures dans sa chambre. Marie aussi, elle doit bien le reconnaître. Deux solitudes sous un même toit. Et pas une seule fois, elles n'ont réussi à trouver un véritable moment d'intimité.

En voyant les gros cernes bleus sous les yeux d'Elsa, Marie se sent le désir de réparer, panser, consoler. Comment retrouver le chemin de son cœur ? Son cœur dans lequel sont entrés les éclats du dîner avec Sarah, évidemment, et que, elle, Marie, n'a rien fait pour adoucir.

Alex est loin, Sarah va partir. Lui reste Elsa. Sa petite Elsa. Qui n'est plus petite. Et qui n'est plus à elle. L'inviter au restaurant ? Une soirée toutes les deux, dans un cadre neutre, loin de toute cette désolation, oui, ce serait une bonne idée…

Elsa raccroche et se jette sur le canapé : « Maman, mon ancien chef de service à New York m'invite à un congrès ! Il veut que je présente mes travaux. Un conférencier s'est désisté dans son programme, il me demande de le remplacer… la semaine prochaine ! »

Elsa réfléchit à toute vitesse. Ce congrès ne peut pas mieux tomber. S'échapper d'ici, quitter Paris, lui fera le plus grand bien. Et après New York, elle pourra faire un crochet par les Antilles et passer quelques jours avec sa tante Lise. Pas pour la balade, cette fois-ci, mais bel et bien pour mener vraiment son enquête.

Car Elsa a encore ruminé l'allégorie de la grenouille. Et désormais, elle sait ce qu'elle a à faire : classer l'affaire, avant de partir en Chine. Mettre au clair, objectiver, résoudre. Comme on fait de l'ordre dans un tiroir trop plein. Elsa veut tuer le fantôme en elle et voir le vrai Gabriel. Et pour cela, elle ne peut compter que sur elle, inutile de demander à Dave. Dave ne voit que par les yeux de Gabriel. Dave veut réparer les yeux de Gabriel. Elle, elle veut voir la *réalité*.

Oui, cette fois, Elsa se rebelle, ne veut plus subir et est déterminée à réagir.

Elsa a décidé de se reprendre en main, elle a besoin de certitudes.

Marie regarde sa fille avec admiration. « J'aimerais bien être une petite souris dans l'assistance et t'écouter, Elsa.

— Oh, tu sais, Maman... Ce n'est pas passionnant, les maladies ubiquitaires ! Et puis, si tu étais dans la salle, j'aurais encore plus le trac. Je ne suis pas Papa, moi, la foule qui m'écoute ne me galvanise pas... » Elsa ne peut s'empêcher, comme chaque fois qu'elle parle à sa mère, d'évoquer Alex et sa musique. Avec l'espoir qu'elle finira par lui faire entendre raison. Marie soupire en secret, elle n'est pas dupe. Elle fait mine de ne pas comprendre. « Si tu veux, chérie, j'ai une superbe robe noire, que je mettais pour les concerts de ton père. Je peux te la prêter si tu en as besoin. Elle t'ira très bien, maintenant, je crois.

— Oh, Maman, je la connais cette robe... Et je l'adore ! La grande classe, sobre et élégante, tout ce que j'aime. Ce serait parfait, mais... »

Elsa est touchée, mais n'aime pas l'idée que Marie puisse se départir de cette robe mythique, cette robe qui a accompagné tous les succès de son père et que Marie n'a jamais voulu prêter à Sarah, malgré son insistance répétée. Mais elle se laisse tout de même faire. Pour une fois qu'elle a l'avantage sur Sarah. « Tu vas la chercher, dis ? J'ai envie de l'essayer... »

La robe magique réunit mère et fille. Elsa tourne devant le miroir, ravie de l'image qu'il renvoie, et Marie regarde avec amour sa fille faire revivre sa jeunesse à elle. Intimité retrouvée, au détour d'un moment frivole. Elsa se love dans les bras de sa mère, qui l'enlace, émue et étonnée de sentir contre elle ce corps de femme qu'elle ne reconnaît plus. « Comme elle me va bien, Maman ! Tu me fais un immense plaisir, tu sais. Je suis si fière que tu me la prêtes. »

Leur tendresse enfin reconquise, Elsa et Marie s'abandonnent à la joie de sa douceur et regardent la pluie tomber, blotties l'une contre l'autre sur le canapé. Marie caresse doucement les cheveux de sa fille, de sa petite fille, qui a coupé ses boucles et les a remplacées par un carré rigide au-dessus de ses épaules. « Puisque mon voyage en Chine est reporté – encore des questions administratives à résoudre –, je vais m'offrir une semaine avec ta sœur en Guadeloupe, après le congrès, si elle veut bien de moi. J'ai besoin de vacances, cela me fera du bien. J'irai à la plage, bouquiner. Tu me prépareras une sélection à la librairie ? J'ai adoré *Lolita*, tu sais... »

Lo. Li. Ta.
Ga. Bri. El.

La grande table recouverte de feutre vert foncé barre toute l'estrade. Devant Elsa, à l'extrémité de la brochette de conférenciers, un chevalet avec son nom, un verre et de l'eau.

L'amphithéâtre est bondé, son ancien patron sait vraiment bien faire les choses.

Elsa n'écoute pas l'orateur commenter l'écran géant dans son dos et se concentre sur ce qu'elle va dire. Juste après, c'est à elle, il faut absolument qu'elle chasse cette vilaine constriction au fond de sa gorge et le léger frémissement de ses mains. Pour tenter de se distraire un peu et calmer le stress qui monte, Elsa s'absorbe dans le programme du jour, posé devant ses yeux sur la table. Ce soir, clôture du congrès et réception au Moma. Elle adore ce musée d'Art moderne et ira, évidemment. Juste le temps de repasser à l'hôtel pour se changer.

Et d'appeler Dave, ce qu'elle n'a pas encore fait, ne voulant surtout pas qu'il vienne l'écouter. Son avion part demain après-midi, ils pourraient peut-être se retrouver ce soir au Moma. Ou demain au *Starbucks Coffee*. Oui, pendant la pause, juste après son exposé, elle l'appellera...

Il va en faire une drôle de tête ! Elsa le revoit, grave, derrière son café, flottant dans son blouson bleu trop large, celui qu'il a donné à Gabriel. Dernière image de lui. Cette fois-là, elle n'avait pas entendu son rire si gai. Ce rire qui rebondissait comme une cascade, tellement communicatif. Comment est-il, Dave, maintenant ?

« Miss Elsa Steinitz… » Elsa s'ébroue. Perdue dans ses pensées, elle n'a pas vu le modérateur lui faire signe. Elle se lève avec assurance et se dirige d'un pas tonique vers le micro entouré d'un cercle de lumière. Rien de son trac ne transparaît. Ce bout de bonne femme rousse aux grands yeux clairs subjugue l'assemblée par son exposé limpide et la hardiesse des pistes qu'elle explore. Et dans sa petite robe noire très stricte, l'encolure est suffisamment échancrée pour que la générosité de son décolleté ajoute à l'attrait de sa prestation.

Au fond de la salle, Dave ne la lâche pas des yeux.

« Magnifique, Elsa ! Tu as été magnifique ! Comme je suis fier de toi… »

Le somptueux buffet dresse devant elle des pyramides de verres et une avalanche de couleurs, à l'assaut de laquelle une foule élégante se dirige. À chaque extrémité, deux sirènes géantes, taillées dans la glace, encerclent de leur charme éphémère ces instants féeriques. Plus loin, sur la terrasse de marbre blanc, une harpiste égrène son chapelet de notes apaisantes, qui se mêle au gargouillis des jets d'eau. La *party* dans le jardin des Sculptures est époustouflante de beauté et de luxe.

« Exceptionnel, ton exposé ! Quelle bonne idée j'ai eue de te faire venir ! » Le maître de recherche d'Elsa lui tend une coupe et trinque avec elle, tout sourire.

À la fin de la conférence, Elsa n'a pas eu une minute à elle. Des chercheurs se sont pressés autour d'elle, pour la féliciter, lui poser mille et une questions, et l'inviter à intervenir dans leur pays. À tel point qu'elle n'a pas eu le temps de passer à l'hôtel et est toujours dans sa petite robe noire – pour la plus grande joie, incontestablement, de ceux qui l'entourent.

Elsa est heureuse, mais déçue. Elle n'a pas pu joindre Dave après le congrès et pas voulu lui laisser un message. C'est en direct qu'elle désire lui donner des nouvelles de Gabriel, et entendre de lui qu'elle a fait ce qu'il attendait d'elle. Et que maintenant, elle peut partir en Chine, enfin. Elle essaiera à nouveau ce soir, en rentrant.

En attendant, elle ne ratera pour rien au monde la visite privée consacrée au surréalisme. Un conférencier part dans une demi-heure et elle se rapproche de lui, imperceptiblement, tentant de semer discrètement la poignée de congressistes qui lui tournent autour.

« Regardez bien cette toile. Œuvre majeure de Dali, fierté de notre musée. Pas plus grande qu'un livre, mais quelle vision inoubliable de la notion de temps… Les montres, molles, avachies, représentent le symbole inconscient de la relativité de l'espace et du temps. En déformant les instruments de mesure, Dali en annule la fonction : le temps devient inutile à partir du moment où sa représentation, la montre, a été détruite…

Conserver la mémoire et demeurer dans le passé est plus intéressant que d'avancer vers le futur. Et c'est cette volonté de rester dans l'hier et de se souvenir d'un passé sans contrôle du temps, qui donne son titre au tableau : *La Persistance de la mémoire…* »

Le petit groupe poursuit la visite, mais Elsa s'approche pour regarder les détails du tableau. La mouche sur une des montres. Les fourmis. Les heures différentes sur les trois montres. « Se souvenir d'un passé sans contrôle du temps… » Que veut-elle dire exactement, la conférencière ?

Une voix dans son oreille la fait sursauter. Elsa la reconnaît tout de suite, mais ne bouge pas, elle attend la fin de la phrase, un grand sourire aux lèvres : « … Œuvre typique de la reconversion des coordonnées de la cosmogonie psychanalytique en coordonnées de la quatrième dimension, modulées par la relativité de l'interaction spatiotemporelle au sein de l'équation espace-temps… Dit-on ! »

Et se retourne enfin.

« Dave ! Toi ! Oh… Toi !

— … Mais pour Dali, rien de tout cela : ses montres molles ne sont pas inspirées par la théorie de la relativité, mais par la perception surréaliste d'un camembert fondant au soleil. Voilà ! Oh ça, il savait ce qu'il voulait, notre Avida Dollars… »

Dave, en chair et en os devant elle, les mains dans les poches, comme à son habitude. Un nouveau blouson. Quelle joie de le revoir ! Elsa se laisse porter par cette légèreté si agréable qu'il sait faire naître immédiatement en elle. Elle s'approche, l'embrasse,

317

retrouve avec bonheur le contact de ses fines épaules et le parfum de sa peau. Son regard, aussi. Profond, si profond qu'elle a le sentiment d'en être transpercée.

Les mains de Dave s'attardent un peu sur les hanches d'Elsa. « Mais… Dave… Qu'est-ce que tu fais là ? Je veux dire… Ici, au Moma. C'est incroyable.

— C'est plutôt à moi de te poser la question, ne crois-tu pas ? »

Elsa se perd dans des explications : prévenue au dernier moment, trop de travail pour préparer le congrès, pas eu le temps… Mais elle avait l'intention de l'appeler à son arrivée, et d'ailleurs, il pouvait vérifier sur son portable, elle avait essayé de le joindre, vers quinze heures. Jamais Elsa ne lui avouera qu'elle ne voulait pas être jugée par lui, pendant sa conférence.

Dave la regarde en souriant et la laisse dire. Elle est là, devant lui, ici et maintenant, et cela lui suffit. « Tu as coupé tes boucles… Pas mal. Bien, même. Volontaire et décidée. Mais j'aimais mieux avant. J'aimais tant ces spirales romantiques, incertaines, mystérieuses... » Son regard est irrésistiblement attiré par le V de sa robe et il fait un gros effort pour qu'elle ne le remarque pas.

Dave tente de reprendre pied, diluer son trouble. « Au fait, tu sais pourquoi on appelle Salvador Dali : Avida Dollars ? »

Elsa ne sait pas. Et elle se réfugie derrière une moue énigmatique, tentant de lui laisser le doute. Aucune envie de lui montrer son inculture. Dave aimerait l'impressionner, lui apprendre qu'Avida Dollars est une magnifique anagramme du surréaliste André Breton. Lui dire qu'il trouve cette trouvaille géniale, que ce surnom lui va comme un gant, au glouton du billet de banque. Dave aimerait lui montrer qu'il s'intéresse à bien d'autres choses qu'à la psychiatrie. Mais il a compris, elle ne sait pas. Et il lui laisse le voile pudique de son amour-propre.

Ils s'écartent un peu du petit groupe qui se presse devant le tableau, et font quelques pas ensemble un peu plus loin, dans la galerie. Leurs pas résonnent sur le parquet verni de la grande salle vide. Dave demande des nouvelles de Gabriel et Elsa lui raconte l'accueil chaleureux de sa tante Anne, puis son transfert chez Alex, avec Carlos. « Excellent. Très bien. La musique, repère essentiel pour lui. Je suis content… Très content. » Mais Elsa ne s'appesantit pas sur elle, ni sur son projet chinois. Dave l'a fait renoncer et elle n'a pas envie de revenir sur sa défaite, même si elle n'a pas dit son dernier mot.

« Tu dînes avec moi ?

— Oh, Dave, j'aurais tellement aimé. Mais hélas, je suis à la table d'honneur ce soir, invitée par le boss. Et après, il nous emmène chez lui pour un *drink*, avec tous les conférenciers. Mais… Demain ? À notre *Starbucks Coffee*, dis ?

— Demain, je suis pris toute la journée à l'hôpital. Impossible. Coincé. Désolé. Si tu l'avais vraiment voulu, Elsa, on aurait pu s'arranger pour se voir. Mais maintenant… »

Son regard se voile une fraction de seconde et Elsa croit percevoir qu'il ne dit pas la vérité. Qu'il pourrait se libérer, demain. Mais Dave n'est pas le genre d'homme à se laisser éconduire. Elle aurait évidemment dû l'appeler avant de quitter Paris.

Elsa s'en veut. Elle a le sentiment de passer à côté de sa vie. De se mettre des contraintes stupides. Après tout, pourquoi ne pouvait-il pas assister à sa conférence ? En quoi cela la gênait-elle, au fond ? Pourquoi faut-il *toujours* qu'elle se mette en situation d'être la meilleure, l'irréprochable, la parfaite… L'inaccessible.

Le fameux soir où elle s'était effondrée devant lui, chez elle, elle l'avait pourtant fait joliment craquer, son masque de perfection. Alors ? Pourquoi ces scrupules ? Pour rattraper son image ?

Au dîner, de la table d'honneur où elle s'ennuie à mourir, Elsa ressent une morsure au cœur en apercevant Dave, à quelques tables de là, riant aux éclats au milieu de charmantes jeunes filles, beaucoup trop jolies à son goût.

CORFOU

Septembre

Un nombre vertigineux de petites pièces constitue leur récolte, déposées après chaque concert dans une grande jarre de terre cuite. Carlos a passé des heures à les regrouper par valeur et à dresser une multitude de minuscules colonnes à même le sol. « Ce champ de monnaie dans le salon est une image insolite inoubliable ! » commente Alex, en riant, sous le regard médusé de Gabriel.

« Le compte est bon, mes amis. Nous pouvons rembourser nos dettes ! Et même nous offrir un bon restaurant », conclut Carlos, tout fier de son travail.

Sans plus attendre, les trois hommes se mettent en route pour fêter l'événement. Bras dessus, bras dessous, ils chantent à tue-tête sur le chemin qui serpente entre les oliviers, transportés par l'amitié et les miracles qu'elle peut produire.

La table qui les accueille est dressée dehors, directement sur les vieux pavés d'une ravissante place. Une nappe bleu indigo s'agite au vent et des photophores diffusent la lumière dorée des bougies. Tout près d'eux ruisselle une fontaine couverte de mousse. Carlos commande le menu. « C'est ma surprise… », dit-il à ses amis. Et le restaurateur, attentif, écoute les consignes précises qu'il lui donne avec le plus grand sérieux.

« Comment se fait-il que tu parles si bien le grec ? » demande Gabriel, qui ne sait pas que Carlos a esquivé la question, déjà posée par Alex.

Mais à la grande surprise de ce dernier, Carlos se décide à lever un peu le voile de son mystérieux périple. « Ma grand-mère était d'Ithaque. Quand mon grand-père est décédé, elle est venue chez nous, à Barcelone, et y a vécu jusqu'à sa mort. J'avais six ans quand elle est arrivée à la maison et j'ai appris sa langue avec elle. En vieillissant, elle avait une grande nostalgie pour son pays, et me parlait toujours en grec. J'adorais l'entendre raconter son île. Et j'ai toujours eu envie de venir voir comment c'était, ici, en vrai…

— Et c'est pour ça que tu es venu voir Alex ? interroge à nouveau Gabriel, dubitatif.

— Oui… Et non ! En fait… Ma vraie raison… C'est qu'ici, il y a la musique. Et ce que j'aime par-dessus tout, chez Alex, c'est qu'elle l'habite, la musique. Dès la première rencontre, ça se voit tout de suite. Elle lui sort par tous les pores de sa peau, comme la lumière d'une lanterne magique. Et moi, justement, j'avais besoin de m'y réchauffer un peu. Comme toi, Gabriel…

— T'y réchauffer ? » demande Alex, touché par le compliment et piqué par la curiosité que Gabriel a su faire naître.

Carlos boit une gorgée de vin bien frais, et regarde au loin, quelques secondes. Il paraît hésiter.

« Écoutez, mes amis… je vais vous le dire, puisque vous insistez… Et surtout parce que, toi, Alex, tu m'as beaucoup donné, et beaucoup aidé, sans savoir à quel point. Mais surtout, gardez-le pour vous, n'est-ce pas. Pas un mot à Anne, d'accord ?

Voilà. Il y a quelques années, j'ai été opéré du cœur. Pontage coronarien. Pas simple. Mais après, je me suis porté comme un charme. Et tout allait très bien… jusqu'à l'hiver dernier. Anne m'avait trop agité le palpitant. Tomber amoureux à mon âge, ça remue ! » Carlos rit de bon cœur. « Alors, mon chirurgien a voulu faire une petite consolidation et m'a opéré à Barcelone en avril. Il a fallu réparer des tuyauteries, les remettre en marche... Et ensuite régler tout doucement la machine. Ma fiancée m'attend mais il faut que je sois présentable ! Vous voyez ce que je veux dire ? »

Même s'ils ne voient pas exactement, Carlos n'a pas l'intention d'en dire plus, cette fois. Il gardera pour lui les difficultés de son nouveau pontage, sa rééducation laborieuse, ses découragements. Et, enfin convalescent, son impérieux besoin de remonter la pente, seul, loin d'Anne, après la terrible peur d'être lâché par son corps, et de ne plus se sentir capable de vivre.

Il taira aussi sa panique, devant l'impression d'être dépossédé de son avenir. Regarder devant soi et n'y plus rien voir. Tenter de se rassurer dans l'intensité toute nouvelle de l'instant. Chercher la musique, plus que tout, pour y renaître au son miraculeux des secondes égrenées, intervalle infini, espace éternel.

Ses pas l'avaient naturellement conduit jusqu'ici, sans qu'il sache bien pourquoi. Mais il avait réalisé rapidement la clairvoyance de son instinct : Alex, dans son isolement, n'avait que la musique à offrir. Et Carlos ne voulait qu'elle pour retrouver l'espérance.

Alex se sent traversé par une grande vague d'amitié. Comment Carlos a-t-il pu être aussi discret sur lui-même et supporter tout seul ce qui avait dû représenter une grosse épreuve physique et psychologique ? Alex n'avait *rien* remarqué. Mais maintenant, il comprend pourquoi il n'a jamais vu Carlos sans un T-shirt – « J'ai peur des coups de soleil ». Et il revoit différemment ses longues matinées au lit, ses essoufflements en promenade, et, surtout, cet incroyable appétit de vivre, revanche à prendre. Ou retard à rattraper.

Quant à Gabriel, son regard se pose avec affection, tantôt sur l'un tantôt sur l'autre, et il se dit que, lui aussi, profite de la lanterne magique d'Alex et de la considérable énergie vitale de Carlos.

Après le café, Carlos commande trois verres d'ouzo et les trois hommes trinquent joyeusement à la musique et à l'amitié.

Puis, brusquement sérieux, Carlos tape sur la nappe avec ses doigts rondelets, et déclare : « Et maintenant, mes trrrès chers, je vous annonce que je vais vous quitter. Il va être temps pour moi de revenir auprès de ma Pénélope, maintenant que vous m'avez remis en grande forme ! Demain à l'aube, très tôt, je partirai… quand vous dormirez encore… J'ai horreur des effusions de départ. »

Gabriel et Alex sont si surpris que leurs verres restent suspendus dans les airs. Même si tous savaient que l'aventure aurait une fin, ils ne s'attendaient pas à une chute aussi brutale. Hier encore, ils jouaient, en trio cette fois, chez Alex, pour le plus grand bonheur de leurs invités qui leur avaient fait une extraordinaire ovation.

La gorge serrée, Alex déclare : « Carlos, mon bon Carlos, comment va-t-on continuer à rire, quand tu seras parti ? Je crois bien que ni Gabriel ni moi ne sommes doués pour cela… »

Il ne croyait pas si bien dire.

Le vide que Carlos laisse derrière lui est énorme. Fini les soirées concert-dégustation, terminé les promenades en barque, adieu l'insouciance. Alex et Gabriel se sentent perdus dans la grande maison, isolés et déboussolés, rendus à eux-mêmes et à leur sérieux.

Le premier soir, il leur est si insupportable de rester en tête à tête que Gabriel suggère, sans y croire vraiment : « Et si on se faisait un concert, tous les deux, dans les rues de Corfou ? Je pourrais jouer tout seul. Ça nous sortirait d'ici… » Alex saute sur l'occasion de rompre ce terrible silence et la soirée se termine fort tard. Ils en oublient même leurs quelques sous gagnés au fond d'un gobelet, qu'un mendiant ramasse prestement, dès qu'ils ont le dos tourné.

Après le départ de Carlos, les premières journées s'étirent affreusement lentement, dans une ambiance morose. Alex n'arrive pas à travailler ses partitions, et Gabriel est gagné par un vague à l'âme indéfinissable. Il se sent coupable. Rien n'a avancé depuis qu'il est arrivé ici. Carlos est un véritable sorcier, il les avait ensorcelés.

Les rideaux bleus de sa chambre se soulèvent avec le vent qui entre dans sa chambre, respiration régulière. Du petit lit de fer sur lequel il s'est allongé, Gabriel regarde son violon, déposé sur la chaise. Un violon. Assemblage de bois et de cordes. Objet merveilleux, mais objet. Et pourtant, essentiel à son équilibre, comme le vent à la nature, le souffle à son corps. Qu'était-il devenu, celui de son grand-père ? Au fond des eaux ? Échoué et décomposé sur une plage déserte, pauvre jouet d'un incessant ressac ?

Le souvenir de cet instrument oblige Gabriel à s'interroger sur lui-même. Que fait-il ici ? Qu'attend-il pour choisir sa route ? Brusquement, il a envie, lui aussi, de partir et de rentrer en France. De fermer cette parenthèse, et de construire quelque chose. Reconstruire, plutôt.

Mais… Pour aller où, en France ? Personne ne l'attend plus.

Le passé de Gabriel remonte, dans le calme laissé après le départ de Carlos.

Sa mère n'est plus. Vide terrible, elle était sa seule famille. Son unique fondement. Parce que… son père… Oh, son père ! Il n'en avait jamais eu ! Et la douloureuse incertitude ressurgit, violente. Il revoit Charles, l'ami de toujours de sa mère, le grand-père de Sarah. Sa visite hebdomadaire, chez eux. Le seul homme qui l'avait vu grandir, et lui portait une affection fidèle, attentive. Et que Gabriel avait tant aimé, aussi. Il revoit ses discussions avec sa mère, en fin de vie… Et ses aveux : Charles, oui, son père, peut-être… mais elle n'était pas sûre. Terrifiante imprécision. Terrifiante découverte aussi, à la mort de Charles, qu'il avait une famille, des enfants… Ce qu'ils ignoraient, sa mère et lui.

Quant à Sarah… Sarah… Comment leur histoire avait-elle pu exister, au milieu de tant de confusion ? Et pourtant… Des images heureuses reviennent avec les remous de ses souvenirs : Sarah plonge du voilier de Lise, Sarah prend le thé avec sa mère, Sarah est debout sur le quai à Lorient, sa silhouette fine et gracieuse agite un foulard de la main, sans faiblir, jusqu'à ne plus la distinguer…

Et puis la vie avait englouti Gabriel, dans sa brusque tornade. En quelques secondes, tout avait basculé.

Des mois de chaos.

Ensuite, Elsa. Elsa, sa salvatrice.

Et Dave.

Dave, l'exorciste.

« Rien n'est résolu…, se dit-il en se couchant, découragé. À quoi me sert-il d'avoir parcouru tout ce chemin pour refaire surface, si c'est pour me heurter à l'impossible ? »

De son côté, dans la chambre voisine, Alex lui aussi est atteint par la mélancolie. Marie lui manque, ce soir, maintenant que la fièvre de la fête s'est calmée.

Il voudrait qu'elle soit là, près de lui, comme avant, heureuse et rassurante. Il voudrait pouvoir la prendre dans ses bras. Retrouver cette tendresse dont il s'est passé, des mois durant, sans bien s'en apercevoir. Ou plutôt, que Carlos a comblée de sa gaieté et de son invincible joie de vivre, au point d'en faire oublier le reste du monde.

« La récréation est terminée », se dit-il, en cherchant le sommeil sans le trouver.

PARIS

Septembre

À peine poussée la porte de l'appartement de Marie – sans personne pour l'y accueillir, sa mère est à la librairie –, c'est bouche bée qu'Elsa contemple le spectacle. Un problème en chasse un autre.

Marie a profité de ses deux semaines d'absence pour faire des travaux dans son appartement et radicalement transformer la décoration du salon. On se croirait chez un architecte ayant trouvé son inspiration au pôle Nord. Peinture blanche, parquets peints en laque blanche, pas un rideau, les anciens meubles ont disparu, remplacés par un canapé blanc, une table basse en inox et verre, une table ronde en marbre blanc et des chaises transparentes autour. Aucun bibelot, aucun objet, excepté la sculpture, blanche elle aussi, de sa tante Anne et deux grands vases vides en verre, d'un blanc opaque très légèrement bleuté. Éclairage par des spots au plafond.

Au milieu de cet univers glacial, une seule tache de « couleur » : le piano noir d'Alex.

Elle n'avait pas osé y toucher, heureusement. Pas osé ou pas voulu, espère Elsa.

Quant à la terrasse, elle est débarrassée de tous les lauriers qui avaient desséché et rendu l'âme, et s'étend, vide, avec en son centre une énorme bulle de verre, transparente et fragile, posée sur un cercle de pierre.

Bouleversée, Elsa attend avec impatience le retour de sa mère, et lui demande, sur le seuil, raide de contrariété, des explications sur ces transformations.

Mais Marie ne semble pas se rendre compte de la nervosité d'Elsa et lui répond, calmement : « Ma belle, il faut savoir évoluer. Moi, je largue l'inutile. Et ainsi, je m'allège. Il ne te plaît pas, mon nouvel intérieur minimaliste ? Moi, j'adore. Il m'élève spirituellement. Et me rend légère, comme la bulle de la terrasse. Figure-toi que je suis en quête d'authenticité et d'absolu, comme le suggère la couleur blanche, et la transparence des matériaux. Je peux rester, seule, dans cette pièce pendant des heures, à ne rien faire et écouter le temps passer, maintenant. Et j'y suis bien. Besoin de rien d'autre. De personne.

Et, comme tu peux le voir, ici, c'est le royaume de la pureté, désormais. Enlève tes chaussures, s'il te plaît... »

Sur la table basse, une sorte de brûle-parfum discret mais très efficace. Des effluves subtils et entêtants saturent l'atmosphère.

Marie voit Elsa regarder la petite spirale d'air chaud montant en volutes vers le plafond.

« Ma fantaisie. Angélique Noire. »

Elsa est sur le point de répondre : « Noir, le piano de Papa. Noir, ton parfum. Et tout ça, dans un univers glacé. Maman, tu es en train de filer un mauvais coton. Un très mauvais coton. »

Mais elle préfère ne rien dire et rentrer au plus vite dans sa chambre pour téléphoner à Dave.

Elsa et Marie ont déjeuné toutes les deux, en silence dans la cuisine – heureusement inchangée, elle, se dit Elsa – et, la dernière bouchée avalée, Marie prétexte un travail de cotation à finir pour partir en vitesse à la librairie. La réaction d'Elsa sur l'appartement les a une fois de plus éloignées l'une de l'autre.

Elsa est enfin seule, pour un répit de quelques heures avant de savoir ce qu'elle va faire avec sa mère. Quelques heures aussi pour essayer de mettre de l'ordre dans sa tête. Et de coordonner tout ce qu'elle a appris pendant son séjour sur le bateau de sa tante Lise. Une fois de plus, son retour ici est pénible, mais Elsa, cette fois-ci, a décidé de ne pas se laisser envahir.

Et de s'en tenir à ses décisions : si elle a fait un séjour en Guadeloupe, c'est pour sauter de la casserole, faire le clair sur Gabriel et partir en Chine. À aucun prix, elle ne doit s'éloigner de son objectif. Malgré son inquiétude sur l'état de sa mère, il faut qu'elle se concentre en priorité sur son problème à elle. Elle d'abord.

Elsa fait couler un bain bien chaud et se réfugie dans la baignoire, seul lieu chez sa mère où elle se sent vraiment à l'aise. Un comble quand on veut sauter de la casserole ! Mais la chaleur de l'eau l'aide à se calmer et à réfléchir, et les miniatures de parfum autour d'elle, disposées tout autour comme des trophées, lui donnent une impression de frivolité qui lui fait du bien.

Reprenons…

Il y avait d'abord eu l'information très importante de Yann. Elsa se doutait bien qu'il savait des choses. Ils étaient allés tous les deux jusqu'au voilier et Yann lui avait montré la drisse : « Tu la vois, là ? La bleu et rouge, neuve. Celle qui est taquée juste au pied du mât, sur le winch. Elle permet de manœuvrer la trinquette, une petite voile si tu préfères, quand le vent souffle trop fort. Eh bien, cette drisse était sectionnée. Une coupure franche, au couteau. »

Elsa avait demandé à Yann pourquoi il n'en avait pas parlé jusque-là. Ses explications confuses ne l'avaient pas convaincue. Et la méfiance d'Elsa s'était amplifiée après avoir obtenu des informations auprès de la police locale : « Oui, en effet, le 29 décembre de cette année-là, il y a bien eu un voilier échoué à Terre de Haut, aux Saintes. On l'a retrouvé sur la petite plage du Pain de Sucre… *Galathée*, oui, c'est bien ça. » Elsa en avait eu la chair de poule : c'était la plage où Yann et elle avaient débarqué. Elle se souvenait de son regard scrutant les abords. Yann le savait et ne lui avait rien dit.

Et quand la police avait ajouté : « Mais on ne communique pas les rapports de police, mademoiselle.

D'autant que cette affaire a été transférée à la Brigade des stupéfiants… », Elsa avait alors décidé de coincer Yann entre quatre yeux et de le faire parler.

Au début, il avait un peu tourné autour du pot : « Oui, Elsa, je savais qu'on l'a retrouvé là, *Galathée*. Mais pour ce qui est des stups, non, je n'étais pas informé… Seulement, je m'en doutais. Il y a de la drogue là-dessous, c'est sûr. Et c'est pour ça que je l'ai bouclée. Ici, la lutte contre les narcotrafiquants, ce n'est pas une distraction pour petites filles. Et je ne sais pas ce que Gabriel avait à voir là-dedans… » Mais la vraie explication n'avait pas tardé à venir : « Moi, je ne veux pas d'ennuis, tu comprends, trop dangereux de mettre son nez dans ces histoires. Surtout quand on a soi-même un voilier, comme nous. Et que – bon, mais garde-le pour toi, hein, Lise n'est pas au courant – on m'a déjà un peu inquiété pour une malheureuse histoire de cannabis. »

Yann avait peur pour lui mais il aimait Gabriel, et Elsa devait admettre qu'il s'était ensuite démené pour l'aider. Il connaissait un ami d'ami, employé à la Brigade des stups : « Un type qui traîne souvent sur les pontons. On a pris un pot ensemble, une fois ou deux. Si tu veux, je peux te le faire rencontrer. À moi, il ne dirait rien. Mais toi, tu es médecin, tu peux peut-être en savoir plus que d'autres. » Yann l'avait présentée comme une sommité médicale, faisant des recherches sur la transmission des maladies tropicales parmi les drogués. Et qui s'intéressait particulièrement aux flux de trafic aux Antilles pour ses investigations.

L'homme de la Brigade lui avait fait un tableau long et précis de la situation dans les Antilles, plaque tournante du trafic international de stupéfiants. Il avait aussi passé beaucoup de temps à expliquer leur position stratégique sur la route maritime, qui part de l'Amérique du Sud *via* les Caraïbes pour aller soit aux États-Unis, soit en Europe. Elsa avait écouté avec attention, puis habilement détourné la conversation sur la piraterie en mer et manifesté son intérêt pour les statistiques des cinq dernières années.

La discussion s'était terminée sur le cas de paludisme d'une nièce de ce monsieur, déclaré au retour d'Haïti. Elsa lui avait donné des conseils avisés, ainsi que le contact d'une de ses amies, attachée dans le service d'Immunologie à l'hôpital de Pointe-à-Pitre, pour une consultation. « Téléphonez de ma part, surtout. Et si les délais pour un rendez-vous sont trop longs, appelez-moi, je ferai le nécessaire. Voici mon numéro… »

Le renvoi d'ascenseur ne s'était pas fait attendre. Trois jours après leur rencontre, alors qu'Elsa était toujours dans l'île, fouinant partout où elle espérait trouver des informations – capitainerie, bars, magasins d'accastillage… –, l'homme de la Brigade l'avait appelée.

Tout fier, il lui avait donné les chiffres demandés, et décliné consciencieusement la liste des agressions dans les parages, avec date précise et un bref résumé des faits. Lorsqu'il était arrivé au 29 décembre, elle l'avait fait répéter. « Ce jour-là, à Pointe-à-Pitre, on a signalé le vol d'une vedette des douanes. Elle a été retrouvée quelques semaines plus tard, pas loin du port. Il y avait de nombreuses traces de sang à bord, ainsi que deux pains de cocaïne. Visiblement, le chargement avait dû être débarqué à la hâte, car les pains de cocaïne retrouvés sous les amarres étaient éventrés et avaient pris l'eau. Probablement oubliés… Ou bien abandonnés par les trafiquants, pressés de fuir. »

Elsa avait remercié chaleureusement son précieux contact, et conclu : « Donnez-moi des nouvelles de votre nièce, surtout… »

Voilà où Elsa en est aujourd'hui. Et sa question numéro un est bien sûr le rôle de Gabriel dans toute cette histoire. Mais toutes les recompositions qu'elle peut faire ne lui permettent pas de se dire qu'elle a avancé dans son problème.

Elsa fuit ostensiblement le salon polaire de Marie et passe le plus clair de son temps sur Internet, dans sa chambre, à chercher des renseignements sur le trafic de drogue aux Antilles.

Elle est en pleine lecture d'un récit de navigateur, arraisonné et enfermé dans une cabine pendant des jours et des jours par ses agresseurs, sans eau ni nourriture, quand l'homme de la Brigade l'appelle à nouveau. Des compléments d'information à lui donner sur sa nièce, qui doit être hospitalisée.

Et puis : « Elsa, j'ai pensé à vous et je me suis dit que cela vous intéresserait sûrement de savoir qu'il y a une suite à l'affaire du 29 décembre, celle d'il y a plus d'un an et demi.

— Oh, que oui ! Cette histoire est tout à fait passionnante…

— Eh bien figurez-vous qu'un trafiquant, arrêté à Pointe-à-Pitre la semaine dernière, a balancé ses comparses. Grâce à lui, un gros bonnet colombien a pu être arrêté et écroué. Une belle prise, recherchée depuis longtemps. Et c'est aussi grâce à lui que nous avons eu le fin mot de l'histoire du 29 décembre : la drogue retrouvée dans la vedette des douanes venait du même filon colombien. Voilà une question solutionnée. Mais ce n'est pas tout ! Cet homme a aussi avoué la disparition d'un autre des leurs, recherché par la police, et qui, en fait, s'avère être mort depuis belle lurette. Mort en janvier, l'année dernière, des suites d'une bagarre, un coup de couteau, selon l'homme arrêté. La Brigade n'a aucune idée de l'identité du tueur, mais le plus probable est qu'il s'agit d'un règlement de compte entre eux. Les narcotrafiquants ont caché le corps quelque temps, puis embarqué lors d'une "livraison de marchandise", et l'ont coulé quelque part en mer, entre les Antilles et l'Europe. Autant dire irrécupérable.

Voilà donc une affaire résolue ! Le rapport entre ce filon, la vedette des douanes volée ce 29 décembre, tachée de sang, et le trafiquant mort a donc pu être établi avec certitude grâce à cet homme. »

L'enquête va-t-elle se poursuivre ? demande Elsa incidemment. Peut-être, répond l'homme, qui ne fait pas de lien avec *Galathée*. Mais à son avis, non. Beaucoup trop de travail en ce moment, une vague de trafic déferle sur les îles. La police préfère concentrer ses forces sur les tragédies qu'elle peut éviter plutôt que de rechercher les causes de celles qui ont porté tort aux trafiquants. Très peu de chance qu'on ouvre à nouveau le dossier.

En raccrochant, son imagination galope. Elle, elle en établit des liens et un grand nombre, même. La perte de *Galathée*, la drisse sectionnée, la vedette des douanes... Et maintenant, cet homme mort. Quel était, ou avait été le rôle de Gabriel avec les trafiquants ? À cause de quoi le voilier de Lise avait-il dérivé, sans plus personne à bord ? De quoi Gabriel a-t-il peur ?

Qui est-il vraiment ?

L'implication de Gabriel oscille, et avec elle son image, passant de la victime miraculeusement res-capée, au complice fuyant un danger, la police ou les trafiquants, ou les deux. Tous ces scénarios brouillent totalement sa perception de lui.

Elsa, découragée, va se réfugier à nouveau dans l'eau chaude de la baignoire, à défaut de pouvoir sauter de la casserole.

« Dave, il faut que je sache ce que tu sais de Gabriel... » Voilà ce qu'elle doit lui dire. Ce qu'elle aurait dû dire depuis le début. Mais qu'elle n'a jamais réussi à faire. Elsa a longtemps cru que c'était pour ne pas enfreindre la sacro-sainte loi du secret médical – « Il n'y a pas de soins sans confidences, de confidences sans confiance, de confiance sans secret », même entre médecins. Elle se rend compte maintenant que toutes ces raisons ne sont pas les bonnes. C'est elle seule qui est la cause de ce flou, elle qui fuit, qui ne sait pas les mettre tous les deux l'un en face de l'autre, même par pensée.

Mais Elsa ne sait plus comment manœuvrer. Elle est au bout de son enquête objective et s'inquiète. Pour aller plus loin, elle doit savoir ce que Gabriel ne lui a pas dit.

« Oh ! *My tender beauty* ! Quel bonheur de t'entendre ! Comment vas-tu, dans ton si beau pays ? Tu sais, j'ai été terriblement frustré la dernière fois. Et je n'en suis toujours pas remis. Se voir si peu... Si mal... Et toi, si belle, si brillante...

— Comment ça, brillante ?

— Eh bien oui. Je t'ai entendue. Superbe. Un jour, tu seras un grand professeur.

— ...

— Et je t'en veux. Beaucoup. Énormément. Un, tu ne me préviens pas que tu interviens à un congrès, ici, à New York, et deux, tu ne trouves pas le temps de m'appeler. »

La voix de Dave est pourtant gaie, rieuse, malgré ses reproches. Elsa doit bien constater combien elle en est rassurée.

Mais elle saute habilement sur l'occasion pour préparer sa question : « C'est vrai... Je n'ai pas voulu te prévenir. Mais c'est parce que tu es... trop critique à mon égard. »

Dave s'insurge. « Moi ! Critique ? Moi qui te trouve absolument parfaite ! Tu exagères, Elsa. Et tu es bien trop rancunière. Tout ça parce que je t'ai dit, un jour, il y a bien longtemps au *Starbucks Coffee*, qu'on n'établissait pas un diagnostic sur un mal de tête...

— Justement, Dave... »

La transition est trop belle et Elsa s'engouffre aussitôt dans la brèche entrouverte par Dave.

« Aide-moi, Dave. J'ai besoin de toi. De savoir. C'est dur pour moi, ici, tu sais...

— Qu'est-ce qui est dur ?

— De ne pas savoir. Ce qui est arrivé exactement à Gabriel. Il y a des moments où je ne sais plus quoi penser. Comment réagir.

— Ah ! Gabriel... Oui. »

La distance dans la voix de Dave est immédiate. Dave n'a pas envie de parler de Gabriel, tout simplement. Mais pourtant, il enchaîne, sans hésiter un instant : « Tu m'avais bien rassuré sur lui, pourtant, la dernière fois, à New York. Et je pensais qu'il t'avait raconté.

Bien sûr que ce n'est pas facile pour toi ! Mais tu sais, c'est normal... Ce type de pathologie est toujours très compliqué. Et l'événement traumatique n'est pas la seule chose importante : il se superpose sur tout un passé, tout un profil psychologique. Lui, il était déjà très déboussolé quand le choc a eu lieu, en perte réelle et profonde d'identité. Il faut se rappeler que son seul lien familial, tangible et identifiable, était sa mère. Elle l'a élevé toute seule, mère célibataire sans père déclaré, même si elle voyait ton grand-père très régulièrement, "comme un ami", m'a précisé Gabriel. Et voilà qu'avant de mourir, elle jette un terrible trouble sur sa filiation paternelle. Gabriel m'en avait beaucoup parlé, c'était un énorme problème pour lui. Il ne voulait pas être le fils de ton grand-père. Et pas seulement à cause de ta sœur… C'était sa relation avec lui qui perdait brutalement son sens. Il lui fallait donc tout recomposer, mais sans certitude, puisqu'il ne pouvait se fier qu'à des hypothèses. De quoi être très fortement déstabilisé.

Et ce travail de recomposition, il l'a fait seul, au milieu de l'océan, sans repère social, sans lien avec ses semblables. La vision du réel était facilement distordue, dans ces conditions.

Déjà, rien qu'avec ça, il aurait eu du mal à atterrir et à retrouver une vie normale. Gabriel était un terrain propice aux dérives, drogues, déviances de toutes sortes… Tous les comportements pathologiques qui se greffent sur des troubles identitaires. »

La clarté de Dave impressionne Elsa. Elle a posé une question, il lui répond, développe le sujet, lui donne les clés pour comprendre. Et pourtant, lui parler, à elle, de Gabriel ne doit pas être si simple pour lui. Elle admire son abnégation.

« Et là-dessus, au moment où il aperçoit la terre, et où surgit devant lui toute la difficulté de retrouver la société, au moment où l'angoisse monte, irrépressible… il frôle la mort. Mais pas la mort toute simple, l'accident. Non, la mort insoutenable, terrifiante, mise en scène. Gabriel n'a pas pu me raconter les faits dans les détails, sa mémoire les a escamotés de son champ de conscience. Même s'il a retrouvé, depuis, des fragments de souvenirs. Il en ressort une extrême violence des agresseurs et une perversité majeure. Gabriel s'en est sorti miraculeusement en tombant à l'eau, il aurait dû se noyer. C'est tout ce dont il se souvient. Au début du traitement, il disait seulement : j'ai dû abandonner mon violon dans le cockpit... »

Elsa ne dit pas un mot.

« Au choc proprement dit, s'est ajoutée une autre dimension du traumatisme : pourquoi était-il toujours en vie ? Gabriel a dû supporter les séquelles de l'agression, mais, en plus, un trouble intense lié à ce qu'il appelait la violation des lois de la nature : il *aurait dû* mourir. Pourquoi, *lui*, s'en était-il sorti ? Nos premières séances ont essentiellement tourné autour de cette question. Sans compter qu'après l'agression, Gabriel s'est échappé dans une vie qui ne lui appartenait plus. Tu vois, il y avait beaucoup de raisons à sa détresse, quand tu l'as recueilli et que... »

Elsa le coupe, elle en a assez entendu. Et elle ne veut pas le voir revenir sur les moments où sa mémoire entremêle Dave et Gabriel.

À son tour, en vrac, confuse, elle lui raconte son enquête à Pointe-à-Pitre, la drogue, les stups... Et éprouve un énorme soulagement à partager ce qu'elle sait avec lui. L'attention muette avec laquelle Dave l'écoute lui fait penser qu'elle dit des choses intéressantes.

Mais pourtant, quelque chose la retient de parler de la question du couteau et du mort.

Ce morceau du puzzle, elle se dit qu'il occupe une place centrale et le garde pour elle seule, tant qu'elle n'a pas pu déterminer la responsabilité de Gabriel.

Elsa a un bâton de dynamite dans la main et ne sait pas s'en servir.

Le sommeil ne veut pas venir. Un flot de pensées inconsistantes s'entrechoque dans la tête d'Elsa depuis sa conversation avec Dave.

Dave n'a fait aucun commentaire sur les faits qu'elle lui a révélés et s'est borné à répéter la détresse de Gabriel. Sa peur panique, sa fragilité. Son hypervigilance, ses troubles du sommeil, quand ils ont commencé, tous les deux, la thérapie. Son sentiment d'être anesthésié, qui avait duré des mois et des mois, son affect émoussé, son évitement des autres… Et quand Dave a souligné à nouveau le grand travail de reconstruction qu'ils ont fait ensemble, et l'impérative nécessité de le consolider, Elsa s'est dit que ce discours n'était fait que pour elle, pour l'obliger à ne pas lâcher.

Lâcher… Mais c'est ce qu'elle veut, lâcher !

Pourquoi Dave la surveille-t-il autant ? Il l'a compris, sûrement. Et pourtant, il aurait tout intérêt à ce qu'elle en sorte, de cette obsession de Gabriel, qui l'éloigne de lui.

Ou alors, elle n'a rien compris et est le jeu de manipulations qui la dépasse. Dave en serait-il capable ? Et Gabriel ? Cache-t-il aussi son jeu, lui aussi ?

Gabriel, Dave. Dave, Gabriel. Dans sa tête, l'un et l'autre se fondent en un magma indistinct d'émotions, faisant naître un même sentiment fébrile, à la fois attirant et inquiétant, et pourtant toujours totalement opposé et contraire, eau et huile, soleil et lune. Gabriel est aussi indistinct qu'équivoque, mais troublant dans la confusion de la nuit. Le jour, les rayons solaires de Dave réchauffent de plus en plus sa solitude, mais elle s'en défend par fierté.

Elsa ne sait plus quelle heure il est dans son cœur.

Paris

Septembre

« Dis, Elsa, tu viens me donner un coup de main pour emballer tous mes cartons ? Ça m'aiderait bien, tu sais, il y en a partout. Et puis ce serait l'occasion de se voir un peu toutes les deux. Chez Maman, ça n'a pas été top, la dernière fois... Tu débarques après des mois d'absence et voilà comment on te reçoit ! Pauvre petite sœur, va. Et puis... J'ai envie de te voir. Tu me manques... »

Oui, leur soirée avait été catastrophique. Mais Sarah est le genre de personne chez qui l'orage gronde pour se faire ensuite immédiatement oublier. Sarah n'a pas de rancune. « Tout le contraire de moi, qui emmagasine *tout,* n'oublie *rien,* et ne fais jamais table rase d'un événement passé », se dit Elsa.

« Oh... Eh bien... » Elsa s'apprête à trouver une bonne excuse pour éviter le face-à-face. Et pourtant, elle s'entend dire, dans un élan incontrôlé : « Oui Sarah... ! Bien sûr que je vais venir t'aider... »

Plus la vision de Gabriel se brouille, plus Elsa éprouve le besoin de retrouver Sarah. Après tout, elle avait intuitivement fait ce qu'il fallait pour la protéger, malgré elle. Cette idée lui redonne l'image d'une sœur estimable. Elsa a énormément besoin de le constater elle-même dans les yeux de Sarah.

Mais en prononçant cette phrase, elle se rend compte combien la vie de sa sœur est loin d'elle : elle ne sait même plus où elle habite.

En route vers son deux pièces au cinquième étage sans ascenseur, Elsa se prépare mentalement à affronter ce moment avec elle. Surtout ne rien dire sur Gabriel. Ne rien laisser paraître, arrêter le moindre soupçon de compassion.

Éviter le sujet serait le plus simple.

« C'est vraiment sympa de venir, Elsa… »

Dans l'entrée, par terre, une petite créature en pyjama. Son enfant. Leur enfant. Une jolie bouille. Elsa n'est pas forte en ressemblance, mais elle reconnaît sans hésiter le regard de Gabriel. « Bonjour, bonhomme… »

L'enfant la regarde d'un air méfiant. Visiblement, elle ne lui inspire rien. Sarah se précipite vers lui, le prend dans les bras et le fourre dans ceux d'Elsa : « C'est ta tante, mon bébé ! Ta tante ! Ma sœur, qui revient des USA ! Elle est un peu solitaire et réservée, mais elle est très gentille, au fond. Fais-lui un bisou… »

Le gamin comprend, apparemment. Il pointe son nez vers le cou d'Elsa.

Elsa est très mal à l'aise. Elle n'a aucune habitude du contact avec les enfants, encore moins les petits. Il la regarde avec ses grands yeux, comme si elle était un mystère. « Il est mignon, ton fils… », dit-elle, un peu platement. L'enfant lui glisse des bras, Elsa tourne maladroitement en tous sens cette masse de chair hypertonique, tente de lui trouver une place naturelle contre elle.

« Viens visiter… », lui dit Sarah, toute contente de lui faire connaître son habitation de femme indépendante.

C'est minuscule.

Elsa installe l'enfant sur sa hanche, cette fois il est bien calé, et elle suit Sarah, qui s'active en tous sens, tout en parlant. « Ça y est. J'ai pris du retard, mais c'est fait : samedi, un camion embarque tout ça... » Le petit se blottit contre Elsa, agrippe ses cheveux de ses mains grassouillettes et elle est surprise d'aimer autant cette chaleur douce qui se dégage de lui. Le petit Gabriel. Le petit de Gabriel. Sa chair. Ses yeux. Les mêmes, exactement.

« Comment tu t'en sors, Sarah… toute seule ?

— Pour te dire la vérité, j'ai vraiment ramé ces derniers mois, Elsa. Je n'en pouvais plus. Et puis… J'ai rencontré Xavier. Et toute ma vie va changer.

— Xavier ?

— Oui, un homme formidable. Il croit en moi. Il me fait confiance. Et me redonne l'envie de me dire que ma vie ne s'est pas arrêtée avec la disparition de Gabriel. Grâce à lui, je vais pouvoir repartir sur de nouvelles bases. Un super poste et une vie plus saine, au bord de la mer. Et j'en suis très, très heureuse, tu sais… En fait, je ne pensais pas en être capable. Je ne vivais que par le souvenir… Et puis… On dit qu'il faut passer quatre saisons pour qu'un deuil soit moins douloureux… Il y a peut-être un peu de ça, aussi. »

Elsa se raidit, imperceptiblement. Sarah ne peut rien percevoir, mais Elsa est au cœur de son cyclone. Au cœur de sa culpabilité. Face à celle qui en est la cause. Au pied du mur. Quelque part, elle l'a voulu. Ce n'est pas par hasard qu'Elsa s'est mise aujourd'hui devant ses responsabilités, sans échappatoire possible.

Mais voilà que, comme par miracle, on dirait que le vent tourne. Et l'aide à s'arranger avec sa conscience.

Ses pensées s'enchaînent. Aucun doute, c'est sûr, Sarah refait sa vie. À l'évidence, ce Xavier a pris la place de Gabriel dans le cœur de Sarah. Une raison de plus pour ne rien lui dire de Gabriel. À quoi bon la déstabiliser, s'il n'est plus aujourd'hui celui qu'elle avait aimé et qu'elle s'en éloigne désormais ? Et puis… Qui sait si Gabriel, lui, est toujours attaché à Sarah ? Sa main sur son cou… Son cou à elle, Elsa, sœur de Sarah.

Elsa n'a pas de mal à se persuader que laisser partir Sarah sur de nouvelles aventures amoureuses est ce qui peut lui arriver de mieux.

« Mais de toute façon, quoi qu'il advienne, Gabriel, je l'ai en permanence avec moi : il m'a donné ce fils merveilleux, c'est déjà tellement… »

À ces mots, son fragile rempart de bonnes raisons s'effondre d'un seul coup, avec toutes ses résolutions. Elsa sent les digues craquer. Son besoin de sortir des ténèbres revient, plus fort que tout. Le visage courageux et résigné de sa sœur est une condamnation sans appel. Tant pis, elle ne peut plus se taire.

« Sarah… Et si… Gabriel. Gabriel… n'était… n'est pas… »

Mais les mots ne passent pas la barrière de ses lèvres, qui les ravalent, *in extremis*, sursaut de contrôle sur elle-même.

Elsa s'effondre en pleurs.

Sarah se précipite, affolée. « N'est pas quoi ? Elsa, calme-toi, calme-toi. Bien sûr que si, il est le père de mon fils ! Quelle question ! Mais qu'est-ce qui t'arrive, Elsa ? Tu as l'air à bout de nerfs… »

Elsa refuse la tendresse des bras de sa sœur, se dégage un peu brusquement et se précipite dans les toilettes, vider, une fois de plus, le trop-plein de ses larmes, chargées d'une tromperie qui l'étrangle.

Quand elle en ressort, Elsa fait un grand effort sur elle-même pour se recomposer une figure apaisée. « Excuse-moi, Sarah. Oui, c'est vrai, je suis tendue, en ce moment. Mais je me fais du souci, beaucoup de souci pour Maman. »

Sarah masque sa peine d'avoir été repoussée. L'une et l'autre ne croient pas à ce que dit Elsa. Mais trop de mois les ont séparées et ne leur permettent pas d'aller plus loin dans la confidence. Toutes les deux s'échappent dans l'explication d'Elsa.

Tout en vidant consciencieusement une pile de pull-overs de son armoire, Sarah soupire : « Oh

Maman, tu sais, elle est tellement compliquée en ce moment ! Elle ne parle que de Papa mais ne veut pas aller le retrouver. Tout ça parce qu'elle est orgueilleuse comme une tigresse et qu'elle attend qu'il la supplie de venir le rejoindre. Et puis… Il y a lui. Enfin… je dirai bientôt : il y *avait* lui. Pour Maman, c'est un vrai déchirement. Cet enfant, elle l'adore. Elle se ferait découper en confettis pour lui. Et elle lui trouve toutes les qualités de la terre. Mais que veux-tu ! J'ai une opportunité professionnelle extraordinaire, ça ne se refuse pas. Surtout quand à la clé, on t'offre un cadre de vie merveilleux. Y compris pour mon petit bonhomme. »

Sarah enchaîne : « Mais à part ça, non, je ne la trouve pas plus mal que d'habitude… Elle a fait des changements dans l'appartement, c'est vrai. C'est un peu dénudé mais moi, je trouve ça plutôt sympa. Moderne, épuré. Il faudrait qu'elle ajoute un peu de couleurs et ce serait super. À part le parquet blanc… Une vraie connerie, ce parquet. L'ancien était si beau. Elle a dû se faire embobiner par l'architecte d'intérieur, c'est un de ses clients. Elle, elle lui vend de belles reliures, extrêmement rares et recherchées, à un prix vertigineux, m'a-t-elle dit, mais lui, il n'y est pas non plus allé de main morte, avec la déco ! »

Le ton de la voix de Sarah est trop désinvolte, pense Elsa. Elle ne veut pas voir la réalité, dérangée à l'idée que son départ perturbe grandement leur mère, par sa faute. Chacun sa culpabilité. Elsa est d'autant plus convaincue d'avoir raison, que Sarah change brutalement de sujet : « Et toi, mon Elsa, comment vas-tu ? Tu as des projets ? »

Elsa n'a pas le courage de revenir sur le sujet de Marie, mais, pour autant, ne dit rien de ce qui la touche. Elle fait une jolie pirouette pour faire diversion et meuble astucieusement la conversation, avec brio. Elle lui raconte New York, sa présentation au congrès, la satisfaction de son directeur de recherche, et la toile de Dali au Moma. Tout en paraissant bien modeste, elle se met discrètement en valeur et se donne des éclairages de femme cultivée, appréciée, en pleine phase d'ascension sociale.

La vérité, c'est qu'Elsa se sent toute petite devant sa grande sœur qui domine sa vie, son monde et son avenir.

En rentrant chez elle, tout est éteint. Il n'est pas si tard mais Elsa se dit que Marie doit être fatiguée et déjà au lit. Et elle va directement dans sa chambre. Après une telle soirée, elle éprouve un grand besoin d'être seule.

Trop d'émotions d'un seul coup. Au moment de la quitter, Sarah, un bras autour de sa taille, l'a embrassée avec tendresse : « Fais attention à toi, Elsa. Et ne joue pas trop les grandes. Tu es encore ma petite Elsa. Et si tu as besoin de moi, je suis là. Ne l'oublie pas. » Et puis, l'enfant. L'enfant de Gabriel. Qui n'avait pas quitté ses bras de la soirée. Sous le charme. Comme Maman…, pense Elsa. Maman et son rôle de grand-mère dans lequel elle s'est engloutie. Maman et sa solitude. Maman et son amour perdu, loin, en Grèce. Tant d'elle à donner, et bientôt personne pour le recevoir…

Une tristesse s'abat sur elle, subitement. Est-ce le contrecoup de sa soirée avec Sarah ? La profondeur de la nuit ? Sa propre solitude ? Elsa s'en veut de ne pas prêter assez attention à sa mère, de ne pas l'entourer suffisamment. « Maman doit souffrir. Beaucoup. Et moi, je ne m'occupe pas d'elle. C'est décidé, demain, je vais la gâter. Et pour commencer, je me lèverai de bonne heure, avant elle, et lui apporterai son petit déjeuner au lit. »

Cette perspective de surprise lui fait un tel plaisir qu'Elsa s'endort sur-le-champ, après avoir mis le réveil à six heures trente, pour mettre son projet à exécution.

Six heures trente. Elsa sort de la brume, difficilement.

« Ah oui ! Le petit déjeuner de Maman. Je l'ai dit, je le fais… » Toute fière de son idée, Elsa enfile son peignoir en vitesse, prépare tout dans la cuisine, faisant le moins de bruit possible et pousse la porte de sa chambre avec le pied, encombrée par le plateau.

« Putaiiiiin ! Merde ! » Ces mots grossiers, qu'elle n'utilise jamais, s'échappent de sa bouche, et elle est la première choquée de s'entendre les prononcer. Le lit n'est pas défait. Une angoisse noire l'envahit.

« Où est-elle, bon sang ? »

Elsa se rue dans sa chambre, enfile un jean, et sort dans la rue.

Où aller à sept heures du matin ? À la police ? Pour dire quoi ? Elle n'a aucune piste.

Stupidement, Elsa court dans la rue, vers nulle part, rebroussant chemin à chaque coin de rue, et revenant à son point de départ.

« Où peut-elle bien être ? »

Sans y réfléchir, Elsa arrive devant sa librairie. Derrière le rideau de fer baissé, elle croit entrevoir de la lumière. « MAMAN ! » À pleins poumons, elle tambourine sur le rideau baissé. « Maman ! Ouvre-moi ! Je t'en prie. »

Plusieurs minutes après, qui lui semblent des heures, le rideau bouge, enfin. Marie apparaît, fripée et blême. « Mais enfin, Maman… Que se passe-t-il ?! Tu m'as fait une peur bleue. Je te cherche partout… ! Tu es restée, ici… depuis hier soir ? »

Marie est d'un calme inquiétant. « Je n'avais pas envie de rentrer. »

La lumière du petit matin la rend encore plus pâle.

« Mais que faisais-tu Maman, toute seule, en pleine nuit, dans ta librairie ?

— J'écris.

— Mais tu écris quoi ?

— Des poèmes. »

Elsa entre dans la librairie, abasourdie. Elle craint pour la vie de Marie et sa mère lui parle de poèmes.

Effondrée, elle se laisse tomber sur un tabouret

au milieu de la boutique. Où a-t-elle dormi ? Il n'y a pas de banquette, ni de matelas, ni même un fauteuil. Juste sa vieille chaise de bureau, achetée avec la librairie, il y a bien, bien longtemps, et sur laquelle elle passe toutes ses journées.

« Et tu dors comment ?

— Je ne dors pas. »

Sa voix est aussi blanche que sa peau.

« Tu me montres ? »

Embarrassée, Marie hésite. Puis elle lui tend timidement une feuille de papier, arrachée d'un carnet d'écolier à spirale, écrite au crayon de bois. Dans le carnet, il y en a d'autres.

« Si tu veux. Mais tu sais, je n'écris que pour moi... »

« LE PARFUM DE LA VIE. »

Elsa n'ose pas entrer dans les premières lignes. Elle a peur. Comme elle resterait sur le seuil d'une maison, elle ne lit que la fin, espérant de toute son âme ne pas y voir ce qu'elle craint.

« ...Soudain tu prends sa main, tu l'étreins,
Une chaleur t'envahit,
Oh, douce amie,
Tu cherches la sérénité du dernier instant,
Un léger soupir,
Et,
Avec lui, pour toujours. »

Automne

Embellies

Corfou

Octobre

Alex et Gabriel prennent le frais sur les marches du perron, un verre de thé glacé à la main. Les deux parts de la tarte aux fraises préparée par Alex – avec *ses* fraises remontantes – ont été avalées prestement par les deux hommes, tant elle était parfumée et savoureuse.

« Crois-tu que tu es vraiment guéri, Gabriel ? »

L'automne arrive, nettement, mais leur laisse encore de belles et chaudes journées comme celle-ci. L'air est immobile, tranquille, le ciel d'un franc bleu azur, la mer clapote doucement à quelques centaines de mètres et tout est silencieux autour d'eux. C'est l'heure creuse de l'après-midi, où ils se retrouvent autour d'une collation, pour deviser, faire une pause. L'heure des confidences, aussi. Alex a troqué ses vieux bermudas bruns pour un jean et une chemisette mais garde toujours son chapeau de paille, duquel s'échappent quelques boucles grisonnantes. Gabriel, lui, short noir, torse nu, ne semble pas faire de différence entre la canicule de l'été et le vent de fraîcheur qui se manifeste avec l'arrivée de l'arrière-saison. Sa peau a pris la couleur tannée des pêcheurs, un duvet blond ondule sur ses avant-bras et quelques mèches décolorées par le soleil éclaircissent ses cheveux sombres. Le gris de ses yeux plissés n'en paraît que plus argenté.

« Je me sens bien ici, avec toi, Alex. Bien, comme j'avais oublié qu'on pouvait l'être. Même si je sais que cela ne durera pas éternellement. L'envie de faire quelque chose, travailler, refaire ma vie, me tarabuste de plus en plus. Je ne sais pas trop par où commencer, ni comment m'y prendre, je t'avoue. Tout à reconstruire… Ça me panique pas mal. Mais j'en ai envie, c'est déjà ça ! Dave trouve cela très bon signe, d'après lui, je vais bientôt pouvoir revivre normalement. Je dois seulement laisser le temps replacer les choses en moi et le reste suivra. Tant mieux. Il me dit aussi être tout à fait satisfait de la façon dont Elsa s'est occupée de ma réinsertion : mon séjour ici, avec toi, consolide tout le travail que nous avons fait ensemble, lui et moi. »

Gabriel fait tourner le verre dans ses mains et s'attache consciencieusement à en faire disparaître la buée du bout de son doigt. « Oui… je me sens bien mieux qu'en arrivant à Paris. Mais je reviens de si loin, tu sais. Je me souviens, le premier jour de mon retour… J'étais complètement perdu ! Revoir Paris, après une si longue absence, m'a fait un effet tellement bizarre. Quand on l'a traversé en voiture avec Elsa, j'avais l'impression d'être dans un décor de carton-pâte. Vide de sens. Et je n'éprouvais

aucune émotion. Ensuite, la Bretagne, chez Anne…
C'était bien, oui… Anne est tellement généreuse,
ouverte, positive. Mais je me sentais déraciné. Pas
très bien, à vrai dire.

C'est en arrivant ici que j'ai vraiment repris vie.
Grâce à la musique. À toi. À vous…

C'est sûr, je reviens de loin, Alex. Vraiment, ce ne
sont pas des mots. Quand j'ai rencontré Dave, j'allais
très mal. Tu ne peux pas savoir dans quel état
j'étais… Toujours angoissé. L'impression d'être en
danger en permanence. Incapable de me projeter
dans l'avenir, même si c'était le lendemain. Et je
dérivais, jour après jour, indifférent aux autres,
perdu – au sens strict du terme – dans le brouillard
d'un quotidien hostile. C'était épuisant et terriblement stressant. Je n'avais plus de but, de désir, de
raisonnement correct. Incapable de trouver une
base solide… Mais Dave m'a pris en main. Et j'ai pu
commencer à reprendre pied, grâce au traitement
qu'il m'a fait suivre, l'EMDR. Un traitement très particulier, qui peut paraître un peu fou, mais véritablement miraculeux.

Oui, j'ai été sauvé par Dave. Mais grâce à Elsa.

Elle t'a dit comment on s'était retrouvés ? »

C'est à peine croyable, mais Gabriel se rend
compte qu'il n'a pas encore évoqué avec Alex sa
rencontre miraculeuse avec sa fille, à ce point immédiatement englouti par l'univers musical passionné
des deux hommes. Alex réalise au même moment
qu'il ne s'était tout simplement pas posé la question.

« Décidément, ces journées avec Carlos ont vraiment été vécues comme sous l'emprise d'un puissant

narcotique », se dit Gabriel. « C'est à cause de la musique », pense Alex.

Le plus probable, c'est que l'un et l'autre n'avaient pas eu le courage de soulever le couvercle de tout ce qui pouvait remuer sous ce passé incertain. Et besoin de se retrouver, avant tout.

Des épines de pin desséchées jonchent la terrasse et Alex les regroupe distraitement en petits tas autour de lui.

« Je t'écoute, Gabriel…

— Alors, il faut que je te raconte tout. Depuis le début. Depuis que tout a basculé. Avec ce que j'ai pu reconstituer. Tu veux ?

— Mais oui ! Bien sûr !

— Donc, voilà… J'arrivais tranquillement vers la Guadeloupe, le voilier marchait à bonne allure quand… Quand une vedette a foncé sur moi. Une vedette des douanes, qui m'a obligé à m'arrêter. Contrôle de police. Deux hommes sont montés à bord et… Et ensuite… Eh bien ensuite, le trou noir. Après cet événement, la seule chose dont je pouvais me souvenir, c'est que j'étais dans l'eau et que j'ai nagé, longtemps, très longtemps, la peur au ventre, vers le rivage apparemment proche, mais qui était en fait à plusieurs miles de là.

J'étais dans l'eau un 29 décembre et j'ai retrouvé Elsa un 19 janvier. Entre ces deux dates, un an. Un an de brouillard. Un an d'errance. C'est long. Horriblement long.

— Oui, c'est long, un an…, soupire Alex, inquiet de ce qu'il va entendre.

— Tu vois, ce 29 décembre, j'aurais dû me noyer, tellement j'étais tétanisé par la peur. Et ce jour-là, j'ai pu sauver ma peau mais c'est mon cerveau qui a sombré. »

Gabriel se tait un instant, oppressé par ce souvenir si lourd. « Le lendemain, il devait être trois ou quatre heures de l'après-midi, je me suis réveillé sur une plage, ébloui par le soleil brûlant. J'étais nu, toujours sous un choc terrible dont je ne pouvais reconstituer la cause. Une épouvante bloquait en moi toute capacité de raisonnement. À quelques dizaines de mètres de là, une bande de jeunes faisait bruyamment la fête. Je leur ai fauché une serviette et suis parti, sur une route, sans savoir où j'allais. Pendant plusieurs jours, je me suis caché, volant des bananes, dormant dans les fourrés, évitant toute rencontre. Comme un animal traqué.

J'étais aux Saintes mais je ne le savais pas.

C'est un vieux pêcheur qui m'a repéré. Il avait une petite case pas loin de la mer, à l'écart du village et quand il m'a vu, caché dans les buissons, il m'a emmené chez lui et offert l'hospitalité. Il était saoul la plupart du temps et ne faisait pas attention à moi, mais c'est ce qu'il me fallait, j'avais peur de tout le monde. Il me donnait du rhum, j'aimais ça, l'alcool calmait mes angoisses. Et il avait toujours quelque chose à manger, il glanait dans les fins de marchés. Je suis resté avec lui plusieurs semaines. Combien, je ne sais pas.

La journée, je traînais en ville. Je marchais beaucoup, vite, tendu, sur mes gardes, et je faisais de grands détours pour ne jamais aller au port. Chaque fois que je voyais un voilier de près, la panique revenait, incoercible, terrifiante. Et le soir, je retournais dormir dans sa case.

Et puis un jour, je suis rentré, il n'était plus là. Je ne l'ai plus jamais revu. » Gabriel marque une petite pause. Il revoit la case, le vieil homme et sa décrépitude. Et se sent traversé par un sentiment de reconnaissance. Cet homme démuni avait tout partagé avec lui. « Pendant quelque temps, j'ai continué à habiter chez lui. Mais j'étais toujours fatigué, je me sentais faible et il fallait que je me nourrisse tout seul, maintenant. J'ai fini par trouver un petit boulot, plongeur dans un restaurant. Le patron ne m'avait pas demandé mes papiers, heureusement, je n'avais rien. C'est là que j'ai commencé à fumer du hachisch. Comme l'alcool, ça me calmait...

Et quand je ne travaillais pas, je restais seul, des heures, à regarder la mer, sans penser à rien. Ma vie d'avant n'arrivait pas jusqu'à moi, je vivais dans la peau d'un autre, indifférent, absent, incapable de me concentrer. La nuit je dormais mal et je faisais beaucoup de cauchemars.

Et puis, peu à peu, des fragments de souvenirs sont revenus... »

Gabriel raconte ce dont il se remémore de l'abordage, la violence des agresseurs. Il a du mal à dire, les mots accrochent. Alex n'ose pas le regarder, il ne peut que fermer les yeux, horrifié.

« Le restaurant a fait faillite et le patron a eu pitié de moi, il m'avait pris sous sa protection. C'était un homme influent, beaucoup de monde venait le voir, souvent, pour des "affaires", me disait-il. Il m'a fourni de faux papiers d'identité, je ne sais pas trop comment, et aidé à trouver un autre job. J'ai atterri sur un énorme paquebot de croisière, une ville flottante, dans les cuisines… À cette époque-là, je n'avais aucune volonté, je me laissais porter, j'aurais dit oui à tout. Et j'ai embarqué, malgré ma peur de tout ce qui flottait sur l'eau. D'ailleurs, une fois à bord, les crises de panique se sont aggravées. Je restais la plupart du temps à l'intérieur, pour ne pas voir la mer, et je me suis encore plus renfermé sur moi-même.

À la fin de l'année dernière, on a mouillé dans le port de New York et le paquebot a relâché pour quelques jours. On m'a donné des vacances. J'étais en manque, il me fallait du hachisch. Alors je suis parti en ville, dans un quartier où on m'avait dit que je trouverais ce que je cherchais : le Bronx. Assez vite, j'ai repéré les dealers. Mais ils ont voulu m'arnaquer et m'ont vendu une saleté. Une bagarre a éclaté. Une voiture de flics est passée à ce moment-là et voilà comment je me suis retrouvé nez à nez devant Elsa à l'hôpital. Une coïncidence inimaginable… »

Gabriel a parlé d'un trait, calmement, fixant d'un regard lointain la haie de cyprès, comme s'il lisait son histoire dans leurs branches sombres et enchevêtrées. Des oiseaux voltigent dans la cour, à leurs pieds, s'approchent avec convoitise des miettes de leurs assiettes, mais Alex et Gabriel n'y prêtent pas attention.

« Ma rencontre avec Elsa a été mon premier choc, celui qui m'a réveillé. La revoir avait ouvert en moi une porte énorme sur mon passé, que j'avais englouti, oublié. Je l'ai immédiatement reconnue, mais j'étais incapable de le lui dire.

Je me suis posté à la sortie des urgences, et je l'ai attendue. Elsa m'a accueilli chez elle. Une sainte. Admirable. De patience. De dévouement. De compréhension. Et cela n'a vraiment pas dû être facile pour elle, tu sais… J'étais une ruine. Rien à voir avec le lointain souvenir qu'elle pouvait avoir de moi. Incapable de parler, de communiquer. Mais elle respectait mon silence. Et pour moi, sa simple présence ouvrait des zones de souvenirs, qui remontaient de ma mémoire endormie, et me bouleversaient. J'étais mal, partout, j'ai erré plusieurs jours, entre le bateau et la chambre d'Elsa. Je ne savais plus qui j'étais, ni ce que je devais faire. Je me cachais d'elle sur le bateau. Mais une attraction irrésistible me ramenait sans arrêt vers elle, vers mon passé… »

Gabriel marque une pause, avale sa salive, et laisse échapper un soupir. New York revient. La chambre bleue aux couleurs d'aquarium. Leur silence. Les Mac Do sur la table. Elsa silencieuse et furtive, ses cheveux roux écureuil, son teint pâle et ses yeux baissés. La neige et le froid, dehors.

« Le paquebot est reparti pour les Antilles plus tôt que prévu. J'ai donc quitté l'appartement d'Elsa hâtivement, sans la prévenir ni lui dire au revoir, et pris la mer à nouveau. À ce moment-là, j'étais incapable de relations sociales normales.

En avril, nous avons fait escale au port de Pointe-à-Pitre. Lorsque nous sommes arrivés, le soir tombait et j'étais sur le pont. Et là, j'ai fait une crise très forte, au beau milieu des clients. L'équipage m'a débarqué à l'hôpital où on m'a fait une piqûre de calmant et gardé pour la nuit.

Et je ne suis pas reparti avec le bateau. »

Gabriel se lève, regroupe les quelques miettes, les jette aux oiseaux sans y penser, empile les assiettes, les garde en main un moment, indécis. Et se rassied, nerveux, comme vaincu, les assiettes toujours dans la main, oubliées.

« Je suis resté trois mois à Pointe-à-Pitre. D'avril à juin. Petits boulots, encore. Trois mois terribles. Je ne me supportais plus. Mes quelques jours avec Elsa me poursuivaient. Et pendant toutes ces semaines de solitude, j'ai cherché à comprendre. Comment j'en étais arrivé là. Ce qui s'était passé dans ma tête. Les angoisses étaient de plus en plus fréquentes. Je souffrais énormément, c'était insupportable. Je suis allé voir un médecin qui m'a envoyé chez un psy. Ce psy m'a prescrit des anxiolytiques et voulu me voir toutes les semaines. C'était un homme un peu bizarre, il ne m'inspirait pas confiance, mais j'avais vraiment besoin d'aide et j'ai fait ce qu'il m'a dit. Et, c'est vrai, l'étau s'est un peu desserré et j'ai commencé à mieux dormir. J'ai laissé le hachisch.

Et puis, en juillet, brusquement, je me suis décidé. Et j'ai pris l'avion pour New York. Toujours avec mes faux papiers ! Je n'avais pas encore entamé les démarches pour retrouver ma vraie identité, j'avais peur de ce que cela pouvait déclencher. Et heureusement, ils étaient de bonne qualité – si je puis dire –, mon restaurateur avait vraiment de bons filons…

En sortant de l'aéroport, je n'ai pas osé tout de suite aller chez Elsa. Ma décision avait été précipitée, j'étais parti de Pointe-à-Pitre sans but précis, à part celui de fuir. Mais j'étais si peu sûr de moi… Je redoutais de la revoir, je craignais ses réactions. Et pourtant, je le savais : c'était par elle qu'il me serait possible de renouer avec ma vie d'avant. Alors, je n'ai pas osé tout de suite aller chez elle ; j'ai erré, quelques jours, sur le port, j'ai dormi dans des hangars, sur les bancs. Et j'ai craqué. Je suis retourné chez les dealers.

Le soir où je me suis décidé à la rejoindre, Elsa a fait la meilleure chose qu'elle pouvait faire pour moi : elle m'a emmené à l'hôpital et mis entre les mains d'un vrai psychiatre.

Dave.

Un homme exceptionnel. Je lui dois tout. »

Gabriel, les deux assiettes dans la main, les regarde d'un air embarrassé, s'en libère enfin et les repose à côté de lui, agacé. Puis il se tait, exténué, regardant toujours devant lui, mais conscient, maintenant, de son corps dont il ne sait que faire. Sous le poids de tout ce qu'il vient de dire. Il croise les bras, les décroise et met finalement les mains dans ses poches.

« Ensuite, tu sais. La Bretagne… et ici. »

Alex étend les jambes, cherche aussi une détente, pour compenser l'énorme tension que le récit de Gabriel lui provoque. Une crispation profonde resserre tous ses muscles. Ce portrait ignoré de Gabriel, soudain entre eux, lui crée un malaise indéfinissable.

Alex refuse de tout son être qu'il ait pu traverser tant d'épreuves.

« Heureusement que tu me dis tout cela seulement maintenant…, dit enfin Alex, après un silence. Jamais on n'aurait pu se mettre à la musique comme nous l'avons fait, sinon. C'était comme espérer te faire danser, un boulet au pied. Mais ton boulet, on ne l'a pas vu. On n'a pas voulu le voir. Et la musique t'a fait tourbillonner. Quand même. Un miracle. Un autre.

— Tu as tout à fait raison, Alex, je le sais parfaitement. Ignorer mon boulet, comme tu dis si bien, m'a fait avancer à une vitesse folle. Gagner des mois… Des années peut-être. En tout cas, c'est ce que dit Dave. »

La voix de Gabriel redevient soudain plus légère, plus enjouée. Gaie, presque. « Dave est un homme étonnant, un psychiatre brillantissime. Il m'a expliqué les processus du cerveau et ce qu'il fallait faire pour le réparer… Ça aussi, il faut que je te le raconte ! Tu veux ? »

Et, sans attendre l'approbation d'Alex, Gabriel enchaîne : « Je t'avoue qu'au tout début, j'ai cru être entre les mains d'illuminés ou de charlatans. Dave a commencé par me parler de disjoncteurs et de disques durs ! Mais ensuite, il a tout décomposé patiemment avec moi, et très vite, il a su créer un extraordinaire climat de confiance entre nous. Je m'en suis remis totalement à lui. Et au fil des séances, j'ai bien dû reconnaître qu'il se passait vraiment quelque chose. Alors il a commencé le "traitement" proprement dit. Tu veux savoir comment ça se passe ?

— Évidemment… », répond Alex, changeant à nouveau de position et repliant les jambes en tailleur, pour se concentrer et chasser sa gêne.

« Alors imagine… Je devais suivre du regard, sans jamais les quitter, les doigts de Dave, qui faisaient des mouvements horizontaux. Une cinquantaine d'allers-retours, à hauteur des yeux, à environ un mètre de distance. Et pendant ce temps-là, il me faisait parler de mon "souvenir traumatique", et raconter tout ce qui me venait à l'esprit.

Et c'était tout. Jusqu'à ce que je sente mes muscles se détendre, une sorte d'apaisement interne.

Les séances se sont répétées, je l'ai vu plusieurs fois, une vingtaine de fois. Et j'ai pu me souvenir de cette scène sur le bateau de Lise et lui en parler sans panique. La revoir avec un certain détachement. »

Le soleil dans sa course atteint les marches sur lesquelles ils sont assis. La chaleur les pénètre, douce et agréable à cette heure de la journée. Alex écoute attentivement.

« Et maintenant, tu vois, c'est un peu comme si on m'avait enlevé une écharde de la chair : la cicatrice est là, elle restera, mais elle n'est plus douloureuse… Ou beaucoup, beaucoup, infiniment moins. Supportable, en tout cas.

Et en quittant Dave, quand je suis parti des États-Unis, je pouvais reconsidérer l'agression sur le bateau sans en souffrir, même si je n'arrivais pas à recomposer exactement ce qui s'était passé. Il manque encore des morceaux. Je n'arriverai peut-être jamais complètement à tout reconstituer, d'ailleurs, mais quelle importance ! Le principal, c'est que j'arrive à supporter ce qui me revient à l'esprit.

Et que je crois à nouveau en moi et en mon avenir… Ce que je sens revenir, ici. Avec toi. »

Gabriel se tourne vers Alex mais n'arrive pas à croiser son regard et contemple à nouveau les assiettes vides.

« Tu vois, Alex, toi, ici, tu m'as donné… vous m'avez donné, je devrais dire, car Carlos y a tant contribué, lui aussi… ce dont j'avais le plus besoin pour me donner envie de me reconstruire : l'amitié et le retour à la musique. Un cadeau inestimable. »

Attendri, Alex pose sa main sur la cuisse de Gabriel et pianote légèrement du bout des doigts, pour rendre moins sérieuse cette conversation pourtant si profonde. Pour l'aider à absorber la charge émotive qui s'en dégage. « Mon vieux, tout cela est bien lourd pour toi. Tu es quelqu'un de bien et je suis heureux de pouvoir t'aider. Vraiment. »

Alex se lève, époussette longuement son pantalon, comme pour évacuer leur conversation, changer de mode. Retrouver la pudeur de l'action. « Et en plus tu es doué, je te l'ai déjà dit depuis le début, tu te souviens ? Quel moment exceptionnel, notre premier concert, à la maison… On devrait recommencer, maintenant que nous sommes tous les deux, et aller encore plus loin. Travailler vraiment. Qu'est-ce que tu en dis ?

— Avec plaisir, Alex. Quand tu veux. J'adorerais !

— Parfait. Alors on va s'y mettre. Et pour ce qui est de ton rétablissement, sache que tu es ici chez toi et que tu peux rester autant de temps que tu le voudras. »

Gabriel hoche lentement la tête, les yeux pleins de gratitude.

« Oui, tout le temps que tu voudras…

Et maintenant, assez parlé, mon garçon. Viens, Gabriel, allons faire un tour en barque tous les deux, la mer est si belle aujourd'hui. Même sans Carlos, on peut s'en sortir, tu ne crois pas ? »

L'eau calme glisse le long de la coque, sans bruit. Seul le clapotement énergique et régulier des rames, que Gabriel tient fermement en mains, se fait entendre dans la quiétude du crépuscule. Un petit quartier de lune commence à apparaître, et avec lui, plusieurs points lumineux dans le ciel parfaitement dégagé. Ils ne sont pas loin de la côte, qui se dessine encore parfaitement, à quelques mètres à peine, mais à cette heure-ci les distances deviennent incertaines.

À la faveur de l'obscurité naissante et toujours habité par leur conversation, Alex se risque, hésitant : « Et… Dis-moi… Je me demandais… Mais, surtout, vraiment, n'y vois aucune allusion à ta présence ici... Sais-tu déjà ce que tu pourrais faire, après ? Y as-tu un peu pensé ?

— Pour être honnête : non, Alex, je ne sais pas. Mais j'y pense, oui. Beaucoup.

— As-tu envie de reprendre ton métier ? Ou au contraire de t'investir dans la musique ? Tu connais mon avis sur ce sujet... Et tu sais que je suis prêt à t'aider.

— Je le sais, Alex. Et si je me décide pour la musique, ce sera bien grâce à toi. Pour tout te dire, c'est vraiment ce qui me tente, maintenant...

— Eh bien, si au moins j'ai réussi cela, je serai content. Plus que content, même. Et... »

Alex marque un temps d'arrêt. « Et... Et ta vie sentimentale ? Où en es-tu ? »

Gabriel se tait un bon moment. Puis dit, difficilement : « Sarah... Il y avait Sarah, avant que je parte. Mais tu sais, pendant la traversée, j'avais pris la décision de ne pas la revoir... tant que je n'aurais pas une réponse incontestable sur cette question de consanguinité éventuelle. J'étais déterminé. Ensuite, il y a eu tout ce que je t'ai raconté... Mais... Déterminé, je le suis toujours, Alex. »

Alex s'allonge sur le banc, face au ciel.

« Oui, je comprends. » Quelques minutes passent.

« N'as-tu pas, aussi, terriblement peur de retrouver Sarah ? »

Les rames cessent de fendre l'eau claire.
Silence.
« Si. Aussi. »

BRETAGNE

Octobre

« *Salâm 'aleïkoum*, Ahmed. »

Sarah se dresse sur la pointe des pieds, enroule ses bras légers autour du cou d'Ahmed et l'embrasse tendrement. « Comme je suis contente que tu aies accepté mon invitation à dîner ! Ma tante me dit que Pont-Aven te prend tout ton temps. On ne se voit plus ! Et tu m'oublies...

— T'oublier, Sarah ? Impossible. »

Ahmed sourit et s'assied en tailleur sur le tapis de Sarah, face à la mer, devant le petit qui vient vers lui, tout heureux. Ses moments avec Sarah, c'est du bonheur total. À un tel point, qu'il ne le montre pas, ne lui rend pas ses effusions et garde maintenant une petite distance. Par déférence pour elle, qu'il admire et respecte profondément, mais aussi pour ne pas s'exposer au risque d'être écarté. Il y tient trop.

« Mais toi aussi, tu travailles beaucoup, il paraît. Ton boulot marche super, m'a dit Anne.

— Oui, c'est vrai... je suis tellement contente. Xavier est un vrai patron. Et j'ai la chance de travailler dans une des meilleures entreprises de la région : qui ne serait pas comblée à ma place ? »

Sarah jette un œil attendri à *L'Étoile Flamboyante*, qui trône devant la fenêtre. Maquette du nouveau voilier sur lequel ils travaillent tous, à l'atelier. Chaque nouveau bateau construit a droit à son modèle réduit et est offert à un membre de l'équipe. Sarah ressent une grande fierté d'avoir été choisie, cette année, pour recevoir ce précieux travail. Une idée de Xavier, qui baptise lui-même ces répliques fidèles : « Ce sont de véritables *chefs-d'œuvres*, au sens strict du terme, hérité du temps où les compagnons préparaient en miniature un travail d'exception, le plus beau qu'ils puissent concevoir. » Le travail est superbe, un bijou de précision, respectant exactement les matériaux futurs, pont en teck, aluminium et polyester, et voiles déployées en téréphtalate de polyéthylène – maintenant, Sarah connaît tous les noms techniques.

Le petit garçon grimpe sur les genoux d'Ahmed et tente de capter son attention en tirant sur les boutons de son blouson de cuir. « Mais dis-moi, Ahmed, tu es très élégant ! Cette veste te va à ravir…

— Cadeau de ta tante. Elle dit qu'il faut que je me sape pour aller voir les galeries. Ma parka n'était plus mettable d'après elle. Celui-là, elle l'a trouvé dans un vide-grenier, c'est un blouson de l'armée de l'air américaine. Il est râpé, oui, mais il me plaît, il a une histoire… Il a appartenu à un pilote de la guerre du Vietnam, il paraît. » Ahmed regarde Sarah avec soulagement. « Je suis content qu'il te plaise. J'avais peur que tu le trouves un peu…

— Un peu quoi, Ahmed ? Loubard ?

— Oui, ou autre chose… Je ne sais pas. Tu sais, moi, les fringues… » Ahmed se simplifie la vie, maintenant. Il a adopté une tenue qu'il ne quitte plus : une ample chemise, noire ou blanche, et un jean. Il sait que Sarah aime.

« Ma tante a raison de travailler ton look. Tu dois avoir l'air détaché des biens matériels. Et trouver des vêtements intemporels. Ce qui est génial avec les vestes de cuir, c'est qu'en vieillissant, elles s'améliorent. Comme pour les jeans ! Tu n'auras plus à t'en soucier… Mais surtout, il te va très bien. Il te fait de superbes belles épaules. Très bel homme, mon ami…

— Merci, Sarah », répond Ahmed, bien plus touché qu'il ne l'affiche. Pour ne pas montrer son trouble, il attrape les mains de l'enfant et le soulève du sol, au grand plaisir de ce dernier.

De son coin-cuisine, séparé de la pièce par un comptoir surélevé, Sarah termine d'équeuter ses haricots, tout en contemplant la scène avec un très visible contentement : son enfant, au teint abricot de ceux qui vivent au grand air ; le bout de jardin devant la mer, tout simple, un carré de pelouse, quelques roses, un mimosa ; son salon, clair et accueillant avec ce grand canapé design savamment composé de coussins sur plusieurs plans, qui donne à la pièce un air oriental et très moderne.

Il fait frais aujourd'hui, le ciel gris se confond avec la mer, mais la lumière est belle. Le soleil disparaît lentement derrière de grandes traînées jaune pâle qui déchirent les nuages à l'horizon. « Agneau aux pruneaux, haricots verts et pommes de terre, ça te va ? On fait dîner le petit et ensuite... Une soirée en amoureux, tous les deux ! »

« Tu es belle, Sarah... » Ahmed s'en veut déjà, mais il n'a pas pu résister. Voix du cœur, sortie toute seule.

Allongée sur ses coussins, Sarah sirote son café. L'heure est tranquille, aucun bruit dehors et son fils dort. Sarah a mis sa djebba noire, cadeau d'Ahmed, elle se love dans les plis amples du tissu souple et ses fines chevilles pendent dans le vide avec grâce.

« Et toi Ahmed, tu es un garçon délicieux ! »

Sarah se lève, fouille dans ses CD. « Je ne t'ai encore jamais fait écouter mon père. Tu veux l'entendre ? Mais je te préviens : ce n'est sûrement pas la musique que tu as l'habitude d'écouter.

— Mais oui, bien sûr... Au contraire... Avec plaisir ! »

Son choix se porte sur les *Gnosiennes* d'Erik Satie, calmes, reposantes, toutes en émotion retenue. « J'adore... Et Papa est génial dans ce disque. »

Sarah s'enroule autour de son coussin.

« Tu vois, Ahmed, mes parents vivaient heureux, ensemble, dans un appartement parisien très chic. Et puis un jour, mon père en a eu assez de cette vie trépidante et superficielle, et il est parti habiter dans une maison toute simple en Grèce. Là-bas, il s'est mis à composer. Au début, pour être sincère, j'ai pensé qu'il y avait d'autres raisons... pas forcément avouables et dont il ne voulait pas parler. Mais non, il vit tranquillement tout seul, en attendant que ma mère se décide à aller le retrouver.

Eh bien, maintenant, je le comprends. Quand on quitte la ville, il y a plein de choses qui refont surface. Comme si le fait d'être les uns sur les autres, agglutinés, anonymes, et de toujours courir, étouffait toute envie de beauté. Moi, je ne suis pas une artiste, mais je me rends compte que, ici, je regarde la vie autrement. Et même si je ne compose pas comme Papa, ou ne sculpte pas, comme toi ou Anne, je fais des tas de choses qui ne me venaient pas à l'esprit avant. Même des toutes petites, qui peuvent paraître négligeables, mais qui changent tout. Par exemple, quand je prépare un plat, je cherche à faire des choses nouvelles, originales, j'improvise... Et à faire en sorte qu'il soit le plus joli possible. Tu as senti mes pignons dans les pommes de terre, tout à l'heure ?

— Ce que j'ai senti, c'est que c'était excellent, Sarah. »

Elle sourit, ravie.

« Et toi, Ahmed, que faisais-tu, avant, dans la grande ville ?

— Ce que je faisais... ? »

Jusque-là, Sarah et lui ne faisaient que plaisanter ensemble, rire sur des sujets impersonnels, bricoler dans la maison, ou jouer avec le petit. Mais ce soir, l'ambiance est différente. Sarah avait mis un joli couvert, l'un en face de l'autre, des fleurs sur la table… Pendant tout le dîner, il avait eu du mal à la regarder.

Ahmed gagne du temps, il n'a pas envie de répondre, pas envie d'abîmer cette ambiance si douce, si belle.

Les cheveux de Sarah sont répandus autour d'elle, lourde et généreuse crinière ambrée. Il change de sujet : « Tu as des cheveux magnifiques, Sarah, couleur de miel, le même que celui qu'on trouve chez moi, doré, brillant, limpide comme l'eau des torrents. » Et, pour masquer un peu ce qu'il a peur d'être pris pour un compliment déplacé, il ajoute, comme une excuse : « Ma mère avait les mêmes que les tiens, exactement la même teinte...

— Comment s'appelait ta maman ? » Sarah a compris que sa question dérange et revient à la charge autrement. Elle a envie de savoir, de connaître son passé, de comprendre qui il est, par-delà la belle image du jeune sculpteur si doué. Qu'il se livre un peu, lui toujours si réservé.

« Djamila. Elle est morte quand j'avais sept ans. J'ai été élevé par mes tantes.

— Oh ! Pauvre Ahmed. Et tes tantes, au moins, elles ont été gentilles avec toi ? »

Sarah le regarde avec insistance et Ahmed se laisse conquérir par l'intérêt qu'elle lui porte : « Oui. J'ai eu de la chance. On habitait dans la haute ville de Tizi Ouzou. Mon père et leurs maris étaient partis en France, travailler. La vie était dure, chez nous, mais mes tantes chantaient tout le temps, ça les aidait à supporter d'être seules.

— Tu étais le seul homme de la maison, alors, Ahmed ? Un petit prince gâté-pourri, j'imagine…

— Tu as tout compris, Sarah ! Elles faisaient la cuisine, des heures, des plats merveilleux, avec presque rien. Et moi, j'avais toujours la meilleure part… » Ahmed se recule en arrière, dans les coussins, il se laisse aller dans ses souvenirs : « Là-bas, c'était bien… Je faisais ce que je voulais. Je courais derrière la liberté, dans les "plaines à plantes aux fleurs jaunes", comme on dit chez nous. Je partais seul, des journées entières, chasser, poser des pièges dans les montagnes, tirer avec mon lance-pierre. Et quand je rentrais, avec un lièvre, une perdrix ou un pigeon… mes tantes me faisaient la fête. Le soir, elles chantaient et moi, je dessinais, des heures, et je sculptais des morceaux de bois… » Ahmed est loin, parti dans les hautes plaines, là-bas, dans son pays, dans ses années de bonheur.

Mais ce n'est pas ce que Sarah attend. Ce qu'elle veut savoir, ce ne sont pas les moments heureux d'Ahmed, mais ceux qui ont laissé en lui cette lueur instable et fragile dans son regard, qui apparaît parfois, quand il est silencieux.

« Et en France, Ahmed ? »

Ahmed revient sur terre et regarde Sarah. Il hésite. Le petit Ahmed qui courait derrière les lièvres, il veut bien le lui donner. Mais l'autre, l'ado rebelle… Va-t-elle le regarder encore, après ? Il a si peur de la décevoir.

Pourtant, il s'y risque. À cause de la douceur de son sourire, ou parce qu'il trouve, dans sa dévotion pour elle, le courage de penser qu'elle pardonnera tout.

« À treize ans, ma vie a complètement changé. Mon père m'a fait venir près de lui. Dans une ville toute carrée, des maisons comme des boîtes, laides. Je me sentais en prison, dans l'appartement, à l'école, partout. Je regrettais tellement mes figuiers de Barbarie. Mon père rentrait tard et j'étais seul, tout le temps. Des bêtises, oui, j'en ai fait, pas mal... »

Sarah est pendue à ses lèvres.

Mais Ahmed s'interrompt, brusquement ; il se cabre, l'obstacle est trop grand : « Toi aussi, alors, tu as grandi dans la musique, comme moi ! Moi, mes tantes, et toi, ton père. Elle est belle, cette mélodie. Aussi légère que toi. Une fleur de jasmin, une feuille d'acacia... »

Sarah incline le visage, enveloppée par la voix d'Ahmed. Elle capitule. Elle laisse tranquille son passé, ses tumultes et ses blessures. Ahmed a besoin d'oublier, pourquoi le faire souffrir ? Il a tant de belles choses en lui. « Comme tu es romantique, Ahmed ! C'est joli, ce que tu dis.

— Dans mon pays, on parle comme ça. C'est la nature qui nous donne les mots de nos pensées. »

Et puis, soudain, presque timide : « Tu sais, Sarah… Je travaille sur une sculpture. Une femme. Comme je l'ai toujours vue dans ma tête. Tu veux bien que je fasse un ou deux dessins, là, maintenant ? »

Assise par terre, les genoux serrés dans ses bras entourant la djebba autour des jambes, Sarah regarde droit devant elle. La pose n'est pas fatigante, et en plus, elle s'est installée de façon à pouvoir regarder la mer, dont elle perçoit les ondulations, faiblement éclairées par la lune. « Comme ça, tu es splendide. C'est parfait. »

À quelques mètres d'elle, Ahmed n'arrive pas à prendre son crayon. Fasciné par cette grâce naturelle et spontanée, il la contemple, longuement.

« Elles ont quel âge, tes sœurs ?

— Samia, l'aînée, a trente ans…

— Comme moi ! »

La séance de pose dure très, très longtemps. C'est le cœur de la nuit quand Sarah demande enfin : « Je peux voir ?

— Si tu veux… »

Tous les deux se penchent sur le carnet, deux têtes si proches l'une de l'autre que leurs cheveux se frôlent, auréole d'intimité fortuite. Sarah tourne les pages une à une, avec soin. Sa main effleure l'avant-bras d'Ahmed, elle est surprise par la fermeté de sa musculature et la taille de ses veines, saillantes sous la peau, échauffées par la longue séance d'esquisse.

Et par la douceur de sa peau, dorée, fine, aussi délicate que la sensibilité de ses croquis.

Elle contemple longuement chaque dessin, comme si elle en lisait les contours. Sarah se voit, dans sa pose, sur le sol, sous plusieurs angles différents. La pureté des lignes, d'un seul jet, est saisissante de réalisme. Elle se reconnaît. Et chaque page lui tire des mots d'admiration.

Mais ensuite, les pages suivantes, elle se découvre dans d'autres positions, imaginées par Ahmed. Sarah est troublée, ce sont ses attitudes familières, ses manières bien à elle de se tenir. Ici, assise, la tête légèrement inclinée, bras étendu reposant sur l'accoudoir, la paume tournée vers le ciel… C'est tellement elle !

Sur la dernière feuille du carnet, elle est debout, dans sa djebba noire, au bras d'un homme à l'allure longiligne et déliée, cheveux noirs bouclés, légèrement cambré.

Le dessin est admirable, juste évoqué, tracé de quelques lignes à peine.

« C'est beau…, murmure Sarah. Tu me le donnes, le dernier ? »

Au mur de sa chambre, dans un encadrement de bois sombre, le croquis d'Ahmed, en face d'elle.

Allongée dans son lit, avant d'éteindre, Sarah le regarde longuement et ne cesse de l'admirer. « Qu'il est doué. Et il n'a que vingt ans…, pense-t-elle. Comment peut-on créer tant d'émotion avec juste quelques traits ? »

De l'autre côté du mur, la photo du bateau, Gabriel.

Ce soir, elle jette un œil furtif sur la photo, lui envoie du bout des doigts son baiser rituel, mais revient vite sur la contemplation du dessin.

Sur la table, devant la fenêtre, le violon a disparu, soigneusement rangé sur l'étagère dans son placard. Le petit attrape tout, trop dangereux de le laisser à sa portée.

« Demain, se dit-elle, c'est samedi. J'irai faire un tour à Port-Manech avec le petit. Ma tante sera contente de nous voir… Et Ahmed sera là, sûrement. »

Son oreiller lui paraît extrêmement doux. Elle s'endort, sereine et heureuse.

Dans la fraîcheur de l'atelier, il fait sombre.
« Mais, dis-moi, Ahmed… Ta sculpture, là… C'est… Ce sont les dessins que tu as faits, l'autre soir ?
— Oui.
— Mais… Elle est… nue ! »
Ahmed baisse les yeux.

Le fils de Sarah joue dans le jardin d'Anne avec sa chatte Miquette, qui se laisse approcher mais garde en permanence une bonne distance de sécurité. L'enfant rit et cherche à l'attraper, en vain.
Le soleil d'octobre est encore généreux, Anne a sorti son parasol bleu et son chapeau de soleil. « Dites, les enfants, vous faites quoi, là ? Ça fait une heure que vous êtes enfermés dans l'atelier. Je m'ennuie, moi ! Alors, on le fait, ce café, oui ou non ? »

Sarah reparaît la première, resplendissante dans sa robe rouge. « Pardon, ma tante ! On regardait les sculptures de ton petit protégé… Eh bien dis-moi, il a vraiment bien travaillé. C'est quand son expo, déjà ?

— En novembre ! Pas le temps de lambiner. Le patron de la galerie attend avec impatience de voir ce qui va lui être proposé. Fin novembre, il viendra ici choisir ce qui l'intéresse. Il a déjà retenu *Tsliliw,* mais s'il y en a d'autres… Alors, on retrousse les manches. Pas vrai, Ahmed ? »

Ahmed semble perdu dans je ne sais quel rêve lointain, et ne répond pas à Anne. « Dis, Ahmed… Redescends sur terre ! On parle de toi, jeune homme. De ton avenir. Tu n'es pas encore Ousmane Sow, que je sache ! »

Surpris, et légèrement blessé par cette petite pointe d'Anne dont il n'a pas du tout l'habitude, Ahmed se lève précipitamment, comme pris en faute. « Oui, Anne, tu as raison, je vais faire le café… »

« Il ira loin », dit Anne, dès qu'il a le dos tourné. « Je sais », répond Sarah, rêveuse, elle aussi.

Sarah étend son linge avec volupté, au fond de son jardin, près de son mimosa. Elle adore faire claquer les vêtements encore humides, ils sentent le propre et le frais, pour les défroisser avant de les aligner sur le fil. Et elle prend le temps de les disposer harmonieusement, choisissant les pinces à linge assorties à la couleur du vêtement. Les petits bras et petites jambes de tissu, mêlés à ses vêtements à elle, flottent au vent, effleurent sa joue en passant. Ils sont les étendards de sa vie, nets, colorés, simples et naturels.

Debout face à la mer, elle aspire une grande goulée d'air iodé. « Quel bienfait, cet air ! Pas un seul rhume, depuis que nous sommes là... » Et elle se réjouit d'avance à l'idée de revenir rechercher bientôt son linge, vite sec par le vent de la mer, et d'enfouir son nez dans les senteurs marines et végétales qui se seront imprégnées dans le tissu.

« Mais oui, Papa, je vais bien ! Très bien, même ! Cela fait même extrêmement longtemps que je ne me suis sentie aussi heureuse.

C'est gentil de m'appeler pour prendre de mes nouvelles, tu me fais plaisir, tu sais. Surtout quand c'est sans aucune raison, cela me touche encore plus. Et toi ? Comment ça se passe, là-bas ? J'ai hâte de l'écouter, ta nouvelle création. Tu te souviens la première fois, à Pleyel ? J'étais au premier rang. Quelle soirée ! Je ne l'oublierai jamais. Incroyable, cette surprise que tu nous avais faite à tous... »

Sarah babille gaiement, elle raconte sa nouvelle vie à Alex : « Je suis folle de joie, Papa. Vraiment. Si tu savais comme ma maison est géniale. Je suis *sur* la plage. Mais si, je t'assure : *sur* la plage ! Encore plus près que toi ! De la fenêtre de mon salon, on voit la mer à quelques mètres. Et pas une route entre elle et nous : mon fils pourra y aller tout seul, bientôt... »

C'est si rare que son père l'appelle. D'habitude, c'est Sarah qui s'inquiète de lui. « Oh oui, j'ai eu de la chance. Beaucoup, même. C'est Xavier qui me l'a trouvée...

— Qui, tu dis ? »

Sarah s'étire comme une chatte, allongée sur son carré de pelouse fraîchement tondu, qui sent délicieusement bon.

« Xavier. C'est mon... C'est mon employeur ! »

Elle incline son chapeau sur ses yeux, pour se protéger des rayons du soleil, encore vif en fin d'après-midi. « Mais Papa ! Pourquoi je devrais trouver ça bizarre ? Alors là, je ne comprends pas du tout ce qui te prend. Mais oui, c'est quelqu'un de bien, bien sûr ! Et je te rappelle Papa, que j'ai trente ans. Tu peux me faire confiance, tout de même...

Comment ça, c'est une raison de plus ? »

Agacée, Sarah se venge à sa façon. Pas question de lui dire que Xavier, c'est son employeur, point c'est tout. Un sourire l'effleure un instant, en se souvenant de ses bien stupides craintes. C'est vrai, au début, elle avait été gênée par sa galanterie un peu désuète. Mais maintenant, aucun doute : Xavier est un remarquable patron, un meneur d'hommes – et de femmes ! – exceptionnel, qui sait créer une vraie relation de confiance et faire donner à chacun le meilleur de soi. Et pas un cavaleur... Oh non !

« Et Maman ? Tu la trouves comment, Maman ? Parce que tu sais, depuis que j'habite à Gâvres, je ne la vois plus beaucoup. Et elle doit se sentir bien isolée, la pauvre, maintenant que je l'ai privée de son petit-fils chéri.

À toi de t'en occuper un peu.

Parce qu'une femme seule, tu sais… Tu vois ce que je veux dire, Papa ? »

CORFOU

Octobre

« Très bien ! Très bien ! Même avec ton crincrin, on arrive quand même à quelque chose. Pour une première fois… Enfin… La deuxième pour être précis. Mais la première est si loin. C'est vraiment superbe… », s'exclame Alex, ému.

Gabriel sourit, satisfait. Il lui a fallu replonger dans la partition et travailler pendant plusieurs jours, seul. Son crincrin, comme dit Alex, taquin mais sans malice, lui a donné du fil à retordre, mais au bout du compte un vrai bonheur.

Ils viennent de terminer la *Sonate* « à Kreutzer », la porte est grande ouverte sur le jardin. Une pluie torrentielle ne tarde pas à s'abattre, éclaboussant le carrelage de la grande pièce, tout près du piano d'Alex. « Regarde : même le ciel en pleure d'émotion ! » Ils s'affalent sur le canapé et partent d'un grand fou rire. Surcharge émotive.

« Si tu savais ce que cette sonate a représenté pour moi, Alex… Tu serais fier. Très, très fier ! » avoue Gabriel. Et Gabriel lui raconte son *lieu sûr*.

« Quand Dave a commencé la thérapie, il m'a dit que j'avais besoin de me constituer un *lieu sûr,* un lieu dans lequel j'avais envie d'être, parce que je m'y sentais totalement bien, en toute sécurité. Cet endroit, cette scène, ce lieu – comme je voulais –, je devais l'imaginer, avec toutes ses dimensions, visuelles, olfactives, auditives, émotives… Et pouvoir *m'y rendre*, par la pensée, dès que je me sentirais menacé par la remontée de souvenirs pouvant m'affecter trop profondément. Je devais faire cet exercice et maîtriser parfaitement cette gymnastique de retraite, avant d'entamer le processus du traitement. Eh bien… Mon lieu sûr… Tu devines ? Non ? C'était le jour où nous avons joué tous les deux, ma première fois, chez toi, à Paris, devant Sarah. Et Elsa. Et Marie… »

Extrêmement touché, Alex ne répond pas. Pour ne pas laisser paraître à quel point il est troublé par cet aveu, il se lève, va chercher un balai et refoule les flaques de pluie, sur le sol. Une fois l'eau chassée vers l'extérieur avec de grands mouvements énergiques, Alex ferme la porte et revient s'asseoir dans le salon.

Et puis, un peu précipitamment :

« Gabriel, ce soir-là, oui, on était tous là. Tous réunis. J'y pense, moi aussi, souvent. Marie, les filles…

Tu vois… Tu vois bien que tu as encore Sarah en tête…

Je me trompe ? »

Gabriel est pensif. « Vous tous… Toi et Marie… Vous m'avez accueilli avec une chaleur que je n'oublierai jamais. Et Sarah, oui. Sarah… Ce moment-là, c'était tout au début. Avant cet enchaînement de malheurs. Oui, tout au début, quand tout paraissait simple... »

La pluie tambourine, projetée en rafales sur les vitres. Le sommet des cyprès s'agite et s'incline fortement, au rythme du vent. Alex lui sourit avec compassion, mais est tendu sur la réponse qu'il attend de Gabriel.

Gabriel sent son regard appuyé. Pour y échapper, il saisit son violon et fait mine d'en régler les cordes. « Elsa a tout accepté de moi. Elle m'a laissé être entièrement moi-même, libre. Sans me juger à aucun moment. Sans me brusquer d'aucune manière, ni me harceler de questions auxquelles – je le sais maintenant – je n'aurais jamais pu répondre. Elle est étonnante, tu sais... Avec son air absent, souvent, elle veille à tout, enregistre tout, surveille tout.

Une femme exceptionnelle, Elsa. Cérébrale, sensible, intuitive... Un être rare... »

Alex se sent gêné : il demande à Gabriel s'il pense à Sarah et lui, ne lui parle que de sa sœur. Force lui est de constater que Gabriel n'a pas répondu à sa question.

Dont acte.

Alex ne peut pas se leurrer.

La réponse, il l'a.

Gabriel agite avec précaution son café du bout de son couteau, pour diluer les trois morceaux de sucre qui prennent beaucoup de place dans sa minuscule tasse. Et ce, bien plus longtemps qu'il ne devrait, les carrés sont déjà dissous depuis belle lurette. À ses côtés, Alex tartine consciencieusement sa tranche de pain d'une grosse cuillère de *sa* confiture de fraises.

Sur la terrasse, il fait déjà très chaud, le temps est perturbé en ce moment, et l'air est lourd d'un orage, encore un, qui s'annonce à cette heure matinale. Déjà, quelques feuilles roussies par le soleil brûlant courent sur les pavés de la terrasse, emportées par de violentes bourrasques. De gros nuages noirs s'accumulent derrière les arbres.

« Ça va ? » demande Alex, tendu depuis leur discussion de la veille et en alerte quant à l'humeur de Gabriel, qui répond mollement un « Oui » pas très convaincant.

Gabriel a mal dormi, agité par des rêves qui l'ont fortement secoué et n'ont pas encore reflué dans les replis de l'oubli. « J'ai rêvé… Sarah… », commence-t-il à dire, pour s'interrompre aussitôt.

« Quoi, Sarah ? » Alex rebondit immédiatement, insistant, nerveux. Lui aussi, passe de mauvaises nuits depuis les confidences de Gabriel.

« J'ai rêvé de Sarah. Tu te souviens, Alex… Tu m'as demandé… si je pensais à elle. Eh bien… Comment te dire ? Dans ce rêve, elle avait une présence bienfaitrice. Elle était là. Sûre d'elle. Patiente. Confiante. Pour elle, j'étais toujours celui d'avant. Elle m'attendait sur le rivage, là-bas, tout près, sur la plage. Et moi, oh moi, j'étais sur notre barque et je ramais tout ce que je pouvais, mais le courant était si fort que je n'arrivais pas à lutter contre.

En me réveillant, j'ai eu le sentiment que cette protection a toujours été avec moi, tout le temps. Le sentiment que Sarah m'habite. Qu'elle est celle qui a la place centrale à l'intérieur de moi, même si je ne la voyais pas. Et qui veille, lueur d'espoir, attendant son heure.

En gros, elle est là. Voilà. »

Alex aurait pu dire la même chose de Marie, exactement les mêmes mots. Marie… À cet instant, sa femme lui manque énormément.

« C'est le moment », pense Alex.

Et il se jette à l'eau : « Bon. Alors, écoute, Gabriel. J'ai quelque chose de très, très important à te dire… »

Gabriel est secoué de sanglots incoercibles. Il pleure comme un enfant. Il pleure comme le ciel. Il pleure de joie, de tristesse, de honte, de peur aussi. Gabriel a un fils.

Tout en sanglotant toujours, Gabriel part sous la pluie, qui ne discontinue pas pendant des heures, cette pluie de fin d'été, cette pluie tiède chargée de senteurs, libératrice, forte, intense. Il part comme il est, en chemise, collée à son torse, les cheveux plaqués sur son front et ses tempes. Les larmes et la pluie se mêlent et ruissellent sur ses joues. Il erre dans les chemins, il s'embourbe dans les ravines argileuses, il court le long de la côte, il danse sur les plages, tout le jour et une grande partie de la soirée. Il pleure et il rit. Il rit et il pleure.

Gabriel est un père.

Penchés sur l'ordinateur, Alex et Gabriel sont très concentrés. Depuis le matin, ils ne décollent pas du petit écran bleuté.

« Bon sang, que c'est compliqué… Je n'y comprends rien ! peste Gabriel.

— Calme-toi…, reprend posément Alex, on va y arriver. Il suffit de ne pas s'énerver, justement. Tout bien lire, tout bien comprendre. Les imprimés, c'est une école de patience… » Cette idée, Alex veut la suivre jusqu'au bout. Tout comprendre sur ce site Internet.

Et pourtant, rester calme pour Alex est une vraie prouesse, il déteste l'ordinateur et n'a aucune patience, justement. « Et tu as vu tout ce qu'ils demandent comme justificatifs ? Des valises entières !… »

Gabriel se laisse aller en arrière sur sa chaise, déçu : « Laissons tomber, Alex. Regarde… Tu vois bien : ce n'est pas possible. Lis ce qu'ils disent : pour faire ces tests, il faut l'accord de la Justice ! "Une recherche de paternité ne peut se faire que sur exécution d'une mesure d'instruction ordonnée par le juge…" Laisse tomber, c'est fichu. Le droit français ne l'autorise que sous certaines conditions très encadrées. »

Mais Alex ne lâche pas prise si facilement.

« On pourrait chercher un autre site ? Il y en a peut-être à l'étranger, moins procéduriers ?

— Si tu veux. On peut toujours essayer... »,
concède malgré tout Gabriel, peu convaincu.

Gabriel tape *Recherche de paternité* dans le
moteur de recherche. Bingo. Des pages et des pages
s'affichent. Un vrai marché à l'étranger : « Rapide et
fiable à 99,99 % », « Précis, confidentiel », « Discrétion assurée », « Numéro européen gratuit »...

Un regain d'espoir traverse les deux hommes, qui
parcourent avec fébrilité et dans le désordre le plus
complet, les différents liens. Ils s'égarent, reviennent,
recommencent... Et finissent par conclure que les
tests permettent, non pas d'affirmer une paternité
mais d'exclure certaines hypothèses. Et donc, pourraient écarter l'hypothèse que Gabriel soit le fils de
Charles Vautrin. C'est exactement ce qu'ils veulent !
Mais comment faire... Charles Vautrin est sous terre.

« Là... Regarde !! »
Au détour d'un clic, Alex lit à voix haute, triomphant :
« Ce test détermine la probabilité statistique que
deux personnes soient frères, sœurs, ou demi-frère
et demi-sœur. Contrairement à un test ADN de paternité qui fournira toujours un résultat probant, le test
d'ADN de fraternité détermine le profil génétique
des parents présumés. Si l'indice est inférieur à 1,00,
cela indique la non-parenté. »

« Eh bien, voilà ! Des recherches comparatives
entre supposés demi-frères et sœurs... C'est exactement ce qu'il nous faut. Toi et Marie, et le tour est

joué ! Très intéressant…, commente Alex, ravi. Très, très intéressant…

On y est, fiston ! Tu vas bientôt l'avoir, ta réponse. Génial, non ? »

Au pied du mur, Gabriel hésite encore, cherche des raisons pour ne pas y aller.

« Mais enfin, Gabriel, on vient d'en parler pendant des heures ! Il n'y a *pas* d'autre solution. Tu ne peux *pas* passer ta vie à ne pas savoir et à te ronger les sangs. Même si on te met toutes les preuves d'aveux sous le nez, tu auras toujours un doute. Et même si, maintenant, cela ne change plus rien pour toi : tu as pris ta décision, tu as été très clair, je l'ai bien compris.

Mais ça suffit les mystères. Des certitudes, voilà ce qu'il te faut. La science peut nous aider, ne nous en privons pas. Ta mère a assez payé et bousillé sa vie avec ses tergiversations sans fin. Pas toi, non. Toi, tu sauras, et tu vivras avec la réponse.

La VRAIE réponse. »

La vraie réponse. Gabriel revoit sa mère à la fin de sa vie, petite femme repliée sur elle-même, souf-france et solitude. Alex a raison, il le sait. Mais il a peur.

Il accepte, finalement, mais fait promettre à Alex d'en garder le secret absolu. « Quel que soit le résultat, je ne le dirai pas. À personne. Même pas à toi.

— Tu es injuste, Gabriel. Si tu es rassuré, il n'y a pas de raison que d'autres ne le soient pas.

— Oui, mais… Si je ne le suis pas ?

— Une chance sur deux. Il faut savoir être joueur, si on veut gagner. »

En prononçant cette phrase, Alex se surprend d'entendre dans sa bouche une des phrases favorites de Carlos.

Bretagne

Octobre

Il fait nuit noire. Dans le halo de la lanterne, Carlos, tout bronzé, tout sourire, son éternel panama sur la tête, a l'air un peu indécis de ceux qui ont quelque chose à se faire pardonner, mais comptent tout de même sur leur charme.

« Carlos !

— Eh oui. J'ai vu de mon petit village foumer la cheminée… »

Légèrement plus enrobé qu'à son départ, il disparaît presque derrière le gigantesque bouquet de roses blanches qu'il tient devant lui, un peu gauchement, comme un bouclier. « Le septième bouquet… », se dit Anne, qui tombe des nues.

Sur le pas de sa porte, Anne ne dit rien. Elle attend que son cerveau réalise. Carlos est là, en chair et en os, devant elle. Depuis le temps qu'elle l'espérait, ce jour-là !

Le nombre incalculable de fois où elle avait imaginé la scène de son retour, elle se voyait lui sauter au cou. Mais curieusement, aujourd'hui, quelque chose résiste en elle. L'empêche de se laisser aller à sa joie. Anne ne s'est pas préparée à son retour.

Elle se rend compte qu'elle lui en veut bien plus qu'elle ne le croyait, maintenant qu'il est là, planté devant sa porte.

Et puis, pendant tous ces mois, elle doit bien s'avouer qu'elle a appris à revivre détachée de lui. Elle est entrée si profondément dans sa carapace, qu'en sortir brutalement lui paraît impossible.

Après tout, cela fait sept mois qu'il a disparu de son paysage. Lui ouvrir comme s'il revenait du fond du jardin serait un peu trop simple.

« Et elles viennent d'où, ces fleurs ?

— D'Ithaque. Si, si, c'est vrrrai ! J'ai pris l'avion à Athènes hier soir. Et je les ai passées dans la soute, dans un grand sac exprès pour elles. Je voulais les plous belles fleurs du monde pour toi... »

Ithaque ! Carlos joue son Ulysse jusqu'au bout. Comme si elle le croyait...

« Et si je te dis que, là, maintenant, un autre homme habite avec moi ? » C'est sorti tout seul. Son bouclier à elle. Sa légitime défense. Sa protection contre l'intrusion. Sa petite punition. Tout de même, elle a le droit de choisir, elle aussi, le moment où elle sera prête à le recevoir.

Anne s'amuse d'elle-même : elle dit la stricte vérité. Ahmed est dans le salon, les pieds allongés, devant le feu. À la place de Carlos, dans le fauteuil qu'il aimait.

Devant ses yeux, Carlos se décompose. Il recule d'un pas, perd légèrement pied. « Mais... »

Anne ne se sent pas apitoyée par son désarroi. Quand il est parti, ce fameux matin de mars, il ne s'est pas beaucoup encombré de sa sensibilité. À elle de se débrouiller avec son petit mot, dans le tiroir. À elle de puiser à l'intérieur d'elle-même la force de rebondir.

« Eh oui, mon cher... C'est comme ça. Qui va à la chasse...

— Mais... Je t'avais dit que je reviendrrrai !

— La belle affaire. Et moi, je devais faire quoi, en attendant ? De la tapisserie ? »

Carlos fait peine à voir. Son sac posé à côté de lui, il ne sait que faire. Rebrousser chemin immédiatement lui paraît absurde. Toute cette route pour en arriver là.

« La seule chose que tu as oubliée dans ton scénario de la liberté, c'est que je peux choisir mon rôle, moi aussi. Et tu vois, celui de Pénélope m'ennuyait un peu. J'ai préféré Cléopâtre !

Et désolée, mais là... Tu ne m'avais pas prévenue, et... Je ne vais pas te faire un dessin, hein ? Mais bon, si tu veux, je peux m'arranger pour te loger cette nuit. Je ne vais pas te laisser chercher un hôtel, ce ne serait vraiment pas sympa de ma part. Un soir d'octobre, tout est fermé, ici. Dans l'atelier, il y a un matelas par terre, près du poêle. Et tu as de la chance : le poêle fonctionne merveilleusement ! Je vais t'ouvrir la porte et t'apporter une couverture. Et demain, on y verra plus clair. Ça te va ? »

Abasourdi, Carlos n'a pas desserré les dents. S'il s'attendait à ça ! Il se voyait déjà dans *son* fauteuil, les pieds sur le rebord de la cheminée, un verre de blanc à la main, et Anne roucoulant à son cou...

Avant qu'il ne réalise, Anne est de retour, lui fourre la couverture dans les bras et la clé de l'atelier dans la poche. « À demain. Bonne nuit ! Excuse-moi, je ne traîne pas, on m'attend... Et fais bien attention, il y a des choses fragiles ! »

Anne referme la porte sur son Carlos estomaqué, à qui elle a quand même laissé la lumière au-dessus de l'entrée, dehors.

Dehors, aussi, à ses pieds, le bouquet de roses.

Mais Anne se ravise, elle entrouvre la porte et ramasse prestement les fleurs.

Onze heures et pas un bruit dans l'atelier. Anne se décide, elle entrouvre la porte. Carlos dort sur le dos, tout habillé. Un léger ronflement soulève sa poitrine de façon régulière.

Sur la pointe des pieds, Anne s'avance jusqu'à lui et se glisse contre lui sous la couverture. Carlos ouvre un œil, réalise tout ce qui s'est passé et tente brusquement de se redresser, mais Anne l'en empêche.

« C'est bon... Reste tranquille, Carlos. On a la paix, maintenant. Il est parti... »

Inquiet, Carlos demande d'une voix étranglée :
« Qui : il ?
— Mon esprit de vengeance ! »

Anne s'est sentie vraiment ridicule quand elle a vu la grande et nouvelle cicatrice qui barrait la poitrine de Carlos.

Elle n'a pas compris pourquoi il n'avait rien voulu lui dire et cherché en vain à le convaincre que c'était complètement idiot. Mais elle doit reconnaître qu'un grand élan de reconnaissance la traverse, chaque fois qu'elle y pense, maintenant. Personne, jamais personne n'avait fait attention à elle à ce point. Au point de ne pas vouloir lui faire supporter la douleur, la maladie, l'inquiétude et la lente remontée vers la vie normale.

Au point de vouloir être au mieux de lui-même pour mériter son amour.

C'est oublier un peu vite l'orgueil latin de Carlos, qui ne pouvait imaginer se sentir diminué aux yeux de sa belle. Être malade lui est intolérable, il préfère régler ses comptes avec son corps tout seul. C'est ignorer aussi que Carlos n'a pas fait que souffrir pendant sa convalescence, et loin de là.

Mais qu'importe. L'un et l'autre se retrouvent avec l'ardeur de jeunes tourtereaux.

Et Ahmed, à qui elle s'est confiée, a encore une fois trouvé ce qu'il fallait lui dire : « Il faut que le hasard renverse la fourmi pour qu'elle voie le ciel. S'il n'avait pas été malade, s'il n'était pas parti, si vous n'aviez pas été séparés… jamais tu n'aurais pu imaginer la profondeur de son amour pour toi. »

La nuit tombe.

« Je peux prendre ta voiture, Anne ?

— Encore Sarah, Ahmed ?

— Oui ! Je voudrais lui raconter notre après-midi à Pont-Aven.

— D'accord mais ne rentre pas trop tard, hein ? Tu as du boulot demain. N'oublie pas, tu auras de la visite. Et ce genre de personnage n'aime pas se déplacer pour rien.

— Ne t'inquiète pas, je serai là ! » lance Ahmed, qui se dirige déjà d'un pas, qu'il voudrait posé, mais bien trop rapide, vers le portail.

Anne n'est pas mécontente d'être un peu seule avec son homme. Depuis sa petite mise en scène punitive et même après leurs voluptueuses retrouvailles, Carlos se méfie d'elle, et ils n'ont pas encore recouvré leur douce tranquillité d'avant. Anne a mille et une questions à poser sur le périple de son Ulysse.

« Ces deux-là, ils sont inséparables… », dit-elle, attendrie, à Carlos, tout en suivant Ahmed des yeux. « Si tu les voyais ensemble, ils sont tellement chou ! Un frère et une sœur. »

Dans la pénombre, la silhouette aérienne d'Ahmed traverse d'un bond le bout d'allée qui mène à la porte de Sarah. Il fait nuit déjà et les lumières de l'intérieur dessinent autant de carrés clairs que de fenêtres autour de la maison.

Le cœur d'Ahmed bat fort. Il ne l'a pas prévenue de son arrivée. Jamais il n'a fait cela. Et à cette heure-ci… Il est complètement fou ! Et si elle lui claquait la porte au nez, furieuse… Et si elle n'était pas seule… Et si… Et si… Oui, il est complètement fou. Heureusement, il a l'excuse de se protéger derrière ses sculptures. Lui annoncer les bonnes nouvelles.

Ahmed sonne. En quelques secondes, Sarah est devant lui, dans sa djebba noire. Dessous, elle est nue, et deux petites pointes indiscrètes renflent légèrement le tissu au niveau de l'extrémité des seins. « Je t'attendais, Ahmed… »

Elle lui ouvre grand la porte, une douce musique en sourdine l'inonde comme une pluie de printemps. « Ma tante m'a appelée. Elle m'a dit que tu arrivais, avec plein de bonnes nouvelles. Heureusement… J'étais dans mon bain ! »

Décontenancé, mais soulagé tout de même de n'avoir pas eu, peut-être, à supporter une déception, Ahmed entre dans le salon. « Ce qui m'arrive est incroyable, tu sais…

— Raconte-moi. » Sarah se met en boule, câline, sur le canapé à côté de lui, toute à l'écoute, la tête contre son épaule et son cuir froid, qu'il n'a pas encore enlevé.

Ahmed, les cheveux mouillés de Sarah contre son col, cherche un peu ses mots, troublé par le parfum qui se dégage du corps encore tiède de l'eau du bain. Il se redresse légèrement, essaie de retrouver sa respiration calme, enlève son blouson et se remet exactement à la même place. Tout près de cette chaleur qui l'étourdit. Il raconte comme il peut, la visite du marchand d'art, son enthousiasme pour *Tsliliw* et son coup de foudre devant sa sculpture de femme.

« Il est tombé amoureux de toi ! »

Sarah appuie un peu plus fort sa tête contre lui. « C'est merveilleux, Ahmed. Je suis si heureuse, si heureuse pour toi…»

Un petit silence flottant plane. Que ni l'un ni l'autre n'ont envie de troubler. Et puis, lentement, Sarah se lève. Au milieu de la pièce, debout dans la pièce faiblement éclairée, elle attrape sa djebba d'une main au pied de la pièce de tissu, et d'un geste lent et gracieux, la retire doucement de son corps, d'un seul mouvement, comme on enlèverait la peau d'un fruit ou le voile d'un trésor. Sarah est droite, nue, immobile, devant lui. Ahmed, hypno-tisé, ne respire plus totalement.

« Mon corps. Tu l'as rêvé… et tu en as fait une merveille. Regarde-le en vrai. »

Ahmed ne dit pas un mot.

Il baisse aussitôt la tête, ferme fortement les yeux et se fige.

Dehors, la mer est démontée, le vent siffle, et une violente houle s'abat à grand fracas sur la plage. Les roulements de tambour répétés du ressac ne font pas plus de bruit que ceux de son cœur dans la tête d'Ahmed.

« Ahmed… » Inquiète, Sarah s'approche de lui. Elle a remis sa robe, aussi promptement qu'elle l'avait enlevée.

Ahmed est fermé, paralysé. « Que se passe-t-il, Ahmed ?

— Excuse-moi, Sarah. »

Ahmed, debout de dos, près de la baie vitrée, la tête inclinée, la remue lentement, comme s'il disait non, et finit par bredouiller, dans un murmure : « Je ne peux pas. Sarah, je ne peux pas... »

Sarah se crispe à son tour. « Ahmed… écoute-moi. » Elle prend Ahmed par le bras et l'emmène sur le canapé. Il tremble. « Viens. Viens avec moi. »

Sarah reste un long moment, silencieuse, assise à côté de lui, les yeux dans le vague. « Pardon, Ahmed. Je ne sais pas ce qui m'a pris. C'était ma façon de te dire à quel point j'aime ce que tu aimes de moi, et comment tu me le fais savoir… Tu m'as rêvée nue, tu m'as sculptée, nue, et moi je voulais te montrer la vraie Sarah... Qui ressemble tant à celle que tu as faite. C'était mon cadeau pour célébrer ta sculpture. J'ai eu tort… Je suis complètement idiote. »

Doucement, de la main, Sarah le pousse en arrière, pour qu'il retrouve la place qu'il avait, calé contre les coussins, quand elle s'est levée. « Pardon, Ahmed, de t'avoir choqué autant. C'était juste… »

Elle remet sa tête contre son épaule. « Il ne se passera rien d'autre que ça, Ahmed. Juste l'un contre l'autre. Juste toute la tendresse du monde. Rien de plus… Rassure-toi. » Mais c'est elle qu'elle rassure, en prenant ce ton maternel. « Encore ce fichu passé d'Ahmed, qui remonte, se dit-elle. Qui le fait toujours souffrir. Ses années noires d'ado. Qu'a-t-il donc vécu, pour être à ce point retourné ? »

Elle ne sait pas qu'il a cru voir la terre exploser. Qu'il lui a fallu rassembler toute la force possible à l'intérieur de lui, pour arrêter cette envie énorme de la prendre, là, sur le sol, tout de suite.

Ahmed se lève, difficilement, il enfile son blouson, il va partir, et c'est lui qui s'excuse, mettant aussi son désarroi sur le compte de son passé : « Ne t'inquiète pas pour moi, Sarah. Je suis bizarre, quelquefois. Rien à voir avec toi... Je t'assure... »

En remontant son col, sur le seuil, voyant Sarah si penaude, il trouve, dans l'humour, le secours inespéré qui fait naître un sourire sur les lèvres de Sarah. Cette radieuse embellie lui enflamme à nouveau le cœur, mais redonne à leur relation la distance dont ils ont besoin, pour rester proches. Ce qu'il veut absolument préserver : « Je dois vite rentrer : tu es encore plus belle que ma sculpture... Je veux y travailler, encore, cette nuit, avant la visite du type, demain ! »

Et il part, rapidement, sans même oser l'embrasser sur la joue, tenaillé par la peur qu'elle lui en veuille d'être venu si tard.

Il ne sait pas que Sarah, surtout après son bain, se sent parfois terriblement seule, même si elle ne se l'avoue pas. Qu'un petit vent de folie a soufflé sur elle. Et que, malgré toutes les belles raisons évoquées par elle pour justifier son geste, elle n'auralt sûrement pas crié au viol si, ce soir, il l'avait prise, tout de suite, là, sur le sol.

CORFOU

Octobre

« Voilà, ça y est, je les ai. Il y aussi un chewing-gum et un vieux Kleenex.

— Parfait… Parfait…

— Je fais quoi, maintenant ?

— Eh bien, tu files à la poste immédiatement et tu nous les envoies tout de suite en colis urgent. Tu vas voir, Elsa, avec ces quelques cheveux, on va transformer un mauvais rêve en mélodie du bonheur », répond Alex à sa fille au téléphone, en riant, sûr de lui.

Et, se tournant vers Gabriel, à ses côtés, il ajoute, pour les deux : « Croyez-moi, croyez mon bon sens, mes enfants. Toute cette famille vit sous la psychose d'une élucubration insensée. Les choses sont beaucoup plus simples, vous verrez. Et, pardon de te le dire, et pardon à la mémoire de ta mère… Mais à la fin de sa vie, elle a dû prendre ses désirs pour des réalités.

Elsa, Dieu sait si je ne l'aimais pas, mais ton grand-père était un homme normal, toute cette histoire est d'une banalité à pleurer et l'enchaînement des choses en a fait un mauvais film de série B. Vous verrez que j'ai raison. La véritable histoire, elle est dans l'enveloppe que tu vas nous poster… »

Elsa se sent mal à l'aise et le dit à son père. Tout de même, pour arriver à ses fins, sans éveiller les soupçons de Marie, il lui avait fallu voler une part d'elle, en quelque sorte : « Attends Maman, tu as quelque chose, là, collé à tes cheveux… » Elsa avait pris une brosse et tiré fort. Avec la racine, surtout, c'est très important, exigeait Alex. Mais Alex repousse les scrupules de sa fille d'un revers de manche. « Il faut savoir ce que l'on veut. Ce ne sont pas ses trois cheveux en moins qui vont déstabiliser sa vie. Et si elle savait à quel point ils sont importants, elle en donnerait une poignée, sans hésiter, tu peux en être sûre. »

De sa chambre parisienne, Elsa contemple la terrasse et sa ridicule bulle de verre. Au loin, le dôme des Invalides est toujours aussi imperturbable, indifférent à leur désordre familial.

Savoir Gabriel à côté de son père, l'écouter sûrement – il a dû mettre le haut-parleur –, la trouble. N'arrivera-t-elle donc jamais à oublier ?

Pourtant, elle fait tout pour le tenir à distance. Mais chaque fois que ses pensées la conduisent vers lui, elle se perd, encore et toujours, s'égare, s'embourbe, s'engloutit. Chaque fois.

Son père se bat pour le bonheur de Sarah et de Gabriel, et elle, Elsa, a pris en charge la dépression de sa mère. Chacun sa protection. Ou chacun selon ses possibilités : Alex est incapable d'assumer l'abattement de Marie. L'épisode du poème dans la librairie, il ne le sait même pas.

En échangeant leurs responsabilités, père et fille contournent leurs propres culpabilités. Et force lui est de constater qu'ils ne réussissent pas si mal, l'un et l'autre. Gabriel va de mieux en mieux – très bien, même, estime Alex. Quant à Marie, Elsa l'a mise sous antidépresseurs, sur les conseils de Dave. À sa grande surprise, Marie n'a opposé aucune résistance, à croire qu'elle est tout à fait lucide, consciente de la situation et heureuse d'être aidée. Un grand soulagement pour Elsa.

Mais les effets ne s'en font pas encore sentir et ce matin, nouveau stress : Marie a décidé de faire du tri dans ses innombrables placards à vêtements. Dans l'entrée, un énorme monticule attend Emmaüs. « Comme ça, tu vois, le jour où j'irai rejoindre Alex, pas la peine de prévoir un gros déménagement. Légère comme une bulle, ta mère ! »

Inquiète, Elsa avait aussitôt alerté ses tantes. Elle ne se sent plus capable de supporter, seule, ses transformations brutales. Ce tas de vêtements dans l'entrée lui fait l'effet des peaux desquamées d'un reptile en mue.

Quelle nouvelle mère va surgir de ces métamorphoses ?

Pas un bruit dans la maison, ce matin. Alex s'est réveillé tôt et a guetté le facteur de sa fenêtre. Après son passage, il s'est précipité dehors et, pieds nus, a couru vers la boîte aux lettres. C'est elle. Une enveloppe discrète, neutre.

Une lettre peut changer une vie.

Alex la prend dans les mains avec précaution, la regarde comme si elle était un animal inconnu, ne sachant s'il va mordre, piquer dangereusement, ou au contraire se laisser prendre dans la paume et frotter son museau contre la main.

Elle est là, sur la table dans l'entrée. Elle attend.

Alex passe et repasse devant elle, impatient. S'il pouvait, il l'ouvrirait en secret, pour préparer Gabriel psychologiquement. Mais non, il ne peut pas, il n'en a pas le droit.

Alex n'a pas à s'interposer. Il est allé au bout de ce qu'il pouvait faire. La suite ne lui appartient pas.

Gabriel dort toujours.

« Alex, je pars ce soir. »

Sa voix est neutre, son regard impénétrable, volontairement. Alex le regarde d'un air inquiet et triste mais Gabriel fait comme s'il ne remarquait rien et se dirige vers la cuisine, sans un mot de plus. Contrairement à son habitude, il n'en sort pas avec sa tasse de café pour boire en compagnie d'Alex. Seuls les cliquetis des couverts parviennent à ses oreilles.

Toute la journée, l'ambiance est pesante et lourde. Les deux hommes ne se parlent quasiment pas. Gabriel est enfermé dans sa chambre. Alex traîne dehors, incapable de se fixer sur quoi que ce soit. Aucun son d'instrument ne vient perturber le trop grand calme de la maison.

En fin d'après-midi, Gabriel descend son sac et le pose près de l'entrée, sans bruit. Il porte le blouson bleu avec lequel il est arrivé en France, qu'il n'avait pas remis depuis. Le blouson de Dave.

Puis, il sort, fait le tour du jardin, va jusqu'à la mer, revient dans la maison, inspecte toutes les pièces. De loin, allongé sous un arbre, un livre sur les genoux qu'il ne lit pas, Alex suit son manège, une boule dans le ventre.

Enfin, Gabriel se dirige vers Alex, son bagage à la main et son violon contre lui. « Voilà, Alex, je m'en vais. Tiens… Tu liras quand je serai parti. S'il te plaît, ne te lève pas, laisse-moi m'en aller comme ça. Comme si j'allais acheter du pain au village. » Et, à la fois triste et impatient, Gabriel quitte le jardin à grandes enjambées volontaires, sans se retourner.

À peine la silhouette de Gabriel disparue derrière les cyprès, Alex se précipite sur sa lettre. Celle-là, elle est pour lui et elle ne le fera pas attendre une minute de plus.

« Cher Alex,
Tout ce que je pourrais t'écrire n'arrivera jamais à la hauteur de ce que je ressens. Si je te dis que tu

411

t'es comporté comme un père pour moi, ce n'est pas assez. Un père... Je ne sais pas ce que c'est !

Toi, tu m'as donné plus que ta protection. Je me suis senti accepté. Aimé. Tel que je suis. Je ne t'ai rien caché et tu m'as redonné l'estime de moi.

Ce que la lettre contient n'appartient qu'à moi. Toi aussi, tu l'as compris, je crois, maintenant. Alors n'en parlons plus.

Au revoir, Alex. Ne te fais pas de souci pour moi, je vais bien. Je sais que nous nous reverrons, mais je sais aussi que ce ne sera plus pareil. Notre tranche de vie tous les deux restera dans ma mémoire une saison unique. D'amour, de musique, de vie, de...

De nous.

Et toi, surtout, continue à travailler ta sonate. Promets-le-moi.

Gabriel. »

Sans réfléchir, Alex fourre la lettre dans sa poche et se rue sur la route. Il court, il court à perdre haleine. Et rejoint Gabriel au tournant.

« Je ne pouvais pas te laisser partir sans te souhaiter bonne chance... fiston. »

Et les deux hommes s'étreignent, un bref, très bref instant, dans un mouvement brusque et maladroit. Mais si intense qu'il apaise leur peine.

Gabriel reprend la route et Alex rebrousse chemin, lui criant en se retournant vers lui : « Et n'oublie pas, Gabriel : nous avons encore du travail, tous les deux. Occupe-toi de ton violon ! »

Alex a tiré tout seul la barque de la plage jusqu'à l'entrée de la maison et l'a retournée, à l'envers, dans le jardin. « La mauvaise saison arrive, il est temps de la mettre à l'abri », s'est dit Alex, qui n'a plus goût à rien.

Puis il a rangé les torches dans la maison.

Puis il a bêché son lopin de terre.

Puis il a fermé les volets des deux chambres de ses amis.

Et enfin, ne sachant plus comment occuper sa solitude, Alex s'est mis au piano, seul lieu où il pouvait espérer trouver un peu de paix.

Il a joué *La Tempête* de Beethoven et ressenti si fort la tension de la dépression, l'oppression des nuages noirs, la violence des éléments, qu'il n'a jamais été aussi loin dans ce morceau tant aimé de Marie.

C'est vidé de toute énergie qu'il s'est traîné jusqu'à sa chambre.

La voix est lointaine, un écho sourd brouille les mots. La ligne est très mauvaise, aujourd'hui. « Alex ? C'est Gabriel… »

Alex s'assied immédiatement, là où il se trouve, par terre, en plein milieu de l'entrée, et ferme les yeux, pour se concentrer entièrement sur ce qu'il va entendre. Cela fait trois jours qu'il n'est pas sorti de la maison, il traîne comme une âme en peine.

« Où es-tu ? » répond Alex d'un ton qu'il voudrait détaché. Mais il ne peut s'empêcher d'ajouter, cri du cœur : « C'est sacrément vide, ici… »

Gabriel lui explique qu'il est à côté de Lorient, à Larmor-Plage, dans un petit hôtel. Son balcon donne directement sur la mer. Et Sarah est en face de l'hôtel, exactement en face, de l'autre côté de l'estuaire. « Je n'arrête pas de regarder dans sa direction… »

Mais il n'arrive pas à se décider. Et il lutte contre l'envie de fuir, de retourner à Corfou. Un trac énorme. « J'aimerais bien que tu sois avec moi, Alex. Pour me donner confiance…

— Écoute Gabriel, c'est à toi, maintenant. À toi de lui dire que tu ne peux pas vivre sans elle. À toi de lui dire que tes jours loin d'elle n'ont aucun sens. À toi d'aller vers elle. De lui demander…»

Alex ne peut pas continuer sa phrase. Une grande bouffée d'air s'engouffre dans ses poumons et ressort bruyamment, comme si elle avait été bloquée en lui depuis le départ de Gabriel. Il a un nœud dans la gorge et de vilains picotements dans le nez.

Sans bien savoir ce qu'il fait, il se précipite sur la terrasse et donne un énorme coup de pied au seau de cendres en attente d'être jeté, qui se répand sur les pierres, dans l'air, sur lui, et dans ses yeux tout à coup brouillés de larmes.

Sa première nuit à l'hôtel. Gabriel n'arrive pas à dormir. Il a froid. Et cette chambre est laide, si laide, si impersonnelle, qu'il ne veut pas allumer, préfère se croire encore à Corfou. Ce n'est que vers trois heures du matin qu'il sombre, enfin.

Mais il est réveillé brusquement. La fenêtre s'est ouverte toute seule et a rebondi contre son chambranle.

Et le bruit régulier de la marée montante envahit sa conscience.

La marée. L'océan. Respiration de l'Atlantique. *Sa* mer.

Retenu encore par le sommeil, ondoyant entre le rêve et l'éveil, une scène effacée lui revient alors en mémoire.

Il se revoit nager sous l'eau, le plus longtemps possible, à s'en faire exploser les poumons. Il se revoit hors d'haleine, remonter à la surface. Le temps de distinguer une vedette s'éloigner à toute allure. Il voit aussi…

Aussi…

Gabriel se concentre, intensément, il cesse même de respirer.

Il est sur le pont de *Galathée*... Il voit du sang... Sur un couteau.

Sur *son* couteau.

POINTE-À-PITRE

Novembre

Lise est assise dans le cockpit de son bateau, enfin propre. Les chromes jettent leurs mille feux et plus un seul grain de sable ne ternit les passe-avants. Du beau travail, se dit-elle, contente du résultat.

Tout en lovant les écoutes, qu'elle enroule avec élégance sur le pont, coquetterie des voiliers bien entretenus, Lise, le téléphone coincé entre l'épaule et l'oreille, écoute sa nièce.

Elsa lui demande de l'aide pour décider Marie à rejoindre Alex. Même sous antidépresseurs, Marie ne se détermine toujours pas. Et Elsa ne peut plus s'en occuper toute seule. « Et si je devais repartir à l'étranger, hein ? Comment on ferait, avec Maman ? Elle ne peut pas rester toute seule, je t'assure… »

Lise est lucide et lui répète qu'elle n'a aucune influence sur sa sœur. Mais, sentant Elsa découragée, elle ajoute, un brin fanfaronne : « Allez… Ne t'inquiète pas, je vais appeler Anne. On va arranger ça. »

Ce qu'elle fait aussitôt. Lise et Anne se parlent longuement, d'un bord à l'autre de l'Atlantique. Elles se disent une fois de plus ce que tout le monde sait : qu'il faut convaincre Marie de cesser de se considérer comme la superwoman assumant tout. Qu'elle arrête de jouer les grandes sœurs avec tout le monde. Qu'elle accepte de dire à son mari : « J'ai besoin de toi, moi aussi... » Et qu'elle se donne le droit de se faire plaisir.

« Il faut, il faut ! Oui, mais c'est facile à dire ! Le problème, c'est qu'elle n'a *jamais* été autrement. Même avec nous... »

Anne réfléchit tout haut. « Au fond... Pour commencer, il faudrait qu'on inverse la tendance toutes les trois... Histoire de lui montrer que, nous aussi, on peut s'occuper d'elle. Et qu'elle peut être en situation d'être protégée, sans pour autant perdre son identité. »

À des milliers de kilomètres l'une de l'autre, les deux sœurs retrouvent leur complicité d'antan, lorsqu'elles se liguaient en douce contre l'autorité de Marie. Ce parfum d'enfance les charme et les amuse, même si le sujet est grave.

« Mais... Dis donc, Anne... Tu viens de me donner une idée ! Tu sais ce qu'on pourrait faire ? Yann va partir quinze jours à la fin du mois en Bretagne, pour des affaires de famille. Eh bien... Tu viens me rejoindre avec Marie, et on part faire une croisière toutes les trois. C'est facile, ici, de trouver un skipper. À nous deux, on se la remonterait bien, la grande Marie. Et ça ferait du bien à Alex, de ne pas savoir sa femme toute en dévotion pour lui. Il mesurerait peut-être mieux la valeur des choses...

Qu'en dis-tu ? »

Ce qu'en pense Anne, c'est que c'est tout bonnement génial. Depuis le temps qu'elle rêve d'y aller, dans son pays. Et, justement, elle n'a pas de stage en ce moment. « Sauf que… Sauf que je n'ai pas un sou, ma pauvre petite sœur. Et toi non plus. Que pour venir chez toi, ce n'est pas la porte à côté. Et…

On ne va tout de même pas taper Marie, ce serait totalement contre-indiqué dans notre ligne de traitement ! »

Quelques heures plus tard, Lise a trouvé l'argent, prêté par Yann, et des billets bon marché : « Tu es formidable, Lise. Bien sûr que tu les prends, les billets ! Et pour Marie, à mon tour. Laisse-moi faire… »

Anne, qui n'est pas à un mensonge près, explique à Marie la situation à sa manière : Yann a quitté Lise, laquelle est totalement déprimée et a grand besoin de ses sœurs pour vendre le bateau et organiser son retour en métropole. « Il faut l'aider, elle ne va pas s'en sortir… Et toi, Marie, toujours si pleine de bons conseils, tu lui feras un bien formidable. Tu es notre grande sœur. Ton avis compte beaucoup pour elle. Bien plus que le mien… »

Marie se laisse convaincre. Anne, très contente d'elle, peut constater, une fois de plus, à quel point la flatterie est une arme redoutable.

Évidemment, dès leur arrivée à Pointe-à-Pitre quelques jours plus tard, Lise leur annonce s'être rabibochée avec Yann et avoir renoncé à vendre le bateau. Et elle n'a pas l'air particulièrement déprimée, elle est même tout sourire.

Marie la regarde, interloquée. Et Lise d'avouer, sans la moindre lueur de repentir : « Tu ne vas pas trop m'en vouloir, j'espère, Marie. Mais j'avais *tellement* envie de vous avoir pour moi toute seule... Et de partager avec vous deux le bonheur de vivre en mer, ne serait-ce qu'une petite dizaine de jours. Toutes les trois sans nos hommes... C'est le moment idéal. Unique, peut-être ! Je ne pouvais pas laisser passer cette extraordinaire occasion... »

L'expression fermée de Marie laisse paraître sans aucune ambiguïté qu'elle n'apprécie pas du tout d'avoir été manipulée à ce point. Et, en voiture, elle fait la tête pendant tout le trajet vers le voilier.

Mais une fois à bord, l'ambiance se détend un peu. Lise et Anne rivalisent d'égards pour se faire pardonner : « Prends la cabine que tu veux », « On dîne à bord ou au restaurant, que préfères-tu ? »...

Pourquoi tout gâcher ? C'est de sa faute, après tout, se dit Marie, elle pouvait très bien refuser. Maintenant, puisqu'elle est là... Autant profiter de ces vacances impromptues !

Le voilier file à toute allure. Leur skipper à peau d'ébène, nonchalamment installé à la barre à roue qu'il tourne du bout de son pied nu, rêvasse, la tête dans les nuages. Et les sœurs, toutes les trois allongées devant, sous le génois gonflé à bloc, ont la même position, bustes relevés sur les coudes, genoux pliés, nez au vent, sous le soleil radieux.

« On va où, Anastase ?

— Marie-Galante. On y sera pour le dîner.

— Parfait ! »

Rien de tel qu'une grande journée au large pour commencer une croisière. Marie et Anne, complètement déboussolées, s'abandonnent entièrement aux vertiges de cette transition rapide. Maladroites et étourdies, elles s'agrippent comme elles peuvent quand le voilier bondit dans les flots, comme un animal au galop. « Hé, Ho ! Capitaine ! Regarde où tu vas ! » s'exclame Lise, qui surveille machinalement la route et la façon dont il prend la vague, question d'habitude. L'étrave se soulève sur une crête mousseuse et elles retombent d'un mouvement sec, leur corps en déséquilibre, emmêlées l'une avec l'autre. Les trois sœurs rient comme des gamines.

À l'arrivée au mouillage, Anne et Marie sont lessivées mais enchantées de leur journée. Dépaysement assuré, Lise le savait, pas le temps de ruminer les problèmes.

Marie, qui était toute pâle, vire écrevisse. « Attention, ma belle, ici… rien à voir avec ton placard parisien ! Demain, manches longues obligatoires et crème solaire écran total. » Marie acquiesce. Elle n'est pas dans son élément, n'a pas l'habitude du grand air… Cette mine de petite fille timide lui ressemble si peu !

Quant à Anne, elle vit au bord de l'eau mais n'a jamais fait de croisière et n'en perd pas une miette. « Ce n'est pas dans mes moyens, tu comprends », fait-elle remarquer à Marie, qui change de maillot de bain tous les jours et arbore des tenues toutes plus ravissantes les unes que les autres.

La ligne de jeune fille de sa sœur pique un peu sa jalousie. Mais Anne se fait une raison : ses rondeurs généreuses atténuent efficacement ses faux-pas et ses heurts incessants contre tout ce qui encombre le pont d'un bateau. « Moi, tu vois, j'investis dans les amortisseurs ! » décrète-t-elle, le plus sérieusement du monde.

Le temps est splendide, pas un orage, ce qui est rarissime au mois de novembre, en fin de saison humide. Lise, Anne et Marie passent leurs journées sur ou dans l'eau.

Anastase est un skipper parfait, discret, gentil, qui sait s'effacer quand elles partent toutes les trois dans des fous rires de collégiennes, ou quand la discussion tourne sur des sujets intimes.

« Tu vois, Yann, oui, c'est fort entre nous. Mais c'est surtout physique...

— Faut dire, c'est un sacré loustic, Yann ! » laisse échapper Anne, malgré elle, réalisant immédiatement ce qu'elle vient de dire.

Marie demande, innocemment : « Pourquoi ? Il est comment, Yann ?

— Tu veux un dessin ? » répond Anne, éclatant de rire.

Marie les regarde alternativement. Elle comprend, prend son air choqué, puis – il fait beau, chaud, la sensualité plane partout dans ce pays et la décoince un peu : « Eh bien, mes sœurs... Si j'avais pensé cela de vous ! Bravo ! »

Elles rient aux larmes toutes les trois, l'impudeur des femmes entre elles s'accompagne toujours d'un sentiment de grande complicité.

Plus tard, Marie revient à la charge, sérieuse cette fois.

« Dites, les filles, je voudrais vous demander... Bon. Moi, Alex, c'est le seul homme que j'ai connu. Mais vous... Vous ? Combien d'hommes...? »

« Un peu », répond Anne. « Beaucoup », dit Lise.

Marie s'étonne, elle aurait pensé le contraire.

Mais elle se dit qu'Anne minimise, volontairement. Ce qu'elle sait de sa vie affective ne l'incite pas à la mesure. Tandis que Lise cherche peut-être à justifier sa décision de vivre avec Yann, avec qui « c'est surtout physique », comme elle dit.

Ou alors, elles expriment tout simplement leur ressenti.

« Et... Et... Pardon si ma question vous paraît idiote, mais... Est-ce que c'est quelque chose d'important pour vous ?

— Oh oui ! » répondent en chœur les deux sœurs.

Marie se tait. Marie n'arrive pas à comprendre. Elle n'a jamais eu envie d'un autre homme. Et pas le sentiment de rater quelque chose. Qui, entre ses sœurs et elle, est dans le vrai ? Y a-t-il seulement un vrai ?

Marie regarde la mer autour d'elle. Elle a lu Saint-John Perse, Blaise Cendrars, Chamoiseau... *Coulée d'Or, Chair Piment* et bien d'autres romans qui se passent aux Antilles. Mais jamais elle n'aurait pu imaginer le choc émotionnel que lui donne le fait d'y être, elle, réellement. Est-ce la même chose pour les romans d'amour ?

« Mais... Pourquoi est-ce si important, d'après vous ? » insiste Marie. « Question de curiosité ! » lance Anne, de l'autre bout du pont, où elle déguste une tranche d'ananas avec gourmandise. « Pour savoir choisir en connaissance de cause... », rétorque Lise, essuyant minutieusement ses lunettes de soleil.

Marie n'est pas convaincue. Elle ne croit pas à la valeur du choix. Mais au hasard. Ou à la chance. Le tout étant de se mettre en situation d'avoir de la chance. D'en apprécier les bienfaits. Et d'en cultiver les fruits.

Elle est peut-être infiniment plus romantique que ses deux sœurs...

Mais Marie se sent brutalement de mauvaise humeur.

Le soir, en fin de journée, tout se calme, l'eau, la chaleur, le vent. Tournée générale de *piña colada* sur le pont. Anastase les prépare très bien et partage l'apéro avec elles, très fier de les présenter dans de belles noix de coco fraîches, embarquées dans la soute. Les sœurs sont aux anges : « On peut manger la noix de coco jusqu'au fond ? » C'est un plaisir de les voir racler la pulpe fraîche et transparente.

« C'est même recommandé. Bon pour la soif, bon pour la santé... Et bon pour l'amour ! » répond Anastase avec un grand sourire.

Au septième jour, elles ont l'impression d'avoir déjà passé de longues semaines ensemble. Chacune trouve ses marques, Marie lit beaucoup à l'arrière dans le cockpit, allongée sur les coussins à côté d'Anastase, Anne regarde l'horizon d'un air somnolent et extatique, et Lise passe comme à son habitude beaucoup de temps à califourchon sur le balcon avant.

Marie-Galante, la Dominique, les Saintes. Croisière classique mais succès toujours assuré. Le soir, Anastase leur prépare le barbecue sur la plage et elles planent, le nez dans les étoiles.

Marie va tout à fait bien.

Elle est la première à user de tous les superlatifs de la terre pour exprimer à Lise le bonheur que cette croisière lui offre. « À mon âge, tu te rends compte ! Sans toi… – sans vous… » se reprend-elle pour associer Anne, qui plisse le nez et se désigne avec vigueur. « … Je n'aurais jamais su que toutes ces merveilles existaient. Merci, merci, mes sœurs ! »

Pendant toute la croisière, pas un mot sur Alex, Sarah, la librairie et autres tracasseries de la métropole. Marie n'a tout simplement pas eu le temps d'y penser, trop prise dans le tourbillon des sens, tous sollicités comme jamais ils ne l'ont été.

« Viens voir, Lise… »
Anne la tire par la manche, déjà plus ou moins endormie sur sa couchette. Un petit croissant de lune éclaire faiblement la mer bleu marine, et l'eau

clapote doucement autour de la coque. Au loin, les lueurs dorées d'une ville scintillent faiblement sur la côte. Le faisceau blanc d'un phare balaie la baie avec une régularité envoûtante. Spectacle grandiose.

« Chuuut. Pas de bruit. Là… Regarde ! »

Lise hisse la tête par le hublot central. Dans l'obscurité, Marie et Anastase sont assis en tailleur à l'avant, sur le pont. Du doigt, Anastase lui montre les constellations et Marie, tout près de lui, a l'air émerveillée par ce qu'il lui fait découvrir.

« Eh bien, les filles, c'est vraiment sublime de pouvoir nager dans cette eau délicieuse, autant qu'on en a envie… » Marie fait son sac, avec regret. « Jamais je ne me suis sentie en si bonne forme physique, ni si bien dans ma peau, c'est génial.

Et vous savez quoi ? Je crois bien que je vais m'installer en Grèce.

Pour nager d'avril à novembre… »

Gagné !
Dans le dos de Marie, Anne et Lise jubilent.

BRETAGNE

Novembre

Une effervescence inhabituelle règne dans l'atelier. C'est l'heure de l'emballage, les transporteurs de la galerie sont venus prendre livraison des deux sculptures d'Ahmed.

Ahmed est extrêmement tendu. Entouré d'Anne et de Carlos, eux aussi vigilants, il se tient devant la porte, attentif aux moindres mouvements des transporteurs, pourtant très habitués à manipuler des objets de haute valeur. Ils ont les gestes qu'il faut et le matériel approprié. Mais malgré leurs précautions, Ahmed ressent une violente mauvaise humeur, comme si on lui enlevait ses créations contre sa volonté. Comme si on les lui arrachait des mains. Il ne supporte pas de voir ses sculptures lui échapper, sortir de leur secret, du ventre de l'atelier, et partir à la conquête du monde.

Pourtant, il l'a attendu, ce moment. Sous la pression incessante d'Anne, poussé au-delà de lui-même, il a fini par y croire, à la belle aventure dont elle le berce tous les jours. Et il a travaillé, beaucoup, pour être au rendez-vous avec le regard des autres.

Tsliliw est emballée en premier, engloutie dans une caisse de bois. Ahmed ne dit rien, résigné.

Un peu plus loin, *La Fiancée d'Anzar,* figure de légende kabyle, attend son tour. Elle est encore debout, devant lui, fière, nue et droite, femme éternelle, bienfaitrice, arc-en-ciel de l'amour.

Elle est encore à lui, à lui tout seul, quelques secondes, et il la regarde avec vénération. L'autre soir, en revenant de chez Sarah, Ahmed est allé direct dans l'atelier et toute la fin de la nuit, ses doigts ont une fois encore caressé, poli, rectifié la patine, l'ont rendue plus chaude, plus veloutée, l'embellissant encore, incroyablement, comme par miracle.

C'est bouillonnant de douleur qu'il la regarde disparaître, ensevelie sous les enveloppements minutieux. Ahmed voudrait s'interposer, hurler son refus, la faire ressurgir de la caisse, s'enfuir avec elle. Il ne veut pas, il ne veut plus que d'autres yeux que les siens se posent sur elle.

À elle, il tient plus qu'à la prunelle de ses yeux.

Son beau corps délicat et gracile, il est à lui, à personne d'autre.

Mais le flot de la vie le lui a déjà volé.

Ahmed se sent impuissant, effondré, et se voile d'une brume de grande tristesse. Ahmed souffre, au fond de sa chair.

Sans un mot, il part la tête basse sur le chemin, ce chemin des douaniers au bord de l'eau, qu'il a parcouru tant de fois avec Anne, le soir, ce chemin qui lave de tout, répare tout, dit Anne.

De loin, Anne le suit des yeux. Elle sait qu'il est malheureux, très. Et elle sait pourquoi. Mais elle ne peut rien faire d'autre que d'espérer le voir revenir plus calme, bien qu'elle n'y croie pas du tout.

« Exceptionnel, ce nu… »

Les coupes de champagne se pressent autour de *La Fiancée d'Anzar*.

Juché sur un haut tabouret comme un oiseau sur son perchoir, emmitouflé dans son blouson d'aviateur bien qu'il fasse affreusement chaud dans la salle, Ahmed regarde de loin les mouvements de foule. Il est absent, fermé, maussade. Et pourtant, ses deux sculptures sont superbement mises en valeur et appréciées, surtout la *Fiancée*. Sa fiancée.

À côté de lui, Anne ne le lâche pas une seconde, lui parle beaucoup, fait ses commentaires, comme pour le forcer à revenir sur terre et à être tout de même un peu souriant à l'égard de ceux qui aimeraient bien lui dire un mot : « Celui-là, c'est un journaliste de *Ouest France*. Je te parie que tu as un article demain… À côté de lui, c'est le maire. Et là, juste devant toi, de dos, en tailleur noir avec le foulard gris clair, cette femme distinguée aux cheveux blancs, tu la vois ? C'est… »

Anne s'interrompt. « Sarah ! » lâche-t-elle, bruyamment. Le nom de sa nièce résonne dans la pièce. Tous les regards se tournent vers elle. Serrée dans sa robe sombre, indifférente à son entrée remarquée, elle s'avance, silencieuse. Ses cheveux inondent ses fines épaules, cascade acajou, épanouie, généreuse. Le rouge cerise de ses lèvres, parfaitement dessinées, dégage une grâce juvénile. Sarah est au sommet de son éclat, entre jeunesse et maturité.

« Salut, toi ! » lance-t-elle en passant devant *La Fiancée d'Anzar*, sans vraiment la regarder, ne laissant pas percevoir si c'est par pudeur, émotion, indifférence, ou pour éviter le regard d'Ahmed. Puis elle se dirige droit vers lui, lui fait signe de ne pas descendre de son tabouret mais il vient tout de même au-devant d'elle. Elle l'enlace : « Je suis si heureuse pour toi… »

Anne les rejoint, prend le bras de Sarah, la sépare d'Ahmed et l'attire à elle, un peu énergiquement, pour l'embrasser à son tour : « Et moi !
— Quel bonheur ! Tout ça, c'est grâce à toi, ma Tat'Anne. Une fée… Tu es sa bonne fée. »

Si Anne était une fée, elle sait ce qu'elle ferait.

L'atelier est désert mais vibre de toutes les formes esquissées, laissées sur les tables des jeunes, en attente d'un devenir.

Anne en profite pour faire un peu d'ordre avec l'aide d'Ahmed, mais surtout pour discuter sérieusement avec lui. Il ne s'est pas laissé approcher par elle depuis la fin du cocktail d'inauguration. Et pourtant, Anne est au comble de l'excitation. « 9 000 euros ! Tu te rends compte ! Tu nous fais une sculpture en trois mois, on l'expose… Et voilà que tu as déjà une offre ! Hallucinant ! Le client la veut en bronze. Quelle gloire, déjà, Ahmed… »

Sur le rebord de la baie vitrée, Ahmed ne la regarde pas, joue avec le lacet de ses baskets, le visage baissé. « Anne, sache-le bien, une bonne fois pour toutes. J'ai bien voulu prêter *La Fiancée d'Anzar* pour l'exposition, mais il n'est pas question que je la vende. Jamais, tu comprends, je ne la vendrai jamais. À aucun prix.

— Mais…

— Il n'y a pas, et il n'y aura pas de mais. Elle est à moi. Pour toujours. » Les ailes de son nez frémissent et ses doigts tirent plus fort sur ses lacets.

« À moi. C'est clair ? »

Sans attendre qu'Anne puisse riposter, Ahmed sort de la pièce et part en trombe dans le jardin.

Il court si vite qu'il en bouscule Carlos, en train de ratisser mollement un petit tas de feuilles, siffle un juron dans sa langue natale et s'élance vers le chemin. Il est immédiatement suivi par Anne, qui sort de l'atelier en trottinant, rouge de désarroi, et lui emboîte le pas.

« Dis donc, un sanguin, ton Ahmed… », s'exclame Carlos, qui intercepte Anne à sa hauteur, lui saisit la main et la prend par la taille.

Anne prend le temps de se réfugier un court instant dans la tendresse de ses bras ronds, ferme les yeux de plaisir pour ces délices retrouvées. Mais elle se redresse vite, bouleversée. « Je ne l'ai jamais vu comme ça depuis qu'il est ici. Déjà, avant l'expo, il m'a fait une crise de ce genre... Ça me rappelle comment il est arrivé, tout au début. Tu ne te souviens pas, la première fois, quand tu as chanté ?

— Bien sûr que si, je m'en souviens. Trrrès bien, même. Mais il a beaucoup changé, depuis ce temps-là. Quand je suis revenu de Grèce, je l'ai à peine reconnu. Et si tu veux mon avis, ma jolie, ton Ahmed, il est en train de devenir un homme. Un vrai. »

Mais Anne ne l'écoute pas, elle court rejoindre Ahmed.

Assis sur le muret, son regard fixe glisse sur la mer sans la voir. Les mains dans les poches, comme la première fois. « Qu'est-ce qui ne va pas, Ahmed ?

— Oh... Rien.

— C'est normal, tu sais. Tout ce qui t'arrive, ce sont des émotions. La cocotte-minute qui déborde. Tu as toujours l'air très calme comme ça, mais cela ne trompe personne. En tout cas, pas moi. Tu sais, Ahmed, cette exposition, c'est un grand tournant dans ta vie. Moi, j'ai toujours su que tu ferais des choses extraordinaires, mais maintenant... Toi aussi, tu le sais. Et beaucoup d'autres. Tu as vu l'article dans *Ouest France*, le lendemain de l'expo, je l'avais parié.

Que tu t'attaches à tes œuvres, c'est bien naturel. Tu y mets tellement de toi ! Continue à travailler, tranquillement. Ici, autant de temps que tu voudras... Tu es *chez toi*. Chez nous. Chez Carlos et moi. Moi, je suis la plus heureuse des femmes, maintenant : j'ai

431

près de moi les deux hommes que j'aime. Et je ne suis pas près d'oublier que tous ces mois où j'ai attendu Carlos, c'est grâce à toi que je n'ai pas perdu espoir.

Je crois en toi, Ahmed.

Et… Et je ne te lâcherai pas d'une semelle.

Et tu peux compter aussi sur moi pour que je t'empêche de faire des conneries. Ça oui ! »

Ahmed, soudain revenu à lui, se tourne vers Anne et lui prend les mains. « Tu es merveilleuse, Anne. Vraiment. »

Puis, comme s'il s'éveillait d'un mauvais rêve : « Et si on allait faire notre bonne crêpe au caramel au beurre salé ? Il y a longtemps… Ça me manque ! Et peut-être que Carlos aimera, lui aussi… »

« Quelle intelligence, cet Ahmed », pense Anne. Il dit exactement ce qu'elle a envie d'entendre.

Et répand ses douces paroles pour la tranquilliser.

Elle fait mine d'y croire et lui répond par un grand sourire. Mais cela n'empêche pas que, cette fois, elle l'a à l'œil.

La vie n'est pas un conte pour enfants.

Bretagne

Novembre

Gabriel est terré dans sa chambre d'hôtel. Depuis son cauchemar, il n'ose plus bouger. Ni appeler Alex.

La seule chose qu'il puisse faire, c'est rester assis, des heures, sur son balcon, à regarder la mer. Droit devant lui et surtout pas dans la direction de la citadelle et de l'isthme de Gâvres.

L'image surgissante, de lui sur *Galathée*, un couteau en main, ne le lâche pas d'une seconde, il n'a plus qu'elle en tête.

Des idées noires, très noires, l'assaillent, le jour, la nuit. Il se sent dans une impasse, au bout de lui-même. Il n'a plus envie de se battre. Il est las.

Quand son téléphone sonne et qu'il voit le nom de Dave s'afficher sur l'écran, il ne répond même pas et s'apprête à le couper. Mais le téléphone sonne à nouveau, tout de suite, et c'est encore Dave. Son insistance l'emporte.

Il ne lui faut pas longtemps pour comprendre que Gabriel est en piteux état. Mais beaucoup plus longtemps pour qu'il arrive à le faire parler. Avec douceur et infiniment de patience, Dave lui fait dire son angoisse extrême de retrouver Sarah et son fils.

Les mots apaisants de Dave redonnent un peu d'assurance à Gabriel, c'est grâce à eux qu'il parvient à avouer la résurgence brutale de son souvenir sur *Galathée*. Dave est catégorique : « Gabriel, cette image est importante, oui. Très, même. Mais est-ce un rêve ? Un souvenir ? Et tu ne connais pas le contexte. Un couteau ne fait pas un assassin, loin de là. Il faut que tu comprennes le mécanisme : ce que tu es en train de faire, c'est de te trouver une bonne excuse pour ne pas bouger. Un alibi, en quelque sorte. »

Dave le persuade petit à petit qu'il doit absolument dominer ces sursauts d'angoisse, ne pas s'esquiver. Et pour cela, ne pas rester seul. Parler. Voir Anne, voir Elsa. « Avec Elsa, tu peux en discuter. Elle peut tout entendre. Son père lui a dit où tu es. Et elle m'a prévenu. On est tous avec toi, Gabriel.

Et n'oublie pas que tu as un ami, près de toi : ton violon. Laisse-le t'aider, lui aussi. »

Le temps passe et Gabriel n'a toujours pas sauté le pas. Il attend. L'hôtel est désert, seuls quelques rares clients de passage animent un peu le hall, le soir. Leurs voix résonnent désagréablement dans l'espace vide, décor de théâtre d'une animation estivale endormie.

Gabriel quitte rarement sa chambre, sort un peu pour marcher, et rentre aussitôt, avant la nuit tombée.

Il ne joue pas de violon.

Dave est inquiet.

Quand Elsa lui propose de passer le voir à l'hôtel, il n'est pas surpris. Dave l'a appelée, évidemment. Mais cela le fait tout de même réagir. Devant elle, il ne veut pas se montrer faible, hésitant. Il n'est plus l'homme perdu recueilli à New York, ni l'homme fragile récupéré à l'aéroport, ni même l'artiste réservé et distant de leur première rencontre, à Paris, chez Marie et Alex.

Aussitôt, il part en ville et revient avec une chemise, un pull marin et un pantalon de toile bleu nuit. Il passe aussi chez le coiffeur et fait couper ses mèches un peu trop longues, un peu trop blondes. En croisant son visage dans le miroir, il constate son air sévère, vieilli. « C'est bien », pense-t-il en redressant légèrement les épaules.

Dans le coin-salon de la réception, Gabriel s'est installé dans un fauteuil qui fait face à la baie, à travers les vitres de la salle à manger fermée. Il prend une pose décontractée. Mais une tension monte, une sorte de trac désagréable. Dans ses mains, un journal local, ouvert au hasard.

Quand Elsa franchit la porte vitrée, c'est un homme solide et décidé qui vient au-devant d'elle et la regarde droit dans les yeux. Qui l'embrasse et lui propose un café. Et lui demande si elle a fait bonne route.

Elsa l'observe meubler la conversation de tout et de rien. Et son sentiment d'étrangeté augmente en l'écoutant : elle ne connaît pas *cet* homme. Il n'est pas *son* Gabriel. Elle, elle ne connaît que le Gabriel en perdition. A-t-il oublié ? Enfoui ? Renié ?

« Et toi, Elsa, que deviens-tu ? » Presque cassant, Gabriel lui pose cette question avec un détachement qui la blesse.

Elle est seule avec ses souvenirs.

« Gabriel… J'ai envie de marcher tout au bord de la mer. Ça te dirait, une balade sur la plage ? Je n'ai pas la chance d'y vivre toute l'année, *moi.* »
En réponse, son regard immédiatement inquiet la conforte dans l'idée que *son* Gabriel est toujours bien là, sous le masque.

Ils sortent. La brume couvre une mer étale. La marée est au plus bas et découvre une grande langue de sable blond, lisse et propre. Une multitude d'oiseaux piètent devant eux, fouillent le sol mouillé de leur bec affamé, et s'échappent à leur approche, pour se reposer immédiatement, quelques mètres plus loin, absorbés par leur travail. L'air est piquant, moite.

Gabriel avance silencieusement à côté d'elle, distant. « Alors… La Grèce avec Papa ? C'était bien ?
— Ton père est extraordinaire… Avec lui, je me suis remis au violon. Et nous avons joué dans des circonstances incroyables… Dans la rue, tu te rends compte ! » Gabriel rit, un instant allégé par ce

souvenir joyeux. « Rien n'arrête Papa, décidément, quand il s'agit de musique… » Elsa fait semblant d'être légère et enjouée. Il n'en est rien. Tout l'agresse, la lumière trop forte, l'air, le froid, et surtout, surtout, le rire de Gabriel.

Au bout de la pointe, un amas rocheux surplombe la baie. Gabriel grimpe sur le sentier devant elle. Stature carrée, musclée par la natation, il a retrouvé sa prestance. Elsa ne peut s'empêcher de repenser à son corps nu, maigre, dans sa baignoire.

Assis sur le plus haut rocher, Gabriel et elle attendent, en silence, l'embrasement du ciel. Elsa cherche un trait d'union. « À New York aussi, il y avait de beaux couchers de soleil… »

Mais Gabriel ne la suit pas. Ou ne veut pas la suivre. Sur un ton précipité et très coupant, comme s'il avait lancé cette phrase contre sa volonté, il dit enfin : « Elsa, *pourquoi* ne m'as-tu rien dit ? Sarah… Mon fils… »

C'était donc ça.

Il fallait bien que ce moment arrive, Elsa s'y était préparée. « Je ne me suis pas sentie capable de le faire… » Pour une fois, elle dit la vérité.

« … Parce que j'avais très peur de ta réaction et que je craignais que cela te fasse plonger encore plus.

J'ai préféré laisser faire Dave. »

C'est faux, mais que peut-elle dire d'autre ?

« Et puis… Je voulais protéger ma sœur. »

Cette dernière phrase déclenche chez Gabriel un élan d'affection. De son bras, il lui entoure l'épaule, et la serre contre lui. « Excuse-moi, Elsa. Je suis injuste avec toi. Très injuste. Mais… Tu sais… Je t'en ai tellement voulu. »

La chaleur de son corps contre le sien.
Le soleil disparaît, coule dans la nuit.

À New York aussi, il y avait de beaux couchers de soleil.

Le retour vers l'hôtel se fait dans le noir, ou presque. Le vent se lève et la brume disparaît. La lune éclaire à peine leurs pas.

Gabriel marche devant, vite, très vite, Elsa a du mal à le suivre. L'impression désagréable qu'il veut à nouveau mettre de la distance entre lui et elle. Elsa ne supporte pas de courir derrière sa silhouette fuyante. Elle lui crie de loin : « Je t'avais dit que j'ai vu *Galathée*, quand j'étais avec Lise ? Ce bateau est toujours au port, tu sais... »

Gabriel s'arrête brusquement, s'assied sur le sable. Elsa le rejoint, essoufflée par cette marche forcée. « *Galathée*… » La voix de Gabriel se brise. « J'ai aimé ce voilier, passionnément, pendant ma traversée… » Gabriel est loin dans ses pensées. « Mais c'est avec lui que j'ai perdu pied… Et je ne suis toujours pas au clair sur tout… »

Pas au clair sur tout. Il admet. « Enfin, notre secret est là, reconnu », se dit Elsa. « Toi et moi… » Elle lance ces deux mots comme une bouée à la mer.

Pour qu'il s'y accroche. Pour que reviennent enfin ces heures à eux, cette nuit-là, dans la chambre bleue. Pour qu'elles vivent aussi dans sa mémoire à lui. Qu'ils décident, ensemble, ce qu'ils en font. Elle a besoin de mettre dans la lumière ce qui rôde dans l'ombre de sa honte. Avec lui. « Toi et moi, c'est une belle, une merveilleuse histoire d'amitié », poursuit Gabriel.

D'amitié ! Cette fois, Elsa déborde, elle éclate, elle supplie presque : « Et la *Sonate* « à Kreutzer », cette nuit de mars… ? » Cette nuit de mars, à New York, cette nuit avec lui, sa main sur son cou…

Sans hésiter une seconde, la voix claire et assurée de Gabriel tranche : « En mars ? Non, pas du tout. C'était en juillet. J'en suis certain. Sarah était si belle, ce soir-là. Si belle… Et Alex et moi, si heureux de jouer ensemble… »

Clouée, Elsa se tait. Gabriel est un bloc impénétrable. Inviolable. Elle ne sait pas s'il feint ou s'il a oublié. Peut-il jouer à ce point la comédie ? Elsa tremble légèrement. Ce soir, il les noie. Volontairement ou pas. Mais il les noie.

En l'espace de quelques secondes, une sorte de déchirure brutale s'opère dans la tête d'Elsa. Deux berges s'écartent l'une de l'autre à une vitesse incroyable. Elle saute sur celle du présent, elle ne veut pas rester en arrière, s'exiler avec le repli des souvenirs largués. Et dit, gravement :

« Gabriel, il faut que tu saches. Je suis au courant pour l'attaque en mer… Les narcotrafiquants… Quand j'étais à Pointe-à-Pitre… »

Emportée, la voix de Gabriel fuse, comme la foudre : « Quoi ? Elsa, tu dis quoi ? Tu SAIS ?! Mais tu sais QUOI, exactement ?

Dis-moi tout, oh dis-moi tout, cette fois, Elsa, je t'en conjure… »

Gabriel s'étrangle presque, et lui agrippe aussitôt l'avant-bras, d'un geste menaçant.

Les quelques secondes pendant lesquelles il est suspendu à ses lèvres donnent à Elsa le plaisir inavouable d'être, enfin, primordiale à ses yeux. Précipitamment, les mots sortent, presque mécaniques, expulsés d'elle, incontrôlés : « Je sais que des hommes ont arraisonné ton bateau… Sur une vedette des douanes qu'ils avaient volée… Je sais qu'ils avaient de la drogue à bord… Je sais que l'un d'entre eux a été blessé… »

Dans un geste d'énervement intense, Gabriel se lève, shoote violemment dans un caillou, propulsé loin devant eux. « Tu sais tout ça et tu ne me dis rien ! Mais POURQUOI, Elsa ? Pourquoi es-tu toujours aussi méfiante à mon égard ? Je ne suis pas un monstre ! Je suis capable d'entendre des choses. Et JE VEUX, tu entends, JE VEUX… » Il s'adoucit : « …et j'ai besoin de savoir la vérité. »

Gabriel se laisse tomber près d'elle, en même temps que sa voix devient sourde.

« Tu dis… Un homme blessé ? Oh si c'était vrai, Elsa… Blessé seulement… ! »

Gabriel se confie enfin, raconte à Elsa le souvenir du couteau. Elsa retrouve ces ondes d'angoisses qui irradiaient leur chambre bleue à New York et qui montent à nouveau en elle, l'entraînent dans sa frayeur, trouble si reconnaissable.

Alors, lentement, elle redit à Gabriel ce qu'elle vient de dire, avec d'autres mots.

Il boit ses paroles.

Et le silence revient. Comme dans leur chambre bleue. Lourd, noir, et plein.

L'obscurité pèse sur leurs épaules. Elsa frissonne, commence à se relever. « Il faut rentrer… », dit-elle. Mais Gabriel revient sur la scène du couteau. Le couteau, dans sa main. Du sang sur ses doigts, sur son bras. Il soupire. « J'ai dû sauter à l'eau… Ou tomber… Je me revois seulement nager… Que s'est-il passé, avant, sur *Galathée* ? Impossible de savoir. Le trou noir. »

Gabriel lui avoue sa peur d'avoir, peut-être, tué l'un de ses agresseurs. Cette pensée l'obsède. Il ne sait pas…

Elsa ne dit rien, elle écoute. Elle ne dit pas le sang dans la barque. Elle ne dit pas l'homme tué. Elle le laisse avec un homme *blessé, seulement*.

Elle attend qu'il s'apaise. Mais l'apaisement ne vient pas. Gabriel est une boule compacte, replié sur lui-même, la tête dans les genoux, les bras serrant ses jambes contre son torse. Alors elle dit : « Rassure-toi, Gabriel. Cet homme n'est pas mort. Il a été arrêté et croupit dans une prison. Son comparse aussi. Tu peux être tranquille. Je le sais de source sûre. Mais que tout ceci reste entre nous. Surtout ne dis rien à personne. Je ne suis pas censée savoir ce que je t'ai dit. »

Après ces mots, le silence revient, mais blanc, cette fois, sidéral. Comme dans un ciel après l'orage, les amas sombres et menaçants s'entrouvrent, se disloquent, se dispersent, laissant apparaître une lumière aveuglante et irréelle.

Dans un élan impulsif, Gabriel attire Elsa à lui, l'enferme dans ses bras puissants et la serre contre lui.
Ils perdent l'équilibre.
Leurs corps roulent sur le sable.

Quelques instants plus tard, comme s'il avait tué un monstre, Gabriel se laisse aller en arrière sur le sable et respire enfin.

C'est à plusieurs mètres l'un de l'autre qu'ils rentrent vers l'hôtel.

PARIS

Décembre

Marie déambule, à demi nue, dans son salon blanc.

Tout en brossant interminablement ses cheveux, elle se regarde dans la glace, sur toutes les coutures. Elle prend la pose, se déhanche, admire sa peau toute bronzée, se trouve belle, attirante. Marie est à la reconquête d'elle-même, dans une sorte d'apesanteur.

Quand le téléphone sonne, elle répond sans cesser de se coiffer ni de minauder devant le miroir. « Sarah ! Quelle joie de t'entendre. C'est gentil de penser à moi. Oui, je vais bien, pourquoi ? Et notre petite merveille ? Toujours en bonne santé ? Mais c'est miraculeux, ce changement… Il est béni, ton air là-bas ! Et toi ? Toujours heureuse, dans ton beau bureau ?... » Marie n'écoute pas la réponse, elle virevolte sur ses talons, elle danse tout en tenant l'appareil. Et raccroche rapidement, prétextant une course à faire.

En réalité, Marie a seulement besoin d'être seule avec elle-même et n'a aucune envie de redescendre sur terre. Depuis son retour des Antilles, fermer les yeux et revivre sa toute récente histoire est son occupation préférée. Elle plane à haute altitude, s'étourdit dans son nouveau parfum *Double Vanille*, acheté d'urgence chez Guerlain, sanctuaire de ses émotions. Elle se délecte de papaye, goyave et autres fruits de la passion, s'évade dans les pulsations rythmiques de ritournelles biguines.

Marie fait tout ce qu'elle peut pour retenir les vibrations de délices que ses sens éprouvent toujours. Car elle sait qu'hélas, elles vont se dissoudre trop vite, s'égarer dans la nostalgie, pour ne devenir que de distants et trop vagues souvenirs.

Marie savoure ce qu'elle n'a jamais connu. Elle n'est pas rassasiée.

Après la déprime, l'euphorie. Elsa met les changements de sa mère sur le compte des antidépresseurs mais se confie à nouveau à sa tante Anne : Marie ne s'intéresse plus à sa librairie, elle veut de l'air, de l'espace, la mer, le soleil…

« Tu sais, Elsa, ta mère, elle s'est drôlement décoincée là-bas, avec nous. Et pour quelqu'un comme elle, raide dans le devoir depuis toujours, cela peut faire pas mal de remous. Pas étonnant qu'elle se sente légère comme une plume, maintenant ! Ne te fais pas de souci, Elsa. Laisse-la donc vivre tranquillement sa petite période de folie... »

Mais les lames de fond qui soulèvent Marie travaillent en profondeur. La librairie est en vente depuis plus d'un an et voici justement que, enfin, l'agence lui présente le repreneur qui lui convient. Un homme dans la quarantaine, qui vient d'hériter et veut réaliser le rêve de sa vie. Marie ne l'a pas questionné sur son ancien métier cette fois-ci. Le trouver sympathique, sensible et passionné lui a suffi. Deux librairies sont en vente et il s'intéresse aux deux... Sans hésiter cette fois, et même de façon trop précipitée selon l'agence – « Laissez-nous faire, ne vous dévoilez pas trop vite, vous allez faire baisser la valeur de votre bien... » –, Marie conclut l'affaire et vend sa librairie avec le stock. Sauf quelques pièces, ses incontournables. Ses amis de toujours. Pas question qu'elle les quitte, ceux-là.

« Tu vois, Elsa, il y a des moments dans l'existence où tout est au rendez-vous au bon moment et où tout se décoince d'un seul coup », assure Marie, péremptoire et affairée. Entourée de caisses de livres empilés sur le parquet de sa chambre, Marie trie, classe, range. Et s'émerveille : « Oh, celui-là... Un coup de cœur. » Elle lit le titre : « Le Livre d'Heures ou Offices de l'Église illustrés, d'après les manuscrits de la bibliothèque du Roi, publiés sous la direction de l'Abbé des Billiers, Chanoine honoraire de Langres. Paris, Guilbert, vers 1840. Bruel et Engelmann. Regarde ce ravissant travail. Une reliure sobre, mais tu l'ouvres, et à l'intérieur... Un bijou ! Chaque page est différente, toutes les enluminures sont peintes à la main, avec une délicatesse et une élégance émouvante.

— Maman, dis, tu me la fais, ta description de catalogue... »

Elsa adore voir sa mère en plein travail d'expert. Marie ne se fait pas prier et tourne avec gourmandise et délicatesse le livre entre ses mains, tout en déclamant, d'un ton professoral : « In-8, reliure d'époque, plein maroquin janséniste brun. Dos à cinq nerfs, titre à froid, large dentelle intérieure dorée, double filet doré sur coupes, tranches dorées sur marbrure. Belle reproduction en couleurs d'un manuscrit enluminé, avec marges, lettrines, peintures et rehauts d'or. Très bel exemplaire, en parfait état... Une belle affaire ! »

Elsa contemple sa mère avec admiration et tristesse. C'est elle, maintenant, qui a du mal à supporter ce pan de vie qui se ferme. Et pourtant, elle a tout fait pour qu'il arrive, ce moment.

« Maman... Je suis contente que tu aies enfin pu la vendre, ta librairie. Même si, moi aussi, ça me fait mal au cœur, l'idée de ne plus te voir au milieu de tes trésors. Mais...

— C'est la vie, on ne va pas se lamenter à l'infini.

— Seulement... Dis-moi... Pourquoi si vite ?

— Oh ! Vous m'agacez tous, avec vos "pourquoi si vite" ! Je vous ai eus sur le dos pendant des mois parce que je ne faisais rien, et voilà que, le jour où je me décide, vous me tombez à nouveau dessus.

— Oui, mais...

— Mais, mais... Il y aura toujours des mais quelque part. Je me suis décidée, c'est tout. Et puis, je suis pressée, il faut que je parte. J'ai des choses à faire. »

« Mais… Maman… Que fais-tu ?

— Ça se voit, non ? Je fais mon bagage. Je pars en voyage.

— En voyage ! Mais où ?

— Enfin, ce n'est tout de même pas aussi extraordinaire que ça ! Vous, vous avez toujours un pied en l'air, et moi, tout le monde s'affole si je bouge un cil…

— On n'a pas l'habitude, Maman.

— Eh bien oui, je pars en voyage.

— Où ?

— Aux Antilles.

— Où ça, aux Antilles ?

— Aux Antilles, je viens de te dire… Faire une croisière. »

Elsa est inquiète et ose à peine demander : « Avec qui ?

— Si on te le demande, tu diras que tu ne sais pas.

— Et… Tu reviens quand ?

— Je ne sais pas. Tu verras bien. Mais ne t'inquiète pas, je n'ai aucunement l'intention de vendre l'appartement. Tu peux y rester tout le temps que tu voudras. Tu arroseras mes plantes… »

Onze heures du soir. Écrasée devant la télévision, Elsa somnole à moitié. Elle supporte encore moins l'appartement sans sa mère. Elle zappe, cherche à s'évader dans les images sans intérêt qui défilent, coupe le son, tourne en rond dans sa tête et n'arrive pas à se fixer une ligne de conduite.

447

Gabriel à Lorient, sa mère aux Antilles, son père en Grèce... Et elle, au milieu de toute cette instabilité, toupie entre les doigts du sort, qui ne sait pas ce que lui réservent les vingt-quatre heures à venir, et qui sent sa volonté lui échapper.

Pour la première fois de sa vie, Elsa lâche prise et s'en remet au destin. Elle n'en peut plus de vouloir contrôler les événements, qui, sans arrêt, lui démontrent son impuissante vanité. À quoi bon avoir tant fait pour tenter d'infléchir le cours des choses ?

Le téléphone la sort de sa torpeur, stridente sonnerie à cette heure de la nuit. « Papa !... Que se passe-t-il ?

— Passe-moi ta mère. » La voix est pâteuse, incertaine. « Il a bu », pense Elsa.

« Je ne peux pas, Papa, elle n'est pas là. Elle est partie...

— Partie ! Mais où ça ?

— Elle m'a dit : aux Antilles.

— Aux Antilles ! Mais qu'est-ce qu'elle est allée faire là-bas ?

— Si je savais, Papa... Et toi, qu'est-ce qui se passe ? Il y a quelque chose qui ne va pas ? Ce n'est pas ton genre, d'appeler à cette heure-là...

— Oui : je veux parler à ta mère et je n'y arrive pas.

— Essaie sur son portable.

— C'est ce que j'ai fait toute la journée : elle ne répond pas. »

Alex est désemparé. Mais Elsa ne cherche pas à ménager son père, pour une fois. Et se répète ce qu'elle vient de se dire : ne pas tenter d'infléchir le cours des choses. Ni de prendre le malheur des autres à sa charge.

« Tu sais, Papa, je crois qu'elle avait besoin d'air, Maman. Combien de fois, je te l'ai dit : elle ne va pas bien, occupe-toi d'elle. Mais voilà… Toi, tu es dans ton île. Le reste du monde…

Alors, je l'ai mise sous antidépresseurs pour qu'elle sorte de sa torpeur, se reprenne en main et prenne enfin des décisions. Et bien, cette fois, on y est : elle bouge. Et drôlement, même. Maintenant, elle se débrouille toute seule. Et je crois bien qu'elle fait un sérieux ménage dans sa vie. Même si ça ne nous fait pas plaisir. Alors… Accroche-toi, Papa ! Tu sais qu'elle a vendu la librairie ?

— Mais non !! hurle Alex. Comment le saurais-je ? Qui me l'aurait dit ?... »

Elsa s'allonge sur le canapé : « Papa. Sois logique. Toi, tu as tout envoyé balader et tu es parti quasiment du jour au lendemain en Grèce. Pourquoi Maman n'irait-elle pas, elle aussi, précipitamment aux Antilles ? »

Gros et long silence.

« … Parce que la Grèce, c'était son idée *à elle*. Les Antilles, ce n'est pas moi. Tu vois la différence ? »

Ce qu'Elsa voit surtout, c'est que le couple de ses parents tangue dangereusement.

« Écoute Papa, je ne vois qu'une seule chose à faire : fais-lui confiance. Comme tu l'as toujours fait… »

Décembre

Évitant soigneusement les parties du jardin éclairées par les fenêtres ouvertes de la maison, la silhouette féline d'un homme se faufile dans le noir. Sur la pointe des pieds, Gabriel fait le tour de la maison de Sarah.

Bien que mal à l'aise dans cette position de voyeur, Gabriel n'a trouvé que cette solution pour tenter d'apaiser son stress et se familiariser un peu avec ce qui l'attend. Il se sent étranger au monde de Sarah, et avant de sonner à sa porte, veut pouvoir se projeter dans son univers à elle, ne pas se laisser surprendre, apprivoiser l'inconnu.

La maison est un grand carré blanc, simple. Devant elle, majestueuse, illuminée, la citadelle veille et protège de ses puissantes murailles les éclats de la ville. Au loin, le feston irrégulier de l'écume dessine la courbe de la plage. Ensuite, c'est le noir agité de la mer, infini et sauvage, adouci par la faible lueur d'un cargo dans le lointain.

« C'est beau… C'est magnifique ! » se dit Gabriel, rassuré de se sentir si bien dans ce lieu choisi par Sarah, y voyant un bon présage.

Ragaillardl par cette sensation d'harmonie, il s'approche un peu plus de la baie du salon, le cœur battant. Sarah, en djebba noire, les cheveux libres, est assise sur une chaise et semble lire.

Pris de vertige, Gabriel doit s'asseoir, lui aussi.

Sarah. Elle. Devant lui, à quelques mètres… Sarah dans toute sa grâce, intacte dans son souvenir, belle, si belle. Traversé par une envie soudaine de se précipiter vers la fenêtre et de tambouriner pour qu'elle lui ouvre, il a un mal énorme à se dominer. Mais il s'oblige à détourner le regard. Non, pas encore, pas ce soir. Il doit faire ce qu'il a prévu, attendre la date. Ne pas dévier de ses résolutions. Et Gabriel veut se montrer fort. Comment paraître fort, les yeux embués et les mains tremblantes ?

Son corps pèse une tonne mais il se relève, violent effort. Et s'éloigne.

Et il ne peut s'empêcher de jeter un dernier regard vers Sarah avant de rebrousser chemin.

Une ombre dans le salon. Gabriel entrevoit une silhouette d'homme. L'homme se lève, va vers Sarah, rassemble lentement ses cheveux dans les mains, qu'il répand ensuite comme une corolle autour de ses épaules.

Le choc est affreusement violent. Un éclair brûlant le transperce. Comme s'il avait la mort aux trousses, Gabriel s'enfuit en courant, hagard.

« Non, Anne, non. Je ne peux pas. Impossible. »

Gabriel est sinistre, décomposé. Le café autour d'eux est désert.

« Mais pourquoi, grands dieux ! Ça fait presque deux ans qu'elle se languit de toi. Et toi, tu es là à te poser des questions existentielles… À quoi ça rime, tu veux bien me dire ? Tu ne vas tout de même pas tergiverser comme ça à l'infini ? Bon d'accord, quand tu es revenu des Amériques, c'était trop tôt, il fallait que tu te refasses une santé. Mais maintenant, tu vas bien et tu cales. Qu'est-ce qui t'arrête, bon sang ? Le trac ? Allez, un peu de c… Un peu de cran, jeune homme. Sarah va être folle de joie quand elle va te voir. Peut-être même qu'elle va tomber dans les pommes, tellement elle sera surprise.

— Anne, les mois ont passé… Sarah… Sarah n'est plus… Elle n'est plus… Elle n'est plus seule.

— Comment ça, elle n'est plus seule ?

— Je… Je suis passé… Hier soir, j'ai voulu me préparer… Voir où elle habitait. Alors je suis allée faire un tour à Gâvres. Il était tard, presque minuit, mais il y avait encore de la lumière dans son salon. Je me suis approché sans bruit, par le jardin. Et là…

— Là, quoi ? »

Gabriel ne peut plus prononcer un mot, étranglé par la peine.

Anne le secoue. « Et là, quoi ? Dis-le !

— Et là… Un homme. Il la… Il la… Il lui caressait les cheveux. »

Gabriel se détourne, tente de cacher son visage de la vue d'Anne.

Anne éclate de rire. « Mais ! Bougre d'imbécile ! Idiot-bête !... Oh... Comme c'est rigolo ! »

Gabriel lève le nez, interdit. Qu'arrive-t-il à Anne ? Il ne voit rien, mais vraiment rien de comique dans cette situation qui lui arrache le cœur. Il sent son pouls cogner contre ses tempes et Anne se moque de lui.

« Ahmed ! C'était Ahmed ! Mon petit génie de l'atelier. Mon protégé ! Tu ne l'as pas reconnu ? Il a fait une exposition il y a quinze jours et Sarah lui a servi de modèle pour une de ses plus belles sculptures. Et lui, il n'aimait pas la chevelure. Il la trouvait plate. Il devait chercher quelque chose pour l'améliorer. Oh mon Dieu, que c'est drôle ! Une vraie pantalonnade à l'italienne ! »

Anne se fait sentencieuse. « Tu vois, ce qui arrive quand on traîne dans des endroits où on ne devrait pas être ? Quand on joue les indiscrets ? Tu as été bien puni, Gabriel... »

Sonné, Gabriel regarde Anne. Ahmed. La sculpture. Le modèle. Sarah. Il n'intègre pas encore bien toutes les données du problème dans le bon ordre. « Sache-le, Gabriel : Sarah et Ahmed sont les meilleurs amis du monde. Deux frère et sœur. Inséparables. Et pas ce que tu croyais... »

Les paroles d'Anne sont infiniment rassurantes. Elle les choisit avec soin. Persuader Gabriel, impérativement.

« Il est temps que tu te décides, mon petit Gabriel... Allez ! En piste, maintenant. Et ne te pose plus de questions inutiles, tu veux bien ? »

En rentrant dans sa chambre d'hôtel, Gabriel prend une douche, fait ruisseler longuement l'eau sur son visage et son front, comme pour laver son esprit de toute pensée importune. Puis il met sa chemise blanche, son pull marin, son pantalon de toile bleue et va sur le balcon.

Oui, il est temps, Anne a raison, c'est l'heure et il le sait.

Il s'appuie sur la rambarde, regarde intensément de l'autre côté de l'estuaire. Puis il ouvre son étui, sort son violon avec délicatesse et le porte à son cou. Cet air, qu'il était en train de jouer, pour elle, pour eux, en voyant s'approcher l'île de Marie-Galante... Cet air qui lui disait son amour et sa peine de ne pas pouvoir s'y abandonner... Cet air, interrompu par la vedette des douanes... Il le joue maintenant, seul devant cette promesse de bonheur, à portée de sa volonté.

Il joue *Wiosna*, « Le Printemps », ce chant polonais de Chopin, cette mélodie si douce de son pays, que sa mère lui fredonnait dans son enfance, pour l'endormir. Mélodie qu'il adorait et chanterait, lui aussi à son tour, à l'enfant qu'il aurait un jour, se disait-il alors.

Gabriel joue *Wiosna* jusqu'au bout, aujourd'hui.

Le timbre de la mélodie, interprétée par ce violon, résonne curieusement à son oreille. Il ne rejoint pas ses souvenirs et lui fait le même effet que si sa mère l'appelait avec la voix d'une autre.

Nostalgique, il regarde la mer qui l'a privé de *son* violon.

Mais aujourd'hui, il ne lui en veut pas.

Aujourd'hui, il a rendez-vous avec son avenir.

Pétri d'appréhension, Gabriel est devant chez Sarah, une petite heure après lui avoir téléphoné. Il a besoin, en sonnant chez elle, qu'elle ouvre la porte en sachant qui elle va accueillir. Il a besoin qu'elle s'habille le cœur.

Gabriel doit être très pâle, car le premier geste de Sarah est de porter sa main à sa bouche, comme pour réprimer un cri. Puis, immédiatement, elle se jette contre lui, le visage enfoui dans son torse, pour se protéger de ses regards. Longuement ils restent l'un contre l'autre, muets, immobiles et raides dans la pénombre. Mais Sarah, prenant conscience qu'ils sont dans la rue, exposés à la vue de tous, le prend par la main et le tire vers chez elle, fermant un peu brusquement la porte.

À nouveau son corps plaqué contre le sien, elle tremble de tous ses membres. Les mains de Gabriel remontent de sa taille vers son dos et viennent se réfugier dans ses cheveux épais. De longues minutes encore s'écoulent, leur deux corps collés l'un à l'autre, figés, dans le silence complet. Et puis, lentement, elle glisse sur le sol, se recroqueville à ses pieds, ses jambes ne la portent plus. Gabriel la rejoint par terre, et seulement alors, laisse parler son cœur : agenouillé près d'elle, il l'attire, délicatement, contre lui et l'embrasse dans le cou, d'un baiser très doux, ses lèvres contre sa peau.

Longtemps, ils restent ainsi, à terre, étourdis, sidérés. C'est Gabriel qui se redresse le premier et la relève d'une main assurée. « Je ne peux pas y croire... », dit Sarah.

Une mèche cache ses yeux, qu'il dégage tendrement.
« Sarah…
— Oui.
— Aujourd'hui, c'est le 29 décembre.
— Je sais, répond Sarah. Exactement deux ans. Cela fait si longtemps, Gabriel… »

Sarah éclate en sanglots. Gabriel, désemparé, ne sait pas comment réagir. Il voudrait pouvoir tout expliquer, en un seul mot – ou mieux, sans mot du tout. Il voudrait qu'elle puisse voir de haut, comme un aigle, le tracé de son chemin pendant ces deux années, qu'elle comprenne toute seule. Il soupire, la prend dans ses bras. Elle se recule, craintive.

L'inquiétude se lit sur son visage crispé.
Gabriel est dans sa maison, mais le bonheur de le retrouver, toujours à la porte.
Sarah a peur. Peur de ce qu'elle ressent, ce mélange de joie, de peine – de frayeur aussi : Gabriel est devant elle et elle ne retrouve pas cet élan d'amour qui l'habitait pendant son absence. C'est lui,

oui, mais il lui paraît soudain tellement étranger. Étranger à elle. L'image qu'elle s'est forgée de lui est-elle toujours conciliable avec la réalité ? Ou bien est-ce elle qui a changé, pendant tous ces mois de solitude ? L'idée de ne plus vibrer pour lui, comme avant, la terrifie.

Et elle a si peur, aussi, de ce qu'il va lui dire. Être resté absent, autant de temps, sans donner de nouvelles… Il faudrait une raison indiscutable, qu'elle n'imagine même pas, pour ne pas lui en vouloir maintenant.

« J'ai été malade. Très. Mais je ne le savais pas. Oui, malade. Perdu. Hors de moi-même. Et j'ai eu une chance inouïe. Miraculeusement sauvé par… Par un homme. Un psychiatre. Un homme exceptionnel. »

Hors de moi-même. Des situations extrêmes envahissent l'imagination de Sarah : folie, amnésie, drogue, séquestration, prison… Elle ferme les yeux. S'attend au pire.

Espère le pire.

« Je ne suis pas tombé du bateau par accident… »

Gabriel raconte, longuement, comme il peut, c'est-à-dire très mal.

Sarah ne comprend pas tout ce qu'il dit, mais se rend compte que Gabriel est sincère et ne lui ment pas. Ce qu'elle arrive surtout à entendre, c'est toute sa souffrance, depuis ce moment d'horreur qu'il ne peut pas lui décrire. Et le long chemin qu'il a parcouru pour être là, devant elle, aujourd'hui.

« Il m'a fallu du temps, beaucoup de temps, pour pouvoir oser me présenter à toi. »

C'est cette dernière phrase de Gabriel qui fait craquer la digue et les résistances de Sarah. Elle se laisse aller, enfin, et s'oublie dans le long et profond baiser qui les plonge l'un dans l'autre, infiniment.

Leur fils dort, déjà couché. Gabriel avait choisi d'arriver le soir, pour que Sarah soit seule. Pour qu'ils puissent affronter, tous les deux, leurs premiers instants, sans lui.

C'est Sarah la première qui se dégage doucement de son étreinte et l'entraîne, dans le noir, vers le lit d'enfant et ses barreaux blancs.

C'est aussi dans le noir qu'elle soulève le petit corps endormi et le dépose dans les bras maladroits de son père. Contre lui, le petit ouvre un œil et le referme aussitôt, blotti contre son buste, s'abandonnant à nouveau au sommeil. Pour Gabriel, cette confiance enfantine spontanée est le révélateur de l'instinct, qui rassure et éveille sa nature paternelle. Pour Sarah, c'est celui de l'apaisement tant désiré.

Bretagne

Mars

Ce jour-là, il fait une journée splendide, une magnifique et exceptionnellement douce journée de fin d'hiver, comme les aiment tous les marins et les amoureux de la mer. Le ciel est bleu tendre et la mer un lac tranquille. Une journée où on a envie de rester dehors et se dire que mars est un bien joli mois.

Dans la petite mairie de la commune de Gâvres, M. le maire est digne et sérieux. Sarah et Gabriel se disent oui, yeux dans les yeux, le cœur amarré à leur enfant, perché dans les bras de sa tante Elsa. En tailleur gris clair assorti aux yeux de son mari, une orchidée fraîche dans ses cheveux remontés en chignon, Sarah rayonne, émerveillée, comme tous ceux qui sont passés tout près de l'impossible et savent estimer à sa valeur le cadeau que la vie leur fait.

Debout, les bras croisés, droit comme la justice, Alex les entoure d'un regard protecteur et satisfait de chef de famille. À côté de lui, Marie, la mine fraîche de ceux qui vivent au bord de la mer, paraît absente tant l'émotion est grande. Perdue peut-être dans le souvenir de son propre mariage. Nostalgique de leur connivence d'antan. Mais quand Gabriel dit oui à Sarah, qu'Alex prend discrètement sa main et la serre fort, très fort, dans la sienne, un sourire éclaire son visage.

Derrière son objectif, Lise guette les jeunes mariés à la sortie et immortalise la pluie de grains de riz mêlée à leurs cheveux. Pigeons et mouettes s'invitent à leur tour, attirés par cette distribution providentielle, tournoient et piaillent au-dessus de leurs têtes, célestes demoiselles d'honneur, pour le plus grand ravissement de Sarah. Et de Lise, enchantée de la photo qu'elle vient de faire, couple tout sourire, gerbe de riz et pigeons voletant en arrière-plan. « Elle ira sur la cheminée, celle-là… », dit-elle à Yann, qui ne cesse de répéter : « Incroyable, cette histoire… », se souvenant encore de sa quête éperdue, cherchant Gabriel à toutes les escales, sûr qu'il vivait encore. « J'avais raison, mais tout de même… Tout de même. »

Carlos et Anne entourent les mariés de leurs chaleureuses effusions. Carlos étreint longuement Gabriel, son compagnon des jours enchantés et inoubliables, là-bas, au royaume de la musique. « Que d'émotion, mon cherrr, s'exclame-t-il. Encore plus que pendant nos concerts. Tu es fort, Gabriel… Tu sais vraiment bien t'y prendre pour attirer l'attention sur toi ! » Anne embrasse sa nièce. « Un beau mariage, en vérité. Et j'avais tellement hâte qu'il se fasse… Depuis le temps qu'on l'attend. »

Ahmed, près d'Anne, ne dit rien. Ahmed n'est pas là, il est avec *La Fiancée d'Anzar*, loin, très loin dans son monde. Sa fiancée à lui, que personne ne lui prendra.

Et il ne l'écoute pas faire ses commentaires intarissables, comme d'habitude, sur le maire, la mairie, les mariés et tout ce qui peut ressembler à une cérémonie officielle à laquelle, elle, n'a jamais eu droit. « Tu vois, Ahmed, jusque-là, cela me paraissait complètement absurde, le mariage et tout ce tralala de bonnes intentions. Eh bien, là, je ne sais pas ce qui m'arrive, mais… J'ai trouvé ça bien. Même quand ils se promettent fidélité. »

Quelques pas en arrière, Elsa traîne un peu. Elle tient le petit par la main, qui trottine à côté d'elle.

Une joyeuse effervescence règne dans la maison de Sarah.

Gabriel et Yann transportent sur la plage, à quelques mètres à peine de la maison, la grande planche et les tréteaux prêtés par Anne. « C'est extraordinaire, ce temps ! On se croirait déjà en été ! » Anne est ravie. L'idée de déjeuner sur la plage, c'est elle qui l'a eue. « Ça va être romantique et inoubliable, vous allez voir…

— Et la mer descend à partir de midi, parfait ! » s'exclame Yann.

Gabriel est tout heureux de retrouver son ami de mer. « Hier, c'était la grande marée, coefficient 113 ! Si tu avais vu le nombre de pêcheurs à pied, ici…

— C'est fête chez nous, ces jours de l'année... »,
répond Yann, nostalgique. Sa Bretagne l'a repris
dans ses bras et aujourd'hui, il donnerait beaucoup
pour retrouver son chalutier, ses filets, ses fanions
et ses poissons. « Quand j'étais jeune, je n'aurais
jamais raté une expédition, sous aucun prétexte !
Même malade à crever.

— Tu l'aimes, dis, ton pays, hein, Yann... Et je te
comprends. Si tu savais comme je suis content que
Sarah se soit installée ici ! Et vous ? Pourquoi ne
revenez-vous pas, maintenant ?

— Lise aimerait bien, je crois. Et moi, aussi, c'est
vrai, j'y pense... à présent que tu es revenu. Tu sais,
en fait... Je restais là-bas... à cause de toi ! Pour te
retrouver. Jamais je n'ai cru que tu t'étais noyé dans
de telles conditions météo. Je te connais trop en
mer, Gabriel. »

Gabriel est ému, profondément, et met la main
sur l'épaule de Yann. « De toute façon je savais que
tu ne pouvais pas être passé par-dessus bord quand
j'ai vu une drisse sectionnée, sur le bateau, poursuit
Yann.

— Tu avais vu une drisse ? Quelle drisse ?

— La drisse de trinquette, au pied du mât... Mais
quelle importance, maintenant, Gabriel. Tu es là,
c'est le principal. Oublions le reste, OK ? »

Gabriel est troublé, un instant. Mais il n'a pas du
tout envie, lui non plus, de revenir sur ce passé qui
lui échappe, et de ternir la gaieté de cette journée.
« Tu as raison, Yann... Allez, viens, on l'installe où,
la table ? Dépêchons-nous, regarde, Anne et Lise
arrivent déjà avec tout le matériel ! »

Les filles déposent leur encombrant chargement sur le sable et dressent rapidement le couvert avec bonne humeur. Une longue nappe blanche descend jusqu'au sol, assiettes blanches, serviettes blanches et gerbes de mimosa à même la table.

Dans la cuisine, Carlos, enveloppé d'un grand tablier, s'active aux fourneaux, sous l'œil interrogateur de Gabriel. Mais Carlos reste énigmatique. « Déjeuner blanc, on m'a dit, tu n'en sauras pas plus, jeune homme ! », un petit sourire au coin des lèvres. Carlos aime les surprises.

Et pendant ce temps-là, Sarah, aidée par Marie, couche le petit pour sa sieste et enfile sa robe de mariée, cadeau de son père, même s'il n'y a pas de cérémonie à l'église. « Il n'y a pas de raison. Un mariage sans une belle robe, ce n'est pas un mariage digne de ce nom. Et moi, j'ai envie de voir ma fille habillée en princesse au moins une fois dans ma vie ! »

Quant à Elsa, elle s'éclipse discrètement et file en voiture vers le petit hôtel, de l'autre côté de la baie, là où les terrasses donnent directement sur la mer.

C'est l'heure, décrète Carlos, se réglant sur les temps de cuisson.
Le soleil trône au milieu d'un ciel sans aucun nuage. Tout le monde est prêt et le cortège se dirige solennellement vers la plage.

Elsa les a appelés, elle est retardée. Surtout, qu'ils ne l'attendent pas et commencent le repas sans elle, elle les rejoindra plus tard. Sarah en est attristée mais Anne la rassure : « Ne t'inquiète pas pour elle, on lui laissera une part, promis ! »

Dans sa robe blanche descendant jusqu'aux pieds, taille très serrée, Sarah avance vers la table, face à la mer, ses yeux noisette ancrés sur la ligne d'horizon. Le court voile de tulle, fixé à ses lourds cheveux remontés sur la nuque par un cercle d'écaille, ondule au gré de la très légère brise venue du large. À ses côtés, Gabriel, en chemise immaculée, semble marcher au ralenti, ébloui. Alex, bouche entrouverte, ne quitte pas non plus sa fille des yeux.

La petite compagnie se presse ensuite derrière eux en tenue d'apparat, transportée par ce spectacle féerique et insolite.

C'est Ahmed, drapé avec superbe dans un burnous écru en laine de mouton richement brodé, qui ferme la marche. Il pourrait être le marié tant il est majestueux.

Carlos sert le carpaccio de noix de Saint-Jacques aux truffes blanches. Puis il lève son verre et déclare avec emphase : « Aux jeunes marrriés ! À l'amour… Et à l'amitié ! » Les convives, impressionnés par tant de talent, lèvent leur verre à leur tour, et trinquent joyeusement. Carlos a la mine joviale et épanouie de ceux qui savent faire du bien et en récoltent les fruits.

Sur la grève, un couple apparaît dans le lointain et s'approche d'eux. Personne n'y prête vraiment attention, chacun étant bien trop occupé par la dégustation de ce plat royal.

C'est Gabriel, qui, le premier, l'aperçoit et se lève d'un bond, comme un chat. « Dave ! »

Il court vers lui, ouvre ses bras et l'accueille par une longue accolade. « Dave ! Pas possible ! Incroyable que tu sois là, aujourd'hui. C'est… C'est… » Gabriel se recule d'un pas, le dévisage, stupéfait, et l'étreint à nouveau.

Autour de la table, tout le monde est debout.

« C'est Elsa qu'il faut remercier… » Les mains dans les poches, visiblement très touché par l'effusion de Gabriel, Dave savoure l'effet de surprise, face à toutes ces paires d'yeux qui le fixent comme s'il était un Martien ou une apparition du ciel. À son tour, il jette un regard curieux vers la tablée et plus particulièrement sur Sarah, qui croise son regard et s'approche pour l'embrasser. « Ma grande sœur, la présente Elsa, bien inutilement. Tu vois comme elle est belle… »

Elsa continue les présentations : « Voici Papa. Américain, comme toi. Mais il a quitté New York il y a si longtemps qu'il en a oublié son existence. Et tout ça, à cause de Maman ! Maman, je te présente Dave, qui a veillé sur moi comme une mère, tu peux lui en être reconnaissante… » Marie le dévisage, cherchant à comprendre s'il n'a veillé sur elle que comme une mère.

Anne aussi veut se joindre au petit groupe. Ses joues sont roses, son pied s'enfonce dans le sable, elle perd légèrement l'équilibre et se retient à la table. « Eh bien, jeune homme, je souhaite la bienvenue à l'Amérique dans notre famille ! Vous allez le constater, nous sommes déjà très cosmopolites autour de cette table… » Et Anne lui désigne tour à tour les convives : « Alex, bien sûr, même s'il fait toujours oublier qu'il est né dans votre patrie ; le marié, vous le savez, de parents polonais ; Carlos, qui nous vient de Barcelone ; Ahmed, de Kabylie… Sans oublier Lise, des terres lointaines des Antilles. Et Marie, qui va s'exiler en Grèce. Quant à Sarah, Yann et moi, nous, nous sommes de Bretagne, c'est-à-dire, si vous ne le saviez pas déjà : le centre du monde ! Vous permettez… »

Anne contourne la table, ajuste son ample veste, s'approche de Dave et lui assène deux baisers bruyants sur les joues : « *Welcome*, Dave ! », toute fière d'avoir trouvé dans son vocabulaire anglais très restreint le mot qu'il fallait pour l'occasion. Puis, le visage empourpré, elle retourne à sa place.

On dresse en vitesse un couvert à côté d'Elsa. Dave s'y installe, entame le splendide merlu au beurre blanc et répond à Anne avec un sourire qui dénote une véritable satisfaction : « Je suis très heureux de partager ce grand moment avec vous. Vraiment. » Puis il ajoute, à l'attention de tous, cabotin et très à l'aise : « Et retrouver la France, en plus ! Et sa cuisine ! Quel plaisir ! Merci Gabriel… »

En grande conversation avec Marie, Carlos lui vante toutes les vertus de la Grèce, sous l'œil enchanté d'Alex.

« Vous verrrez, ma chère. Vivre là-bas est une chance exceptionnelle. Et si vous m'invitez, je serais ravi de vous en faire découvrir tous les charmes.

— Bien sûr que vous viendrez, répond aussitôt Alex. Toi et Gabriel ! Nous reprendrons nos concerts. Et nos femmes… Eh bien, nos femmes, elles feront…

— Elles feront… tapisserie ! Comme Pénélope ! » Heureusement qu'Anne sauve la situation. Alex n'a aucune idée de ce que pourront bien faire les femmes, de leur côté.

Marie hoche la tête légèrement. L'enchantement à Corfou, ce n'est pas pour tout de suite. Marie et Alex reconstruisent ensemble leur vie commune. Pas si simple. Alex se sent envahi et Marie incomprise. L'un et l'autre ont l'impression de faire beaucoup de compromis, même s'ils ont envie d'y parvenir.

Dès son arrivée, Marie a voulu acheter la maison. « Elle est jolie, oui. Mais… Tu as vu cet état de vétusté ! On ne peut pas vivre comme ça, tout de même. Et nous n'allons pas investir pour les beaux yeux du propriétaire… » Alex, lui, n'a jamais été gêné par le côté rustique de son cadre de vie, même s'il doit reconnaître que la douche est presque froide et le vieux poêle juste suffisant pour atteindre une température correcte dans la chambre. Il a donc laissé faire Marie : conclure la vente, mettre en chantier le chauffage central, la rénovation de l'électricité… « Pour commencer. C'est le minimum.

Ensuite, on fera le reste. Et on s'attaquera au jardin. Ce serait bien, une piscine, à la place de cet enclos si laid, où trois pieds de fraises se battent en duel, tu ne crois pas ? »

Alex est content qu'elle s'investisse autant, preuve de sa détermination à s'installer vraiment ici. Mais qu'il est malheureux, au milieu de tous ces travaux !

Et la tendresse a souvent du mal à les réunir, parmi les gravats.

Aujourd'hui, cependant, Corfou est loin. Alex a l'air si heureux de retrouver ses amis de musique… Et le bonheur de sa fille fait prendre à Marie le recul dont elle avait besoin pour relativiser cette période d'acclimatation. Elle sera belle, leur maison. Alex aura son espace à lui pour travailler tranquillement, c'est prévu. Sa création ne lui fait plus peur. Maintenant, elle peut le rejoindre. Et exister pour et par elle-même. Vibrer au son de son âme à elle. Son carnet de poèmes, toujours sur elle maintenant, c'est sa gamme de mots, ses volutes de la langue, sa source inépuisable d'harmonies. Sa partition intérieure à elle.

À nouveau, Marie se sent entière. Son Alex. Ses tempes poivre et sel, plus sel que poivre, bel homme, toujours. Plus accompli. Marie passe son bras sous le sien et appuie sa tête contre son épaule.

À côté d'elle, Dave les observe discrètement. Cette image d'un couple mûr, uni, harmonieux, il n'a jamais pu la voir chez ses parents à lui. Marie perçoit son regard. « Dave, il faut que je vous dise... Je vous suis très reconnaissante pour tout ce que vous avez fait pour Gabriel. Si ma fille Sarah est heureuse aujourd'hui, c'est grâce à vous. Et... Et je crois bien que vous vous êtes aussi occupé un peu de moi, à distance, m'a dit Elsa. Je n'étais pas fière, il y a quelques mois...

— Oh vous savez, la vie n'est pas une longue rivière tranquille – comme vous dites, c'est bien ça ? Tout le monde a le droit de se mettre sur le dos et de se laisser *porter* par le courant, de temps en temps. Le tout, c'est de ne pas se laisser *emporter*. C'est toute la différence. Et ce qui est remarquable, dans votre famille, c'est la solidarité que vous avez manifestée, tous, pour aider Gabriel. Tous, vous avez contribué à sa guérison, chacun à votre manière. Un bel exemple. Rare. »

Dave passe ses doigts dans ses cheveux noirs et les ramène en arrière, comme il fait à chaque fois qu'il est particulièrement ému. Devant lui, Elsa lui sourit. Elle est fière qu'il soit là, aujourd'hui, parmi eux.

Le champagne coule à flots avec l'arrivée du gâteau de mariage, trois étages de meringue et nougat glacé. « Un discours ! Un discours ! »

Gabriel ne sait pas faire de discours. Sarah vole à son secours et lui susurre un mot à l'oreille. Gabriel se lève alors et se dirige vers la maison. Lorsqu'il revient, il a son fils dans les bras et son violon dans la main. « Il sauront dire mon bonheur bien mieux que moi… »

Gabriel dépose tendrement son fils sur les genoux de Sarah.

Puis il prend son violon. Son violon à lui, le vrai, celui qu'il avait abandonné dans le cockpit.

Et *Wiosna* s'élève, doux, émouvant, mélodie toute simple. *Wiosna*, de sa voix enfin retrouvée.

Sa voix pure, limpide, pleine et sereine.

Le grand silence qui s'ensuit est à la hauteur de l'émotion de l'assemblée.

C'est Carlos qui s'ébroue le premier, mais Alex et Gabriel ont immédiatement compris et se rassemblent spontanément. Quelques mots brefs entre eux, et à trois, ils reprennent la musique, retrouvant, avec une joie éclatante, leur complicité de l'été. Privé de piano, Alex se contente de percussions improvisées, discrètes. Carlos, plus puissant que jamais, couvre la plage tout entière de sa voix dense et chaleureuse : « Ce léger parfum est mon âme… Et j'arrive du Paradis... »

Bravo ! Bravo ! s'exclament Alex et Gabriel. Jamais Carlos ne l'a si bien chanté.

Les airs de fête réjouissent les convives, qui ne cessent de réclamer encore, et encore plus, de cette stupéfiante amitié.

L'humeur est si gaie que personne ne voit le temps passer.

Le jour décline, pourtant.

L'humidité commence à tomber et se dépose doucement sur les épaules de Sarah, qui frissonne. Ahmed l'a vue, se lève et l'enveloppe affectueusement de son burnous : « Tu vas prendre froid. »

Le concert s'achève avec de longs applaudissements. Gabriel, avec les autres musiciens, salue révérencieusement son auditoire.

Mais il a aperçu le geste d'Ahmed.

Et il se hâte de rejoindre Sarah : « Tu vas prendre froid », lui dit Gabriel. Il écarte les pans du burnous, tels les rideaux d'une scène de théâtre. Ses mains encerclent sa taille, la soulèvent, le burnous s'affaisse à terre. Et, la portant dans ses bras comme un enfant, il l'emmène, loin des regards.

Loin du regard baissé d'Ahmed. Loin du silence d'Ahmed.

Loin de l'agitation du monde.

Sarah, suspendue à son cou, ne quitte pas son mari des yeux, aimantée par les siens.

Ses yeux gris acier, si beaux.

Dans l'élan de Gabriel, le voile de Sarah est tombé, libérant ses lourds cheveux couleur de miel qui s'échappent en cascade vers le sol.

Personne n'a vu le cercle d'écaille et le tulle sur le sable, lentement entourés par la marée montante, et bientôt discrètement emporté par les flots, serviteurs de Poséidon.

Butin du dieu des mers et des océans, qui estime avoir été particulièrement miséricordieux un certain 29 décembre…
Et considère qu'on lui doit bien cela.

ÉPILOGUE

Sur la plage, deux silhouettes tardent encore, contemplent la nuit, en silence. Puis elles se dirigent vers le village et marchent lentement, côte à côte.

Arrivés à hauteur du réverbère se distinguent les visages d'un homme et d'une femme. Un homme brun, pas très grand, fin et svelte. Une femme aux cheveux d'écureuil.
Ils se taisent et regardent devant eux.

Lorsqu'ils quittent le halo de lumière pour aller vers le port, lorsque l'obscurité les entoure à nouveau, la femme aux cheveux d'écureuil glisse doucement sa main dans celle de l'homme à ses côtés.

« *My tender, tender beauty…* », murmure-t-il, avec un fort accent du Bronx.

REMERCIEMENTS

Le poème « Parfum de la Vie » est une création origi-
nale de Susanna Friolo-Azancot, qui a su, avec finesse,
tenir la plume de Marie et se glisser dans ses tourments.
Qu'elle en soit ici chaleureusement remerciée.

Elsa n'ayant pas eu le courage de le lire en entier, le
voici dans son intégralité :

Le Parfum de la Vie

« Zone d'ombre et de lumière,
C'est le sort du pèlerin,
Et le géant chemine, indemne,
Sur la crête de cimes acérées.

Aujourd'hui ton âme ne vole pas,
Elle reste sidérée
Seule, devant ces tours, ce désert,
Tu sais que le parfum de la vie est l'autre.

Dans les silences de l'exil,
Une prison transparente
Enferme l'amour primal
Tu voudrais devenir fils d'herbe piétinés,

477

Eau de source étranglée.
Tu t'endors,
Mais la nuit des peurs et des mensonges perdure.

Tu ne veux pas dévêtir l'écho de ses bruits,
Faire de ta terre un amas de paroles à l'abandon.
Oh, damnée contemplation sans extase,
Flotter dans des eaux où le ciel ne se reflète plus,
Où le soleil n'embrase plus tes jours d'illusion.

Soudain tu prends sa main, tu l'étreins,
Une chaleur t'envahit,
Oh, douce amie,
Tu cherches la sérénité du dernier instant,
Un léger soupir,
Et,
Avec lui pour toujours. »

Photocomposition *CMB* Graphic
44800 Saint-Herblain

Achevé d'imprimer par GGP Media GmbH, Pößneck
en janvier 2013
pour le compte de France Loisirs,
Paris

N° d'éditeur : 71099
Dépôt légal : janvier 2013
Imprimé en Allemagne